ARCHE

CARL ADERHOLD

Die Roten

Roman

Aus dem Französischen
von Timea Tankó

ARCHE

Ein Glossar, ein Verzeichnis der Personen sowie Anmerkungen zu den Liedtexten in diesem Roman befinden sich im Anhang des Buches ab S. 349

Timea Tankó dankt Hinrich Schmidt-Henkel und dem deutschen Übersetzerfonds für die Unterstützung ihrer Arbeit an der vorliegenden Übersetzung.

Für meine kleine Vera Zasulich
und Rud, meinen Prinzen

»Ich habe nicht vor, langsam zu sterben …«
»Ich weiß, kurz und schmerzlos.«
»Hören Sie, Édouard, das Einzige, wovor ich Angst habe, ist, in meinem Bett dahinzusiechen. Ich möchte nicht von Tag zu Tag ein bisschen mehr verschwinden. Ich hoffe, dass mir jemand über den Weg läuft, der seinen Revolver schneller zieht als ich und mich auf der Stelle erledigt.«

Die fünf Geächteten

Dabei dachte ich, ich hätte alles vergessen. Ich hatte alles vergessen.

Durch die offene Tür fällt Licht herein, zeichnet ein Viereck auf die Fliesen. Staubkörner wirbeln durch die Luft. Ich gehe durchs Zimmer, taste nach dem Fenstergriff. Das Holz der Fensterläden hat sich verzogen. Ich stoße kräftig dagegen. Die Sonne blendet mich, flutet in den Raum. Die Möbel wirken gleichgültig und matt. Eine Staubschicht liegt auf dem vertrauten Nippes. Erinnerungen steigen daraus empor, mit dem fratzenhaften Grinsen exhumierter Leichen.

Plötzlich bin ich wieder neun oder zehn Jahre alt, aufgeregt und verängstigt, wie immer, wenn ich in seiner Abwesenheit sein Zimmer betrete. Der Schatten schwebt über meinem Kopf, überwacht meine Bewegungen. Schon fühle ich mich schuldig. Manchmal sah er mich derart zärtlich an, dass ich für ihn hätte sterben können. Ich möchte das Bild verscheuchen.

Tisch und Stühle im Speisezimmer sind unter Zeitungen begraben. Nichts konnte er wegwerfen. Es ist wie eine letzte Aufforderung von ihm, ein letzter Vorwurf. Zwei alte Exemplare von *L'Humanité* liegen neben der kompletten Sammlung der *Cahiers du communisme* und der *Nouvelle Critique*, der an Intellektuelle gerichteten marxistischen Zeitschrift, zu deren Lektüre er mich seit meinem elften Lebensjahr nötigte.

Ich gehe zu einem der Zeitungsstapel. Um mein Unbehagen zu unterdrücken, vertiefe ich mich in einen Artikel.

Ich war ein Mann ohne Erinnerung. Nachdem das Spiel verloren war, mit anderen Worten, als das Scheitern sich nicht mehr leugnen ließ, als wir uns nach der Niederlage den bedrückenden Enthüllungen über die kommunistischen Regierungen stellen mussten, als sich nichts mehr verharmlosen oder gar rechtfertigen ließ, da setzte meine Erinnerung aus. Unsere Familiengeschichte war so stark von dieser Hoffnung geprägt, dass ich die Vergangenheit ganz und gar abschnitt, die Verbindung kappte. Das Vergessen dämpfte meinen Schmerz, es wirkte wie Opium.

Ich spüre, meiner Schwester geht es ähnlich. Sie gibt mir ein Heft, das einst mir gehörte. Auf der ersten Seite steht *Geschichte meiner Familie* und als Untertitel *Von Köln nach Paris, vier Generationen der Aderholds.*

Er sah in mir den künftigen Familienchronisten. Ich hielt die Erzählungen meiner Großmutter, meines Onkels, meiner Cousins fest. An die zwanzig Seiten füllte ich damit. Um der Darstellung seiner Mutter zu widersprechen, versah er die Ränder später mit allerlei Kommentaren, Jahreszahlen, Ortsnamen, setzte hier und da Ausrufezeichen.

Hoffte er, dass ich das eines Tages lesen würde? Ich zünde mir eine Zigarette an. Scham empfinde ich nicht, eher Ablehnung. Zum Schluss notierte er eine Reihe Daten, jeweils mit einer kurzen Erläuterung. Sie betreffen alle mich. Er trug die wichtigsten Momente meines Lebens zusammen, angefangen bei meiner Geburt bis hin zum Beginn meiner Arbeit als Lektor im Verlag Larousse. Alles mit der für chronologische Aufzählungen typischen Trockenheit festgehalten. Mich schauderte. Die Auswahl der Ereignisse zeigt mir, was er für erinnerungswürdig erachtete. Meine Hochzeit hielt er nicht fest, dafür meinen Beitritt zum Allgemeinen Gewerkschaftsbund. Die Geburt meiner Kinder taucht ebenfalls nicht auf, aber von meiner Wahl in den Betriebsrat berichtet er.

Erneut lese ich es durch. Kann es nicht fassen. Und noch einmal. Verzweiflung überkommt mich. Er hat mich doch aufwachsen sehen. Es gibt Mütter, die können sich nicht eingestehen, dass ihr Sohn kein süßer kleiner Junge mehr ist, der sich ihnen in die Arme wirft. Das war bei ihm nicht der Fall. Aber er ließ mich weiterhin der Parteilinie folgen. Und ich habe es nicht bemerkt. Idiot! Idiot! Ich brülle. Gleich danach folgt die Reue, ihn beleidigt, der Schmerz, ihn enttäuscht zu haben. Ich kann nicht anders, lese es noch einmal. Er hat mich auf diese Fakten reduziert. Aus einzelnen Momenten, Relikten fast, hat er meine Geschichte konstruiert. Ich zögere, doch dann zerreiße ich das Heft Blatt für Blatt. Ich bin für ihn nie mehr als ein Parteisoldat gewesen. Ein verdammter Parteisoldat. Und wieder fallen mir nur noch Beleidigungen ein. Die Wut ist ein schwarzes Loch. Ich zerfetze das Heft, mache es zu Konfetti. Willst du es nicht behalten?, fragt meine Schwester überrascht. Es soll spurlos verschwinden. Rasende Wut. Das Kind gewinnt die Oberhand, seine Ängste kommen wieder in mir hoch. Mir ist schwindelig. Auch das nehme ich ihm übel, vor allem das. Mich gibt es nicht mehr.

Mich gab es nicht mehr. Ich möchte mit der Geschichte abschließen, sie löschen. Lasse mich von einer bösen Freude mitreißen. Wenn ich könnte, würde ich alles verbrennen.

Nichts hebe ich auf, auch keine Zeitung, ich zerreiße

sie sogar mit besonderem Vergnügen und werfe sie dann in den Müllcontainer auf dem Hof. Weder ein Möbelstück noch eines von Großvaters Bettlaken mit den eingestickten Initialen, auch nicht das feine Porzellan und die Gläser aus dem Royal-Trudaine, dem Café meiner Großmutter, keinen der vielen kleinen Erfolgsbeweise, die sie hortete.

Alles muss weg.

Auch die Programmhefte der Stücke, in denen er mitspielte, die Briefe, die er an Regisseure schrieb, um Rollen zu bekommen, all das, was er aufbewahrte, dunkle, schlammige Sedimente.

Alles. Absolut alles.

Meine Schwester hält ein Plädoyer für den Nippes, würde gern ein paar Erinnerungsstücke retten.

Weg damit, sage ich zu ihr. Weg damit.

Sie mustert mich missbilligend. Bei jedem einzelnen Gegenstand hält sie inne, versucht mich umzustimmen, indem sie mir unsere Erinnerungen vorbetet.

Ist mir egal! Weg damit! Auf den Müll!

Und das hier, weißt du noch …?, fragt sie in demselben quengelnden Ton, der mich schon als Kind rasend machte, ja mich manchmal derart zur Verzweiflung trieb, dass ich fast explodierte.

Ein rot lackierter Holzbriefhalter mit gelbem Hammer-und-Sichel-Symbol, den ich ihm zum Vatertag gebastelt hatte, eine der Speisekarten für Heiligabend, die wir jedes Jahr zeichneten, von meinem Großvater angefertigtes Spielzeug, ein Blechkran und ein Holzboot, eine Spieluhr. All die Umzüge hat sie überlebt! Meine Schwester ist gerührt.

Ich reiße sie ihr aus der Hand und werfe sie aus dem Fenster. Der Deckel zersplittert, die Melodie verklimpert. Die Spieluhr thronte auf dem Kamin im Zimmer meiner Eltern.

Meine Mutter mochte es nicht, wenn wir sie aufzogen. Noch klirren ein paar einzelne Töne, schließlich verstummt sie völlig.

Meine Schwester starrt mich entgeistert an.

Ich kann erst wieder Ruhe finden, wenn alle Räume leer und geputzt, alle Spuren verwischt sind.

Wenn nichts mehr da ist.

Ich werfe mein Heft weg, wenn ich alles vernichte, wird der Fluch verschwinden.

Auch die Lithografien der Parteikünstler, Menschenmengen unter einer riesigen roten Fahne, erhobene Fäuste, Mütter, das abgemagerte Kind auf dem Arm, das ganze Sammelsurium kommunistischen Wohlgefühls.

Die Bücher, alle Bücher. Sie bedecken den Boden des Containers. An manchen Stellen lugen Umschläge aus dem Haufen hervor, Porträts von Vietnamesen mit chinesischen Hüten, Opfer von Napalmbomben, chilenische Soldaten in den Straßen von Santiago, Schwarze in südafrikanischen Townships, die von Polizisten verprügelt werden. Ihre Blicke lasten auf mir.

Und die Keksdosen aus Blech mit den Familienfotos. Er verbannte sie in die hinterste Ecke der Garage. Ich dachte zuerst, in den Dosen befände sich alte Spachtelmasse. Schon wieder eines seiner Manöver. Erneut steigt Wut in mir auf. Er entledigte sich seiner Vergangenheit, richtete es aber ein, sie mir im letzten Moment anzudrehen. Er wusste genau, was passieren würde, das große Aufräumen, das Entdecken der Dosen in dem verborgenen Winkel. Hätte er sie gut sichtbar in einem Schrank im Speisezimmer gelassen oder die Fotos in Alben eingeklebt, wäre ich auf der Hut gewesen.

Kaum hatte ich die Dosen geöffnet, konnte ich mich nicht

mehr zurückhalten. In den Container damit, zu den Chilenen und Vietnamesen. Die Terrasse glänzt von Generationen in sakralen Posen, Klassenfotos und Truppenfotos, starre Blicke, nackte Säuglinge auf Kissen, überraschte Blicke, weit geöffnete, staunende Augen, Brautpaare, starre und gewichtige Blicke, Kinder im Sonntagsstaat, die Augen gegen die Sonne zusammengekniffen, Alte mit gegerbten Gesichtern, ihre Blicke sind schwarze Striche, fast verschluckt durch die Gesichtsknochen, all diese Menschen, von denen man ein letztes Abbild hatte bewahren wollen. Blicke, die sich einem Punkt außerhalb des Bildes zuwenden, verschlossene, fröhliche Blicke voll verblichenen Glanzes, rote Augen auf Polaroids, Blicke, die von tausend Leben zeugen. In den Container damit!

Zusammen mit den grölenden Demonstranten und den Mariannen mit den geballten Fäusten auf den Titelseiten der alten Ausgaben von *L'Humanité* und den Marx- und Lenin-Porträts, die er hinterm Sofa hatte verschwinden lassen, eine letzte Rache!

Die meisten Gesichter auf den Bildern kenne ich nicht. Sie bilden eine fremde Familie, deren Ruhe ich störe. Manchmal steht auf der Rückseite ein Hinweis, Sète, Juli 1950, Rosa, Mélina, Élise beim sechzigsten Geburtstag von Dédé, Marcel, Einberufungsfeier, 1928, all das löst in mir jedoch nichts aus.

Wie ein Blitz taucht in dieser anonymen Parade plötzlich meine Schwester auf, mit einem Tuch, auf dem das Bildnis Castros zu sehen ist, dann wir, auf einer Demonstration gegen Pinochet, ich, in Ostdeutschland zwischen zwei Kameraden, meine Mutter mit uns beim Verkauf der *Humanité*. Mir fallen die Umstände ein, der Augenblick, in dem dieses Bild entstanden ist. Es erscheint mir schicksalhaft. In den Container damit.

Die Erosion der Filmkörner weicht die Konturen der Gesichter auf. Der Staub, der sich ins Papier gefressen hat, lässt sie wie wandelnde Leichen aussehen. Ich habe ihre Geschichte nicht so aufgeschrieben, wie er es gewollt hatte. Die Handlung ihrer Dramen kann ich mir aber ohne Weiteres vorstellen. Alkohol. Ehebruch. Anfälle von Wahnsinn. Ihre Züge, melancholisch durch die Tiefe des Silbergraus, offenbaren die endlose Folge von Kämpfen und Niederlagen sowie die ruhigeren Phasen, den Glauben an eine Besserung.

Ich löse alles auf. Es ist meine Aufgabe, alle Spuren zu verwischen. Bald werde ich das Haus verkaufen.

Alles ist ausgeräumt, aufgerissen, zerstückelt.

Nichts bleibt übrig.

Wir fahren weiter. Als wir die kurvenreichen Landstraßen hinter uns lassen, um auf die A20 zu kommen, bekomme ich wieder Luft.

Die Fahrt nach Norden, vorbei an den Städten Brive, Limoges, Argenton, Châteauroux, ist wie ein Wiederauftauchen an der Oberfläche. In Paris werde ich endlich durchatmen können. Sogar die klebrige Traurigkeit der Autobahntankstellen empfinde ich als eine Erleichterung. Über die apathische Freude der Plüschtiere, über die Plexiglasregale mit den aufgereihten Kekspackungen, muss ich fast lächeln.

Ruh dich ein bisschen aus. Ich übergebe das Steuer meiner Schwester. Sobald ich die Augen schließe, zieht die endlose Reihe der Blicke an mir vorbei. Es ist, als spürte ich die Aufforderung jedes Einzelnen von ihnen. Ab jetzt bin ich der Einzige, der einzige Zeuge von alledem. Von seiner Wut, unserem Kampf, unserer Geschichte.

Die Zerstörung der Fotos hat wenig Bedeutung. Ebenso wenig Bedeutung hat, wofür sie stehen, unbekannte Orte, Verwandte, Freunde ohne Namen, in ihren Blicken spiegelt sich die Erinnerung, derer sich niemand entledigen kann. Sie sind mein Blut, mein Zorn, Millionen von Atomen, die jedes einzelne meiner Wörter, jede Gefühlsregung vor sich hertreiben.

Seit wir den Container auf der Mülldeponie ausgekippt haben, seit alles vom Ozean anonymer Überreste verschluckt worden ist, werde ich die Schuldgefühle nicht mehr los.

Mein ganzes Leben lang habe ich mich gegen den Takt bewegt. Es gibt da eine kleine Verschiebung, die dazu führt, dass ich mich, unabhängig von Zeitpunkt und Ort, immer fehl am Platz fühle. Als Kind kam es mir so vor, als wäre ich zu schnell. Die anderen, die Welt, erschienen mir zu langsam. Als ich erwachsen wurde, kippte das Gefälle plötzlich in die andere Richtung. Seitdem bin ich derjenige, der schleppend vorankommt, der Mühe hat, die anderen einzuholen. Ich bin jemand, der niemals pünktlich zu einem Treffen erscheint.

Wäre ich doch niemals zur Welt gekommen.

Eigentlich hätte meine Mutter Anfang September im Krankenhaus der Metallarbeiter im 11. Arrondissement in Paris entbunden werden sollen. Dort hatte sie den Geburtsvorbereitungskurs nach sowjetischer Methode besucht – »Dank Stalin habe ich ohne Schmerzen entbunden!«, verkündete eine Hebamme zu Beginn des Kurses. Meinen Vornamen hatten meine Eltern schon vor langer Zeit ausgesucht: Karl. Marx' Porträt hatte, neben dem Lenins, einen Ehrenplatz über ihrem Bett.

Während der Schwangerschaft legte sich mein Vater jeden Abend neben meine Mutter, beugte sich über ihren runden Bauch und kommentierte laut die Nachrichten auf der Titelseite der *Humanité*. »2. Januar. Glorreicher Sieg der Vietminh im Mekong-Delta.« Manchmal erfreuten ihn die Informationen, häufiger jedoch lösten sie eine heftige Wut in ihm aus. Als die gaullistische Regierung am 12. März 1963 die Unterstützung der Armee anforderte, um den Streik der Bergarbeiter zu zerschlagen, rief er empört: »Wir befinden uns in der prähistorischen Phase der Menschheit!« Uns blieb nichts erspart. Im Irak kam durch einen Staatsstreich die Baath-Partei an die Macht, was die Hinrichtung Tausender Kommunisten nach sich zog – unsere Brüder, sagte mein Vater in trauervollem Ton. Du machst dem Kleinen Angst, sagte meine Mutter.

Im Jahr zuvor hätten wir wegen der Kubakrise beinah den Ausbruch des Dritten Weltkriegs erlebt. 1963 stellte eine Pause dar, der aber nicht zu trauen war.

»Die gaullistische Regierung birgt die ständige Gefahr des Faschismus in sich«, beteuerte mein Vater, mit dem Ohr auf dem mütterlichen Bauch. »Seitens der Imperialisten werden wir niemals einen Verzicht erleben!«

Mutter erzählte mir Geschichten. Den ganzen Tag sprach sie zu mir, beim Kochen, beim Aufräumen. Ihre Geschichten waren von den Märchen ihrer Kindheit in der Bretagne inspiriert. In diesen ging es um junge Mädchen, die Tote heirateten, um Kristallschlösser und Fischer, die Meerjungfrauen retteten. Um dir Lust aufs Große zu machen, sagte sie immer wieder mit sanfter Stimme. In den entscheidenden Momenten hielt sie in der Erzählung inne, streichelte ihren Bauch, beschrieb mit der Hand einen Kreis um den Nabel. Oft baute sie aktuelle Ereignisse ein. Der kalte Winter 1962–1963, der sie zwang, in der Dachkammer ihren Mantel anzubehalten – sie zögerte den Augenblick hinaus, in dem sie die Heizung anschaltete –, wurde zu einem

Sturm in der Stadt Ys, bei dem sich eine Prinzessin in einen Bettler verliebte.

Meine Eltern kamen beide vom Lande, sie aus Lisieux, er aus Decazeville. Es war die Zeit, als die jungen Leute aufs TNP, das Théâtre National Populaire von Jean Vilar und Gérard Philipe, schworen. Mein Vater träumte davon, beim Festival von Avignon im Papstpalast in *Othello* oder *Herr Puntila und sein Knecht Matti* zu spielen. Meine Mutter hatte einige Jahre zuvor in *Die drei Musketiere* die Rolle der Zofe ergattert.

Am Ende ihrer Schwangerschaft fuhr sie zu ihrer Schwiegermutter nach Decazeville, wo diese ein Fischgeschäft betrieb. Mein Vater spielte auf dem Festival von Arras, in einem Stück von John Arden. Sie telefonierten jeden Nachmittag miteinander. Vergeblich bemühte sich meine Mutter, einen festen Zeitpunkt mit ihm zu vereinbaren, kaum setzte sie sich in den Sessel im Wohnzimmer neben den Apparat, tauchte beim ersten Klingeln meine Großmutter auf und hob den Hörer vor ihr ab. Sie sprach lange mit ihrem Sohn, bevor sie ihm seine Frau gab, und blieb auch danach im Zimmer, staubte den Nippes ab.

Als meine Mutter am Abend allein in ihrem Zimmer auf dem Bett lag, rollte sie sich zusammen, rieb sich sanft über den Bauch und erzählte mir die Geschichte eines Ritters, der in den Krieg gezogen war und seine Frau in den Klauen seiner eifersüchtigen Stiefmutter gelassen hatte, die ihr und dem Kind, das sie in sich trug, den Tod wünschte.

Sie war ein ängstlicher Mensch, alles, was sie im Leben tat, und sei es noch so nebensächlich, kostete sie Überwindung. Kaum hatte sie das Collège Notre-Dame du Vieux Cours in Rennes verlassen, als sie das Bohemienleben der Schauspieler und zugleich ihren glanzlosen Alltag kennenlernte.

Auf die kargen Mahlzeiten, den Schmutz, auf die abrupten Umzüge, ohne die Miete bezahlt zu haben, war sie in keiner Weise vorbereitet gewesen. Die vereinzelten Porträts aus dieser Zeit zeigen eine Frau von durchschnittlicher Schönheit, die Züge von Angst gezeichnet – der Mund zu einem kaum merklichen, gezwungenen Lächeln verzogen, kurze Haare, eine entfernte Ähnlichkeit mit Jean Seberg.

Auf den Theaterfotos war sie eine ganz andere Person. Sie verwandelte sich völlig, strahlte eine berührende und zerbrechliche Anmut aus. Die gleiche Metamorphose spielte sich ab, wenn sie das Netz ihrer Erzählungen um mich wob. Ihre Stimme wurde klar, frei von allem, was sie im Alltag in einen Schleier von Sorge hüllte. Es ist die schönste Stimme, die ich je gehört habe. Eine Stimme, dazu geschaffen, zu erzählen, immer nur zu erzählen.

Mein Vater stieß Anfang August zu uns. Zwischen den beiden Frauen begann ein Wettstreit.

Meine Mutter lernte ihren Mann in einem anderen Licht kennen, und das umso mehr, je intensiver meine Großmutter versuchte, an die Vertrautheit anzuknüpfen, die in seiner Kindheit zwischen ihnen bestanden hatte. Sie mästete ihn bei jeder Mahlzeit, und er, mit der Miene des ausgehungerten und folgsamen Kindes, verputzte mit dumpfen Kaugeräuschen alles bis auf den letzten Bissen.

Schließlich rang meine Mutter meinem Vater das Versprechen ab, nach Paris zurückzukehren.

Am Vorabend ihrer Abreise veranstaltete ihre Rivalin ein Festessen. Zur Eröffnung gab es Gänse- und Entenleberpastete, »zum Vergleichen«. Dem folgte ein Enteconfit mit in Entenfett angebratenen Steinpilzen, begleitet von einem Glas Cahors. Meine Mutter versuchte ihren Mann zu bremsen und brachte die Teller in die Küche, noch bevor er sich eine zweite Portion nehmen konnte. Sie hatte den Plan ihrer Schwiegermutter durchschaut.

Zum Dessert wurde ein Paris-Brest serviert, diesen mochte er besonders gern. Mit der berechnenden Langsamkeit einer Verschwörerin schnitt Großmutter meinem Vater ein großes Stück ab. Der Gebäckring verschwand unter der dicken Buttercremeschicht. Um die Verärgerung ihrer Schwiegertochter zu mildern, brachte sie ihr eine Obstplatte. Meine Mutter, eine Pflaume im Mund, wollte meinem Vater einen Teil der Früchte aufdrängen. »Sie können den Rest doch einfach morgen aufessen, Madeleine … Sie wissen doch, dass ich das nicht verdauen kann.« Mit düsterem Blick stellte meine Mutter den Teller Pflaumen wieder ab. Als sie nichts mehr zu sagen wusste, erinnerte meine Großmutter an die Sonntage, als ihr Mann und ihr Sohn gemeinsam in die zwei Straßen weiter gelegene Konditorei gegangen waren. Allein die kurze Erwähnung seines Vaters reichte, schon war der meine ganz benommen vor Traurigkeit, derer er sich nur entledigen konnte, indem er sich auf Nahrung und Alkohol stürzte. Meine Mutter spuckte wütend einen Pflaumenkern auf den Tellerrand. Das dumpfe Geräusch riss ihn aus seinen nostalgischen Gedanken.

Es war der erste heiße Tag im August 1963. Auch die Nacht brachte keine Linderung. Durch die geöffneten Fenster drang schwüle Luft in das Zimmer, in dem meine Eltern schliefen. Die Frische der vorangegangenen Tage war einer brennenden Hitze gewichen, wodurch beide träge wie Tiere geworden waren.

Meine Mutter wälzte sich im Bett, versuchte vergeblich einzuschlafen.

Das Haus gab seine Ausdünstungen frei. Die üblen Gerüche des von Glasziegelmauern umgebenen Hofes vermischten sich mit dem säuerlichen Gestank der Hocktoiletten und der Holzkohlebriketts im Schuppen. Ab und zu drängte sich der Geruch des Fischladens im Erdgeschoss in den Vordergrund, nicht so sehr der feuchte, starke Duft von Meeresfrüchten und Fisch, sondern eher etwas, was an die strenge Ausdünstung eines Geschlechtsorgans erinnerte.

»Pierre!«, rief meine Mutter. »Wir müssen los!« »Bist du dir sicher?«, murrte er. »Verfluchte Pflaumen«, sagte sie erregt. Sie sagte es immer wieder, sogar noch im Kreißsaal. Sie versuchte bewusst zu atmen, wie sie es gelernt hatte. Die Hebamme kümmerte sich nicht um sie, hörte ihr auch nicht zu, sondern wies ihre beiden jungen Helferinnen an, ihr abwechselnd heftig gegen den Bauch zu drücken.

So kam ich in dieser Welt an, geschüttelt, geschubst, rot und zerknittert. Jede Gebärende ist eine Kriminelle – ich war ihr Lebenssaft, ihr Daseinsgrund. Und mich, mich ergriff eine Melancholie, die auch später keine Liebe jemals vertreiben konnte.

Sobald ich geboren war, eilte mein Vater in Gesellschaft seines Bruders in die Kneipe. Gruppen von Bergarbeitern, die, auf dem Weg von der Nachtschicht nach Hause, noch einen Kaffee trinken wollten, zahlte er mehrere Runden. Er sang die *Internationale* und prügelte sich beinah. Sein Bruder erinnerte ihn daran, dass er meiner Mutter versprochen hatte, beim Standesamt vorbeizugehen, um mich anzumelden.

Er setzte sich in den Wagen, fuhr hupend durch die Rue Cayrade, verpasste die Kurve und knallte gegen eine Straßenlaterne. Deiner Frau müssen wir nichts davon erzählen, entschied meine Großmutter. Die Aufregung würde ihr nicht guttun. Sie lief zur großen Kaufhalle von Decazeville und kaufte eine Spieluhr. Ein Geschenk, damit sie dir verzeiht. Mein Vater ging zu meiner Mutter, einen Verband um die Stirn, Blutergüsse im Gesicht und die riesige Spieluhr unterm Arm. Hast du dich geprügelt?, fragte sie besorgt. Als sie das Geschenk auspackte, wuchs ihr Argwohn. Sie erkundigte sich nach der Geburtsurkunde. Eilig verließen die beiden Brüder das Zimmer.

Als die Standesbeamtin das Gesicht meines Vaters erblickte, der sich über den Schalter beugte, schreckte sie für einen Moment zurück. Sie fragte nach dem Vornamen des Kindes, woraufhin er, immer noch ordentlich betrunken, rief:

»Marie!«

Sein Bruder versetzte ihm einen Stoß mit dem Ellbogen. Er verbesserte sich. »Karl«, rief er. Die Sachbearbeiterin, die diesen Vornamen noch nie gehört hatte, wollte, wohl aufgrund der bedeutenden Anzahl spanischer Immigranten in Decazeville, Carlos eintragen. Mein Vater protestierte. Sie schlug Charles vor. Erneute Weigerung und Wutausbruch. Es kam überhaupt nicht infrage, mir de Gaulles Vornamen zu verpassen. Der Bürgermeister wurde gerufen. Es folgte eine Auseinandersetzung. In dem Moment, in dem es gerade zu Handgreiflichkeiten zwischen ihren Söhnen und dem Stadtoberhaupt gekommen wäre, kam Großmutter hinzu, die alarmiert worden war. Das Versprechen, ihnen für das von der Stadtverwaltung organisierte Festessen am Jahresende einige Fische zu spenden, brachte wieder Ruhe in die Runde. Um Einigung bemüht, akzeptierte der Bürgermeister die Wahl meiner Eltern, unter der Bedingung, den Namen zu französieren.

Die Pflaumen!, klagte meine Mutter, als Verwandte sie im Krankenhaus besuchten.

Die Tür führte auf einen engen Korridor hinaus, in den durch ein Dachfenster Licht fiel. Zu jeder Tageszeit hing ein ziemlich starker Küchengeruch in der Luft. Wir wohnten zwischen portugiesischen Hausmeistern und spanischen Hausangestellten, in einem Dienstmädchenzimmer in der Rue de la Cure, im 16. Arrondissement von Paris.

Um zur Toilette zu gelangen, musste ich über diesen langen Gang voller Abzweigungen und Stufen gehen, der mit Mülleimern und verschiedenen Gegenständen vollgestellt war, mit Regenschirmen, Fahrradreifen, Einkaufstaschen, allem, was die Mieter vor ihren Türen lagerten. Sowohl auf dem Hin- als auch auf dem Rückweg befürchtete ich, von den Spanierinnen angehalten zu werden. Im Vorbeigehen sah ich durch die halb geöffneten Türen, wie sie sich über die Kochplatten beugten oder saßen und nähten.

An der Innenseite der Toilettentüren hatten sie religiöse Bildchen mit Darstellungen der Jungfrau Maria und verschiedener Heiliger aufgehängt. Ich betrachtete sie, während ich über der Hocktoilette kauerte. Eines faszinierte mich ganz besonders. Eine Märtyrerin, die Hände zum Gebet gefaltet, steckte bis zum Bauch in einem Kochtopf, der von grellgelben und leuchtend roten Flammen erhitzt wurde. Um sie herum standen Männer mit Verbrechergesichtern, in Harnischen und Helmen. Ich arbeitete verschiedene Pläne aus, um die Märtyrerin zu retten. Mein Vater hatte unter dieses Bild *La receta de bacalao* (Stockfisch-Rezept) geschrieben. Ich verstand zwar nicht, was das hieß, aber die Spanierinnen sahen darin ein Sakrileg, dessen Urheber sie unschwer errieten. Wenn er ihnen begegnete, warf er ihnen vor, nicht nach Frankreich gekommen zu sein, um vor Franco zu fliehen, sondern um eine Arbeit zu finden. Sie kreuzten in Delegationen bei uns auf, um sich zu beschweren. »Rote Socke!«, riefen sie.

Seitdem hatte ich Angst, ihnen auf dem Korridor über den Weg zu laufen. Sie bedeuteten mir einzutreten, wollten mir ein Bonbon, einen Keks geben. Meine Sorge war weniger, dass sie mich mit einem Fluch belegen könnten, auch wenn mein Vater sich einen Spaß daraus machte, mich vor derlei Gefahren zu warnen. »Sie werden dir beibringen zu beten …« Vielmehr fürchtete ich, ihren Süßigkeiten nicht widerstehen zu können und mir womöglich noch übers Haar streichen zu lassen, was ja mit dem Verrat des väterlichen Lagers gleichbedeutend gewesen wäre. Ich konnte diese Frauen mit ihren lauten Freundlichkeitsbekundungen einfach nicht abweisen.

Sie stellten nicht die einzige Gefahr dar, die mir drohte. Draußen auf der Straße klammerte ich mich an die Hand meines Vaters, als ob wir uns auf feindlichem Terrain befänden. Während der Pariser Kommune fand Versailles hier Zuflucht, erklärte er mir. »Gaullisten!«, sagte er erregt. Noch schlimmer, »Reiche!«. Ich nahm mich vor allen Passanten in Acht, insbesondere vor den Frauen. »Die Versaillerinnen haben den armen Kommunarden mit ihren Sonnenschirmen die Augen ausgestochen.« Wenn ich einer begegnete, senkte ich den Kopf. In meiner Vorstellung konnten ihr kleinste Anzeichen verraten, dass ich der Sohn eines Roten war.

Ich bemühte mich zu lächeln, keine Aufmerksamkeit zu erregen, nicht zu schreien, nicht zu rennen – die Reichen gehen und reden leise. Ich versuchte es ihnen gleichzutun. Ich verstehe nicht, warum du immer erst dann herumtobst, wenn wir zu Hause ankommen!, sagte meine Mutter.

Bei Spaziergängen in den Park musste ich kurze Hosen tragen, eine Jacke mit dicken Knöpfen und Sandalen mit großen Schnallen. Für sie sah ich aus wie ein kleiner Matrose. Für mich war es eine Verkleidung, die mir erlaubte, unter den anderen Kindern unbemerkt zu bleiben. Als ihre Mütter meine Mutter sahen, mit dem etwas traurigen Gesicht, der ärmlichen, unscheinbaren Kleidung, hielten sie sie für mein Kindermädchen.

Wenig später kam meine Schwester Mathilde zur Welt. Wie ich war auch sie unter Marx' und Lenins Porträts gezeugt worden. Als Kinder dachten wir, die beiden seien entfernte Vorfahren von uns.

Durch Mathildes Geburt kam es zu einem Waffenstillstand mit unseren spanischen Nachbarinnen. Sie kamen in kleinen Gruppen und brachten Süßigkeiten und selbst gestrickte Kleidung. Bevor sie sich verabschiedeten, schenkten sie meiner Mutter und mir ein mitleidvolles Lächeln.

Ich sehe das Bett meiner Eltern vor mir, wie es tagsüber zugeklappt an der Wand stand. Um es zu verstecken, deckte es meine Mutter mit einem Stück Stoff ab und stellte eine Vase darauf. Die Koffer dienten als Schrank. »So sind wir immer bereit, wenn wir schnell losmüssen …« Und dann die Gasplatte, auf der sie kochte. Der Geruch der schwitzenden Wände im Winter, der von getrockneten Kräutern im Sommer. Und die Pakete, die uns meine Großmutter schickte.

Ich kniete auf einem Stuhl, stützte die Ellbogen auf den

Tisch und beobachtete, wie meine Mutter die Schnur an mehreren Stellen zerschnitt. Meine Großmutter umwickelte die Pakete mit breitem braunem Packband, dann noch mehrmals mit Bindfaden, den sie mit unzähligen Knoten versah. Jeden Monat bekamen wir von ihr selbst gemachte Leberpastete, Confit, Steinpilzkonserven oder Kaninchenpastete mit Wacholderbeeren, zu Weihnachten einen Korb Austern. Es war auch immer eine Überraschung dabei, meist für meinen Vater, eine Hartwurst, ein großes Stück Schinken.

Manchmal schickte sie mir einen Pullover oder eine Hose. Sie hätte uns lieber Geld schicken sollen, sagte meine Mutter verärgert. Ich wusste, dass ich das Kleidungsstück zumindest einmal würde anziehen müssen, damit mein Vater mich für meine Großmutter fotografieren konnte, danach packten wir es ganz unten in einen der Koffer, bis ich genug gewachsen war, um es nicht mehr tragen zu können.

Ich reichte meiner Mutter die Gläser und zählte sie dabei. Nach Größe geordnet verstaute sie sie auf dem Regalbrett über der Tür. Als der Karton leer war, blieben wir noch einen Moment stehen und betrachteten sie. Lange Zeit dachte ich, Leberpastete sei ein Armenessen. Manchmal hatten wir kein Geld, um Brot zu diesen Lebensmitteln zu kaufen. Meine Mutter schickte mich in den Laden unten in unserem Haus, um Flaschen zurückzubringen. Mit dem Pfand ging ich dann zum Bäcker.

Weder Mathilde noch ich mussten auf etwas verzichten. Meine Mutter richtete es so ein, dass es uns an nichts fehlte. Das Kindergeld versteckte sie vor meinem Vater. Sie kleidete uns sorgfältig, während der Ferien vertraute sie uns ihrer Schwiegermutter an. Sie hatte diese seltene Gabe, unserer Welt mithilfe eines Stückes Stoff oder mit dem einen oder anderen Fundstück Behaglichkeit zu verleihen. Sie schränkte sich ein, um Vorhänge kaufen zu können, die zu unseren Tagesdecken passten, oder holte das Plakat vom letzten Stück meines Vaters hervor, um damit die Flecken an der Wand zu verdecken.

Unsere Armut war nicht ohne Perspektive. Sie galt als Zeichen der Reinheit, ja der Größe unserer Gefühle. Sobald mein Vater ein bisschen Geld hatte, entledigte er sich dessen mit einer lärmenden, unruhigen Großzügigkeit. »Wenn ich fünf Francs in der Tasche habe, kann ich sie niemandem verwehren, der mich darum bittet.« Genie hatte für ihn seinen Preis. Er musste ihn zahlen, um sich nicht zu einem glanzlosen Erfolg zu verdammen. Im Grunde war alles gespielt, schwungvoll, sogar aufrichtig, aber gespielt. Das Elend war gespielt, das Dasein des verkannten Künstlers, die Härte des Bohemienlebens. Und dennoch war alles sehr wirklich.

Ich habe keine dieser Erinnerungen, die Kinder von ihrem Erzeuger bewahren, Radfahren lernen, ein Nachmittag im Park, gemeinsames Heimwerken. All das überließ er meinen Onkeln oder den Vätern meiner Freunde. Kein Fußballspiel, kein Kinobesuch, außer, es handelte sich um politische Filme.

Zu jedem Vatertag, jedem Geburtstag schenkte ich ihm eine Zeichnung. Kommunarden auf der Barrikade. Soldaten, in ihrer Mitte de Gaulle, der aufs Volk schießt. Die Details arbeitete ich mit besonderer Sorgfalt heraus, die Raupenketten der Panzer, die Patronengürtel mit den Patronenreihen, das aus einer Wunde heraustretende mäandernde Blut. Ich zeichnete Amerikaner in Khakiuniformen, in dichten Reihen, Vietnamesen, die die gleichen Uniformen trugen, aber an ihren orangegelben Gesichtern zu erkennen waren.

Ich hatte gelernt, bunte Flächen mit Löschpapier ein bisschen abzutönen. Die langen Botschaften quollen aus den Sprechblasen, weshalb ich Sternchen einfügen musste, die auf die Satzenden am Blattrand verwiesen. Die vereinfachten Proportionen der Körper, die kindliche Eckigkeit, das »Alles Gute zum Geburtstag« oder »Frohen Vatertag« konnte die Härte der Slogans, die rohe Gewalt der Szene nicht aufwiegen. Mein Vater wies mich auf die Rechtschreibfehler hin – trotz meiner Bemühungen gab es immer einen. Wenn ein Bild seiner Einschätzung nach der Parteilinie entsprach, zeigte er es den Genossen und übermittelte mir hinterher manchmal ihr Lob.

Es gibt keine politischen Konflikte und Krisen aus dieser Zeit, die mich nicht an meine Kindheit erinnern.

Wir wuchsen mit dem Vietnamkrieg auf. Friedensdemonstrationen waren unsere Sonntagsausflüge. Bei einer dieser Versammlungen, die in Vincennes stattfand, riefen meine Schwester und ich unaufhörlich: »Nixon, der Mörder!« Um meine Eltern zum Lachen zu bringen, brüllten wir es noch auf dem Heimweg, in der Metro und in unserer Straße. Meine Mutter hielt die Hand meines Vaters. Sie trug ein leichtes, blassblaues Kleid, wodurch sie aussah wie eine Protagonistin aus einem französischen Film jener Zeit. Er lächelte sie an, meine Schwester auf den Schultern – mit ihrer Geburt hatte Mathilde mich von diesem Thron gestürzt. Sie lehnte den Körper zurück und hielt sich an seinem Hals fest, um nicht hinunterzufallen. Ihr Gesicht verschwand unter einem zu großen Kegelhut. Ich ging einige Meter vor ihnen. Die Windschutzscheiben der neben dem Fußweg geparkten Wagen reflektierten den gleißenden Sonnenschein. Wir sahen aus wie eine dieser netten Familien, die an einem schönen Septembersonntag von ihrem Waldspaziergang heimkehren. Ich rief: »Nixon …« Meine Schwester antwortete lachend: »… der Mörder!« Ich spürte die Blicke der Passanten auf mir, und das war so aufregend, dass ich es mit besonderer Inbrunst rief. Meine Mutter bedeutete mir, nicht so laut zu schreien, aber der belustigte Stolz in den Augen meines Vaters trieb mich dazu, weiterzumachen.

»Das Geld, das Kriegsmaterial und die Soldaten der Kapitalisten wiegen weniger als der Kampf für die Freiheit eines Volkes. Alles Gute zum Geburtstag, Papa.«

Die *Fête de l'Humanité* wurde zum Anlass, unsere Unterstützung für Vietnam kundzutun. Unser Vater schleppte uns nach dem Mittagessen dahin. Er setzte sich in die Nähe des Podiums, um die Debatten über den Krieg zu verfolgen, während meine Schwester und ich auf dem Rasen spielten. Seitdem ich einmal Roland Leroys Beitrag unterbrochen hatte, durften wir nicht mehr im Festzelt bleiben. Der Chefredakteur der *Humanité* war bekannt für seine langen Reden. Nach einer guten Stunde machte er endlich eine Pause. Ich stand auf, bereit zum Angelspiel zu rennen, das uns mein Vater versprochen hatte. Leroy fuhr jedoch fort. Ich musste mich wieder setzen. Während alle andächtig lauschten, murmelte ich verzweifelt, Halt doch die Klappe! So leise ich es auch gesagt hatte, der Redner hatte es gehört. Er hielt Ausschau nach dem Störenfried. Bei der gewaltigen Anstrengung, mir keine Ohrfeige zu verpassen, spannten sich die Muskeln meines Vaters an. Er packte mich am Kragen und schleppte mich hinaus, mit aller Würde, die er aufzubringen vermochte.

Nach der Podiumsdiskussion gingen wir zu den internationalen Ständen. Meine Schwester und ich schöpften wieder Hoffnung. Das war die letzte Prüfung. Er gab jedem von uns eine Fünf-Franc-Münze, die wir am vietnamesischen Stand in ein großes rotes Tuch warfen, das von Kindern in unserem Alter gehalten wurde.

Geografie lernte ich anhand der Aufstände und Guerillakriege. Jeder ausländische Kamerad bot Gelegenheit zur Verbrüderung, dazu, sich eine weitere Unglücksgeschichte anzuhören. Nur die Namen der Unterdrücker, die Hautfarbe änderten sich. PLO-Mitglieder, die aussahen wie ewige Studenten, wütende ANC-Kämpfer, marokkanische Kommunisten, die in einem gewählten Französisch für eine Petition zur Befreiung Nelson Mandelas oder Abraham Serfatys warben, Filipinos mit weinerlicher Stimme und Iraner, die mit subtiler Ironie die Ausgaben von Imelda Marcos und Farah Diba geißelten, Leute aus Zaire, Brasilien, Griechenland, alle in der Schusslinie von Marschällen, Generälen, Obersten, alle in einem Kampf engagiert, den nach Ansicht meines Vaters auch wir unterstützen sollten. Die Männer hatten ernste Gesichter, da sie nicht nur ihre Partei vertraten, sondern auch das Leid ihres Volkes. Ich hasste ihren Tick, uns mit der Hand durchs Haar zu fahren.

Jeder Besuch einer noch so kleinen kommunistischen Partei gab meinem Vater das berauschende Gefühl, die Weltrevolution wäre im Gange. Nie verabschiedete er den Delegierten eines Landes, ohne ihn auf ein Glas eingeladen zu haben, und dieser zahlte ihm, um die entstehenden Beziehungen zu festigen, ebenfalls eines. Sie brachten einen Toast auf den nahen Sieg aus, dann einen weiteren gegen das Großkapital, Nixon oder de Gaulle. Das Gemeinschaftsgefühl verstärkte sich von Glas zu Glas Bier, Wein, Schnaps oder von Likören mit unbekannten und poetischen Namen. Der von den Vietnamesen angebotene Alkohol war in Flaschen abgefüllt, in denen Schlangen schwammen. »Gift …

tödlich!«, sagten sie, um uns aus Spaß Angst einzujagen. Meine Schwester und ich starrten unseren Vater an, besorgt, dass die Wirkung des Giftes bereits eingesetzt hatte.

Sein geopolitischer Streifzug verwandelte sich in einen gewaltigen internationalen und proletarischen Rausch. Die Länder des Ostblocks hob er sich für den Schluss auf. Er sympathisierte mit einem Mitglied der PZPR, der kommunistischen Partei Polens, das jedes Jahr dabei war. Vom Wodka ermuntert, ließ sich dieses zu einigen kritischen Bemerkungen über das Regime hinreißen. In diesen Geständnissen sah mein Vater den Beweis einer demokratischen Lebenskraft, was die Unterstellungen der bourgeoisen Presse widerlegte.

Beschwingt machte er sich auf den Heimweg, und im Überschwang duzte er die Menschen, die uns im Park begegneten.

Während des langen Wegs, zuerst eingepfercht im Bus, der uns bis Courneuve brachte, und dann in der Metro bis nach Hause, hatte er Zeit auszunüchtern. Er ließ uns die Preise auspacken, die wir beim Angelspiel gewonnen hatten. Wir breiteten auf den Knien Anstecker mit den Emblemen ausländischer kommunistischer Parteien aus, deren Kürzel er uns beibrachte, auf schlechtes Papier gedruckte Broschüren, in denen sozialistische Errungenschaften gepriesen wurden, mit dem Hammer-und-Sichel-Symbol bedruckte rote Tücher. Er hoffte darauf, dass wir, wenn wir Mutter von dem Tag berichteten, nur an diese Höhepunkte denken und den Rest verschweigen würden.

»Auch wenn die US-amerikanischen Kapitalisten uns verhaften und ins Gefängnis sperren, wünschen wir, die Schwarzen, dem Kameraden Papa alles Gute.«

Selbst über unseren Abendessen schwebte Vietnam. Wir aßen früh, danach machte sich mein Vater auf den Weg ins Theater. Er befragte uns reihum nach unserem Tag. Die Signaltöne im Radio um neunzehn Uhr kündigten das Aufkommen des Sturmes an. Er drehte die Lautstärke auf. Der Nachrichtensprecher las die Schlagzeilen vor. Mein Vater hielt den Atem an. Ich schaufelte in mich hinein, was noch auf meinem Teller lag. Der erste Bericht begann. Er wandte sich dem Kofferradio zu, fuhr den Journalisten an, beschimpfte ihn. Die Schultern meiner Mutter, die über die Kochplatte gebeugt stand, zuckten im Rhythmus seines Gebrülls.

Als die internationalen Meldungen kamen, schwoll sein Unmut noch mehr an. Im Stillen verfluchte ich die Kapitalisten, die es darauf abgesehen hatten, uns die Mahlzeiten zu verderben. Er ließ die Faust auf den Tisch krachen, dass die Gläser klirrten.

Er nagelte uns mit seinem Blick fest. Wenn wir auf unsere Teller starrten, regte er sich über unsere Gleichgültigkeit auf. Wir hatten ihm gefälligst gebannt zuzuhören. Seinen Verwünschungen beizupflichten. Und uns von seiner Wut durchschütteln zu lassen. Jeder Bissen, den er in den Mund nahm, bedeutete eine kurze Ruhepause vor dem nächsten Schwall von Beleidigungen.

»Im Norden aufkommender steifer Wind, leicht bis mäßig bewegte See …« Um zwanzig Uhr fünf sagte eine weibliche Stimme den Seewetterbericht an. Kein Seefahrer erwartete diesen so ungeduldig wie meine Schwester und ich. »Nachlassender Südwestwind der Stärke 3 bis 4 … ein Tief von 1000 Hektopascal …« Ich könnte diese Sätze noch weiter aufsagen – sie wendeten den Fluch jedes Mal ab. Sie kündigten uns das Ende des Alarmzustandes an. Mein Vater sammelte seine Sachen zusammen, um aufzubrechen. Den Nachtisch konnten wir in aller Ruhe essen. Die Sprecherin und ihre geheimnisvollen Zauberformeln bannten die Kraft seiner Wutausbrüche. Angeekelt von der Obszönität der gaullistischen Propaganda, prophezeite uns mein Vater in einer letzten Aufwallung, dass die Revolution bevorstünde und all das fortfegen würde. »Iroise … Viking … Cantabrico …«, psalmodierte die Frau.

An Päckchen-Tagen gingen wir hinunter zur Telefonzelle, um uns bei Großmutter zu bedanken. Danach rief mein Vater seine Freunde an und lud sie ein, die eingetroffene Leberpastete zu teilen. »Bringt ein Baguette mit …«

Mutter schrubbte die Wohnung, sogar die gemeinschaftlich genutzten Räume und die Toiletten auf dem Treppenabsatz. Sie bügelte die Tischdecke und lieh sich bei den spanischen Nachbarinnen Teller und Besteck. Ich weiß nicht, durch welches Wunder es meinen Eltern gelungen war, das benachbarte Dienstmädchenzimmer anzumieten. Sie schliefen in dem einen, meine Schwester und ich in dem anderen. Nachts hatte ich die Verantwortung für sie. Daran erinnerte mich meine Mutter jeden Abend, wenn sie, nachdem sie uns ins Bett gebracht hatte, in ihr Zimmer ging und unseres abschloss. Kamen Freunde, brachten meine Eltern das Klappbett und die Koffer in unser Zimmer, in dem anderen blieb nichts außer Tisch und Stühlen. Wie in einem geschmackvoll eingerichteten Wohnzimmer.

Die Gäste legten ihre Mäntel neben unserem Bett ab. Oft blieben sie einen Augenblick, um mit uns zu sprechen oder uns mit kleinen Zauberkunststücken zu unterhalten. Vor einem dieser Freunde hatten wir Angst. Er verstellte seine Stimme bedrohlich, spielte mit seinem russischen Akzent, erzählte uns von der Hexe Baba Jaga und Likho, dem bösen Kobold mit nur einem Auge, und verschwand, ohne die Geschichte zu beenden. Meine Schwester weinte, und auch ich hatte Mühe, meine Tränen zu unterdrücken. Ich versprach ihr, dass wir uns rächen würden, sagte, ich würde in seine Manteltasche pinkeln, was sie zum Lachen brachte.

Meine Eltern stürmten mit einer Energie durch die Sechzigerjahre, als wären sie ein Liebespaar auf der Flucht. Sein Ziel war der Große Tag der Revolution, ihres die große Liebe. Beide hatten es eilig. Sie war, seitdem sie sich das erste Mal getroffen hatten, davon überzeugt, dass er der Mann ihres Lebens sei. Er verkündete, dass Frankreich lange vor der hundertjährigen Gedenkfeier der Pariser Kommune ein kommunistisches Land sein würde.

Zwischen ihnen gab es eine ständige Anspannung, die eine ungeheure Anziehungskraft erzeugte – ein Tag ohne Kämpfe oder Zärtlichkeitsbekundungen war ein vergeudeter Tag.

Es gab viele Entzweiungen, viele Dramen – die glühenden Versöhnungen folgten in aufreibender Regelmäßigkeit aufeinander. Meine Mutter hatte von Anfang an verstanden, dass es nicht auf die Enttäuschungen ankam, die sie mit meinem Vater immer wieder erleben musste, sondern darauf, dass er danach kleinlaut zurückkehrte, zu allem bereit, nur, damit sie ihm verzieh.

Sie haben diese Szene Tausende Male durchgespielt. Er vertraute seinem Instinkt. Generationen von Aderholds hatten die gleiche Vorstellung gegeben, die Ehemänner, die Väter der Ehemänner und vor ihnen die Väter der Väter waren nach Hause gekommen und hatten den Zorn ihrer Frauen über sich ergehen lassen. Für meine Mutter hingegen waren sowohl der Text als auch der Schauspieler neu.

Also suchte sie im Repertoire der Frauenrollen nach einer passenden für sich. Sie spielte die melancholische Irina aus *Drei Schwestern,* die stolze Camille aus *Man spielt nicht mit der Liebe,* die scheue Junie aus *Britannicus,* die zerbrechliche Blanche oder die verliebte Stella aus *Endstation Sehnsucht.*

Unter dem Einfluss des Alkohols schmiegte er sich an meine Mutter, flüsterte ihr Liebesworte zu. Ohne Rücksicht auf unsere Anwesenheit streichelte er ihr über den Hintern. Sie schob ihn weg und warf ihm mit gedämpfter Stimme seinen Zustand vor.

Mathilde und ich machten uns einen Spaß daraus, sie nachzuahmen. Ich tat so, als würde ich sie küssen. Sie machte ein verärgertes Gesicht und gab mir einen Klaps auf die Schulter. Hast du getrunken? Hast du etwa getrunken? Sag, hast du getrunken?, sagte sie, und mein Vater lachte. Das sanfte Lächeln meiner Mutter erlosch, traurig zog sie die Augenbrauen zusammen.

Eines Abends, als er sternhagelvoll nach Hause kam, weigerte sie sich, ihm die Tür zu öffnen. Er zerschlug sie. Meine Mutter teilte ihm in erstaunlich ruhigem Ton mit, dass es aus sei. Sie ließ keine Erklärungen, keinen Protest zu. Schon die kleinste Diskussion wäre dem Unterzeichnen ihrer Kapitulationserklärung gleichgekommen.

Er betrank sich im Eckcafé, lief in der Avenue Mozart einem Polizisten über den Weg. Er fackelte nicht lang und stieß ihm die Mütze vom Kopf. Auf dem Polizeirevier des 16. Arrondissements kletterte er in einem unbeobachteten Moment auf den Tisch. Er beschimpfte die Polizisten, rezitierte Rimbaud, wobei er diejenigen wegschubste, die ihn dazu bringen wollten, abzusteigen. Er brüllte den Vornamen meiner Mutter. Er stieß mit dem Kopf gegen die Lampe, sodass das Licht im Zimmer tanzte, als wäre es eine

Schiffskabine im Sturm. Er wollte spüren, wie der Schmerz in seine Gelenke strömte, sich das Blut auf seinem Gesicht verschmierte, ihm die angebrochenen Rippen das Atmen erschwerten. Man griff ihn von allen Seiten gleichzeitig an, verprügelte ihn. Ein Blutjaspis, dessen Wut allein von Diamantstaub zerrieben werden konnte.

Am nächsten Morgen holte ihn ein Freund aus der Zelle. Mein Vater kaufte einem Blumenhändler alle Rosen ab und eilte nach Hause, mit einer schwarzen Sonnenbrille auf der Nase. Er nahm sie ab, seine geschwollenen Augen und eine Wunde an der Nasenwurzel kamen zum Vorschein. Das fand meine Mutter sehr romantisch – ein Mann, der sich aus Liebeskummer prügelt. Sie strich sanft über seine Blutergüsse, jeder einzelne war für sie ein Liebesbeweis.

Diese Erinnerungen sind lediglich die Vorboten, das weiß ich. Ich bin unfähig, ihren Strom einzudämmen.

Sie stellten die unzähligen Blumensträuße vor die Öffnung der aus den Angeln gerissenen Tür. Hier spielten meine Schwester und ich in den folgenden Tagen Blumenverkäufer. Wenn die Spanierinnen bei uns vorbeikamen, bekreuzigten sie sich, als läge ein finsterer Fluch über unserer Familie.

»Du hast mir Angst gemacht.«

Nach unserer Rückkehr rief Mathilde mich an. Sie mache sich Sorgen. Noch nie habe sie mich in einer solchen Verfassung gesehen.

Ich suche nach Worten. Ich dachte, nachdem wir das Haus unseres Vaters verkauft haben, würde sich die Wut verflüchtigen. Stattdessen schwillt sie in dem Maße an, wie die Erinnerung zurückkehrt. Sie erstickt mich.

Überrascht hört mir meine Schwester zu und sagt schließlich:

»Du, der alles getan hat, um zu vergessen …«

Wir rufen uns zu Neujahr an, sonst selten. Sie arbeitet bei den Pariser Verkehrsbetrieben, wohnt in einem kleinen Einfamilienhaus in einem Vorort. Mein Verlag, meine Pariser Wohnung schüchtern sie ein.

Nachdem wir Neuigkeiten über unsere Kinder ausgetauscht haben, kann sie es nicht lassen, über unsere Vergangenheit zu sprechen. Jetzt ist sie zur Familienchronistin geworden.

Sie war in mein Leben getreten, wie eine Lektion in Geschwisterlichkeit, die ich geduldig zu absolvieren hatte. Meine Eltern betrauten mich mit der Aufgabe, auf sie aufzupassen. Wenn jemand sie auf dem Schulhof ärgerte, mischte ich mich ein. In der Kantine saß ich neben ihr. Ich brachte sie in den Hort, kümmerte mich zu Hause um sie, nahm sie beim Überqueren der Straße an die Hand. Ich ließ keine Gelegenheit aus, sie zu piesacken, hier eine gemeine Bemerkung, da ein heimlicher Knuff. Sie rächte sich, indem sie kunstvoll ihre Tränen einsetzte, was mir stets eine Rüge bescherte.

Sie erinnert mich an das nahezu blinde Vertrauen, das sie in mich hatte, daran, wie sie alles ausführte, was mir in den Sinn kam.

»Weißt du noch, wie du mich einmal in einem Laden dazu überredet hast, ein Spielzeugauto zu klauen?«

Ich kenne diese Geschichten auswendig. Ich hatte meinen Papierkorb in Brand gesteckt und schickte sie los, um Wasser zum Löschen zu holen. Im Sommer in Salviac, ohne elterliche Aufsicht, brachte ich sie dazu, im Misthaufen die fettesten Würmer zum Angeln zu suchen. Oder ich schlug ihr aus Neugier vor, mit nackten Beinen durch einen Bach zu gehen, in dem es von Blutegeln nur so wimmelte.

»Du hast es immer geschafft, mich zu überzeugen. Ich würde dir so einen großen Gefallen tun, ich dürfte mit den Großen spielen, sagtest du. Und ich gehorchte.«

Mathilde versteht es, Fragmente heraufzubeschwören, die mich, obwohl sie ohne Zusammenhang, fast zufällig erscheinen, in eine geradezu physische Empfindung meiner damaligen Existenz tauchen: die Treppe mit den hohen Stufen, um zu den Dienstmädchenzimmern zu gelangen, der Uringeruch der Hausmeisterin, die auf uns aufpasste, die Wut meines Vaters, als wir – eigentlich ich – den Klapptisch kaputt gemacht hatten. Ihre Erinnerung ist wie ein Akku, der das Licht nicht erlöschen lässt. Während ich ihr zuhöre, beruhigt sich mein Atem.

»Weißt du noch?«

Sie erinnert mich daran, wie bestürzt wir waren, als wir in einer Fernsehserie sahen, wie unser Vater eine andere Frau küsste. Er hatte eine wichtige Rolle in *François Gaillard ou la vie des autres* bekommen. Wir hatten uns die Folge bei einer unserer spanischen Nachbarinnen angesehen, die einen Fernseher hatte.

Wochenlang hielt unsere Beklemmung an. Jeden Abend, nachdem unsere Mutter die Tür geschlossen hatte, unterhielten wir uns im Bett darüber. In diesen Momenten gab es weder Spöttelei noch Rivalität zwischen uns. Ich verzichtete auf den schroffen Ton des Älteren, vergaß meine Eifersucht. Wir waren nur noch zwei verbündete Kinder, die ihre Ängste teilten und sich gegenseitig zu trösten versuchten.

Wir verglichen die Ehefrau aus der Serie mit unserer Mutter. Sie ähnelten sich ein bisschen, nur, dass die Schauspielerin größere Augen und lange Haare hatte. Immer wieder kamen wir auf diesen Kuss zurück. Er hat sie auf den Mund geküsst! Für uns war das der entscheidende Beweis, gegen den kein Argument ankam. Als mein Vater abends ins Theater aufbrach, blickten wir ihm argwöhnisch nach, davon überzeugt, dass er zu seiner anderen Familie ging.

»Es war nicht einfach für uns als Schauspielerkinder«, sagt meine Schwester.

Ich unterbreche sie, frage sie, ob auch sie wütend sei.

»Weißt du, ich habe nichts vergessen«, antwortet sie. »Ich wollte nicht alles wegwischen.«

Sie hält kurz inne, bevor sie eine ironische Bemerkung fallen lässt.

»Er hätte besser mich bitten sollen, die Geschichte der Aderholds aufzuschreiben …«

Ich zucke zusammen.

Die Familie ist ein Melodrama, in dem sich jeder über seine Rolle beschwert und auf die Rollen der anderen eifersüchtig ist. Wir beide wussten seit unserer Kindheit, was von uns erwartet wurde, sprachen jedoch nie darüber.

Mir fiel die Rolle des schweigsamen Erstgeborenen zu. Die meiner Schwester kam aus dem Bereich der Komödie, die brave Tochter, mit allem zufrieden, immer fröhlich. Die Dummheiten, die wir anstellten, hingen mit unseren Rollenfächern zusammen. Meine hatten einen ernsten Charakter. Sie erforderten Standpauken. Die meiner Schwester wurden zu heiteren Familienanekdoten. Mein Vater, sonst so unnachgiebig, regte sich nicht über sie auf. In meinen Augen gab es keine entsetzlichere Ungerechtigkeit.

Ungewöhnlich war schon, dass man ihr nicht den Vornamen eines Revolutionärs verpasst hatte. Als Junge hätte sie Friedrich heißen müssen, als Hommage an Engels. Als Mädchen bekam sie den Namen einer der Protagonistinnen von Stendhals *Rot und Schwarz*, Mathilde.

So hieß auch die Schwester meines Großvaters, das schwarze Schaf der Familie. Meine Großmutter sprach nur ungern von ihr. Sie machte eine Jahrmarktsattraktion aus ihr, betonte stets ihre Größe von mehr als einem Meter achtzig und ihr Gewicht von nahezu hundert Kilo. Ihre Existenz war wie ihre Korpulenz, widernatürlich. Sie trug die Matratzen, deren Wolle neu kardiert werden musste, auf ihrem Rücken bis zu ihrem Dienstmädchenzimmer in einem Haus in Boulogne-Billancourt, trank einen Liter Weißwein am Tag, hatte einen Liebhaber nach dem anderen. Ihr Tod bei der Bombardierung der Renault-Werke durch die Alliierten 1942 wurde als Strafe aufgefasst, für eine, die am Rand der Familie gelebt hatte. Sie war das Gespenst, das im Schicksal meiner Schwester umging.

»Und als du mich gezwungen hast, unseren Ball aus dem Garten des Nachbarn mit dem Deutschen Schäferhund zurückzuholen …?«

Mein Vater zog gar nicht in Betracht, dass sie sich für den Kommunismus einsetzen, für den Tag der Revolution kämpfen, sich prügeln würde, von ihr wurde kein Heldentum erwartet und auch keine Treuebeweise. Von ihr fürchtete er keinen Verrat.

Ihr war kein Platz im Herzen der Geschichte zugedacht.

Das Blattwerk ihrer Erinnerung verdeckte manche Bereiche seines Lebens. Die Politik taucht in ihrer Erzählung nicht auf, was bleibt, ist ein strenger Vater, dessen Zurechtweisungen sie ertragen musste. Unsere Kindheit ist wie ein Film, von dem einer der Zuschauer die Handlung in Erinnerung behalten hat, der andere die Dialoge.

Mathilde setzte alles daran, ein Faulpelz zu werden. Schon in der Grundschule häuften sich die Termine unserer Eltern zu Gesprächen mit ihren Lehrern und die Vorladungen der Schulverwaltung. Sie zog Niederlagen und Krisen an. Ich hingegen zeigte mich als eifriger Sohn, als folgsamer Schüler. Sie suchte ihre ganze Kindheit hindurch nach Aufmerksamkeit, ich wollte möglichst unbemerkt bleiben.

»Weißt du noch …?«

Ich weine im Stillen.

Jede Familie hat ihren Ahnherrn.

Die Nachkommen pflegen sein Andenken, als würde ihre eigene Geschichte mit ihm beginnen. Die Erinnerung an ihn spukt durch die folgenden Generationen wie ein bereits erloschener Stern, der weiterhin ihre Handlungen beeinflusst.

Für die Aderholds war Peter dieser schützende Ahnherr.

Peter wurde am 15. Dezember 1864 in Koblenz geboren. Die Eltern waren Polsterer in Immendorf, einem Vorort von Koblenz. Sein Vater Theodor sagte nie mehr als drei Wörter am Tag. Die Mahlzeiten nahm er Punkt Mittag und um achtzehn Uhr dreißig ein, nach dem Abendessen gestattete er sich einen Spaziergang. Die Nachbarn stellten ihre Uhren nach ihm, wenn sie ihn vor dem Fenster vorbeigehen sahen.

Sowohl bei der Arbeit als auch im Privaten mied Theodor jede allzu ausgeprägte Äußerung von Freude oder Ärger. Zu Ostern ging er zur Kommunion, hielt die Fastenzeit ein, lebte fromm und unauffällig. Nie erhob er die Stimme, nie lachte er selbstvergessen, und er wirkte, als habe er im Laufe seines Lebens noch nie etwas anderes empfunden als eine ruhige Strenge.

Ab seinem zwölften Lebensjahr half Peter Theodor im Laden aus. Später sollte er diesen übernehmen, heiraten, Kinder bekommen, denen er das Familiengeschäft vermachen würde.

Er ähnelte seinem Vater in jeder Hinsicht. Die gleiche monotone Stimme, wenn er mit jemandem sprach, die gleiche steife Distanziertheit den Kunden gegenüber oder bei der Sonntagsmesse. Bis auf eine Kleinigkeit hätte man meinen können, er sei Theodor, nur jünger. Es gab jedoch eine Eigentümlichkeit an Peter, die sich seine Eltern nicht erklären konnten: Er war ein Hüne. Als er das Erwachsenenalter erreicht hatte, war er über einen Meter neunzig groß und wog nahezu hundert Kilo. Theodor vermutete, die italienischen Wurzeln seiner Frau könnten dafür verantwortlich sein. Kathrins Eltern waren robuste Bergler aus dem Trentino.

Die von dem jungen Mann an den Tag gelegte strenge Zurückhaltung stand in einem fast schon komischen Kontrast zu seinen Nackenmuskeln, die aus dem Hemdkragen hervorsahen, oder seinen Rückenmuskeln, bei deren kleinster Bewegung sich der Stoff der Jacke gefährlich spannte. Sein Blick, blau wie der seines Vaters, war, als wolle er sich für diese platzraubende Kraft entschuldigen.

Im Alter von zweiundzwanzig Jahren verließ er zum ersten Mal das Viertel seiner Eltern. Zum Kriegsdienst einberufen, kam er zum Regiment der Husaren, die am anderen Ende der Stadt untergebracht waren. Die Festung Ehrenbreitstein wacht über Koblenz wie ein Adler über seiner Beute. Sie ist auf dem beeindruckenden Felssporn über dem Zusammenfluss von Mosel und Rhein erbaut worden.

Einem Hauptmann fiel Peters stattlicher Wuchs auf, und er machte ihn zu seiner Ordonnanz. Eines Nachts weckte er ihn hastig. »Aufstehen!« Die näselnde Stimme bahnte sich einen Weg durch Peters Träume. Er schrak auf. Über ihm stand der Hauptmann mit einer Reitpeitsche in der Hand. Er befahl ihm, die Kompanie zu wecken. Dank der kalten Luft im Hof verflog Peters Benommenheit. »Diese Trottel verstehen nichts von der Kunst des Kommandierens.« Der Hauptmann hatte gewettet, dass jeder in der Lage sei, die Übung zu leiten. Die Männer warteten in dichten Reihen. »Kompanie stillgestanden!«, brüllte der Unteroffizier. Der Hauptmann nickte Peter zu. »Enttäusche mich nicht.« Die Soldaten machten eine Viertelschwenkung, stampften mit den Füßen auf dem Pflaster auf und marschierten los. Der Hauptmann ließ seine Peitsche knallen. »Schneller!«, rief Peter mit zögernder Stimme. »Haufen von Faulpelzen!«, flüsterte ihm der Unteroffizier zu. Er wiederholte die Beleidigung und blickte seinen Kameraden hinterher, wie diese mit kleinen Schritten vor den Gebäuden entlangliefen. Die Festung bestand aus zwei fächerförmig angeordneten, höhenversetzten Gebäuden, in denen Ställe, Sattlerei und Futterlager untergebracht waren. Ein Weg führte zu den Mannschaftsquartieren hinauf, die um einen großen, runden Hof lagen. Wie Pferde in der Arena trabten die Männer im Kreis. »Im Laufschritt!« Sie liefen an ihm vorbei, starrten auf den Rücken ihres Vordermannes. Mehrere rangen mit offenem Mund nach Luft. Im Fenster des Offizierskasinos prosteten sich die Offiziere zu. Die Reihen lockerten sich. »Reihen schließen!« An seinem Ohr spürte Peter den heißen Atem des Unteroffiziers, der ihm die Befehle vorgab. »Ein Anführer muss sich darauf verstehen, die Instinkte seiner Männer zu wecken. Ich werde eine Hundemeute aus ihnen machen.« Die Musik der schweren Stiefel auf dem Pflaster überwältigte Peter. Die Truppe, die er zum Leben erweckt hatte, kreiste im Hof, gehorchte seinen Befehlen. Pferde, die man ermüden lässt. »Etwas mehr Einsatz, sonst rennst du auch gleich mit.«

Ein Mann rutschte aus und riss die beiden Rekruten hinter sich ebenfalls zu Boden. Mit dem Zischen einer Schlange schoss die Peitsche durch die Luft. Der Unteroffizier gab Peter seinen Revolver. »Bring ihn wieder auf die Beine!« Der Mann atmete schwer. Peter erkannte in ihm einen der Männer, mit denen er nach Dienstende immer in die Stadt zurückkehrte. Dieser blickte ihn dumpf an. »Aufstehen!« Der Soldat rührte sich nicht. Peter reichte ihm die Hand. »Was machst du da?«, brüllte der Unteroffizier. »Schlag zu!« Peter verpasste ihm einen Fußtritt. Der Soldat durchbohrte ihn mit einem Blick voller Verachtung. »Steh auf, du Trottel!« Die Wut in seiner eigenen Stimme überraschte Peter. Die Kompanie formte sich neu, lief weiter. »Sie werden dich hassen. Das ist ein guter Anfang. Allmählich werden sie wie Krieger.« Nun gab Peter die Befehle, ohne dass sich der Unteroffizier hätte einschalten müssen. Jedes Mal, wenn die Kolonne an ihm vorbeikam, folgte er ihr einige Meter in ihrem Tempo. Den Trödlern verpasste er Schläge, wobei er eine gewaltige Erleichterung verspürte. »Schneller, ihr Schwächlinge!« Die Peitsche, die hinter dem Rücken des Hauptmanns hinunterhing, schaukelte hin und her wie ein Pferdeschwanz. Peter hätte töten können. Den Unteroffizier, der ihm zufrieden auf die Schulter klopfte. Den Offizier auf dem Laufgang der Kurtine. Den Rekruten, der wie ein geköpftes Huhn rannte. Der Unteroffizier musste ihn zweimal auffordern, den Befehl zum Beenden der Übung zu erteilen. Aus dem Offizierskasino war Applaus zu vernehmen. Der Hauptmann salutierte. »So, jetzt bist du Obergefreiter …«

Die Erinnerung an diese Truppenübung ließ Peter auch in den kommenden Wochen nicht los. Er wollte sich seinem

Vater anvertrauen, wagte jedoch nicht, ihm seine Verwirrung zu gestehen. Sein Unbehagen wuchs von Tag zu Tag, wobei er überrascht feststellen musste, dass er Theodor zunehmend in einem anderen Licht sah. Er bemerkte bei ihm winzige Anzeichen von Verärgerung, ein leichtes Zusammenziehen der Augenbrauen, ein kaum wahrnehmbares Kopfschütteln. Bis dahin waren ihm diese Zeichen entgangen, aus Unaufmerksamkeit oder weil er an sie gewöhnt war – später und für den Rest seines Lebens würde er sich fragen, ob sie nicht schlicht eine Einbildung gewesen waren. Er kam zu dem Schluss, dass hinter der sichtbaren Wiederholung dieser Gesten Theodors unbestimmter Kampf gegen die gleiche Kraft stand, die Peter zu spüren bekommen hatte.

Er war überzeugt, dass sein Vater Opfer einer Leidenschaft war, in dem Maße, wie sich andere dem Spiel hingaben. Das war seine Art, das Gefühl einzudämmen, das die Deutschen *Weltschmerz* nennen. War man einmal davon ergriffen, erfüllte es einen gänzlich und man hatte keine andere Wahl, als unablässig dagegen anzukämpfen, wie gegen eine unheilbare Krankheit. Der Weltschmerz ließ niemals von seinem Opfer ab. Man konnte ihn, wie sein Vater, durch asketische Lebensführung in Schach halten oder sich ihm hingeben, wie der Wollust. Es gibt eine Wollust der Melancholie, sie ist wilde Ausschweifung, ja echter Alkohol, der jedermanns Todesangst zu betäuben vermag.

Peter setzte alles daran, ihr zu widerstehen. Seine täglichen Aufgaben erledigte er mit unfehlbarer Pünktlichkeit, jedoch ohne jeden Eifer, bemüht, sich von zu starken Gefühlen frei zu machen. Er nahm sich ein Beispiel an seinem Vater. Viele denken, Diskretion habe mit Schwäche zu tun, einem Mangel an Persönlichkeit. Peter ahnte jedoch, dass es sich dabei eher um ein Büßergewand handelte, das man anlegte, um nicht der Zügellosigkeit zu erliegen.

Er glaubte, den Weltschmerz besiegt zu haben. Wenn er mit Theodor darüber hätte sprechen können, hätte er verstanden, dass dieser Eindruck lediglich seiner Naivität geschuldet war.

Eines Morgens verließ er das elterliche Haus, um zur Festung zurückzukehren.

Er war die Treppe hinuntergegangen, darauf bedacht, die Fersen auf dem Rand der Stufen aufzusetzen, damit diese unter seinem Gewicht nicht knarrten, und hatte den schweren Baumwollvorhang beiseitegezogen, hinter dem der Laden lag. Die Bilder dieses Morgens kehrten später in seiner Erinnerung immer wieder zurück. Er ging vorbei an den beiden Reihen dunkel gemusterter Sessel und den tiefen, schmalen Schubladen, in denen die vielen Meter Stoff aufbewahrt wurden. Er schloss die Tür hinter sich, zog die Klinke mit einer leichten Bewegung aus dem Handgelenk vorsichtig zu, um das Geräusch des zuschnappenden Riegels abzuschwächen. Jedes Mal, wenn er daran dachte, versuchte er verzweifelt zu erraten, warum seine Mutter nicht wie sonst hinter der Theke gestanden hatte. Auch wenn keine Kunden da waren, fand sie stets eine Beschäftigung. Sie hielt erst inne, wenn Peter den Raum betrat. Mit einer Hand überprüfte sie, ob ihr Haarknoten richtig saß, stellte sich auf die Zehenspitzen, schürzte die Lippen und drückte sie gegen die Wange ihres Sohnes.

In dieser Gleichgewichtshaltung erstarrt hielt seine Erinnerung sie fest, den Hals nach vorn gereckt, die Züge zugleich zärtlich und beklommen, als würde sie ihn schon im Voraus für die Jahrzehnte der Langeweile bedauern, die ihn in diesem Geschäft erwarteten.

Gegen jede Vernunft kam er immer wieder bei dem gleichen Gedanken an: An diesem Morgen war er losgegangen, ohne sie zu küssen. Er konnte sich des Gedankens nicht erwehren, dass er gegen die Ereignisse gerüstet gewesen wäre, hätten sie diesen Kuss nicht versäumt. Nun wuchs in ihm jedoch eine Angst, deren Ursprung er in dem Moment nicht hätte benennen können. Als sich die ersten Anzeichen der Katastrophe plötzlich bemerkbar machten, hatte die Gewissheit eines bevorstehenden Unheils bereits von seinem Verstand Besitz ergriffen.

An diesem Morgen inspizierte der Hauptmann die Kompanie. Er blieb vor Peter stehen, betrachtete dessen Kleidung. Aufgrund seiner Körperfülle passte ihm die Uniform genauso wenig wie ein Anzug. Die Jacke stand vom Oberkörper ab und die Ärmel waren für die Arme zu lang. Der Hauptmann verzog leicht das Gesicht. Er trat einen Schritt zurück. Er schlug Peter mit der Peitsche auf die Wange. Dieser blieb in Habachtstellung, blickte starr nach vorn, verzog keine Miene. Allmählich strahlte die Röte des dünnen violetten, von Blut unterstrichenen Streifens ins ganze Gesicht aus. »Du wirst die Macht des Hasses kennenlernen«, flüsterte ihm der Hauptmann zu.

Er beschimpfte die Rheinländer, die alle zu nichts anderem taugten als zum Weinanbau. »Ich werde einen richtigen Husaren aus dir machen.«

Ohne sich etwas anmerken zu lassen, ging Peter seinen Beschäftigungen nach. Auf die Fragen der anderen Rekruten nach seiner blutigen Wange antwortete er ausweichend. Wie üblich wachste er die Stiefel seines Hauptmanns und lieferte sie mit der von ihm gewohnten Pünktlichkeit im Offizierskasino ab, erfüllte seine Aufgaben mit der gleichen, jeden Eifer entbehrenden Gründlichkeit.

Am späten Nachmittag ging er ins Zimmer des Hauptmanns. Ohne ein Anzeichen von Zögern oder Eile nahm er dessen Säbel zu sich, der am Kleiderhaken hinter der Tür hing. Danach begab er sich gemäßigten Schrittes zu den Ställen.

Das Pferd des Hauptmanns brach lautlos zusammen, als Peter ihm die Kehle durchtrennte.

Wir schliefen in den Betten, in denen unsere Vorfahren gestorben waren. Mathilde und ich verbrachten die Sommerferien bei unserer Großmutter, zusammen mit unserer Cousine, die ein Jahr jünger war als ich. Großmutter war aus Decazeville weggezogen, um sich in Salviac im Département Lot zur Ruhe zu setzen, dem Dorf, aus dem sie stammte.

Unsere Urgroßmutter war in dem Bett meiner Schwester und unserer Cousine eingeschlafen, Großvater in meinem. Jeden Abend, wenn wir zu Bett gingen, erinnerte einer von uns die anderen daran.

Großmutter zuckte mit den Schultern. Sie habe in diesem Bett das Licht der Welt erblickt. Man werde in einem Bett geboren und darin sterbe man auch. Und man schläft darin, sagte sie ärgerlich und schaltete das Licht aus.

Die nächtliche Stille auf dem Land machte uns Angst. Das Knarren des Parketts, der Flügelschlag eines Vogels oder der leise Gang einer auf dem Dach herumstreunenden Katze, manchmal die Mäuse, die kaum vernehmlich durchs Zimmer huschten, all das klang unheimlich für uns. Wir rollten uns unter den Laken zusammen, auf deren umgeschlagenen Kopfenden in filigraner Schrift die gestickten Initialen meines Großvaters standen. A. G., Aderhold Georges.

Morgens traf ich mich mit vier Freunden in der Scheune

hinter Großmutters Haus. Aus den Brettern, die wir vom Tischler am Ende der Straße bekamen, bauten wir, je nach Laune, einen Panzer oder ein U-Boot. Dominique, der Älteste von uns, hatte ein ausgedientes Radiogerät besorgt, das wir als Radar benutzten. Ich hatte meine Großmutter überredet, mir den Helm ihres Vaters zu leihen, den dieser im Ersten Weltkrieg an der Front getragen hatte. Nachmittags fuhren wir gemeinsam mit dem Fahrrad ins Freibad. Oder wir angelten an einem Bach.

Großmutter bestrafte mich nur selten. Als ich meine Schwester in den Dorfspringbrunnen schubste, musste ich den Rest des Tages im Bett verbringen. Ich hörte, wie meine Freunde in der Gasse spielten, erkannte ihre Stimmen und fühlte mich wie vergessen oder tot. Als ich zur Vesper hinuntergehen durfte, rannte ich, gerührt von dem Straferlass, in die Küche und gab Großmutter einen Kuss. Ich bekam mein Lieblingsgebäck, einen Paris-Brest, den sie kurz vor dem Aufheben der Sanktion gekauft hatte. Zum Schluss schob sie mir mit einem verschmitzten Lächeln ein Fünf-Franc-Stück zu.

Für sie bestand die Familie aus mehreren Kreisen. Im Herzen aller befanden sich ihre beiden Söhne und ihr einziger Enkelsohn. Je mehr ihr Stolz wuchs, auf meinen Onkel und seine beiden Fischgeschäfte in Decazeville, meinen Vater und seine Theaterkarriere – sie schnitt die Artikel aus *Midi Libre* aus, in denen er erwähnt wurde –, und auch auf meine Schulleistungen, desto mehr Sorgen machte sie sich. Die verbissen zusammengepressten Lippen, die zusammengezogenen Augenbrauen sprachen von ihrer Angst, dass sich alles in Luft auflösen könnte: Den Stolzen verpasst das unabwendbare Schicksal im Augenblick ihres Triumphes einen Schlag ins Gesicht.

Großmutter sah in allem eine Bedrohung. Die verrosteten Nägel in den Brettern richteten sich heimtückisch auf, um uns mit Tetanus zu infizieren. Wenn wir die Verdauungszeit von genau zweieinhalb Stunden nicht beachteten, erwartete uns der Kaltwasserschock. An den Ufern der Bäche, in denen wir angelten, trieben sich Vipern herum. Nach all den Warnungen erzählte sie uns noch, wie einer der Nachbarn gestorben war. Sie ergänzte ihren Bericht um einige schreckenerregende Einzelheiten über die Todesumstände, um uns Respekt vor den Gefahren einzuimpfen. Dem Sohn der Coudercs habe der Tetanus die Kiefermuskulatur verkrampft, weshalb ihm der Arzt habe die Zähne herausbrechen müssen, damit er trinken konnte. Die Brüder Momméja seien vor den Augen ihrer Mutter ertrunken, kaum habe der eine das Wasser betreten, habe es ihn dahingerafft, ebenso wie den anderen, der ihm zu Hilfe geeilt sei. Und Père Vidal sei nach einem Schlangenbiss vor der Apothekenkundschaft gestorben, von Krämpfen geschüttelt wie eine aus dem Kescher gesprungene Forelle.

Wir waren Großmutters grenzenloser Vorstellungskraft ausgeliefert. Ein Mann habe den Tod gefunden, weil er seinen Pfirsich zu gierig gegessen habe. Eine Wespe, die sich im Kern verborgen habe, habe ihn in den Rachen gestochen. Die Furcht wob ihr Tuch, und wir waren wie die Fliegen, die auf den klebrigen gelblichen Bändern im Wohnzimmer mit dem Tod rangen.

Das Land war von der gleichen Gewaltbereitschaft geprägt wie die Ödlandschaften der Westernfilme. Die überfahrenen Katzen auf der Straße, das auf dem Asphalt verschmierte unansehnliche Gedärm, die ausgetrockneten Mäuse, die wir in den versteckten Winkeln der Scheune fanden, die Stallkaninchen, die an Festtagen verbluteten und denen man die Augen ausstach, kündeten mehr als deutlich davon. Sobald wir aus dem Bus stiegen, der uns vom Bahnhof Gourdon zu Großmutter brachte, überkam mich ein Gefühl der Beklemmung, das bis zum Tag unserer Heimfahrt stetig wuchs. Meine Ferien verbrachte ich in einem Zustand angstvoller Erregung, in der Erwartung, es könne jederzeit ein Drama geschehen.

Einmal spielte ich auf dem Hof, in der Nähe des Stalls. Vier Männer und ein Schwein kamen heraus. Drei von ihnen hielten es fest, während der vierte dem Tier mit einer Keule einen Schlag auf den Schädel versetzte. Es grunzte heiser und brach zusammen. Plötzlich rappelte es sich auf, entwischte dem Griff und rannte auf mich zu. Ich kletterte aufs Tor, schürfte mir die Hände am Eisenbeschlag auf. Das Schwein versetzte den Torflügeln heftige Stöße. Die Männer näherten sich langsam. Einer von ihnen schnitt ihm die Kehle durch. Das verzweifelte Quieken des Tieres erschreckte mich noch mehr als das Blut, das in breitem Schwall in die Schüssel floss. Die Männer lachten und ermunterten mich, seinen Todeskampf zu beobachten.

Großmutter glaubte, ein Weg, die schicksalslenkenden Kräfte gnädig zu stimmen, sei, die Verwandtschaft im Dorf und der Umgebung zu besuchen. Unsere Fürsorge ihnen gegenüber zeugte von der Demut, die wir uns trotz unseres Erfolges bewahrt hatten. Selbst die kränklichen Großonkel oder verarmten Großcousins vergaßen wir nicht.

Sie nahm uns mit und versprach uns eine Fünf-Franc-Münze, wenn wir uns gut benahmen. Das bedeutete, schlaffe Wangen zu küssen, höflich auf Fragen zu antworten und den Unterhaltungen still zuzuhören.

Einer nach dem anderen berichtete von den Neuigkeiten

aus seiner jeweils nahen Verwandtschaft. Nachdem dieser Streifzug beendet war, stellte sich kurz Stille ein. Wenn es sich um entfernte Verwandte handelte, war die Stunde des Abschieds gekommen. Bei näheren Verwandten wurde der Gesprächsfaden wiederaufgenommen. Der Gastgeber machte plötzlich ein ernstes Gesicht, stellte eine andeutungsreiche Frage. Seit unserer Ankunft hatte ich mich auf diesen Augenblick vorbereitet, der vertrauliche Mitteilungen begünstigte, und bemühte mich um Unsichtbarkeit. Großmutter bedeutete mir jedoch mit einer Kopfbewegung, den Raum zu verlassen, was ich widerwillig tat.

Zu Hause behandelten uns unsere Eltern oft wie Erwachsene oder sie verhielten sich selbst wie Kinder, auf jeden Fall waren wir alle den gleichen Regeln unterworfen – die kapitalistische Ausbeutung machte vor niemandem halt.

In Salviac hingegen spürte ich, dass die Erwachsenen über eine geheime Parallelwelt verfügten. Allmählich lernte ich die seltenen Gelegenheiten zu nutzen, die mir einen flüchtigen Einblick gewährten. Die wenigen Worte, die ich Großmutters Telefonaten beiläufig entnehmen konnte, und die kurzen Gespräche, die sie mit den Verkäufern führte, brachten mich auf die richtige Fährte.

Ein Besuch bei den Cousins Taillardas öffnete mir schließlich die Augen für die Dimensionen dieser Welt.

Sie führten ein Lebensmittel- und Fleischwarengeschäft im oberen Teil des Dorfes. Wir besuchten sie zweimal, einmal zu Beginn und einmal gegen Ende der Ferien, was bewies, wie wichtig sie Großmutter waren.

Cousine Alice redete gern. Sie trug stets eine weiße Bluse, einen lockeren Haarknoten, der oben auf dem Kopf saß, und hatte kräftig geschminkte Lippen. Ihren Sätzen gab sie durch ein »eben genau darum« Nachdruck. Ich verstand nicht, was sie damit meinte, sah aber, wie Großmutter vielsagend nickte.

Mathilde und ich mochten sie nicht besonders. Cousine Alice verschwand jedes Mal im Hinterzimmer und kam mit einer Packung Kekse zurück, die Großmutter an der ersten Straßenecke in den Müll warf. Unsere Besuche waren für Cousine Alice willkommene Anlässe, um Ladenhüter loszuwerden, deren Verfallsdatum lange verstrichen war.

»Und sag, wie geht es eigentlich Pierrot?«, fragte sie Großmutter.

Großmutters Kopfschütteln kündigte an, dass nun Enthüllungen folgten. Cousin Gaston erinnerte sie mit einem Blick an meine Anwesenheit. Ich sah ihn nie anders als mit einer Baskenmütze, einem schmalen Schnurrbart und in einer klein karierten Arbeitsjacke. Groß und mager, wie er war, erinnerte er an Gustave Dorés Don Quichotte.

Ich schlurfte hinaus, zog den Plastikstreifenvorhang in der Eingangstür beiseite. Ich hatte eine Idee. Ich ließ die Tür einen Spaltbreit offen, um hinausschleichen zu können, ohne dass mich die Türglocke verraten hätte, kniete mich hin und lauschte hinter dem Vorhang. Großmutter klagte. Mein Vater hatte sich wegen de Gaulle mit zwei Kerlen geprügelt. Er hatte eine gebrochene Nase und aufgeplatzte Lippen. Der aufgestaute Groll kam hoch, die väterliche Weigerung, das Fischgeschäft zu übernehmen, die Hungerleider, die zu seiner Hochzeit eingeladen gewesen waren, der zerbeulte Buick meines Großvaters, die Besuche der Polizei … Und dann der Vorname des Kleinen, sagte sie abschließend. (»Das ist doch deutsch, oder?« »Schwedisch.« »Na, wollen wir mal hoffen, dass ihm das kein Unheil beschert …!«)

Großmutter schwieg für einen Augenblick. Ich neigte mich noch mehr nach vorn.

Ich hörte, wie Cousine Alice rief:

»Eben genau darum!«

Jemand öffnete die Tür des Geschäftes. Von den Offenbarungen völlig gebannt, hatte ich ihn nicht gehört. Er stieß gegen mich, und weil ich mich zu sehr gegen den Vorhang gelehnt hatte, verlor ich nun das Gleichgewicht.

»Die Aderholds sind alle …«, hörte ich Großmutter sagen.

Mit dem Kopf voran fiel ich auf den Fliesenboden.

Jeden Morgen, wenn ich in den Spiegel blicke, sehe ich nun die Züge meines Vaters. In den Falten um meine Augen herum entdecke ich seine Mimik. Die harte Miene wird zu meiner. Eine Augenbraue schiebt sich ungebeten nach oben, plötzlich habe ich den gleichen Blick.

»Vom Kommunismus kann man nicht genesen.« Dieser Satz von Paul Nizan verfolgt mich.

Manchmal glaube ich tatsächlich, dass ich keine Langzeitfolgen davongetragen habe. Ich gehe nicht mehr zur Wahl, interessiere mich nicht einmal dafür. Die Ironie verleiht mir die bequeme Illusion, mich von meiner Vergangenheit verabschieden, mich weißwaschen zu können. Ich tue so, als würde ich den Vornamen eines deutschen Vorfahren tragen oder als beschwöre er den amerikanischen Leichtathleten Carl Lewis herauf.

Es gibt aber auch dieses Schamgefühl. Als wäre ich das Kind eines Kollaborateurs. Letztes Jahr habe ich den Sohn eines Litauers kennengelernt, der vor dem Sowjetregime geflohen war. Wenn er von den Gräueltaten der damaligen Regierungspartei spricht, klingt es für mich wie eine Anklage, gegen den Schuldigen, mich, der so blind gewesen ist, dieses System unterstützt, sich für dessen Aufrechterhaltung eingesetzt zu haben. Ich biete ihm meine Freundschaft an, in der Hoffnung, er möge mir verzeihen.

»Du schreibst die Geschichte neu.« Mein Vater erscheint mir, sein Gesicht ist verschlossen. Ich habe Atemnot, augenblicklich überkommt mich wieder die Wut.

Gestern Abend habe ich meinen fünfzehnjährigen Sohn Simon wegen einer Lappalie angeblafft. Er hatte seine Turnschuhe im Flur herumliegen lassen. Ich bekam einen schlimmen Wutanfall. Ich konnte nicht mehr aufhören. Ich brüllte, als wäre ich nicht ich selbst. Je reumütiger er wurde, desto mehr stiegen mir die Tränen in die Augen, und ich litt mit ihm unter meiner eigenen ungezügelten Wut.

Heute Morgen habe ich mich bei ihm entschuldigt, ebenso unbeholfen. Ich habe meine Fehler zugegeben, alle Fehler, habe Selbstkritik geübt, besessen von dem Wunsch, ihm zu beweisen, dass ich ihn liebe. Simon ist von seinen Gefühlen übermannt worden und in Tränen ausgebrochen, woraufhin ich ihm versprochen habe, ein besserer Vater zu sein. Er ist aus dem Zimmer geflohen, als habe er eine nicht für seine Augen bestimmte Szene mitansehen müssen.

Du bist nicht mehr du selbst, sagt meine Frau Catherine. Ihr trauriger Blick überzeugt mich. Es ist schon drei Monate her, dass ich mit meiner Schwester das Haus meines Vaters ausgeräumt habe, aber die Flut von Erinnerungen scheint sich durch nichts eindämmen zu lassen. Es ist mir nicht mehr möglich, in der Gegenwart zu leben.

Hilflos setze ich mich aufs Sofa. Ich weiß nicht, warum der einzige Faden, der mich noch mit dem Kind verbindet, das ich einst war, diese quälende Angst ist.

Um meinen Vater schwebte eine ständige Anspannung, selbst wenn er gerade gelassen schien, selbst wenn wir gemeinsam lachten.

Wir wuchsen in der Überzeugung auf, dass uns eine Gefahr drohte. Die Atombombe, die Kapitalisten, de Gaulle, der rassistische Nachbar. Mein Vater brachte uns bei, stets auf der Hut zu sein. Wir gaben uns dem Genuss der Angst hin. Uns in der Rolle des Opfers zu sehen gab uns ein Gefühl von Lebendigkeit.

Ja, so sieht es aus. Ich hatte in meiner gesamten Kindheit Angst.

Er fand immer einen Grund, sich zu prügeln. Ein Aufwärtshaken, ein Schlag gegen den Kopf. Er spannte sich an. »Die Kraft eines Mannes steckt in seinem Kreuz.« Er ging in die Luft. Seine Stirn prallte gegen den Nasenrücken. Wut und Blut vermischten sich. Der Knochen war gebrochen. Sein Gegenüber war zusammengeklappt, hielt den Kopf zwischen den Händen.

Die Partei war seine Rettung. Ab dem Moment seiner Mitgliedschaft verzichtete er darauf, sich aus persönlichen Gründen zu prügeln. Er trat ihr im November 1956 bei – einige Tage nachdem die sowjetischen Panzer die Ungarn niedergerollt hatten. Eisensteins Filme und auch John Reeds *Zehn Tage, die die Welt erschütterten,* in denen die Russische Revolution einen epischen Anstrich bekam, hatten meinen Vater überzeugt. In Wirklichkeit war die Mitgliedschaft in der kommunistischen Partei jedoch ein hervorragender Liebestöter für jeden, der ihr aus einer romantischen Vorstellung heraus beigetreten war. Das war sogar der Preis, den man zu zahlen hatte. Die Leiter jeder Ebene hatten eine boshafte Freude daran, die Begeisterung der Neuen zu brechen.

Mein Vater beugte sich der Parteidisziplin wie ein Boxer der Notwendigkeit zu hartem Training. Er politisierte mit den Fäusten.

In allen Theatern der roten Vororte wurden aktivistische Stücke inszeniert, mein Vater spielte oft mit und konnte es kaum erwarten, sich zu prügeln. Eine Rolle in *Der Stellvertreter* von Rolf Hochhuth verdankte er mindestens so sehr seiner körperlichen Einsatzbereitschaft wie seinem Talent. Das Verdikt gegen Papst Pius XII., er habe während des Zweiten Weltkrieges nie zu dem Völkermord an den Juden öffentlich Stellung bezogen, löste in den extremistischen katholischen Kreisen Unmut aus. An zwei aufeinanderfolgenden Abenden kletterten Demonstranten auf die Bühne, um die Schauspieler zur Rechenschaft zu ziehen. Nachdem er seinen Text hinausgeschrien hatte, um die Trillerpfeifen zu übertönen, ging er in die Kulissen und versteckte sich hinter dem Vorhang, von wo aus er den Saal beobachtete. Erschien wieder ein wagemutiger Zuschauer auf der Bühne, so rannte er sofort hinaus, um ihn abzufangen und ihn durch kräftige Faustschläge dorthin zurückzubefördern, woher er gekommen war. An einem der Abende kam ein Mann zwischen den Sitzreihen nach vorn. Mein Vater sprang hinter dem Vorhang hervor. Der Mann warf eine Rauchgranate auf die Bühne. Sie landete vor den Füßen der Schauspieler und explodierte mit einem ohrenbetäubenden Knall. Die Zuschauer schrien, einigen gelang es, den wahnsinnigen Kerl zu überwältigen. Der Rauch verflog. Mein Vater, voller Staub, kündigte laut an, die Aufführung würde fortgesetzt, was vom Publikum mit Applaus aufgenommen wurde.

Es kam stets überraschend. Plötzlich ärgerte er sich über etwas, über ein Wort, eine Geste. Seine Miene verfinsterte sich, er richtete sich auf. Die Vorzeichen kannte ich. Seine linke Augenbraue rutschte hinauf, nahm die Form einer

Pfeilspitze an. Sein Kiefer spannte sich an. Dann zuckten die Wangenmuskeln, in immer kürzeren Abständen.

Das ist Schicksal, erklärte er meiner Mutter.

Der Kassierer fragte ihn, wie alt ich sei. Mein Vater wollte sich mit mir Stanley Kubricks *Wege zum Ruhm* ansehen. »Du musst über die Verbrechen der französischen Armee Bescheid wissen!« Ich betrachtete die Fotos über der Kasse und nahm mir vor, die Szenen mit meinen Spielzeugsoldaten nachzuspielen.

Da er dachte, dass der Kassierer ihn frage, weil er wissen wollte, ob ich Anspruch auf Ermäßigung habe, antwortete er, ich sei zehn Jahre alt.

»Dieser Film ist für Kinder unter dreizehn Jahren verboten.«

Mein Vater versuchte, an seine Vernunft zu appellieren. Er habe wohl das Recht, mich in einen Film mitzunehmen, den ich seiner Meinung nach sehen sollte. Oder sei der Kassierer etwa mit den Generälen einverstanden, die die Meuterer erschießen ließen, erkundigte er sich.

»Dieser Film ist für Kinder unter dreizehn Jahren verboten …«

Er ließ sich den letzten Satz noch einmal wiederholen, als wollte er sich vergewissern, im Recht zu sein, und um zu vermeiden, dass die Sache später zugunsten des Kassierers ausgelegt werden könnte. Oder vielmehr, als würde er ihm noch eine letzte Chance geben wollen, seine Haltung zu ändern.

»Dieser Film ist …«

Ich hätte den Kassierer gerne gewarnt. Wenn es etwas gab, das mein Vater hasste, war es dieser monotone Tonfall des Angestellten, an dem jedes Argument abprallte und der sich hinter die Bestimmungen zurückzog, um die Diskussion kurzzuschließen.

Ich starrte den armen Mann an, in der Hoffnung, der bestimmte, aber noch höfliche Ton meines Vaters könnte ihn zu der Einsicht bringen, lieber den Rückzug anzutreten.

Die Hand meines Vaters rutschte durch die Öffnung der Glasscheibe, packte den Kassierer am Hemdkragen und drückte ihn mit Wucht gegen die Kasse. Dieser wimmerte. »Gib mir die verdammte Eintrittskarte, wenn dir deine Nase lieb ist …«

Ich habe so viele Männer gesehen, die von ihm verprügelt worden waren. Ich stellte mir vor, in ihrer Haut zu stecken, umgestoßen, auf den Boden geworfen, zerbrechliche Hampelmänner, durch seine Wut jeglicher Würde beraubt. Heulende Kinder.

Der Betreuer im Ferien- und Freizeitzentrum rief die Namen der Kinder auf, warf ihre Essenskarte in die Luft, tat so, als würde er seinen Revolver ziehen, und imitierte das Geräusch einer einschlagenden Kugel. Danach sollten wir die Essenskarten wortlos einsammeln und in den anderen Teil des Saals gehen.

In der halb geöffneten Tür entdeckte ich den Kopf meines Vaters. Der Betreuer stand mit dem Rücken zu ihm.

»Ader…«

Ich sah ihn an, wie jemanden, der bereits verurteilt war.

»Ader…mold …«

Er machte sich einen Spaß daraus, meinen Namen falsch auszusprechen.

»Aderpold … Aderschmold … Was ist denn das für ein Nachname? Bist du eine Kriegserinnerung?«

Er lachte gehässig.

Es war wie in einem schlechten Katastrophenfilm, in dem die Opfer alle Chancen vertun, dem Unglück auszuweichen.

Im Gegenteil, sie eilen ihm beinah schon entgegen, als würden die Drehbuchautoren uns zu verstehen geben wollen, dass sie für ihren Fehler selbst verantwortlich seien.

»Wo war dein Vater neunzehnhundertvierzig …?«

Meine Karte flatterte in die Luft. Die Tür öffnete sich donnernd. Der Betreuer flog durch den Raum, prallte gegen die Heizung. Mit verstörtem Blick rieb er sich die Stirn. Blut floss ihm über die Finger. Mein Vater beugte sich über ihn. »Wenn ich dich noch einmal bei solchen Faschistenmethoden erwische, zerschlage ich dir deine verdammte Fresse.«

Alle sahen uns erschrocken an, mich lähmte vor allem die Verlegenheit der anderen. Ich schloss die Augen, hoffte, der Betreuer würde aufstehen, verschwinden, und von dem ganzen Skandal bliebe keine Spur.

In dem Laden, der sich unten in unserem Haus befand, kauften wir nicht mehr ein. Mein Vater hatte dem Verkäufer wegen seiner rassistischen Äußerungen einen kräftigen Schlag gegen den Kopf verpasst. Auch mit dem Nachbarn unter uns waren wir zerstritten. Eines Abends war er hinaufgekommen, um sich wegen des Lärms zu beschweren. Meine Schwester und ich versteckten uns in unserem Zimmer. Die Fußtritte meines Vaters verfolgten den Nachbarn die Treppe hinunter.

Auf seine siegreichen Prügeleien war ich kein bisschen stolz. Ich hatte nur Angst, da ich davon überzeugt war, das gleiche Zeremoniell mitmachen zu müssen, sobald ich erwachsen sein würde, Schläge verteilen, Schläge kassieren, und mit Sicherheit stets unterliegen. Meine Eltern erklärten mir, ich dürfe meine Schwester nicht schlagen. »So verhalten sich nur Faschisten«, fügte mein Vater hinzu. Am Tag darauf kam er mit geschwollenem Gesicht nach Hause.

Ich hatte Angst, das ganz sicher. Eine lebhafte, reine Angst, wie nur Kinder sie empfinden. Später verwandelte sie sich in ein Gefühl tiefer Beklemmung. Meine Wut ist lediglich die spanische Wand, hinter der sie sich versteckt.

Die Angst hat mich bis heute nicht verlassen. Sie hat sich mit der Zeit in einen Krampf verwandelt, den ich verspüre, sobald ich auf der Straße oder in einem Restaurant Zeuge eines hitzigeren Gespräches oder einer Auseinandersetzung bin. Augenblicklich werde ich von einem weißen Schleier umhüllt, über den Lärm legt sich ein schrilles Dröhnen, als würde ich die Stimme meines Vaters hören, die mir zuraunt, mich einzumischen. Einmal bin ich tatsächlich in eine Prügelei geraten und war völlig gelähmt, nicht imstande, auch nur ein einziges Mal zuzuschlagen.

Jedes Jahr, gegen Ende des Winters, ging mein Vater mit dem Wandertheater Tréteaux de France auf Tournee. Die Theaterklassiker in die Dörfer des Zentralmassivs, die Berge von Arrée oder Burgund zu bringen beflügelte ihn – und noch viel mehr beflügelte ihn, für eine gewisse Zeit wieder ohne familiäre Zwänge zu leben. Die Dramen, die ihn auf Schritt und Tritt begleiteten, nahm er ebenfalls mit. In den ersten Tagen nach seiner Abreise waren wir wie benommen durch die ungewohnte Stille, die uns plötzlich umgab.

Wir blieben allein mit unserer Mutter.

Sie hatte sich nach Mathildes Geburt von der Schauspielerei verabschiedet. Grund für ihre Entscheidung waren nicht die Enttäuschungen und deren aufreibende Wiederholungen. Nachdem sie im Februar 1958, mit zweiundzwanzig Jahren, in Paris gelandet war, besuchte sie den Cours Charles Dullin am Théâtre National Populaire und arbeitete halbtags für einen Textilreinigungsbetrieb in Nanterre. Drei Jahre lang kämpfte sie im Dunst des Bügelraumes gegen Knitterfalten in Spitzenjabots oder den Einsätzen der Leinenhemden und ging dabei im Kopf die Rollen durch, die sie für ihren Kurs vorbereitete. Mein Vater strebte so sehr nach Anerkennung, dass ihn bereits der kleinste Rückschlag in eine schlimme Depression stürzte. Für meine Mutter, die im Grunde genauso überspannt war wie er, zählte nicht, um welches Stück es sich handelte, wie viel sie in der Rolle sprechen musste, welche Bedeutung die Figur hatte. Sie musste einfach nur auf der Bühne stehen. Jedes Dienstmädchen, jede hübsche Ehegattin waren ihr gut genug. Manchmal bekamen die Schüler des TNP Statistenrollen. Meine Mutter sprach für die Zweitbesetzung einer Rolle in *Man spielt nicht mit der Liebe* vor. Der leere Saal verunsicherte sie derart, dass sie dem Schauspieler, der ihr das Stichwort geben sollte, ins Wort fiel, zur Erheiterung der Techniker. In Tränen aufgelöst stürzte sie hinter die Kulissen, ließ sich fallen. Gérard Philipe tauchte auf. Er beugte sich über sie. »Die Rolle ist nichts für dich …« Sie weigerte sich aufzustehen. Schließlich sagte er mit seiner sanften Stimme: »Ich nehme dich für die Bürgerin in *Lorenzaccio*.« Er sah sie leicht amüsiert an, ganz so, als sei er solche Szenen gewohnt. Wie eine Königin, der man gerade ihr Reich zurückgegeben hatte, verließ meine Mutter mit geröteten Augen an seinem Arm die Kulissen.

Danach bekam sie eine kleine Rolle in *Die drei Musketiere* unter der Regie von Roger Planchon. Sie spielte die Zofe der Königin. »Wie geht es Ihrem Kind, Estafena?«, fragte Ludwig XIII. Sie antwortete: »Er hat einen Zahn bekommen, Sir …«, und verließ die Szene zum Hof hin.

Nein, nicht die kleinen Bisswunden, die die Realität ihr zufügte, waren der Grund für ihre Entscheidung, sondern ein tiefer Mangel an Selbstvertrauen. Der Zweifel, der sie vor der Aufführung zermürbte, verflog auch auf der Bühne nicht. Sie lauschte ihrer Intonation, ärgerte sich über einen übereilten Einsatz, über eine zu lang geratene Sprechpause. Während sie weitersprach, spukte ihr die misslungene Passage durch den Kopf.

Außerdem verkraftete sie sehr schlecht, wenn man ihr

Aussehen kritisierte. Eine junge Schauspielerin am Anfang ihrer Ausbildung ist nichts als ein Körper, dessen Reize man wertschätzt. Zu klein, zu groß, zu jung, zu alt, zu dunkel, zu hell, zu dünn, zu rund, nicht sinnlich genug …

Das Bedauern derer zu hören, die an sie geglaubt hatten, das Bild eines vielversprechenden Talents aufrechtzuerhalten, dem nur ein bisschen Glück gefehlt hatte, reichte ihr.

Wenn mein Vater auf Tournee war, kannte ihre Darstellungslust keine Grenzen. An einem Abend vertraute sie sich uns an, als wären wir ihre ältesten Freunde; an einem anderen stellte sie uns müde das Essen auf den Tisch, seufzte, ein kaum verhohlener Vorwurf, dass wir ihr das Leben verpfuschten; an einem weiteren überhäufte sie uns mit Liebkosungen, nannte uns Sonnenschein.

Beim Zubettgehen kam die Krönung. Sie las vor einem ihr völlig ergebenen Publikum, meiner Schwester und mir, einige Seiten. Mein Vater war grundsätzlich gegen alle Ausgaben der damals allgemein beliebten Serien *Bibliothèque rose* und *Bibliothèque verte* des Hachette-Verlags, da er der Ansicht war, diese seien zu stark von christlicher Moral durchtränkt. Außerdem war er der Ansicht, jedes Vergnügen müsse zugleich lehrreich sein. So entdeckten wir nach *Tom Sawyer* den *Krieg der Knöpfe* und die *Schatzinsel*.

Wenn sie besonders gut vorlesen wollen, versuchen die meisten Eltern, mich eingeschlossen, Angst, Freude oder andere Empfindungen anzudeuten, indem sie den entsprechenden Tonfall wählen. Sie statten jede Figur mit einer ihr eigenen Stimme aus, als wäre sie ein Instrument in einem Orchester. Die der Bösen ist tief, bedrohlich, die der Guten fröhlich oder naiv. Die Kunst meiner Mutter bestand hingegen darin, die Geschichte ernst zu nehmen und eher die Darstellung der Gefühle herauszuarbeiten.

Sie glaubte so stark an die Kraft der Literatur, an die der Tragödie, der Klassiker, dass wir beim Zuhören das Gefühl hatten, eine verschwundene Welt zu betreten.

Robinson Crusoe war ihr größter Erfolg. Wir bemerkten nicht einmal, dass sie kaum einen Blick auf die Seiten warf. Sie überflog sie, machte sich ein Bild und überließ sich ihrer Vorstellungskraft. Sie kommentierte die Illustrationen oder unterbrach die Erzählung durch Pausen, wodurch sie uns auf die Folter spannte. In den Monaten, in denen sie uns das Buch vorlas, hatten die Tage keinen anderen Sinn, als zu vergehen, bis wir uns endlich schlafen legen konnten.

Als Robinson am Strand Fußstapfen entdeckte, gerieten wir in helle Aufregung. Meine Mutter las den Satz mehrmals hintereinander vor. Die Intensität ihrer Stimme verlieh ihm die Kraft eines Geheimnisses. Das war jedoch noch nichts, verglichen mit der Passage, in der unser Held um ein Feuer herum versammelte Kannibalen entdeckte, die gerade einen Menschen fressen wollten. Weder meine Schwester noch ich wussten, was genau Kannibalen waren, die Beschreibung unserer Mutter brannte sich uns jedoch für immer ins Gedächtnis. Ihre Kannibalen hatten kräftige Wangenknochen, geometrische Gesichter und Nasen, durch die als Schmuck Knochen gebohrt waren. Ihre Körper waren von Tätowierungen bedeckt. Sie trug uns ihre kehligen und kriegerischen Gesänge vor. Am nächsten Abend lagen wir mit stockendem Atem im Bett. Robinson machte Feuer, erschoss zwei Wilde. Zwei weitere rannten in das Dickicht, aus dem der Blitz gekommen war, der ihre Kameraden getötet hatte. Einer von ihnen lief unmittelbar an Robinsons Versteck vorbei. Ich hatte Angst, das Geräusch, das ich beim Daumenlutschen machte, könnte ihn verraten, also presste ich meine Lippen gegen den Daumen.

Wie jedes Mal, wenn wir an einem entscheidenden Punkt ankamen, klappte sie das Buch zu.

Sie hörte ebenfalls auf zu lesen, sobald einer von uns eingeschlafen war. Ich schimpfte auf meine Schwester, die nie länger als eine Viertelstunde wach blieb. Robinson und die anderen versteckten sich in den Zimmerecken und kamen erst hervor, als meine Mutter den Schlüssel im Schloss umdrehte und uns allein ließ. Dann setzten sie ihre Abenteuer fort, die jedoch kaum mehr etwas mit der von Defoe erfundenen Geschichte zu tun hatten. Damals wusste ich noch nichts über das Leben. Meine Geschichten hatten kein Ende, setzten ständig neu an. Sie wuchsen wie Seitenwurzeln aus den von meiner Mutter vorgelesenen Kapiteln. Meine Helden hatten keine Vergangenheit, kein Bewusstsein, ihren Taten stand nichts im Weg. Robinson und Freitag schlossen mit den Kannibalen Freundschaft. Gemeinsam bauten sie ein Floß, überquerten den Ozean, machten auf verschiedenen Inseln halt, erreichten Amerika, flogen mit einem Heißluftballon und fuhren den Mississippi entlang. Meine Geschichten verliefen friedlich, es gab in ihnen keinen Aufruhr, keine Tragödien, keine Mächtigen und keine Armen.

Meine Mutter war der Ansicht, die Moral der Geschichte sei der Parasit des Romans, der ihn zwinge, zu einem Abschluss zu kommen. Oft las sie das Ende eher halbherzig vor. Der Kampf des Helden, seine Unsicherheit waren wichtiger als der Ausgang der Handlung.

Auch mit dem Alltag konnte sie so umgehen, verwandelte kleine Ereignisse in nahtlos ineinander übergehende Szenen. Vergangenes, ja sogar die Gegenwart existierten eigentlich erst wirklich, nachdem sie durch die Erzählungen meiner Mutter gespiegelt worden waren.

Auch unseren Autounfall verwandelte sie in ein Bravourstück, das aus drei sich voneinander deutlich absetzenden Akten bestand. Der Prolog bekam die bedrohliche Färbung eines Augusthimmels, an dem sich die Gewitterwolken zusammenzogen, er war wie der Auftakt zu einem Abenteuerroman. Alles hatte mit einem harmlosen Familienausflug begonnen. Unterwegs gab es eine Reihe von Vorzeichen, die Sirene eines Krankenwagens, der verbeulte Kofferraum eines Autos auf dem Pannenstreifen. Sie erwähnte auch die verpasste Autobahnausfahrt, die Ampel, über die wir bei Gelb gefahren waren, all die versäumten Möglichkeiten, durch die wir hätten verhindern können, dass wir uns in dem fatalen Moment an ebenjenem Ort befanden. Der Zusammenstoß kam so plötzlich wie der Ausbruch eines Gewitters. Im Zentrum der nächsten Szene stand unsere vollkommen platt gedrückte Ente. »Sie war so dünn wie Zigarettenpapier.« Meine Mutter nahm den Ton eines Krankenhausarztes an, der den Angehörigen zu verstehen gibt, dass der Zustand des Patienten kritisch ist. Sie sprach von der Beckenfraktur meines Vaters, von den acht Monaten in der Reha. Ihren engsten Freundinnen vertraute sie an, dass ihr Mann wahrscheinlich betrunken gewesen sei, was ihrer Erzählung einen naturalistischen Anstrich gab. Sie versuchte zusammenzuzählen, wie viele Gläser er während des Mittagessens getrunken hatte, immer die gleiche vorgetäuschte Gedächtnisübung. Als würde sie überlegen, sagte sie: »Sieben … acht … vielleicht auch mehr …« Stets nah an der Figur, als wäre sie eine Romanautorin, berichtete sie von der Enttäuschung meines Vaters, als er am Morgen erfahren hatte, dass er in Roger Planchons nächster Inszenierung nicht mehr würde mitspielen können. »Das Theater wird ihn umbringen«, sagte sie und fügte hinzu: »und uns auch …« Und da sie wusste, dass die Aufmerksamkeit ihrer Zuhörer irgendwann nachlassen würde, setzte sie an diesem Punkt zur Erzählung des »wahren Wunders« an. Ohne Übergang nahm ihre Stimme einen unbeschwerten Ton an, geradezu fröhlich, und sie beschrieb, wie ich vom Hintersitz durch die Windschutzscheibe aus dem Fahrgastraum hinaus auf die Motorhaube katapultiert worden war. »Nicht die kleinste Verletzung!« Sie übertrieb die durchstandenen Gefahren, spielte sie jedoch gleich darauf wieder herunter, »unversehrt!«. Die schlimme Knieverletzung meiner Schwester wurde in einem Nebensatz erwähnt. Im letzten Teil wurde das Schicksal jeder Figur bis zum Epilog verfolgt. Mein Vater hinkte regelmäßig zur Krankengymnastik, mit dem schmerzhaften Mut des Boxers, der nur dafür lebt, wieder in den Ring steigen zu können. Meine Schwester und ich verbrachten die nächsten sechs Monate bei Großmutter, meine Mutter spielte für einige Monate wieder Theater, dieser Unfall veränderte unser aller Leben – die Vorliebe für den glücklichen Ausgang einer Geschichte habe ich von ihr.

Ich habe Jahre gebraucht, um darauf zu kommen, dass es diese Szene gar nicht gegeben haben kann. Von dem vorderen Teil unseres zerbeulten Autos war nichts übrig geblieben. Mein Vater lag auf dem Boden. Vom Becken abwärts war sein Körper in die zerquetschte Karosserie eingeklemmt. Es dauerte noch ein paar Jahre, bis ich mich während einer Psychoanalysesitzung wieder an einzelne Momente erinnern konnte. Bruchstückhafte Szenen, die plötzlich mit der Schonungslosigkeit ungeordneter und unverhüllter Erinnerungen auftauchten. Ich sitze auf der Bordsteinkante. Jemand wickelt mich in eine Decke. Ich bin ganz benommen vom Geruch des heißen Asphalts. Ich sehe das Bild des verängstigten Kindes vor mir, inmitten der Scherben. Ich sitze im Wagen des Rettungsdienstes. Die Polizisten, mit Käppi und in schwarzer Uniform, starren mich mit reglosen Mienen an. Mein Vater liegt auf der Trage vor uns und brüllt. Ich, völlig verschreckt, traue mich nicht, ihn anzusprechen. Was weder mit einer Offenbarung der Wahrheit noch mit dem Höhepunkt der Verklärung zu tun hat – in diesem Alter weiß man noch nicht, dass das Gedächtnis einen täuschen kann –, sondern mit der unmittelbaren Reaktion auf die nackte, ungeschönte Wirklichkeit im Angesicht der Medusa. Mein Vater stößt einen tiefen Seufzer aus, als wolle er dadurch den Schmerz wegdrücken. Er schreit: »Sollen sie doch verrecken, diese Schweine!« Ich kann nicht weinen. In der Geschichte meiner Mutter hatte es all das nicht gegeben. Keinen Schrecken, kein Leid. Auch nicht das bestürzende Gefühl, verlassen worden zu sein. Eine Krankenschwester zieht mir die Sandalen aus. Klirrend regnet es zerbrochenes Glas in die Mülltonne. Ein Arzt spricht leise mit meiner Mutter. Tränen laufen mir übers Gesicht. Ihr kleiner Roman betäubte unsere Erinnerungen. Es war nur eine Geschichte, die wir wie eine Filmszene wahrnahmen, in der sich die Helden prügeln. Neben dem Arzneischrank hängt eine Kinderzeichnung. Die Sonnenstrahlen werfen ein Rechteck auf die Fliesen. Ich glaube, mein Vater ist tot.

Irgendwann kam er von der Tournee zurück. Eines Morgens lag er wieder im Ehebett. Im Schlaf wirkte seine Kraft noch gewaltiger. Sie schwappte von der Matratze, überschwemmte das gesamte Zimmer, untermalt von der bedrohlichen Musik seines Schnarchens. Wir warteten mucksmäuschenstill. Er öffnete die Augen. Verschüchtert gaben wir ihm einen Kuss. Seine Arme hoben uns ohne Mühe hoch, wir schwebten über seinem Kopf.

Seine Rückkehr war Anlass zu einem Fest, dessen Ablauf wir genauestens kannten. In den folgenden Tagen mussten wir nicht in die Schule. Wir gingen mit ihm in den Louvre und ins Restaurant. Geduldig ließen wir ein Bild nach dem anderen, ein Gericht nach dem anderen an uns vorbeiziehen. Der Nachmittag klang im Kino Le Cosmos aus, wo wir uns einen sowjetischen Film ansahen. All diese Etappen brachten uns dem Augenblick näher, kündigten ihn gleichsam an, auf den meine Schwester und ich eigentlich warteten. Eines Nachmittags ging unser Vater mit uns hinaus. Mutter blieb zu Hause. Wir spazierten die Avenue Mozart entlang. Hüteten uns, ihn nach unserem Ziel zu fragen, um den Zauber nicht zu zerstören. Er erzählte von seinem Vater. Wir wussten, jetzt würde es gleich so weit sein. Kam mein Großvater nach einer ein- oder zweiwöchigen Reise mit seiner Frau zurück, fragte er ihn als Entschädigung für die Abwesenheit nach einem Geschenk, das ihm Freude machen würde. Und dann baute er ihm einen grellroten Eisenkran mit weißen Nieten, der beinah so groß war wie der Sohn. Ohne ein Wort zu sagen, gingen wir neben ihm her. An jenem Tag waren die Schatten der Kommunarden und der Versaillerinnen von den Straßen verschwunden, mit den Baumreihen, die sie säumten, wirkten diese sogar einladend. Auch das Kriegsschiff *Dunkerque* baute mein Großvater nach, als Holzschiff mitsamt den Vierlingstürmen und der Radioantenne aus weißem Bakelit. Wir konnten dieses Spielzeug bei meiner Großmutter bewundern, die *Dunkerque* auf der Anrichte im Wohnzimmer, den Kran in der Garage. Wir durften sie nicht anfassen und erst recht nicht mit ihnen spielen. Als unser Vater am Ende seiner Geschichte angelangt war, standen wir plötzlich, wie durch ein Wunder, in der Rue de l'Assomption vor dem Schaufenster eines Spielzeuggeschäfts.

Mein Vater trat ein. Er blieb im Eingang stehen, beobachtete uns auf dem Gipfel unserer Aufregung. Dann deutete er mit einer theatralischen Geste auf die Regale. »Sucht euch aus, was euch gefällt.«

Nachdem er dem Pferd des Hauptmanns die Kehle durchtrennt hatte, schloss Peter sich einer Gruppe von Rekruten an, die auf dem Weg in die Stadt waren, um ein Gläschen zu trinken. Gemeinsam mit ihnen ging er am Wachtposten vorbei, hinunter zum Rhein. Als sie eines der Gasthäuser am Flussufer betreten wollten, sagte er zu seinen Kameraden, er wolle noch seine Eltern besuchen, und verabschiedete sich von ihnen.

Er versteckte sich in einem Güterwaggon am Koblenzer Bahnhof und wartete auf den Einbruch der Nacht. Die Stallangestellten würden bald ihre Runde machen. Er musste sich beeilen, um so weit wie möglich zu kommen.

Der einfachste Weg nach Frankreich war, dem Lauf des Rheins zu folgen. Das war die Route, auf der man zweifellos als Erstes nach ihm suchen würde. Peter beschloss, lieber der Mosel zu folgen. Dieser Weg war wesentlich länger, jedoch sicherer. Noch nie hatte er die Stadt seiner Geburt verlassen und befürchtete nun, sich zu verlaufen oder entdeckt zu werden, wenn er den Straßen folgte.

Die Festung lag am rechten Rheinufer. Er musste den Fluss überqueren, um zur Mosel zu gelangen. Die einzige Brücke wurde von Soldaten bewacht. Wollte er sie überqueren, hatte jeder Rekrut einen vom Kommandanten unterschriebenen Passierschein vorzuweisen.

Als es dunkel genug war, zog er seine Jacke aus, band sich die Schuhe um den Hals und stieg ins kalte Wasser. Er spürte die Strömung des Flusses, an den Beinen, am Oberkörper. Dann verlor er den Grund unter den Füßen. Die Strömung trieb ihn auf die bewachte Brücke zu. Nur langsam näherte er sich dem gegenüberliegenden Ufer. Seine Kleidung erschwerte ihm die Bewegung. Vom Ufer aus war ihm der Fluss wie ein Pferd vorgekommen, an dem man sich nur festzuhalten brauchte. Sobald er jedoch in den Fluten war, musste er sich mit aller Kraft gegen sie stemmen, ohne auch nur einen Augenblick nachzulassen. Er lief Gefahr, von den Strudeln ergriffen zu werden. Seine Arme, seine Lunge schmerzten. Er klammerte sich an die Wut, als sei sie das Ergebnis einer wohlüberlegten Entscheidung. Er verlor einen Stiefel. Keuchend schwamm er weiter, geschwächt durch den Kampf gegen die Strömung. Mit letzter Kraft erreichte er das Ufer. Für einen Moment blieb er dort liegen, dann schlich er durch die Straßen und erreichte die Mosel. Er lief den Fluss ein Stück entlang, versteckte sich vor den wenigen Menschen, die er hätte treffen können, und verschwand schließlich in den angrenzenden Feldern.

In den folgenden Tagen war er nur nachts unterwegs und blieb stets in der Nähe des Flusses. Er hatte inzwischen viele Schrammen und Verletzungen, weshalb er manchmal nur einige Kilometer vorankam. Die Mosel wand sich wie der Lederriemen einer Peitsche. In dieser Gegend war die Luftfeuchtigkeit während des ganzen Jahres hoch, seine Kleidung trocknete nicht. Er zitterte vor Kälte, konnte jedoch, wegen der Gefahr, entdeckt zu werden, kein Feuer machen.

Aus einem Stück seiner Jacke schusterte er sich einen Pantoffel zurecht, als Ersatz für den Stiefel, den er im Rhein verloren hatte. Um sein verletztes Bein zu entlasten, fertigte er sich aus einem Erlenzweig eine Krücke an und sah aus wie ein pensionierter Söldner. Er ernährte sich von Früchten, wagte sich bis zu abgelegenen Bauernhöfen, wo er Eier stahl. Der Wald umschloss den Fluss von beiden Seiten. Manchmal ging er weit zwischen die Buchen und erklomm einen Hügel, um sich zu orientieren.

Am zweiten Tag bekam er Fieber, das sich als hartnäckig erwies. Völlig benommen durchquerte er das Rheinland. Ihm kam es vor, als dringe er immer tiefer in die Eingeweide Deutschlands vor, bis zum Herzen des Gefühls namens Weltschmerz. Durch die Erlenzweige hindurch flüsterte ihm der Westwind die drohenden Worte des Hauptmanns zu. Er sah ihn vor sich, eine Erscheinung, deren Bann er sich nicht entziehen konnte. Das schmale Gesicht, die hohen Wangenknochen, die so stark hervorragten, dass die Augen in den Höhlen nahezu verschwanden, und vor allem diese Ausdruckslosigkeit – ein Mann ohne Blick – machten Peter Angst. In seinem fiebrigen Geist verschwammen die Züge des Hauptmanns mit dem Abzeichen, das er auf seiner schwarzen Husarenmütze stolz zur Schau trug, eine modische Marotte, die jeden von der Idee abbringen sollte, sich ihm zu widersetzen: ein Totenschädel mit zwei gekreuzten Knochen. Darüber war der Wahlspruch *Mit Gott für König und Vaterland* eingraviert. Den erschrockenen Blick des Pferdes konnte Peter ebenso wenig vergessen – bis in den unruhigen Schlaf und manchmal sogar, wenn er wach war, wurde er von ihm verfolgt. Ein anderes Mal erschien ihm das Tier mit der langen Narbe an der Kehle, auf dem Rücken der Hauptmann, der ihm mit seinem blutverschmierten Säbel drohte. Peter rannte ins Dickicht und blieb so lange dort, bis die Bilder verschwanden. Auch sein Vater erschien ihm, die Züge von tiefer Traurigkeit gekennzeichnet, *mein Sohn, was birgst du so bang dein Gesicht?*

Er musste einen langen Umweg machen, um Trier zu umgehen. Er kam an der Grenze zu Luxemburg vorbei, ohne sie zu bemerken.

Als er, mit einem Schlag gealtert, die Wälder der Mosel verließ, erblickte er eine Lichtung, die erste seit zwei Wochen. Wohlgeordnete Felder erstreckten sich bis zum Horizont, in der Ferne lag ein Dorf. Er warf einen letzten Blick zurück. Der junge Städter hatte einem wütenden Mann Platz gemacht, den sein Zorn in die Flucht getrieben hatte. *In seinen Armen das Kind war tot.*

Peter erreichte die Vorstadt von Diedenhofen, was die Franzosen Thionville nennen. Ein Bauer aus dem Ort nahm ihn, halb verhungert, bei sich auf. Er kümmerte sich um ihn, gab ihm Zivilkleidung und zeigte ihm den Weg nach Frankreich. Peter überquerte die Grenze in der Höhe von Étain.

Frankreich war der für ihn sicherste, zugleich am wenigsten gastfreundliche Ort. Er ging zu Fuß nach Paris. Dank seines kräftigen Körperbaus fand er in den Pariser Markthallen rasch eine Anstellung. Nach einem Jahr wagte er, seiner Mutter einen Brief zu schreiben, den er mit *Carmelo*, ihrem Mädchennamen, unterzeichnete, um die Koblenzer Postzensur zu umgehen. Drei Monate später erhielt er eine Antwort. Sein Vater sei Anfang des Sommers gestorben. Weder die Schande, dass sein Sohn in Abwesenheit zum Tode verurteilt worden war, noch die regelmäßigen Besuche des Hauptmanns habe er ertragen können.

Wenig später begegnete ihm Esther. Schnell zogen sie zusammen. Esther stellte ihm keine Fragen. Als sie heirateten, willigte sie ohne Weiteres ein, Deutsche zu werden. Das

Gesetz schrieb vor, dass sowohl die Ehefrau als auch die Kinder die Staatsangehörigkeit des Mannes anzunehmen hatten.

Sie ließen sich in Levallois-Perret nieder, in der Rue Poccard 57, wurden Matratzenhersteller, bekamen drei Kinder, zwei Söhne und eine Tochter. Sie wurden ein Händlerehepaar, wohlhabend, aber nicht reich.

Er schlief wenig. Seine Fahnenflucht suchte ihn in seinen Albträumen heim, schmerzte wie eine alte Wunde. Was immer er tat, er war und blieb ein Boche. Sein Verstand und sein Wille stießen gegen die Kraft des Instinkts, gegen verdrängte, niemals erloschene Gefühle. Er fragte sich oft, warum er das Pferd und nicht den Reiter getötet hatte. Manchmal wiegte er sich in der Vorstellung, es sei aus Menschlichkeit gewesen. Dann aber zweifelte er kein bisschen an der Grausamkeit seiner Rache. Er hatte das einzige Wesen umgebracht, an dem der Hauptmann offenbar gehangen hatte.

Seine Flucht nahm kein Ende. Trotz der vielen Jahre, die inzwischen vergangen waren, war er sich nicht sicher, der Person entkommen zu sein, die die Schikanen des Hauptmanns in ihm zum Leben erweckt hatten. Er zwang sich zu jenem eintönigen Tagesablauf, den sein Vater sich einst auferlegt hatte. Jeder Tag musste dem vorangegangenen gleichen, zumindest mussten alle Rituale genauestens eingehalten werden.

Nach dem Aufstehen ging er leisen Schrittes zum Stuhl, auf dem seine Kleidung lag. Er zog sein Baumwollunterhemd an, dann sein Hemd. Sorgfältig steckte er die Zipfel in die Hose, bevor er die Hosenträger einstellte. Jede Bewegung führte er mit abergläubischem Respekt minutiös aus. Zu Beginn ihrer Ehe hatte Esther eines Morgens vergessen, seine Unterhosen bereitzulegen. Für einen Moment stand er da, niedergeschlagen, nackt. Dann ergriff er plötzlich den Stuhl und schleuderte ihn durchs Zimmer.

Von seiner Herkunft sollte nichts übrig bleiben. Seinen Kindern verbot er, Deutsch zu lernen, »diese Hundesprache«. Als handele es sich um eine Bedrohung, wachte er über jedes Anzeichen des Deutschseins. Die *Boches,* wie er sie mit einer Spur Hass in der Stimme nannte, kennen nur den Tod, sei es durch Hunger, ein graues, freudloses Leben, sei es durch Wut, sagte er immer wieder zu ihnen.

Sowohl an seiner Tochter als auch an seinem Jüngsten glaubte er diese Gefahr zu entdecken. Mathilde ließ sich zu furchtbaren Wutausbrüchen hinreißen, Georges hatte diesen unheilvollen Glanz in den Augen, den Peter so gut kannte und der schlimmen Wahn ankündigte. Sie waren für ihn wie dunkler Morast. Ihnen gegenüber zeigte er sich hart, in der Hoffnung, sie auf diese Weise zu beschützen. Fünfundzwanzig Jahre zuvor war es diese Wut gewesen, die ihn in die Flucht getrieben hatte.

Nur der Älteste schien davon verschont geblieben zu sein. Peter hatte Esther davon überzeugt, ihn Pierre zu nennen. Seine Geburt sollte am Anfang einer neuen Geschichte stehen und Peters Vergangenheit als Boche auslöschen. Ein neuer Peter, befreit von allem Wahn.

Er nahm ihn als Lehrling zu sich ins Geschäft. Am Morgen, als er ins Hinterzimmer des Ladens kam, zündete er die Petroleumlampe an. Im Licht wurden die an die Wand gelehnten Ballen graubeigen Drells und Seidendamasts für die hochwertigeren Matratzen erkennbar, ganz hinten die Kardiermaschine und die übereinandergestapelten Matratzen, die die Kunden zur Reparatur dagelassen hatten.

Peter schnitt den Drell zurecht, legte ihn auf den Arbeitstisch, und Pierre nahm ein großes Bündel krauser Wolle, »von bester Qualität, weich und reißfest«, wie Esther zu den Kunden sagte. Er breitete sie auf dem Drell aus, bis sie eine mehrere Zentimeter dicke Schicht ergab. Während des gesamten Vorganges sprachen sie kein einziges Wort miteinander, konzentrierten sich auf die Bewegungen. Nun legte Peter eine Schicht Rosshaar darüber. Pierre verteilte eine weitere Schicht Wolle, und als Letztes deckte Peter das Ganze mit einem anderen Stück Drell ab. Die Stille, die vom Einklang zwischen ihnen zeugte, erfüllte sie mit Freude. Mit großen Nadeln verarbeiteten sie den Rand und nähten versetzt die Knöpfe an. Nachdem Esther die Feinarbeiten übernommen hatte, schulterten sie die Matratze und lieferten sie aus. Auch die Matratzen zur Ausbesserung holten sie gemeinsam ab. Pierre besprach, was zu reparieren war, und verhandelte den Preis, Peter begnügte sich damit, ihm zuzustimmen oder einen Fehler zu korrigieren. Er schämte sich seines Akzents, den er nicht hatte ablegen können.

Pierre wollte, dass sie in das neue Herstellungsverfahren für Federkernmatratzen investierten. Er hatte in der Zeitung eine Werbung der Bettenfirma Lafontaine entdeckt. Zu sehen war die Zeichnung eines Frauenkopfes mit wallendem Haar. Darunter stand: »Guter Schlaf ist die halbe Gesundheit. Lassen Sie ihn sich nicht länger durch ein schlechtes Bett ruinieren.« Eines Tages, als sie von einer Auslieferung zurückkamen und einen Abstecher in die Schankwirtschaft gegenüber machten, versuchte er Peter davon zu überzeugen. Dieser hörte ihm zu, lächelte. Ohne etwas beschlossen zu haben, gingen sie zurück ins Geschäft, zufrieden miteinander, wie in einem kleinen Spiel, in dem jeder zuverlässig seinen Part spielte.

Um die Vergangenheit endgültig zu begraben, beantragte Peter seine Einbürgerung. Diese wurde ihm und seiner ganzen Familie in einer Verordnung vom 17. Juni 1914 zugesprochen.

Dann kam der Erste Weltkrieg, der alles hinwegfegte.

»Der Kapitalismus trägt den Keim des eigenen Untergangs in sich«, sagt Marx.

Wenn wir es abends vor dem Einschlafen nicht schafften, uns darüber einig zu werden, ob diese Behauptung stimmte oder nicht, sagte ich meiner Schwester die Sentenzen auf, die ich von meinem Vater stets zu hören bekam.

1968 oder 1969 zogen wir in der Rue Desnouettes, im 15. Arrondissement unweit der Metrostation Convention, endlich in eine richtige Wohnung. Mathilde und ich teilten uns weiterhin ein Zimmer. Sie beugte sich über das Geländer des oberen Bettes und stellte mir Fragen. Wenn wir wichtige Geheimnisse oder eine heikle Angelegenheit zu besprechen hatten, legte sie sich zu mir ins Bett. Wir versteckten uns unter der Decke, die ich während des gesamten Gesprächs wie ein Zelt über unsere Köpfe gespannt hielt.

Ich hatte Mühe, alle Fragen meiner Schwester zu beantworten. Meine Erläuterungen überzeugten sie nicht immer voll und ganz, mich übrigens auch nicht.

Wir fühlten uns wie Exilanten in einem fernen Land, dessen Gewohnheiten und Bräuche wir nicht zu fassen vermochten. Mathilde versuchte dem durch ständige Unaufmerksamkeit beizukommen. Sie hatte ein diebisches Vergnügen daran, alles durcheinanderzubringen und ihr Desinteresse zur Schau zu stellen.

Ich wiederum vertrat vorbehaltlos die Leidenschaften meines Vaters. In jeder Wahlnacht saß ich neben ihm. Das sei Männersache, dachte ich. Immer wieder beteten die Journalisten die Ergebnisse herunter, bei den Kommunalwahlen 1965, den Parlamentswahlen 1967 und 1968, den Präsidentschaftswahlen 1969. Mit regloser Miene hörte mein Vater sich die immer gleiche Leier an. Je schlechter die Wahlergebnisse wurden, desto mehr betrank er sich, langsam und nur nach Ankündigung schwerwiegenderer Niederlagen genehmigte er sich einen größeren Schluck, wenn etwa die Rechte einen Abgeordnetensitz gewann oder eine Kommune zurückbekam. Den letzten Erschütterungen des Algerienkrieges folgten die matten Jahre des Gaullismus. Die Heldin dieser unheldenhaften Zeit war die Hausfrau. Man sah sie in den ersten Fernsehwerbungen, sie war jung, trug eine Schürze, ebenso tadellos wie ihre Föhnfrisur, und sie freute sich über ihren Kühlschrank. De Gaulles Präsidentschaft folgte die noch stumpfere Zeit unter Pompidou. Gerade weil es dem Nachfolger des Generals an jeglichem Profil mangelte, wurde er zur wichtigsten Zielscheibe des väterlichen Hasses und Spottes. Er nannte ihn nur »Bougnaparte«, das war der Spitzname, den Pompidou von der Satirezeitung *Le Canard enchaîné* bekommen hatte, in Anspielung darauf, dass er aus der Auvergne stammte. Auch Erfolge der Partei konnten seine Stimmung nicht heben. Ich nahm Anteil an diesen Dramen, deren Ausmaß ich von seinem Gesicht ablas. Mit aufrechtem Rücken und überzeugter Miene saß ich da, reglos, hörte niedergeschlagen zu, als die Städte aufgezählt wurden, in denen die Partei nicht mehr die Mehrheit hatte, schüttelte den Kopf. Er rief meiner Mutter zu, dass wir nicht mehr in diese oder jene Gegend, in denen die Linke verloren hatte, in den Urlaub fahren würden. Jeden Frühling ereignete sich einer dieser kleinen Weltuntergänge.

Den Mai 1968 gab es bei uns nicht. Im Wesentlichen nahm mein Vater an den Ereignissen teil, indem er einen Kerl verprügelte, der ihn gefragt hatte: »Und du, Kamerad, was tust du für die Revolution?« Den Studentenunruhen gegenüber empfand er eine spontane Ablehnung und vielmehr noch dem gegenüber, was man den »68er-Geist« nannte. Die Revolution konnte nicht aus dieser Flut von Bonmots und Gelüsten bestehen. Daniel Cohn-Bendit, die Anarchisten, die Maoisten, sie alle griffen die Väter an, benahmen sich wie eine Bande unerzogener Kinder. Durch die Revolution sollte ja gerade eine neue Ordnung entstehen, eine Ordnung, die ihn vor den eigenen Trieben beschützte, die Wut löschte – eine neue Familie, ohne Erbe und ohne Streit.

Der Mai 1968 hatte für meinen Vater den Nachhall einer Warnung. Zu jung, um an der Résistance teilgenommen zu haben, zu alt, um sich den Studenten anzuschließen, befürchtete er, einer Generation anzugehören, die dazu verdammt war, in der Versenkung der Geschichte zu verschwinden. Renn, Kamerad, die alte Welt ist dir auf den Fersen, stand an den Wänden der Sorbonne geschrieben. Mein Vater, er rannte, um die Revolution einzuholen.

Er beschloss, seinen Eifer zu verdoppeln. Aber sosehr wir auch warteten, die sechziger Jahre verstrichen, ohne dass sich die Prophezeiung meines Vaters erfüllt hätte.

»Der Kapitalismus trägt den Keim des eigenen Untergangs in sich.«

Das Geräusch des Daumenlutschens wurde immer schneller, was mich im Dunkeln erahnen ließ, wie ratlos meine Schwester in dieser Frage war.

Ich verstand auch nicht, welche konkreten Konsequenzen diese Aussage für unsere Familie haben konnte, aber die Bestimmtheit, mit der mein Vater sie aussprach, beruhigte mich. Es handelte sich also um eines jener Rätsel, die sich erst später aufklären würden.

Ein weiteres, noch viel bedeutenderes war die Dialektik. Mein Vater bediente sich ihrer gerne, um sich beim Abendessen über mich lustig zu machen, wenn ich es wagte, mich so wie er über die Nachrichten im Radio aufzuregen oder den einen oder anderen Protagonisten zu beschimpfen. Eine Nachricht, die ich als begrüßenswert interpretiert hatte, kehrte die Dialektik in ihr genaues Gegenteil, und ebenso verfuhr sie mit der, die in meinen Ohren unerfreulich geklungen hatte. Dank der Dialektik konnte mein Vater meiner Mutter erklären, dass er nicht betrunken war oder ihren Geburtstag eigentlich gar nicht vergessen hatte. Auch als Madame Cavalli, meine Grundschullehrerin, mich eines Nachmittags nach der Schule aufforderte, dazubleiben, hatte sie ihre Finger im Spiel. Zumindest waren meine Schwester und ich davon überzeugt.

Madame Cavalli war eine Lehrerin vom alten Schlag, übergewichtig, mit rotem Gesicht und tiefer Raucherstimme. Die Ärmel ihres Kleides waren stets voller Zigarettenasche. In der Stunde duldete sie keinerlei Störung. Einmal packte sie einen aufsässigen Schüler beim Kragen und schüttelte ihn so lange, bis er schließlich mit dem Kopf gegen den Heizkörper unter dem Fenster stieß.

Ich war bereits außerhalb des Klassenraumes, als sie mich zurückrief. Trotz ihres freundlichen Lächelns befürchtete ich eine Strafe oder, noch schlimmer, einen Eintrag in mein Mitteilungsheft.

Für meinen Vater war Schule etwas ebenso grundsätzlich

Gutes wie die Revolution, sie bedeutete Kampf und Einsatzbereitschaft. Auf der ganzen Welt gab es so viele Kinder, denen diese Chance verwehrt blieb. Wenn ich eine schlechte Note nach Hause brachte, ließ er mich ins Elternschlafzimmer kommen. Das Wohnzimmer war Krisensituationen vorbehalten, deren Auslöser sehr unterschiedlich waren: Vierteljahreszeugnisse, die von abfallenden Leistungen zeugten, ein Hieb gegen die Schwester, kaputte Kleidungsstücke, die ersetzt werden mussten. Diese Dinge wurden nie im Schlafzimmer besprochen. Er begann in einem fragenden Ton, ich solle ihm doch bitte verraten, wie ich das geschafft habe. Dann steigerte er sich allmählich, geißelte meine Inkonsequenz, zündete sich eine Zigarette an. Von der Moralpredigt ging er zur Erniedrigung über. Er gab mir seine Verärgerung deutlich zu verstehen, sagte mir mit spöttischem Unterton eine düstere Zukunft voraus – und entließ mich.

Ich lebte ausschließlich in Erwartung der Schulpausen. Im Unterricht war ich scheu und zurückhaltend, sobald ich jedoch die Schwelle zum Schulhof überschritten hatte, benahm ich mich wie ein Wilder. Ich rannte drauflos, bis ich nicht mehr konnte, brüllte, schubste meine Mitschüler, zur Verwunderung meiner Lehrer.

Madame Cavalli überreichte mir einen Brief. Er hatte ein ungewöhnliches Format, war beinahe quadratisch, aus Pergamentpapier und mit einem Stempel aus rotem Siegellack verschlossen. Ich sollte ihn in meine Schultasche stecken und zu Hause meinen Eltern übergeben. »Es ist wichtig«, sagte sie wiederholt.

Ich bemühte mich, jeglichen Zwischenfall zu vermeiden, ja meinen Vater vergessen zu lassen, dass es die Schule überhaupt gab. In dieser Hinsicht waren die gemeinsamen Mahlzeiten die heikelsten Momente. Als ich beim Abendessen meinen Tag zusammenfasste, waren meine Berichte wie die der Partei anlässlich einer Änderung der Linie: knapp und ohne besondere Vorkommnisse.

Seit dem frühen Morgen schneite es. Alles war von einer dünnen Schicht bedeckt. Ich hatte mir fest vorgenommen, als Erster Spuren in dem auf meinem Heimweg liegenden Park zu hinterlassen. Am Nachmittag blickte ich während des Unterrichts immer wieder aus dem Fenster. Ich hatte mir ein Spiel ausgedacht. Ich war ein Cowboy, der von Indianern verfolgt wurde. Um sie abzuhängen, musste ich rückwärts bis zur Mauer gehen und in meine Fußstapfen tretend zurückkommen.

Der Brief in meiner Schultasche verdarb mir die ganze Lust darauf. Auf dem Heimweg dachte ich über seine besondere Form nach. Er erinnerte an einen Eilbrief, den der Kommandant einer Festung einem Reiter anvertraut. Ich schlich hinter eines der auf dem Gehweg parkenden Autos. Ich nahm die Spitzen meiner Handschuhe zwischen die Zähne, zog sie aus und nahm vorsichtig den Brief aus der Tasche. In den Siegellack waren die Buchstaben R und F eingeprägt. Es handelte sich um etwas Wichtiges oder eher Schwerwiegendes. Ich befühlte es, wog es mit der Hand ab. Ich sammelte meine dürftigen Indizien. Ich war der einzige Schüler, dem Madame Cavalli solch einen Brief gegeben hatte. Ich erinnerte mich daran, wie traurig sie gewesen war, als der Schulleiter den Unterricht unterbrochen hatte, um den Tod des Generals de Gaulle bekannt zu geben. Langsam nahm eine Schlussfolgerung in meinem Geist Gestalt an. Dieser offizielle Brief war für die Kommunisten und ihre Kinder bestimmt – in meiner Klasse war ich der einzige. Bei uns waren so viele ausländische Kameraden zu

Besuch gewesen, die in Frankreich im Exil waren, Spanier, Palästinenser und vor allem Südamerikaner, die beeindruckende Geschichten erzählt hatten – von abgeschnittenen Fingern, herausgerissenen Zungen, Körpern, die aus Hubschraubern in den Ozean geworfen worden waren. Man würde die Partei verbieten! Wir würden fliehen müssen!

Die Wärme im Eingangsbereich unseres Hauses brachte mich wieder ein wenig zur Besinnung. Obwohl dies meine bevorzugte Hypothese blieb, kam mir, während ich die drei Etagen hinaufging, eine andere, bodenständigere in den Sinn. Was, wenn ich wegen der Dummheiten, die ich in den Pausen angestellt hatte, von der Schule fliegen sollte?

Meine Mutter bereitete in der Küche das Abendessen vor. Sie trocknete sich an der Schürze die Hände ab, besah sich den Umschlag, bevor sie meinen Vater rief. Er riss das Siegel auf und zog langsam die Karte heraus. An dieser war ein Trikolor-Bändchen befestigt. Er las den gesamten Brief. Meine Mutter überflog ihn, ebenfalls ohne ein Wort zu sagen. Sie starrten mich an. Ich schlug die Augen nieder. »Der Präsident der Republik Frankreich und seine Ehefrau freuen sich, den Schüler«, hier folgte mein Name, in Schönschrift, mit tadellos abgerundeten Großbuchstaben, wie wir es in der Schule gelernt hatten, »am Mittwoch, den 6. Dezember 1972, um 14 Uhr 30 zum Weihnachtsfest in den Élysée-Palast einzuladen.«

Bougnaparte hatte mich in seinen Palast eingeladen! Ich schielte zu meinem Vater, um festzustellen, ob mir die Nachricht eine Moralpredigt bescheren würde. Er verzog keine Miene.

Meine Schwester und ich sprachen am Abend lange darüber, warum die Wahl wohl auf mich gefallen war, ohne auch nur annähernd eine Antwort zu finden. Sie versuchte mich zu trösten, soweit sie konnte, ich fand jedoch nur schwer in den Schlaf.

Sie saßen hinter einem mit einem schwarzen Tuch bedeckten großen länglichen Tisch, als befänden sie sich in einem Gerichtssaal. Einer von ihnen, die Haare in einer Rolle auf dem Kopf zusammengesteckt, rief immer wieder: »Ein Skandal, ein Skandal!« Mein Vater hatte die Kameraden der Zelle zusammengerufen, um die Frage zu erörtern. Manche von ihnen kannte ich, wie den Schuhmacher, der im Erdgeschoss sein Geschäft hatte. Jeder nahm die Einladung unter die Lupe und gab sie dann seinem Nachbarn weiter. Ich rutschte auf meinem Stuhl herum. Den Vorsitz bei der Versammlung führte ein KZ-Überlebender. Einmal im Jahr, wenn die Anträge für den Parteibeitritt abgegeben wurden, zeigte er mir die in seinen Unterarm eintätowierte Nummer und erzählte mir von verschiedenen Deportationen, was meine Mutter mich schnell vergessen lassen wollte. Der Sohn eines Kommunisten hat im Élysée-Palast nichts zu suchen!, donnerte der stattliche Schuhmacher. Sein grau melierter Bart und seine Haare bildeten eine Einheit, die den Kopf umrahmte. Jemand hatte vorgeschlagen, mich an dem Fest teilnehmen zu lassen, worüber er völlig empört war. Eine Frau, die aussah wie Madame Cavalli, schlug vor, ich könnte dem Präsidenten eine Botschaft der Arbeiter überbringen. Sie machten sich Sorgen, meine Kinderstimme sei nicht weit genug vernehmbar. Nur die ersten Reihen würden mich hören. Sie gaben mir eine Passage aus dem *Kommunistischen Manifest*, die ich vorlesen sollte. Ich stolperte über die Wörter, stockte immer wieder. Sie verwarfen die Idee. Er könnte ein Bild malen, das er Pompidou überreicht! Sie setzten mich an einen Tisch, gaben mir Filzstifte. Ich spürte die Köpfe über meiner Schulter. Ich bat um einen Bleistift. Er muss es ja wegradieren und neu beginnen können, pflichtete mir mein Vater bei. Wir brauchen Rot, mehr Rot! Sie kommentierten jede Einzelheit. Die Sichel. Sie muss größer sein! Die Rechtschreibung, schimpfte mein Vater. Ich errötete, war gekränkt. Frohe Weihnachten, Herr Präsident. Nein, das geht gar nicht. Ich zerriss das Blatt. Ich verzweifelte an der Aufgabe. Ich erwachte in dem Moment, als ich von meinem Stuhl aufsprang und schrie, dass ich nicht hingehen würde. Die Filzstifte fielen mit dem Geräusch niederprasselnden Regens auf den Boden. Ich könnte ja einen Freund bitten, mich zu vertreten. Wenn die Partei einverstanden ist, fügte ich hinzu.

Zu dem Anlass kauften mir meine Eltern einen grauen Anzug, den ich nie wieder anzog, und nötigten mich, eine Krawatte zu tragen.

Mathilde und ich beneideten unsere Freunde. Sie durften sich die Filme von Louis de Funès ansehen, die bei uns verboten waren – mein Vater hielt seinen Humor für reaktionär. Sehnsüchtig ging ich immer wieder an den Kinos vorbei und betrachtete die Plakate, bis ich sie auswendig kannte. Wenn wir uns in der Schule unterhielten, tat ich so, als dächte ich gerade an eine bestimmte Pointe, und beendete meine Sätze nicht. Immer gab es jemanden, der mir zu Hilfe kam, was ich ihm mit einem Lächeln des Eingeweihten dankte. Meine Schwester und ich mussten bis zum Sommer warten, um uns im Festsaal von Salviac endlich die *Gendarme*-Filme ansehen zu können. Unsere Cousine, die die Ferien mit uns verbrachte, liebte de Funès noch mehr als wir. Ihr Lachen war schon eine Attraktion für sich. Es brach plötzlich aus und rollte unaufhaltsam weiter. Manchmal wurde sie derart davon mitgerissen, dass sie vom Stuhl fiel, was bei uns für zusätzliche Heiterkeit sorgte. Als die Schule wieder begann, war ich mächtig stolz, nun auch meine Lieblingsszenen zum Besten geben zu können. Meine Freunde machten sich darüber lustig, wie begeistert ich über einen Film sprach, der sechs Monate zuvor in die Kinos gekommen war.

Wenn ich einen von ihnen nachmittags zu Hause besuchte, stürzte ich mich auf *Tim und Struppi*, was zu rassistisch war, *Lucky Luke*, zu amerikanisch, *Astérix*, zu gaullistisch. Sie boten mir an, mir die Hefte zu borgen. Ich lehnte ab, so gern ich sie auch mitgenommen hätte.

Immer, wenn Großmutter nach der Woche, die sie im Winter bei uns verbrachte, nach Salviac zurückfuhr, begleitete ich sie zur Gare d'Austerlitz. Bevor wir zum Bahnsteig gingen, kaufte sie mir am Kiosk eine »Illustrierte«. Einmal bat ich sie um die letzte Ausgabe von *Spirou und Fantasio*. Das war die Wochenzeitschrift, die die großen Brüder meiner Freunde lasen. Wir brannten darauf, Anteil an ihrer Welt zu haben, und verschlangen sie, wann immer sie uns ein Heft liehen. Als ich zu Hause ankam, betrachtete ich mein Exemplar lange, ohne es zu öffnen. Das Magazin hatte den Duft des Lebens ohne Dramen und Geschrei, das mich so anzog. Man konnte den Geschichten folgen. Durch die Gewissheit der kommenden Freude war das Warten für mich beinah noch kostbarer als die Lektüre selbst, es erinnerte mich an die Tage, die ich mich hatte gedulden müssen, bis meine Mutter mit Robinsons Abenteuern an der Stelle fortfuhr, an der sie sie unterbrochen hatte. Zu Hause geschah selten etwas so, wie meine Eltern es versprochen hatten. Eine Rolle, die mein Vater nicht bekommen hatte, oder ein Streit machten unsere Hoffnungen zunichte oder vertagten das Geplante. Bei einer Rollenzusage oder einer

Versöhnung hingegen verfielen sie in einen Zustand grenzenlosen Glücks, der meist so plötzlich verging, wie er gekommen war. Die Sicherheit, jeden Mittwoch in eine neue Episode eintauchen zu können, erschien mir wie eine unvergleichliche Wonne. Ich stellte mir vor, wie ich mit meiner Ausgabe in der Schule ankam. Die, die es noch nicht gelesen hatten, würde ich etwas mitleidig ansehen. Ich würde es ihnen ausleihen, meine Großmut würde keine Grenzen kennen, und ich würde die offene Einstellung meiner Eltern preisen, die mir erlaubten, dieses Magazin für Große zu kaufen.

Als er aus dem Theater nach Hause kam, spürte er es ohne große Anstrengung auf meinem Schreibtisch auf. Er saß allein in der Küche, vom Alkohol benebelt, blätterte darin und steigerte sich immer mehr in seine Wut hinein. Er zerriss es, warf es in den Müll. Ich musste der Redaktion einen Brief schreiben, den er mir diktierte. Ich kann mir vorstellen, wie überrascht sie waren, als sie den Brief eines Jungen lasen, der sie beschuldigte, in ihrem Magazin für »die schlimmsten Aspekte der herrschenden Ideologie zu werben: Imperialismus, Amerikanismus, Gewaltverherrlichung«. Ich erhielt eine ausgesprochen nette Antwort.

Trotz meiner anfänglichen Enttäuschung nahm ich es meinem Vater nicht übel.

Unter der Lawine von Erinnerungen empfinde ich den gleichen bitteren Beigeschmack wie beim Betrachten von Karikaturen. Eines Abends bei einem Fest, ich war ungefähr dreißig Jahre alt, gab jeder ein kleines Familiengeheimnis preis, das auf der eigenen Kindheit gelastet hatte, Bettgeschichten des Vaters, Krisen der Mutter. Als ich an der Reihe war, erzählte ich diese Geschichte – oder zog mich durch sie aus der Affäre, da das für mich die einzige oder, sagen wir, harmloseste Art des Verrats war. Daraufhin sagte eine bezaubernde junge Frau mit langen blonden Haaren zu mir: »Da haben wir die typischen Folgen sektiererischen Denkens!« Die Empörung stand ihr ins Gesicht geschrieben, ihre Wangen waren gerötet, die Lippen angespannt. Ich sah sie verständnislos an …

Als Kind war ich beschämt, dass ich mich von derart antikommunistischen Comics hatte verführen lassen. Ich versuchte den Schaden einzuschätzen, den sie bei meinen Freunden verursachten. Da mein Vater eine vorbildliche Haltung von mir erwartete, beobachtete ich, wie sie sich verhielten. Ich hoffte, sie würden sich als ebenso grenzenlos großzügig erweisen wie ich.

Wir mussten uns von jeglichem Eigentumsgefühl und Wetteifer befreien. Mein Vater begrüßte es lautstark, wenn ich erzählte, dass ich mein Pausenbrot mit jemandem geteilt hatte. Jedes Jahr freundete ich mich mit dem einzigen Schwarzen oder Nordafrikaner unserer Klasse an. Falls es gerade keinen gab, begnügte ich mich mit dem Sohn portugiesischer oder spanischer Einwanderer. Meine Freunde mussten mich nur darum bitten, ihnen eine meiner Spielsachen zu schenken, und ich überließ sie ihnen. Meine Mutter warnte mich davor, überstürzt zu handeln, und versuchte sich zu vergewissern, dass ich sie tatsächlich verschenken wollte. Mein Stolz, nicht an Gegenständen zu hängen, war stärker als mein Kummer darüber, mich von ihnen zu trennen. Das begriffen meine Klassenkameraden rasch.

Ihre Eltern sprachen mit ihnen nie über Politik. Manche wussten nicht, ob sie links oder rechts waren, nicht einmal, was diese Wörter bedeuteten. »Wenn man links ist, teilt man mit den anderen, wenn man rechts ist, behält man alles für sich«, belehrte ich sie.

Manchmal rief einer von ihnen, er wolle sein nagelneues Fahrrad oder seine Rollschuhe nicht verleihen. Er tat mir unendlich leid und kam mir vor wie ein verlorenes Kind, das durch seinen Irrtum ins Unglück stürzen würde. Ich brachte ihm mitfühlende Zuneigung entgegen, schenkte ihm beim Mittagessen meinen Kuchen oder den Aufkleber, der ihm fehlte, damit seine Sammlung komplett war. Ich säte den Keim der Freude an Freigiebigkeit in seinen Geist und betrachtete es als einen Sieg, wenn er mich zu sich einlud oder mir eine Murmel schenkte.

Meine Schwester und ich konnten nicht verstehen, weshalb das Leben mancher sicherer, ja sorgloser zu sein schien, obgleich sie doch rechts waren. Wie einem unheilvollen Wunsch gab ich mich dem Traum hin, ihr Bruder zu sein.

Während der Pausen versammelten wir uns neben den Toiletten hinten im Schulhof und besprachen alle wichtigen Angelegenheiten: Geheimnisse über unseren Lehrer, Erkenntnisse über die Anatomie einer älteren Schwester oder das Thema einer anstehenden Klassenarbeit. Da mir viel an der Aufmerksamkeit der anderen lag, hatte ich meist irgendein blutiges Massaker auf Lager.

An Tagen, an denen nichts geschehen war, was der Entfaltung der Kräfte des Fortschritts hinderlich gewesen wäre, nutzte mein Vater den Abend manchmal, um mir die unzähligen von unseren Vorgängern geführten Kämpfe zu schildern, aus deren Summe seiner Auffassung nach Geschichte bestand. Seine Erzählungen reichten zurück bis zu den Räubern Cartouche und Mandrin und den Bauernaufständen in Südwestfrankreich des 17. und 18. Jahrhunderts. »Meine Brüder in der Not, erzählt Mutter, was mir droht, sehen wird sie mich nimmer, verblasst der Hoffnung

Schimmer …« Manchmal malte er auch das große Fresko der Revolution, den fruchtbaren Bauch, dem unsere Welt entsprungen war – er liebte Allegorien. Und er zählte unsere unzähligen Niederlagen auf.

Meine Freunde hörten mir fasziniert zu. Sie haben ihnen mit den Sonnenschirmen die Augen ausgestochen? Sie verlangten nach immer mehr Details. Während des Algerienkrieges haben die französischen Soldaten den schwangeren Algerierinnen die Bäuche aufgeschlitzt. Konnten sie das Baby sehen? Auf Madagaskar warfen wieder andere Soldaten aus Hubschraubern Gefangene ins Meer. Da freuten sich die Haie!, fügte ich abschließend hinzu.

Ich konnte selbst die größten Skeptiker überzeugen. Ich verlagerte die Kannibalen-Szene aus *Robinson Crusoe* in die Zeit der Revolution in Russland. Wenn die betrunkenen, sadistischen Soldaten der Weißen Armee jemanden von den Roten gefangen nahmen, fraßen sie ihn auf. Aber wie schafften sie es, sie zu kochen?, fragten meine Freunde. In großen Kochtöpfen wie denen in der Schulküche, erklärte ich. Zu Mittag, bei der Essensausgabe, versuchten wir, uns in dem riesigen Behälter einen menschlichen Körper vorzustellen.

Mit Sicherheit hätte es meinen Vater wütend gemacht, wenn er gehört hätte, was von seinen langen Predigten bei mir hängen geblieben war.

Alles, was er erzählte, diente nur einem einzigen Ziel: Er hoffte, ich wäre der, der alle rächen würde. Die französischen Frontsoldaten von 1914: »Statt jemals wieder ein Mädchen zu küssen, wirst du in Craonne dran glauben müssen.« Und die von den Nazis gefolterten Widerstandskämpfer, Pierre Semard, der den deutschen Soldaten entgegenschreit: »Ich sterbe für euch, ihr Idioten!«, Guy Môquet,

Missak Manouchian und andere Männer der Résistance, die auf dem berühmten Propagandaplakat *Affiche Rouge* abgebildet waren: »Ich sage, du sollst leben, leben und ein Kind bekommen …« Und auch die Toten des Massakers in der Metrostation Charonne, zu denen auch er, von der Menschenmenge mitgerissen, um ein Haar gezählt hätte. Diese Erzählungen waren wie ein Rosenkranz von Namen, Namen, von denen in den Schulbüchern und Zeitungen nur selten die Rede war. Meine Bestimmung sollte sein, ihr Andenken aufrechtzuerhalten.

Wir waren ein von der Geschichte besiegtes Volk, ein Friedhof, auf dem sich alle Generationen versammelten. Immer und immer wieder sprach er von dieser Seelenwanderung der Armen und Bettler, er war wie das Zachor des Judentums. Für ihn gab es nichts Schlimmeres als das Vergessen. Dieses lange Gebet für die qualvoll Gestorbenen, »in einem Jahrhundert nach dem anderen«, klang in einem Ton der Hoffnung aus. Die Erinnerung an die erlittenen Kränkungen, die unzähligen Erniedrigungen, für die wir eines Tages die Rechnung einreichen würden, war der für eine bessere Welt zu zahlende Preis. In einem letzten Anlauf streute er als kleinen Farbtupfer Juri Gagarin ein, den Beweis für die Überlegenheit der sowjetischen Wissenschaft schlechthin, und gab dem Ganzen durch seinen Helden Bertolt Brecht eine persönliche Note. »Du wirst der Erste sein, der eine klassenlose Gesellschaft kennenlernen wird.«

All diese musterhaften Toten waren meine Vorbilder. Ich stellte mir vor, sie zu sein, genauso, wie meine Freunde davon träumten, John Wayne oder James Bond zu sein. Sie lebten mit mir, bevölkerten meine Spiele. Mit Sicherheit war ich der einzige Junge auf der Welt, der mit einem

Plastiksoldaten Pariser Kommune, Spanischer Bürgerkrieg und Vietnamkrieg spielte. Ich stellte diese militärischen Konflikte nach und ließ die Besiegten siegen, obwohl ich großen Gefallen an Uniformen und der Eleganz regulärer Truppen fand.

Ich hatte eine Sammlung von Plastikfiguren der US-Kavallerie, Cowboys, Indianer, ein ganzes Wildwest-Dorf, sogar eine Festung. Hin und her gerissen zwischen meiner Vorliebe für die amerikanischen Kavalleristen und dem Bewusstsein, dass die Sioux und die Apachen die Opfer waren, erfand ich komplizierte Szenarien. Ich richtete es so ein, dass keiner den anderen tötete, ein wackeliger Kompromiss, für den ich mir eine völlig ausgeschlossene Allianz gegen goldgierige Banditen oder gegen die Mexikaner – von denen ich nicht das Geringste wusste – vorstellte.

Am Ende des Spiels, kurz bevor ich meine Soldaten in der für sie vorgesehenen Kiste verstaute, dezimierte ich durch eine ordentliche Salve genussvoll und nun ohne jegliche Hemmung die Indianer. Ich beeilte mich, die Spuren des Massakers zu beseitigen, aus Angst, mein Vater könnte mich überraschen.

1970 begann die Affäre der *Soledad Brothers*. Ein schwarzer Gefangener wurde in seiner Zelle getötet. George Jackson und zwei andere Männer rächten ihn, indem sie einen Wächter des Gefängnisses Soledad in Kalifornien umbrachten. Einige Monate später nahm Jacksons jüngerer Bruder Jonathan einen Richter als Geisel und forderte die Freilassung der drei Männer. In der darauffolgenden Schießerei kamen vier Personen ums Leben. Man klagte Angela Davis an, Drahtzieherin des Ganzen zu sein. Nach einer zweiwöchigen Flucht wurde sie in einem Hotel festgenommen.

Meine Schwester und ich verehrten sie, wir zeichneten sie, ich schrieb Gedichte an sie. Sie verschaffte uns Zutritt zu einer Welt, von der wir nur flüchtig im Fernsehen oder während der Ferien etwas wahrnahmen: Amerika. Sie war die Doors, die Beatles, die Stones, die wir nicht hören durften, die Hippies, das psychedelische Universum, in dem die Älteren im Gymnasium lebten – und auch das geheimnisvolle Marihuana, dessen Name mich faszinierte. Manche Kommunisten warfen ihr vor, mehr an eine Cousine der Jackson Five zu erinnern als an La Pasionaria.

Mein Vater trieb mich an, in der Schule eine Petition in Umlauf zu bringen, die ich dann an die Botschaft der Vereinigten Staaten schicken sollte, »eine Botschaft der Kinder aus Frankreich« … An einem Sonntag nahm er uns ins Théâtre Gérard-Philipe in Saint-Denis mit, wo ein mit heißer Nadel gestricktes Stück aufgeführt wurde: *Freiheit für Angela Davis – jetzt!* Ich konnte es nicht ausstehen, sonntags irgendwohin zu gehen. Meine Mutter musste all ihre Autorität einsetzen, damit ich die Kleider anzog, die selbst durch den Kontakt mit meiner Haut einfach nicht wärmer werden wollten. Erst im Zuschauersaal ließ meine Qual ein wenig nach. Ich hatte mich gerade hingesetzt, als aus den Lautsprechern zu beiden Seiten der Bühne eine Ansage donnerte. Wir sollten uns in den Theaterkeller begeben. Dort wurden wir von als amerikanische Polizisten verkleideten Schauspielern erwartet. Sie teilten Masken aus, an manche schwarze, an manche weiße, und sperrten uns in durch Ziegelmauern getrennte Zellen. Das Licht erlosch. Ein ohrenbetäubendes Sirenengeheul ertönte. Aus dem Off brüllte eine Stimme: »Im Gefängnis von San Quentin schießt die Polizei auf Meuterer. Es gibt drei Tote! Allesamt Schwarze!« Scheinwerfer gingen an, richteten sich auf die Mitte des Raumes, wo Wächter standen. Sie holten drei Schwarze aus einer der Zellen, verprügelten sie mit Schlagstöcken. Es handelte sich um Schauspieler. Meine Schwester und ich, beide in schwarzen Masken, waren überzeugt, dass die Opfer zufällig ausgewählt worden waren. Wir brachen in Tränen aus, starr vor Angst versteckten wir uns hinter unserer Mutter. »Wenig später«, fuhr die Stimme fort, »werden vier Häftlinge beschuldigt, aus Rache einen Wächter ermordet zu haben. Allesamt Schwarze!« Erneut suchten sie vier Schwarze aus, die, nachdem sie allesamt verprügelt worden waren, wie tot am Boden lagen. »Eine Woche darauf wird George Jackson zusammen mit zwei anderen Häftlingen im Gefängnis der Stadt Soledad erschossen. Allesamt Schwarze!« Bis heute habe ich dieses »Allesamt Schwarze!« im Ohr. Ich versprach Mathilde, dass ich mich für sie opfern würde. Die Wärter verschonten mich, und wir verließen das Gefängnis unversehrt.

Als wir aus dem Keller kamen, gingen wir am Theaterfoyer vorbei. Der Regisseur, ein Mann um die fünfzig, saß an einem etwas abseits stehenden Tisch. Meine Schwester und ich warfen ihm feindselige Blicke zu. Mein Vater wagte sich vor. Zerstreut hörte der Mann ihm zu. Für uns war Theater gleichbedeutend mit den Wutausbrüchen unseres Vaters gegen das, was im Radio kam. In eine Aufführung wollten wir nicht gehen, aus Angst, in die Auseinandersetzungen wütender Männer hineingezogen zu werden, die sich anschrien. Der Regisseur fragte uns nach unserer Meinung zu dem Stück. Er hatte eine Glatze, nur das Gesicht war von langen, grauen und strähnigen Haaren umrahmt. Meine Schwester versteckte sich hinter mir. Bereit mich zu opfern, machte ich den Rücken gerade, um sie vollkommen zu verdecken. Ich spürte den Blick meines Vaters auf mir. Ich …, stammelte ich. Mit einem Lächeln ermunterte er mich, fortzufahren.

Es ist echt viel besser, ein Weißer zu sein.

»Sing mir etwas vor …«

Ich hatte beschlossen, meiner Großmutter nicht zu antworten, als sie ins Zimmer kam, um sich zu mir ins Bett zu legen. Ich war neun oder zehn Jahre alt, und es war der letzte Abend vorm Ende der Ferien.

Den gesamten Sommer über hatte ich vergebens versucht, etwas über den Wahnsinn der Aderholds von ihr zu erfahren.

Ich sollte mich zur Wand drehen, während sie sich auszog. Aus Angst, irgendein Insekt würde dort auftauchen, beobachtete ich stets den Spalt zwischen der Matratze und der Wand oder lauschte den Geräuschen im Zimmer. Die Langsamkeit, mit der meine Großmutter ihr Abendritual vollzog, zehrte oft an meinen Nerven. Das nicht enden wollende Bürsten der Haare – hundert Mal, um den Staub des Tages zu entfernen, erklärte sie meiner Schwester – wechselte sich mit langen Augenblicken ab, in denen ich gar kein Geräusch mehr wahrnahm. Manchmal hielt mich die wachsende Verzweiflung bis zum erlösenden Klicken des Lichtschalters wach. Einige Sekunden später spürte ich, wie sie ins Bett schlüpfte, ihr Körper in die Matratze sank und die Nackenrolle, auf der auch mein Kopf lag, vom Gewicht ihres Kopfes eingedrückt wurde. Dann drehte ich mich um und überhäufte sie, die Stimme vor lauter Ungeduld angespannt, mit Fragen. Noch nie habe ich ein Kind getroffen, das so neugierig auf alte Geschichten ist, klagte sie, insgeheim erfreut über mein Interesse.

Von meinem Schweigen überrascht und sicher ahnend, dass sich dahinter ein Kummer verbarg, versuchte sie, mich abzulenken.

»Aber kein Revolutionslied …«

Ich entschied mich, ich weiß nicht, warum, für ein Lied von Serge Reggiani. Meine Eltern bekamen davon immer feuchte Augen, was mich in die geheimnisvolle, beunruhigende Traurigkeit der Erwachsenen eintauchen ließ. Ohne mich umzudrehen, mit dem Blick zur Wand sang ich:

In meinem Bett liegt eine Frau, einst voller Glanz, nun ist sie grau, lange schon.

Die Brüste schwer, zerliebt und leer, sind längst jenseits von allem Reiz.

Großmutter zuckte zusammen. Ich kam nicht gegen meine Tränen an. Ich gestand ihr meine Angst, Vorzeichen des Wahns bei mir entdeckt zu haben. Da ich nicht wusste, wie sich dieser äußerte, befürchtete ich, dass sich bei mir bereits erste Symptome zeigten. Sie versuchte mich zu beruhigen. Es handle sich nicht wirklich um Wahnsinn, eher um eine Art Fluch, der auf den Männern der Familie lastete. Sie nahm mich in den Arm und streichelte mir übers Haar.

Ich hatte mir in den Kopf gesetzt, ihre Erinnerungen aufzuschreiben.

Gleich zu Beginn der Ferien hatte ich ein neues Heft gekauft, in dem ich sie festhalten wollte. Ausgestattet mit einem Fünf-Franc-Schein, ging ich ganz allein zum einzigen Bar-Tabac der Stadt. Der Verkäufer stieg auf eine Trittleiter, holte das Heft aus dem Regal über den Zigaretten. Ich sagte ihm, ich sei der Aderhold-Enkel. Die Stammgäste musterten mich. Beim Verlassen des Ladens verabschiedete ich mich, wie es mir Großmutter aufgetragen hatte.

Um mich der Mittagsruhe zu entziehen, gesellte ich mich nach dem Essen mit beflissener Miene und Stift in der Hand zu ihr in die Küche. Sie sah mich nicht an, war mit dem Vorbereiten des Abendessens beschäftigt. Als sie das Quietschen der Stuhlbeine hörte, wusste sie, dass ich mich hingesetzt hatte, und begann mit ihrer Erzählung. An manchen Tagen holte sie alte Keksdosen aus Blech hervor, die voller Fotos waren. Sie erzählte ohne einen erkennbaren roten Faden. Ein Vorfahr, der als Nebenfigur in einer Geschichte auftauchte, konnte sie dazu bringen, plötzlich von einem ganz anderen Familienzweig zu sprechen. Ich nahm mir fest vor, nach meiner Rückkehr alles noch einmal durchzugehen. Sobald ich in Paris ankam, landeten meine Notizen jedoch in der Versenkung meiner Schublade. Die Wehmut, die mich im Zug ergriffen hatte, weil die Ferien zu Ende waren, hinderte mich daran, sie hervorzuholen.

Ich hatte den Plan, eine große Familiengeschichte zu verfassen. Darin folgte ich dem Wunsch meines Vaters. Der Handel, aus dem die Aderholds stammten, hatte etwas entschieden Kleinbürgerliches, und einem Kommunisten mit solch einem Hintergrund brachte man Misstrauen entgegen. Mein Vater beabsichtigte die Familiengeschichte in eine große Ode an den Fortschritt umzuschreiben, in der jede Generation eine neue Etappe darstellte. In dieser Vorstellung, in der die Söhne die Väter übertrafen, war mir die Rolle des ersten Intellektuellen zugedacht, ich sollte derjenige sein, der sich in den Dienst der Massen stellen und dadurch all unsere Schulden begleichen würde. In Wirklichkeit hatte es mein Vater gar nicht so eilig, mich die Nachfolge antreten zu sehen. »Der Marxismus ist unübertrefflich, denn er hat vorausgesehen, dass er eines Tages übertroffen wird«, war einer seiner Lieblingssätze.

Tagsüber wagte ich nicht, meine Großmutter zu unterbrechen. Um ihr Fragen zu stellen, wartete ich bis zum Abend. Die Dunkelheit vermochte Regeln außer Kraft zu setzen. Großmutter ließ sich von meiner Aufregung mitreißen. Wir tuschelten wie zwei Kinder.

Selten, aber manchmal versuchte ich es auch bei der morgendlichen Wäsche. Bei ihr gab es weder eine Badewanne noch eine Dusche. Sie erhitzte Wasser und füllte es in eine Porzellanwaschschüssel in der Küche. Damit sie sich nicht bücken musste, während sie uns wusch, kletterten wir auf einen Strohstuhl. Das abgenutzte Stroh, das mir in die Fußsohlen stach, spüre ich heute noch. Steig hinauf, von dort siehst du den Montmartre, sagte sie. Unterm Fenster gab es eine Vertiefung im Dielenboden, als hätte er der Last der Generationen nachgegeben, die eine nach der anderen dort gestanden und in die Gasse hinausgeblickt hatten. Während sie mich abschrubbte, ermahnte sie mich, an Tetanus, Kaltwasserschock und Vipern zu denken, und ich versprach, vernünftig zu sein. Erzähl mir etwas, bat ich sie. Ich hielt mich an der Stuhllehne fest, um nicht hinunterzufallen. Erzähl mir, wie mein Vater als Kind war. Er machte sein Bett allein. Ich durfte das Gleichgewicht nicht verlieren, während sie mir mit dem Seifenwasser die Füße wusch. Es kitzelte so, dass ich lachen musste. Hat er sich als Kind nie geprügelt? Doch, sagte sie mit einem Kopfnicken und einem Gesicht, als sei das eine schmerzliche Erinnerung. Da mir das, was ich bei den Taillardas gehört hatte, keine Ruhe ließ, fragte ich sie schließlich. Was haben die Aderholds? Der Waschhandschuh glitt rascher über meine Haut. Sag es mir bitte. Sie verfolgte mit dem Blick die Bewegung ihrer Hand entlang meiner Oberschenkel. Den Wahnsinn im Blut.

Ich konnte nicht aufhören zu weinen. Sie drückte mich noch fester an sich. Sie roch nach dem Eau de Cologne der Marke Mont St. Michel. Einige Tage vor den Ferien gingen meine Mutter und ich stets in die Apotheke, um ein Fläschchen zu kaufen. Meine Großmutter schwor auf dieses Eau de Cologne sowie auf Reispuder, was ihr den Teint einer jungen Frau verlieh. Du kommst weder nach deinem Großvater noch nach deinem Vater.

Während meine Großmutter mir von den drei Generationen der Aderholds berichtete, schnitt sie Hühnerhälse durch, häutete Kaninchen, nahm Gänse aus. Ich hätte mir gewünscht, dass sie mir ihre Geschichten so erzählte, wie meine Mutter es tat. Ich hoffte, von irgendeiner Heldentat zu erfahren, die mein Urgroßvater oder mein Großvater in den beiden Weltkriegen vollbracht hatten. Sie erwähnte nie etwas in der Art, dafür hielt sie sich mit Verwandten auf, die ich gar nicht kannte und deren Existenz sie jeweils in einem treffenden Histörchen zusammenfasste. Die Cousine Mélina wollte nicht, dass die Kinder aus dem Viertel vor ihrem Haus Ball spielten, da sie befürchtete, sie würden ihre Gartenmauer zum Einstürzen bringen. Onkel Pramil behauptete felsenfest, 1870 die Preußen gesehen zu haben, wie sie in der Nähe des Waschhauses ihr Lager aufgeschlagen hätten … Allmählich bekam ich den Eindruck, einer Familie von Halbverrückten anzugehören.

Wenn es um die tragischen Ereignisse im Leben der einzelnen Personen ging, war sie nicht aufzuhalten, beschrieb mir die Verkettung von Umständen, die zu dem Unglück geführt hatten, Alkohol, Faulheit, Kurzsichtigkeit. Ihre Erinnerungen hatten etwas von der Kälte des Fleisches, das sie zerlegte. Sie wollte mich mit einer Reihe aufschlussreicher Anekdoten versehen, die mir helfen sollten, im Leben zurechtzukommen. Bei jeder Katastrophe, deren Erzählung von den Schlägen des Hackmessers auf der Arbeitsfläche begleitet wurde, zuckte ich zusammen. Ich sah darin das Fallbeil des Schicksals, eine erschreckende Unabwendbarkeit, der nie ein Mann aus unserer Familie je entkommen würde. Im nächsten Augenblick hielt sie inne, legte ihr großes Messer hin, lächelte mir zu und erzählte stolz vom Vermögen eines entfernten Cousins, das dieser der Voraussicht seiner Frau zu verdanken habe, oder von einem zweistöckigen Haus in der Nähe des Parc Monceau in Paris, das eine Tante besitze. Dann nahm sie wieder das Hackmesser in die Hand, und ich bereitete mich auf eine neue Tragödie vor.

Niemals hätte sie ihre wahren Gefühle gezeigt. Auch aus den Heften, in die sie das für sie Wichtige notierte, erfährt man nicht mehr über ihre Gemütszustände. Die Enttäuschung, die ich empfand, als ich sie nach ihrem Tod durchblätterte, zeigt, wie viel ich mir von ihnen erhofft hatte. Das wie eine Drohung mehrmals unterstrichene »Sehr persönlich« auf jedem Umschlag sollte dazu dienen, der Neugier von Unbefugten Einhalt zu gebieten. Eine Zahlenkolonne nach der anderen, Seite über Seite. In gewissen Abständen waren die entsprechenden Monate angegeben, was darauf schließen ließ, dass es sich um die Einnahmen und Ausgaben des Geschäfts handelte. Die Hefte sahen alle gleich aus. Dieselbe Marke, Gallia, in der Mitte die Zeichnung eines Hahns. Die gleiche Farbe, Marineblau. Sie umfassten einen Zeitraum von ungefähr drei Jahren. Großmutter notierte sich zur Erinnerung die Fälligkeiten bei Ratenzahlungen. So hatte sie auf den Vorsatz des Heftes über den

Zeitraum vom 1. Januar 1962 bis 20. Februar 1965 die Summe festgehalten, die für den Kauf des Citroën-2CV-Lieferwagens monatlich zurückzuzahlen war. Der Gehilfe fuhr zweimal in der Woche bis Sète, um Fische zu kaufen. Unter den Adressen der Fischauktionshallen in Lorient und in Dunkerque standen die Bestellungen: Rote Meerbarben, Knurrhähne, Seehechte, Bastardmakrelen, Rotzungen und Streifenbrassen.

Ein Geldschein.

Ich sollte die Tür schließen, dann holte sie aus einem Versteck, der Schublade einer Kaffeemühle oder den Seiten ihres Haushaltshefts, ein paar Francs hervor. Sie legte den Zeigefinger auf die Lippen. Ein Geheimnis.

Diese Hefte waren nicht deshalb »sehr persönlich«, weil man durch sie Einblick in ihre Einnahmen erhielt, sondern weil sie die kleine Melodie ihres Daseins offenbarten. Oder ihre Odyssee. Die Miesmuscheln für 220 Francs statt 230, portugiesische grüne Austern aus dem Austernpark Nummer 2 für 300 das Kilo, die sie schließlich für 260 Francs bekommen hatte. Winzige Siege zeigten sich hier, Sou für Sou, Gramm für Gramm festgehaltene Gewinne. Nie warf sie etwas weg. Gläser voller Garnreste, mit Etiketten in ihrer Handschrift »zu nichts zu gebrauchen«, Schachteln mit aufbewahrten Gummibändern oder Kronenkorken, alte Wandkalender. Und auch die Standscheine für die Märkte in Decazeville, Langustenbestellungen bei La Léonaise in Roscoff. Das Meer von seinen eigenen Kommissionären entblößt. Zwischen zwei Heftseiten ein Brief an den Bürgermeister. Sie ersuchte ihn um »sein Wohlwollen, einen kleinen Stand mit frischem Fisch« unterhalten zu dürfen, »wöchentlich zweimal, in der Rue Gambetta«, da ihre Kunden zunehmend im unteren Teil der Stadt einkaufen gingen, ihr

Fischgeschäft sich jedoch im oberen befinde, ihr daher »bei gleichbleibenden Kosten ein starker Absatzrückgang drohe«. Sie hoffe, »ihr kleines Gesuch« werde bei ihm »auf großes Verständnis« treffen. Die *Aeneis* der Fischverkäuferin. Anlässlich des Weihnachtsfestes gedruckte Werbezettel:

Weihnachts- und Neujahrsangebot des
modernen Fischgeschäfts Maison G. Aderhold et fils:
Langusten jeder Größe, Loire-Lachs,
Hummer à l'Armoricaine.
Wir haben geöffnet und liefern aus.
Eine große Auswahl
Angemessene Preise
Immer frische Ware von ausgezeichneter Qualität

Ein weiterer Geldschein.

Wenn sie meiner Schwester oder mir einen Brief schickte, steckte sie manchmal hundert, meist fünfzig Francs hinein. Sie schrieb ein paar Zeilen dazu, in denen sie erklärte, wie wir das Geld unter uns aufteilen sollten. Wir sollten niemandem davon erzählen und unsere Unterschrift im Antwortbrief zweimal unterstreichen, damit sie Bescheid wusste, dass wir das Geld erhalten hatten.

Mein Großvater starb an einem Gründonnerstag, und da Karfreitag der an Einnahmen reichste Tag des Jahres war, weigerte sich meine Großmutter, das Geschäft zu schließen. Am Abend versammelten sich Familie und enge Freunde gegen sieben Uhr im Geschäft zur Totenwache. Aus der darüberliegenden Wohnung, wo ihr Mann aufgebahrt war, war Großmutters freundliche Stimme zu vernehmen. Sie nahm telefonische Bestellungen entgegen. Dann erschien sie am oberen Ende der Treppe. Begleiten Sie die Kunden herauf, rief sie dem Gehilfen zu. Mit sieben Jahren hatte sie zu arbeiten begonnen, im Café ihrer Eltern in Pantin. Sie stieg auf die Tische und trällerte Lieder. In ihren Heften tauchen vereinzelt Notizen auf, Kommentare über Tage mit ungewöhnlich schlechtem Absatz. Zum Markttag 1. Oktober 1962 schrieb sie: »Sehr warmes Wetter, keine Sardinen verkauft.« Außerdem gibt es einige, noch seltenere Einträge zu familiären Ereignissen. Am 14. August 1963 finde ich Erwähnung: »Carl, 4:30, 3,1 kg«, man könnte meinen, es handle sich um eine Fischlieferung.

Als ich aus dem Bus stieg, musterte sie mich und erfreute sich daran, wie dünn ich war. Mein Großvater war fast zwei Meter groß gewesen und brachte einen Doppelzentner auf die Waage. Es gab viele Anekdoten über seine ungewöhnliche Kraft. Um die Kunden des Fischgeschäfts zu beeindrucken, soll er sich drei Eisblöcke, jeder einzelne einen Zentner schwer, auf den Rücken geladen haben. Der Körper meines Vaters war dann bereits etwas weniger robust. Seine hervorstechenden Leistungen beschränkten sich auf Prügeleien, Zerstörungen von Cafés oder Ballsälen. Außerdem schien auch die Neigung zu Wutausbrüchen abgenommen zu haben. Meine Großmutter war davon überzeugt, dass es einen unmittelbaren Zusammenhang zwischen der schwindenden Muskelmasse der Aderholds und der allmählichen Abschwächung des auf ihnen lastenden Fluchs gab.

Ich erinnerte sie daran, dass ich eine Woche zuvor meiner Cousine einen Kegel an den Kopf geworfen hatte, wodurch diese beinah das Bewusstsein verlor. Dadurch handelte ich mir eine weitere Strafsitzung ein, der eine noch angenehmere Versöhnung folgte als die vorangegangenen Male.

Sie brachte mich ins Wohnzimmer, den Raum, der eigentlich Familienessen vorbehalten war. Dann ging sie hinaus und kam mit einem Stück Gänseleberpastete zurück. Sie ließ mich nicht aus den Augen, und um ihren Mundwinkel spielte ein überlegenes, zärtliches Lächeln.

Männer waren ihre große Leidenschaft, sie zu schröpfen, sie zu lieben. Sie zu lieben, sie zu schröpfen. Ein kleiner Schein hier, eine kleine Münze da. Die Liebe bemaß sich nach den Ausgaben. Diese lieferten den einzigen unbestreitbaren Beweis, gaben über die Aufrichtigkeit der Gefühle Aufschluss. Wenn mein Großvater ihr teuren Schmuck schenkte oder eine Reise, himmelte sie ihn an, wenn er sie um ein paar Francs anbettelte, verachtete sie ihn. Als mein Vater beim Militärdienst war und später, als er bereits in Paris wohnte, schickte sie ihm Geldanweisungen. Diese Gewohnheit behielt sie bis lange nach meiner Geburt bei. Du darfst niemandem davon erzählen, hörst du. Ich hätte ablehnen müssen und ihr sagen, dass ich sie auch liebte, wenn ich kein Geld bekam. Stattdessen nahm ich die fünf Francs stets an, und sie lächelte über meine Freude, kurz darauf verfinsterte sich jedoch ihre Miene, ich war also auch nicht besser als die anderen.

Sie hatte versucht, meinen Vater so zurechtzustutzen, dass sich ihre Befürchtungen nicht bewahrheiteten. Nachdem sie scheiterte, gab sie sich mit meinem Onkel zufrieden. Er erwies sich als zuverlässig und sparsam – ein unspektakulärer Erfolg. Ein Mann musste in ihr zugleich Wut und Bewunderung auslösen. Sie erwartete die Anfälle meines Großvaters und Vaters regelrecht, des Glanzes wegen, den sie in diesen Momenten in den Augen hatten, und der Liebe wegen, die sie ihr entgegenbrachten, wenn sie, voller Schuldgefühle, wieder zu sich gekommen waren. Am Telefon ließ sie sich von den Tobsuchtsanfällen meines Vaters und auch den von mir angestellten Dummheiten berichten. Während der sechs Monate, die wir nach dem Autounfall bei ihr verbrachten, versuchte Großmutter an mir zu korrigieren, was sie als Erziehungsfehler erachtete. Mein Aufenthalt war wie ein Kurzstreckenlauf zwischen ihr und meiner Mutter.

Ich werde dich beschützen, versprach sie mir. Meine Schluchzer gingen in einen Schluckauf über. Sag mir, warum? Was warum? Warum sind wir alle verrückt … Sie überlegte lange. Es ist wegen deines Urgroßvaters, des Boche. Sie sagte das mit einer Zaghaftigkeit, die ich noch nie an ihr erlebt hatte. Er war der einzige Mann, der sie je beeindruckt hatte. Obwohl er seit über fünfzig Jahren tot war, hätte man meinen können, dass er durch die bloße Erwähnung seiner Person vor ihr Gestalt annahm. Er war der einzige Aderhold, der nicht auf dem Friedhof von Salviac, sondern in Argenteuil begraben war. Jedes Jahr nahmen Großmutter und ich uns fest vor, ihn zu besuchen – und jedes Jahr kam uns etwas dazwischen. Ich werde dir ein Geheimnis erzählen. Darüber darfst du mit niemandem sprechen. Sie wandte sich zu mir. Versprich es … Ich antwortete nicht. Schläfst du?

Der April 1917 war in Paris besonders rau, der kälteste seit 1837. In der ersten Woche fiel der Schnee in riesigen Flocken.

Die Fenster waren voller Eisblumen, als Peter am Montag, den 16. April, aus dem Zimmer trat. Er nahm die Abdeckung vom Herd, zündete ein Streichholz an. Die Zeitungsblätter fingen rasch Feuer. Eine kleine Schwade fettigen Rauchs entwich dem Herd. Er spürte das Flackern der Flammen durch die Gusseisenplatten und die Hitze, die ihm durch die Hände in die Arme hinaufstieg. Er wartete, bis es im Topf zu blubbern begann, und zog den Kaffee von der Herdplatte. Er trank ihn gerne fast kochend, sodass sich seine beiden Söhne stets die Lippen daran verbrannten.

Er überflog das *Petit Journal*. Ein gewisser General Berthaut, Militärexperte des Blattes, erörterte ausführlich eine zwei Tage zuvor begonnene Offensive in der Gegend um Reims. Er suchte nach Nachrichten von der Front an der Aisne, wo Pierre war, den man ein Jahr zuvor zum Kriegsdienst eingezogen hatte.

Peter wusste das Datum noch genau, es war der 9. März 1916 gewesen. Als er seine Schüssel auf den Tisch zurückstellen wollte, rutschte sie ihm aus der Hand. Mit einem dumpfen Geräusch zersprang sie auf den Fliesen. Er hockte über den Steingutscherben am Boden und versuchte in ihnen die Zukunft zu lesen. Damals waren gegen Mittag zwei

Polizisten in den Laden gekommen. Sie brachten seinem Sohn den Befehl, sich dem in Bernay stationierten 121. Infanterieregiment anzuschließen.

Seine Tochter Mathilde gab sich alle Mühe, ihn die Abwesenheit Pierres vergessen zu lassen. Sie half ihm bei der Auslieferung der Matratzen, ächzte und fluchte unter der Last. Stolz zeigte sie die Druckstelle der Nadel im letzten Glied ihres Zeigefingers, eine Verformung, wie sie auch die beiden Männer hatten.

Seit Pierre nicht mehr da war, pflegte Peter ein neues Ritual. Bevor er die Fensterläden vor der Auslage öffnete, blieb er vor der Theke stehen und betrachtete das Porträt. Esther hatte darauf bestanden, zum Fotografen gegenüber der Markthalle zu gehen. Dort hatten sie auch ihr Hochzeitsfoto anfertigen lassen. Peter befürchtete, es könnte Unglück bringen, wenn sie sich so feierlich verabschiedeten. Doch Esther war hartnäckig. So könne sie ihren Sohn zu jeder Stunde des Tages sehen. Sie wollte den Abzug in einem Goldrahmen an die Wand hängen. »Die Kunden müssen es doch nicht wissen …« Sonst gab sie, mit einem etwas matten, mütterlichen Lächeln, seinem Willen stets nach. Diesmal nicht. »Dann sehen sie wenigstens, dass er seine Pflicht erfüllt!«

Jeden Morgen hoffte er aufrichtig, der Anblick des Bildes würde ihn innerlich bewegen. Er spürte jedoch nichts als den abwesenden, nahezu harten Blick seines Ältesten – der hatte direkt in das Objektiv gesehen, alles Leben bereits in sich verschlossen, die Lippen zusammengepresst. Diese stumme Gegenwart bedrückte Peter wie ein Vorwurf. Er beneidete Esther, die das Foto im Vorbeigehen mit einer Handbewegung streichelte oder ihre Fingerspitzen küsste und sie anschließend auf das Porträt legte.

Das Halbdunkel reduzierte die Züge seines Sohnes aufs Wesentliche. Durch seine etwas weiche Physiognomie, das runde Gesicht und die vorspringenden Wangenknochen wirkte die kriegerische Miene leicht lächerlich. Wie alle Aderholds verfügte auch er über den gleichen, für Militäruniformen ungeeigneten Körperbau.

Der Krieg ist der große Entblößer volksspezifischen Wahnsinns. Der Engländer trotzt der Gefahr, indem er sich benimmt, als wäre er beim Pferderennen; der Franzose verzweifelt zuerst, bevor er resigniert; aber der Boche, er gibt jegliche Menschlichkeit auf. Noch schlimmer, er stellt die Wissenschaft, die Kultur und die Intelligenz in den Dienst der Grausamkeit. In einem Artikel wurde der sechsunddreißigste Sieg des Hauptmanns Guynemer gewürdigt. Die Grenzen waren die Narben der durch die Leidenschaften der Menschen verursachten Verletzungen. Es zählte nur noch eines: *der Weltschmerz*, der vernichtende Geist des Boche, er musste vom Erdboden verschwinden.

Die Lokalnachrichten brachten ihn auf andere Gedanken. Anna Grignan, neunundzwanzig Jahre, wohnhaft in der Rue de la Roquette 149, war ins Gefängnis Le Dépôt gebracht worden. Sie hatte das Symbol des Roten Kreuzes und ein Kriegsverdienstkreuz getragen und vorgegeben, Spenden für Waisenkinder zu sammeln. Er empfand Sympathie für die Betrügerin, ebenso wie für die Wäscherin Henriette Nicault, die die bestickten Blusen ihrer Kunden verkauft hatte, die an die Front gegangen waren. In ihrer hartnäckigen Weigerung, den Krieg zur Kenntnis zu nehmen, und indem sie mit ihren kleinen Betrügereien fortfuhren, passten sie sich lediglich der allgemeinen Haltung an, gaben sich besonders patriotisch, wenn es darum ging, die Dummköpfe übers Ohr zu hauen, darin waren sie ihm nah. Ebenso wie ihm die Unfallopfer nahestanden, der unglückliche Mann, der von einer Straßenbahnplattform gefallen war; oder der, der sich in der Rue de Buci in einem Treibriemen verfangen hatte, und die junge Frau, die auf der Place de la Bastille von einem Automobil angefahren worden war. In der Meldung stand, in welchem Krankenhaus sie behandelt wurden, und Peter stellte sich vor, dass er sie besuchte. Er brächte ihnen Blumen, Schokolade, und sie unterhielten sich über den unachtsamen Autofahrer oder die Maschineneuphorie der Menschen, ganz so, als seien all diese Unfälle wie in Friedenszeiten nur auf das Zusammentreffen unglücklicher Umstände zurückzuführen. Er wartete darauf, dass man ihm seinen Sohn zurückgab.

Er kannte die Menschen und wusste um die verlorene Liebesmüh, sich die seltsamen Wendungen des Schicksals vom Leib zu halten. Stattdessen versuchte er, einen logischen Sinn in ihnen zu entdecken, was ihm ermöglichte, die Kontrolle über sie zu bewahren.

Dazu gehörte das gründliche Studium von Reklamen. Er zögerte die Lektüre der letzten Seite hinaus, wo sie üblicherweise gesammelt standen. Er hoffte darauf, eine Anzeige der Bettenfirma Lafontaine zu entdecken. Sie war einige Tage vor der Einberufung seines Sohnes zum letzten Mal erschienen. Für ihn gab es ein System verborgener Zusammenhänge, in dem das erneute Auftauchen der Anzeige im *Petit Journal* bedeutete, dass sein Sohn zurückkehren würde.

Einmal, Anfang Sommer 1916, war Pierre tatsächlich zurückgekommen. Es war nahezu unmöglich gewesen, etwas aus ihm herauszubekommen. Am Ende seines Fronturlaubs musste Peter darauf bestehen, seinen Sohn zum Bahnhof begleiten zu dürfen. Als sie auf dem Pont du Levallois die Seine überquerten, hoffte er, die Brücke würde sich vor ihnen ein wenig spalten, aber Gottes einzige Entschuldigung war, dass er nicht existierte, wie es ein Dichter der Boches wohl einmal formuliert hatte. Er hatte noch Zeit, für ein paar Sätze, für ein paar Worte. Ohne dich ... Er lief mit dem Gefühl durch die Straßen, in einem dichten Wald herumzuirren, der so furchterregend war wie eine verdrängte Erinnerung. Das Leben ohne dich, hätte er gesagt. Sie befanden sich in einem Pulk von Soldaten, deren Fronturlaub ebenfalls zu Ende war. Er hätte ihm gesagt, das Leben ohne dich, die Arbeit, meine Tage, all das hat keinen Sinn. Die Angehörigen deuteten ein dünnes Lächeln an, als verabschiedeten sie sich von jemandem, der nur auf eine kurze Reise geht. Du bist der, der ich gerne gewesen wäre, meine zweite Chance, komm wieder, komm doch bald wieder. Wenn sie gemeinsam arbeiteten, erlaubten sie sich manchmal, dem anderen einen Knuff zu versetzen oder ihm auf den Rücken zu klopfen. Die schamhafte Zärtlichkeit dieser Gesten verlangte nach keiner Erwiderung. Pierre war in den Wagen gestiegen und musste seine Ellbogen einsetzen, um bis zu dem offenen Fenster auf dem Gang zu gelangen. Der Zug setzte sich langsam in Bewegung. »Ich habe über die Federkernmatratzen nachgedacht ...«, sagte Peter. Er hatte eine plötzliche Eingebung. »Was ...?« Neben Peter liefen andere Eltern den Bahnsteig entlang. »Wir sprechen darüber, wenn du wieder da bist!«, rief Peter. Pierre lächelte, Peter war sich jedoch nicht sicher, ob er ihn verstanden hatte.

Vergeblich hatte er auf dem Rückweg vom Bahnhof versucht, sich genau an den Moment zu erinnern, in dem er Pierres Gesicht inmitten der anderen Rekruten, die sich um ihn herum drängten wie Aale, die aus dem Eimer entkommen wollten, gerade noch hatte erkennen können.

Er strich mit der Hand über die Tasche seines Kittels. Es beruhigte ihn, den festen Umschlag seines Bestellbuchs zu spüren, in dem er die Reklame der Bettenfirma Lafontaine aufbewahrte. Pierre hatte sie ihm ausgeschnitten, damit er darüber nachdachte. Abhängig von der erwünschten Qualität musste man mit zwischen zweihundertachtundachtzig und dreihundertfünfundzwanzig Federn rechnen. Das hatte Peter in Erfahrung gebracht, ohne mit Esther darüber zu sprechen. Wenn wieder Frieden herrschte, würde auch das Geschäft besser laufen. Liebesnächte auf einem guten Bett. Er war zu alt, um die neuen Methoden zu erlernen, darum würde sich Pierre kümmern. Er würde auch das Ladenschild austauschen. Aderhold et fils.

Er legte die Zeitung hin. Das Geheimnis, günstige Zeichen zu erhalten, bestand darin, sich geduldig dem Lauf der Dinge zu fügen.

Peter stieß einen kurzen Seufzer aus.

Die Geschichte macht sich gern über die kleinen Tricks der Menschen lustig. Seinem Schicksal kann niemand entkommen.

Die Türglocke des Ladens ertönte.

Der Unbekannte kam bis zur Mitte des Raumes, hielt seine Melone in der Hand. Aus seiner Westentasche lugte eine Uhrkette hervor, was ihm die Erscheinung eines Gerichtsvollziehers verlieh. Seine Finger verschwanden in den Falten des Mantels, er zog einen Brief hervor. Er las ihn vor, seine Stimme war so monoton wie das Rattern eines Zuges. Personenkennziffer 13117–1916. Jede Feder ist mit den anderen durch Stahldrähte verbunden. Peter drückte die Hand fest gegen die kleine Erhebung des Bestellbuchs. Die Herstellung aus Metall gewährleistet eine gleichbleibende Sprungkraft. Gefreiter, 1. Zug. Da sie formstabil, in gleichen Abständen voneinander angeordnet sind, muss die Matratze nicht mehr täglich gewendet werden. 3. Bataillon des 121. Infanterieregiments. Dieses System ermöglicht zudem eine fortwährende Luftzirkulation, was vollkommene Reinheit garantiert. Bergwärts zum Plateau de Californie. Kombiniert mit den außerordentlich leichten Kapokfasern, die durch ihre vielen Vorteile ein hervorragender Ersatz für Wolle sind, verhindern die Federn einen Mottenbefall des Matratzenherzens. Im Norden des Dorfes Craonne, im Département Aisne. Die Besessenheit der Franzosen, unbelebten Gegenständen Leben einzuhauchen, hatte Peter schon immer verwundert. Die Boches, ja, sie verwandelten selbst die Menschen in leblose Materie.

Ich erkenne ihre Silhouette in dem Moment, in dem sie aus dem Zug steigt. Die grauen Haare sind von einer Baskenmütze verdeckt. Die Eitelkeit meiner Mutter ist unaufdringlich, sie trägt einen langen schwarzen Mantel, dezente Ohrringe und einen Hauch Rouge auf den Wangen.

Sie mustert mich, findet, ich sehe erschöpft aus.

»Es sind die Erinnerungen«, sage ich, wie zu mir selbst.

»Immer noch dein Vater«, erwidert sie, betrübt und enttäuscht zugleich.

Ein Blick zu Simon bringt sie auf andere Gedanken. Sie fragt ihn nach der Schule. Dann erzählt sie ihm, wie ich als Kind, als ich einmal eine schlechte Note nach Hause brachte, meinen Vater davon überzeugen wollte, der Lehrer sei ein fanatischer Antikommunist. Simon hört ihr zu, ist überrascht. Sie wirft mir vor, ihm nichts von meiner Vergangenheit zu erzählen.

Ich unternehme einen halbherzigen Versuch, mich herauszureden. Ihr knappes ironisches Lächeln lässt mich verstummen.

Sie klagt über Einsamkeit. Seit ungefähr fünfzehn Jahren wohnt sie in einer Wohnung in der Nähe der Kathedrale Saint-Corentin in Quimper. Sie gesteht mir, dass sie manchmal in die Kirche geht. Nicht um zu beten, sie bezeichnet sich als Atheistin, sondern um den Geruch und die Bilder ihrer Kindheit wiederzufinden. Wenn sie allein zu Hause sei, ertappe sie sich manchmal dabei, wie sie die bei den Nonnen gelernten Lieder summe.

Die Familie mütterlicherseits, katholisch, konservativ, bürgerlich, ist nie Teil unserer Geschichte gewesen. Als Kind dachte ich, mit diesem Zweig der Familie verbinde mich weder Name noch Blut. Die Erinnerung daran beschränkte sich auf einige aufschlussreiche Anekdoten, die meine Mutter als eine Art Selbstkritik zum Besten gab.

Sie wurde im Mai 1936, einige Wochen vor dem Termin geboren. Bei meiner Großmutter, Marie-Antoinette, hatten am Tag nach dem Wahlsieg der *Front populaire* die Wehen eingesetzt. Meine Urgroßeltern besaßen ein Sägewerk in der Nähe von Janzé, ungefähr dreißig Kilometer von Rennes entfernt. Dort verbrachten meine Mutter und ihre ältere Schwester die Ferien. Sie besaßen mehrere Paar weißer Handschuhe, aus denen sie wählen konnten, wenn sie zur Sonntagsmesse gingen.

Ich seufze, das alles kenne ich schon.

Lediglich mein Großvater, François Berthelot, blieb davon verschont, von mir vergessen zu werden. Wir teilten den Geburtstag. Wir riefen einander an, gratulierten uns, nannten uns Zwillinge, legten auf und riefen einander ein Jahr später wieder an.

Er war im Krieg gewesen. Jedes Mal, wenn ich ihn sah, bat ich ihn, mir davon zu erzählen. In einem beinah gleichgültigen Ton beschrieb er mir Ereignisse, in denen Mut nicht einmal ansatzweise vorkam. Wenn man ihm glaubte, hatte seine einzige Heldentat darin bestanden, während der Schlacht von Dünkirchen in die Grubenlatrine gesprungen zu sein, um den von den Deutschen abgeworfenen Bomben zu entkommen.

Es gab eine Anekdote, die er mir öfter erzählte. Kurz nach der Kapitulation machte die Schar von Gefangenen, zu denen er gehörte, auf dem Weg nach Anvers in einem Dorf halt. Mein Großvater ging in einen Lebensmittelladen, um Schokolade zu kaufen. Als er wieder zurückkam, waren die Männer schon weitergezogen. Er hätte sich verstecken, seine Uniform wegwerfen und nach Hause gehen können, nach Rennes zu seiner Frau und seinen beiden Töchtern. Er zögerte einen Augenblick und rannte dann seiner Kolonne hinterher. Danach war er fünf Jahre lang Gefangener in einem Offizierslager. Meine verblüffte und zugleich enttäuschte Reaktion amüsierte ihn. Er fasste die Zeit seiner Gefangenschaft in ein paar Sätzen zusammen und stellte fest, dass dies die beste Zeit seines Lebens gewesen sei. Schließlich sah ich in ihm schlicht einen Soldaten der 7. Kompanie aus dem Film von Robert Lamoureux: einen sympathisch-egoistischen, fröhlichen Drückeberger, der sich jeder Verpflichtung und Gefahr entzogen hatte.

Meine Mutter zuckt mit den Schultern.

Im Oktober 1945 traf ein Telegramm ein, in dem seine Rückkehr angekündigt wurde. Marie-Antoinette und die beiden Töchter gingen zum Bahnhof, wo eine Blaskapelle patriotische Lieder spielte. Das Keuchen einer Lokomotive war zu hören. In der Menschenmenge wurden die Gefangenen sichtbar, die den Bahnsteig entlangkamen. Ab und zu trat ein Soldat heraus, um sich in die Arme einer Frau zu werfen. Plötzlich rief Marie-Antoinette: »Da ist euer Vater! Rennt, rennt! Da ist er!« Zu Tode erschrocken starrte meine Mutter die Männergruppe vor ihr an. Jetzt waren sie nur noch einige Meter von ihr entfernt, so mager, dass es ihr Angst machte, alle hatten sie die gleichen, in den Bärten verschwindenden, eingefallenen Gesichter, alle trugen sie die Uniform der Verwahrlosung. Sie weinte und fragte: »Wer von ihnen ist es?«

Sie zogen nach Lisieux, wo mein Großvater als Architekt beim Wiederaufbau der zerbombten Stadt Arbeit fand. Er war das, was man einen Schürzenjäger nennt. Meine Großmutter, die sich so danach gesehnt hatte, die Ehefrau eines angesehenen Mannes zu sein, fühlte sich betrogen und besiegt, was sie nicht überlebte. Sie starb an Erschöpfung. Meine Mutter behielt sie als strenge Frau in Erinnerung, die ihre Mädchenträume nicht hatte hinter sich lassen können, sich gern geschmackvoll einrichtete und einen Hang zu Liebeleien hatte.

Mein Großvater fuhr mit seinen Geliebten in die vornehmen Hotels an der Atlantikküste, nach Deauville oder nach Cabourg. Seine Seitensprünge führten in den finanziellen Ruin. Die Gerichtsvollzieher zu empfangen überließ er meiner Mutter.

Sie sieht mich eine Weile an, als schwebte der Schatten meines Vaters zwischen uns.

Wenn Mutter sonntags im Jardin de l'Évêché von Lisieux spazieren ging, baten junge Männer mit melancholischem Gesichtsausdruck sie darum, ihre Hand halten, sie küssen zu dürfen. Später, in Paris, gab es die Schauspieler, die den Verehrer spielten. Sie machten ihr den Hof, als handele es sich um eine Rolle. Meinen Vater kümmerten derartige Höflichkeiten nicht. Voller Unternehmungslust umwarb er sie von Anfang an, als sei das Verlangen das einzig Interessante, was Mann und Frau miteinander teilen konnten. Sie war überrascht von dieser unverschämten Art und vor allem davon, wie leicht sie ihm offensichtlich fiel.

Hat er sich wenigstens die Mühe gemacht, dir zu sagen, dass du schön bist?, möchte ich sie fragen.

Er hielt nichts von Komplimenten. Darunter litt sie wie unter einer quälenden Krankheit. Sie heischte nach jedem zärtlichen Wort von ihm, mochte es noch so unbedeutend sein, nach jedem kleinsten Zeichen von Aufmerksamkeit. »Wie findest du mein neues Kleid?« »Rosa«, erwiderte er. Oder »weiß«.

Diese immer wieder enttäuschte, brennende Erwartung übte auf sie eine grenzenlose Anziehungskraft aus. Der Zorn ihres Mannes beschützte sie. Seine Kraft bannte jede Gefahr. Auf diese eine Überzeugung begründete sie ihre und unsere Existenz.

»Glaubst du, dass er mich geliebt hat?«, fragt sie mich leise.

»Du wirst doch nicht so werden wie dein Vater«, sagt meine Mutter betrübt.

Meine Schwester hat sie vergangene Woche angerufen. Meine zügellose Wut beim Ausräumen des Hauses hat ihr Angst gemacht.

Ohne eine Antwort abzuwarten, stimmt meine Mutter eine lange Anklage gegen ihn an. Ihr Groll ist ungebrochen, obwohl sie sich vor über zwanzig Jahren scheiden ließen. Sie verhält sich wie die ehemaligen Parteimitglieder, die nun zu erbitterten Antikommunisten geworden sind. Mit der gleichen Bissigkeit spricht sie über das Abenteuer ihres Lebens.

Unmittelbar nach der Trennung war es noch schlimmer. Sie klärte uns über das ganze Ausmaß der Bettgeschichten unseres Vaters auf und darüber, dass er sie manchmal geschlagen hatte. Sie entstalinisierte unsere Kindheit, ließ uns hinter die Kulissen unserer glücklichen Momente blicken, wie die ausgeschlossenen Regierungsmitglieder die niederträchtigen Machenschaften von Moskau beschrieben hatten. Unsere Jugend verwandelte sich in eine Kulisse, eine täuschend echte Nachahmung der Wirklichkeit, bei der unsere Naivität immer wieder ausgenutzt worden war.

Ich bin zu erschöpft, um die Geschichte neu zu schreiben.

Sie wechselt das Thema, fragt mich, ob ich im Augenblick

Zeit zum Arbeiten finde. Ich erzähle ihr, dass ich mein Vorhaben, über die letzte Nacht von Nerval zu schreiben, wiederaufgenommen habe.

Sie horcht auf. »Kommst du voran?«

Ich zucke mit den Schultern. Sie verzieht das Gesicht zu einem traurigen Grinsen, fragt mich, was Catherine darüber denke. Ich antworte nicht. Mit ihrem Lächeln sagt sie mir, dass sie mir an der Stelle meiner Frau zu helfen wüsste, meine Zweifel zu besiegen, wie sie auch meinen Vater hatte beruhigen können, wenn er vom Lampenfieber wie gelähmt war.

»Soll sie etwa der Partei beitreten?«, sage ich spitzzüngig.

Ihre Miene verfinstert sich. Sie hat immer behauptet, dass ihr Beitritt Ende der sechziger Jahre auf einer persönlichen Entscheidung beruht habe, die auf eine Ablehnung ihrer familiären Wurzeln zurückgehe.

Die Treffen der Zelle bei uns zu Hause bereitete sie stets mit der gleichen Sorgfalt vor wie ein Abendessen unter Schauspielern. Ungeachtet der Bemerkungen ihres Mannes verbrachte sie den Tag in der Küche, buk Kuchen und holte die weiße Tischdecke hervor. Nach Ankunft der Gäste mussten meine Schwester und ich ins Wohnzimmer gehen und sie begrüßen. Peinlich berührt blickten sie meinen Vater an.

»Ich habe mir zumindest Mühe gegeben«, sagt sie.

Bei der jährlichen Parteibeitrittszeremonie rezitierte sie Gedichte von Louis Aragon und Paul Éluard. Einen Sonntag im Monat übernahm sie den Verkaufsstand der *Humanité* vor der Bäckerei in unserem Haus. Uns nahm sie mit. Unsere Anwesenheit verlieh ihr Mut. Ab acht Uhr morgens standen wir neben dem Zeitungsständer, den uns ein Mitglied der Zelle am Abend zuvor gebracht hatte. Während unsere

Nachbarn kamen, um Croissants und Baguettes zu kaufen, ließ sie uns die *Humanité* herumschwenken, da sie der Ansicht war, dass die Szene durch unsere Beteiligung wesentlich weniger kämpferisch wirkte. Wir rannten um den Zeitungsständer, tobten umher, und Mutter, erleichtert durch die Ablenkung, widmete sich unserer Aufsicht, während sie darauf wartete, dass unser Vater, der noch schlief, sie gegen Ende des Vormittags ablöste.

Verglichen mit den Wahlkampagnen waren diese sonntäglichen Einsätze tatsächlich ein Kinderspiel. Da mussten die Mitglieder von Haus zu Haus gehen und für die Partei werben. Als Hausfrau stand meiner Mutter dafür natürlich besonders viel Zeit zur Verfügung. Darin sahen, so mein Verdacht, einige unter ihnen die gerechte Strafe für das bürgerliche Leben, das meine Mutter führte – die anderen arbeiteten schließlich.

Ich erinnere sie daran, dass sie die Flugblätter stets donnerstags verteilte, an dem Tag, an dem wir keine Schule hatten.

Sie weckte uns früh. Der Vormittag war dem Falten gewidmet. Meine Schwester, die noch zu klein war, sah uns dabei zu. Ich gab mir Mühe, dass die Ränder des Blattes genau übereinanderlagen. Wenn ich es schaffte, den vor mir liegenden Stapel bis Mittag abzuarbeiten, versprach sie, mir auf dem Rückweg beim Bäcker einen Flan zu kaufen.

Danach wuschen wir uns gründlich. Sie putzte uns die Ohren, schnitt uns die Fingernägel, wählte mit Sorgfalt unsere Kleidung aus. Meine Schwester, die gerade erst laufen gelernt hatte, trug einen Trägerrock, Söckchen und marineblaue Lackschuhe. Ich durfte ein weißes Hemd anziehen, das kratzte, eine dunkle Jacke und ebenfalls marineblaue Bermudas. Um sich selbst zurechtzumachen, brauchte sie

Stunden. Sie setzte alles auf ihr Gesicht, in der Überzeugung, dass ihre sanften Züge, die gerade Nase und die Mandelaugen Sympathie wecken würden. Sie entschied sich für ein rosa Kleid, das sie bei der Hochzeit meines Onkels getragen hatte, und holte ihren silbergrauen Mantel aus der Schutzhülle. Um das Ganze abzurunden, setzte sie einen Hut mit breiter Krempe auf, der ebenfalls in der damaligen Modefarbe Rosa gehalten war. Man hätte meinen können, Twiggy oder irgendein anderes Mannequin würde im nächsten Augenblick auf den Laufsteg hinaustreten. Einige Flugblätter legte sie in ihre schwarze Handtasche mit der Goldkette. Ich trug eine Plastiktüte mit dem Rest. Es kam überhaupt nicht infrage, sie in einer Mülltonne loszuwerden. Da hätte sie das Gefühl gehabt, mit dem Mann, den sie liebte, nicht auf einer Höhe zu sein. Nur zwei, höchstens drei Blätter drückte sie den wohlwollenden Mietern in die Hand. »Falls Ihnen jemand einfällt, dem Sie es gerne geben würden.«

»Das 15. Arrondissement war eine Hochburg der Gaullisten«, sagt sie.

Uns öffnete man arglos die Türen. Sie schlug einen höflichen Ton an. Meine Schwester, die sie auf dem Arm hielt, sang leise vor sich hin und ich, den Blick auf die Fußmatte geheftet, grüßte schüchtern. Sie sprach über dieses und jenes, zögerte den Moment hinaus, in dem sie den Grund ihres Besuchs nannte. Die Leute sahen sie an, konnten sich nicht vorstellen, was sie wohl zu ihnen geführt haben mochte, und kamen meist zu dem Schluss, es müsse eine Wohltätigkeitsorganisation dahinterstecken. Schließlich öffnete sie den Verschluss ihrer Handtasche und zog ein zusammengefaltetes Blatt heraus. In einem möglichst unbeteiligten Ton sagte sie kaum vernehmbar: »Das ist eine

Botschaft des Kandidaten der Kommunistischen Partei Frankreichs …«

Manche zerknüllten das Flugblatt oder schlugen uns die Tür vor der Nase zu. Jedes Mal, wenn sie bei jemandem klingelte, spannten sich ihre Züge an. Sobald sich die Tür öffnete, verwandelte sich ihre besorgte Miene in ein einnehmendes Lächeln. Sie fürchtete stets, im nächsten Augenblick könne ihr ein erbitterter Antikommunist gegenüberstehen. Sobald wir ein Haus betraten, erinnerte sie mich an unsere Vereinbarung, bei der geringsten Auseinandersetzung sofort zu den Treppen zu rennen, statt zu versuchen, in den höher gelegenen Stockwerken weiter Flugblätter zu verteilen. In so einem Fall sei es besser, zum nächsten Haus weiterzuziehen. Es musste uns nur eine unfreundliche Hausmeisterin oder ein misstrauischer Mieter begegnen, schon machte sie auf dem Absatz kehrt. Das kleinste ungute Gefühl trieb sie in die Flucht, so sehr fürchtete sie jeglichen Zwischenfall.

In meiner Vorstellung verlieh ich diesem imaginären Feind die Züge von Long John Silver, dem Bösen aus *Die Schatzinsel*, dem Buch, das sie uns damals gerade vorlas.

Sie lacht, als ich ihr das erzähle, aber dann fällt uns ein, wie es tatsächlich zu der so befürchteten Begegnung kam, und wir verstummen.

In dem Augenblick, in dem meine Mutter klingelte, ertönte das Gebell. Hundebesitzer mied sie. Sobald sie einen Hund sah, verlor sie die Fassung. Sie schob mich sofort in Richtung der Treppe. Im Türspalt erschien ein Mann mit einem gewaltigen Bauch. Meine Mutter behauptete, sie habe sich in der Klingel geirrt. Er bestand darauf, den Namen der Person zu erfahren, die wir suchten. Er kenne alle seine Nachbarn. Sie gab auf, ging zurück und trug, fast schon im Flüsterton, ihre kleine Rede vor. Er unterbrach sie, um seinen Hund, einen Dackel, der mit geöffnetem Maul auf mich zusteuerte, zum Schweigen zu bringen. »Arthur!«, knurrte er. Der Mann verstand überhaupt nicht, wovon meine Mutter sprach, und forderte sie auf, ihm alles noch einmal zu erzählen. Sie drückte ihm das gefaltete Flugblatt in die Hand. Lesen Sie das, hier ist alles erklärt. Sie bedeutete mir, uns auf den Weg zu machen, und ging bereits einige Stufen die Treppe hinunter. Er überflog die ersten Zeilen. Die Wut wallte in ihm auf, sein Bauch erzitterte. »Du Schlampe!«, rief er. Die Beleidigung hallte durchs gesamte Treppenhaus. Wie angewurzelt blieb ich vor der Tür stehen. Meine Mutter rief nach mir. Ich spürte den Atem des Dackels an meinen Beinen, dessen Kläffen das Schimpfen seines Herrchens beinah übertönte. Mutter, ganz bleich, kam zurück, schob sich zwischen das Geländer und den Mann und ergriff meine Hand. »Du verdammte Schlampe!«, brüllte er. Ihre Gesichter berührten sich beinah. Sie zog mich, ohne ihn anzusehen, zu den Treppen. Meine Schwester weinte entsetzlich. In jedem Stock öffneten sich die Türen, von dem Gebrüll aufgeschreckte Mieter kamen heraus. Wir erreichten den Eingangsbereich. Ich blickte nach oben. Der Mann hing über dem Geländer. Aus der Entfernung wirkte sein Gesicht noch furchteinflößender. Er war nur noch ein weit geöffneter Mund, umrahmt von zwei tiefen Falten und Zähnen, die bereit waren, uns zu zerfleischen. »Du Fotze!«

Der junge Pierre Aderhold galt als ein vielversprechendes Talent. Der Zorn verlieh seinen Figuren Authentizität und Tiefe.

Sobald er von der Bühne stieg, wirkte er wie reingewaschen von den Lappalien des Daseins. Erfüllt von diesem starken Gefühl, plauderte er strahlend mit den zahlreichen Freunden, die ihn in der Garderobe aufsuchten, ebenso wie mit den vielen Unbekannten, die ihn vor dem Theater erwarteten, um ihm zu gratulieren. Er war versöhnt mit der ganzen Welt und die ganze Welt hatte einen Zauber für ihn. In den darauffolgenden Stunden kam er allmählich wieder zu sich. Kurz vor unserem Haus blieb er regelmäßig im benachbarten Bistrot hängen. Je mehr das Gefühl für die Gnade des Augenblicks verflog, desto detailliertere Schilderungen seiner Darbietung wollte er hören. Schließlich machte er sich mit dem schweren Schritt eines Königs im Exil auf den Heimweg. Ein wenig war diese Aura auch am nächsten Tag noch zu spüren, zu Mutter war er liebevoll, und uns begegnete er gut gelaunt.

Es war die Zeit, als Ariane Mnouchkine und Roger Planchon mit ihren Ensembles für die Erneuerung des Theaters sorgten. Mnouchkines Körperarbeit und ihr radikaler Linksextremismus waren meinem Vater zu modern. Planchons marxistisch angehauchte Auffassung stand ihm näher, und er träumte davon, sich seiner Theatertruppe anzuschließen. Er wartete auf ein Zeichen, das er zu Beginn des Jahres 1971 schließlich erhielt.

Planchon gab jedes Jahr einen Empfang, zu dem er die gesamte Pariser Theaterszene einlud. Als meine Eltern die Einladung erhielten, glaubten sie fest, dass mein Vater schon bald der Truppe angehören würde.

Das Fest fand im Théâtre Montparnasse statt. Sie waren unter den ersten Gästen. Mein Vater kam sehr ungern zu spät. Für meine Mutter wurde der Abend zu einem großen Auftritt. Das schulterfreie, fuchsiafarbene Kleid brachte auch die obere Rückenpartie zur Geltung. An diesem Abend legte sie das Selbstbewusstsein einer Frau von Welt an den Tag. Sie spielte die Rolle der Ehefrau eines verheißungsvollen Schauspielers. Anmutig strahlend begegnete sie den anderen Gästen, ihr Gesicht leuchtete heiter. Sie zog alle Blicke auf sich. Mein Vater steuerte aufs Büfett zu. Ein Kellner in cremefarbenem Anzug reichte ihm einen Whisky.

Die Neuankömmlinge verteilten sich entsprechend der diesen Veranstaltungen eigenen Dynamik. Jeder Schauspieler mit einem Namen, jeder gerade erfolgreiche Dramatiker wurde von einem Hofstaat umkreist, dessen Größe davon abhing, wie nah der Betreffende zu Planchon stand. All diese Trabanten bewegten sich in einem komplizierten Spiel aus Anziehung und Abstoßung, ein ständig in Veränderung begriffener sozialer Kosmos, den mein Vater als Einziger zu bemerken schien.

Um meine Mutter drängten sich alte Bekannte, Schauspieler, mit denen sie gemeinsam den Cours Dullin besucht oder ihre ersten Bühnenerfahrungen gemacht hatte. Sie nahm ihre Komplimente mit einem Lächeln entgegen, neigte charmant den Kopf. Ihren Mann ließ sie dabei nicht aus den Augen.

Er bestellte noch einen Whisky. Noch nie hatte er sich überwinden können, jemandem auch nur ansatzweise zu schmeicheln. Unvorstellbar der Gedanke, vor einem bekannten Schauspieler oder Regisseur als Bittsteller aufzutreten. Das überspielte er, indem er sich bereits bei der Begrüßung als besonders schlagfertig zeigte, was am Selbstwertgefühl des Gegenübers kratzte, oder er trat in irgendein Fettnäpfchen.

Planchon legte meiner Mutter die Hände auf die nackten Schultern. Er gab ihr einen Kuss auf die Wange, pries theatralisch um Zustimmung heischend ihre Schönheit. Sie errötete. Um ihre Verlegenheit zu zerstreuen, nahm er ihre Hände zwischen die seinen, erkundigte sich nach ihrem Mann. Sie deutete mit einer Kinnbewegung hinter ihn. Er wandte sich um, rückte schalkhaft seine Brille zurecht und fragte meinen Vater, wie er es angestellt habe, eine so schöne Frau zu heiraten. Mein Vater scherzte, er könne sie ja gern gegen die Hauptrolle in Planchons nächster Inszenierung eintauschen. Er pflegte die Menschen, die er liebte, öffentlich herabzusetzen. Planchon warf einen kurzen Blick zu meiner Mutter, deren Miene reglos blieb, bis auf ein leichtes Zucken der Augenbrauen, das ihm nicht entging. Zur Zeit seiner ersten Erfolge hatte sie seinem Ensemble angehört. Er hatte ihr den Hof gemacht, etwas nachlässig, schließlich war er nicht daran gewöhnt, dass eine Debütantin ihm widerstand, er hatte ihr dies und das versprochen. Aber sie liebte die Liebe zu sehr, um sie in den Dienst ihrer Karriere zu stellen.

Planchon trat zu meinem Vater. Mit erstarrtem Lächeln beobachtete meine Mutter die beiden Männer. Je belebter das Gespräch wurde, desto mehr veränderte sich Planchons Gesichtsausdruck. Die etwas selbstgefällige Lässigkeit wich freundlichem Wohlwollen und er klopfte meinem Vater wiederholt auf die Schulter, während er sprach. Zum Abschied bedeutete er ihm, er solle ihn anrufen.

Meine Mutter war wie elektrisiert, man sah ihr den Triumph buchstäblich an. Mein Vater trank noch einen Whisky. »Nicht nur jede Art von Trunkenheit, sondern auch jeder Grad dieses Zustandes, der seine besondere Tiefenmarkierung tragen sollte, deckt in uns in genau der Schicht, in der er sich abspielt, einen besonderen Menschen auf«, schreibt Proust. Für meinen Vater gab es lediglich zwei Grade. Die ersten Gläser spülten jeden Kleinmut weg. Schaffte er es weiterzutrinken, sprühte sein Geist. Die etwas dumpfe und holprige Sprechweise ging in eine überschwängliche Weitschweifigkeit über. Alle Verärgerung wich ihm aus dem Gesicht, zerbrechliche Schönheit trat an ihre Stelle. Nun, da die Wirklichkeit nichts mehr wog, verwandelte sie sich in eine einzige große Bühne. Mit klangvoller, sanfter Stimme rezitierte er Gedichte, so, als hätte er sie gerade eben geschrieben. Man musste ihn gesehen haben, an diesen trunkenen Abenden, an denen er sich von jedem Lächeln bezaubern ließ.

Wenn mein Vater unglücklicherweise beim ersten Grad hängen blieb, wiederholte er missmutig immer dieselben Worte, gefangen in einer fixen Idee. In diesem Zustand war er borniert und zänkisch.

Meine Mutter sonnte sich in den Komplimenten, die ihr hier und da kühn zugeflüstert wurden.

Ein ehemaliger Verehrer erinnerte sie an ein gemeinsames Erlebnis, und sie lachte laut auf.

Mein Vater starrte den Mann lauernd an. Zu Beginn ihrer

Beziehung hatte meine Mutter ihm von diesem Abenteuer erzählt, in einer etwas übertriebenen Schilderung, damit er sie nicht für die Unschuld vom Lande hielt. Das Bild von Planchons Händen auf den Schultern seiner Frau tauchte quälend wieder auf. Noch ein Whisky würde ihm helfen, alles klarer zu sehen.

Eine wohlbekannte Angst überkam ihn und er schüttelte den Kopf. Es gibt etwas noch Schlimmeres als Mangel an Talent. Nämlich nur für seine Leidenschaft zu leben, derart von ihr durchdrungen zu sein, dass man alle Triebfedern seiner Kunst kennt, und dann in dem Augenblick, in dem man die Bühne betritt, jegliche Tiefe zu verlieren. Er tauchte in seine Rolle ein und wusste genau, was sie von ihm verlangte. Aber in einem Automatismus führte das Lampenfieber am Tag der Generalprobe dazu, dass er nicht an seine Figuren herankam oder er sie zu einer lächerlichen Pose schrumpfen ließ. Othello oder Don Juan, reduziert auf Pierre Aderhold, wie er aus dem Bistrot nach Hause kommt oder seine Einkäufe erledigt. Allein schon, wie bewusst er an die Proben heranging, war ein Beweis seiner mageren Begabung – wirkliches Talent ist sich seiner selbst nicht bewusst.

Planchon hatte unersättliche Hände. Sie verrieten seine nie befriedigte Begierde. Wie das Feuer unter einem Kessel nährte der Alkohol in meinem Vater die stets nagende Angst, als ungehobelter Bauer zu gelten, als das, was er sein ganzes Leben lang befürchtete zu bleiben: der Sohn eines Fischhändlers. Kein Sieg verschaffte ihm Genugtuung. Mit tiefer Stimme wiederholte er immer wieder, er werde ihn vermöbeln. Wen?, fragte meine Mutter. Wen? Er hörte nicht hin, sondern schimpfte auf Planchon. Bist du auf Roger so sauer? »Roger!« Er wurde ganz blass. »Dieser Scheißkerl!«

Von einem der Tabletts schnappte er sich ein Sektglas. Sie wollte es ihm wegnehmen. Der Champagner lief über ihr Kleid, hinterließ einen dunklen Fleck. Er gab ihr eine Serviette. Sagst du mir endlich, wen du meinst? … Verdammt noch mal, schließlich war er ja ein Mann! Eine solche Provokation konnte mein Vater nicht einfach hinnehmen. Sie brauchte einen Augenblick, bis sie verstand, dass er ihren ehemaligen Verehrer meinte. Sie streichelte ihm das Gesicht. »Verstehst du nicht? Er will dich flachlegen.« Er bahnte sich einen Weg durch die Menge, hielt nach ihm Ausschau. Eine Lokomotive auf Volldampf. Meine Mutter an seinem Arm lächelte verzweifelt und flüsterte ihm verliebte Worte zu.

Freunde liefen ihnen über den Weg. Er wurde ruhiger. »Das Arschloch denkt, er kann meine Frau vögeln!« Umgeben von einigen Frauen erkannte er die elegante Silhouette des ehemaligen Verehrers wieder. Zwei Freunde verstellten ihm den Weg, es kam zu einem kurzen Gerangel. Sein Blick traf den Planchons, der in einiger Entfernung von ihm stand, und er glaubte darin eine gewisse Enttäuschung zu entdecken, wodurch er nur noch mehr verzweifelte.

Der Erfolg hatte etwas Absurdes an sich, er war wie das Ende einer Suche. Wenn man sieht, wie sich einem das Glück eröffnet, gerät man aus dem Gleichgewicht, denn das Scheitern ist ein verdammt kuscheliger Mantel. Ob sie das vielleicht ahnte?

Meine Mutter wollte nach Hause gehen. Die beiden Freunde griffen meinem Vater unter die Arme und brachten ihn noch bis zur Treppe. Er bedeutete ihnen, dass er sich beruhigt habe, und stieg langsam hinab. Meine Mutter ging vor ihm und weinte still. Er regte sich auf. Sie eilte die Stufen hinunter, zuckte bei jedem Schrei meines Vaters zusammen.

Er hielt sich am Geländer fest. Seine Wut wich einem weinerlichen Selbstmitleid, dem Reuegefühle folgten. Er schilderte ihr sein Gespräch mit Planchon. Sie lief zur Garderobe, holte die Mäntel, wollte ihm seinen geben. »Pierre …« Wie festgewurzelt stand er vor dem riesigen Spiegel mit den goldenen Holzverzierungen im Foyer des Theaters und murmelte Beleidigungen vor sich hin. »Pierre!« Verächtlich sah er sein Spiegelbild an. »Was …?«

Er versetzte seinem Spiegelbild einen kräftigen Kopfstoß. Das Glas zersplitterte. Noch ein Stoß. Die Risse breiteten sich aus, gefolgt von einem unheilvollen Knacken. Jetzt barst der ganze Spiegel, große Stücke fielen heraus und zerschellten am Boden. Es war, als stürzte der Raum ein. Der Spiegel verschwand in einem unwirklichen Klirren, dahinter kamen bräunliche Ziegelreihen zum Vorschein. Meinem Vater rann das Blut in dünnen Fäden den Nasenrücken hinunter, er versteckte sich in der Nische unter der Treppe vor den Neugierigen und bat meine Mutter mit dem trüben Blick eines Säufers inständig um Verzeihung. Wie sie so dastand, starr, den Mantel ihres Mannes auf dem ausgestreckten Arm, sah sie aus wie die zur Statue gewordene Eurydike auf einem mythologischen Gemälde aus dem 20. Jahrhundert.

»Du bist und bleibst die Einzige …«, sagte er.

»My Lord, my poor Lord,
there's nothing new under the sky.«

Pierre Decazes, frei nach Shakespeare

Man erkennt einen Menschen daran, wen er sich zum Richter wählt.

Mit elf Jahren verbrachte ich meinen letzten Sommer in Salviac. Zu meinem Geburtstag Mitte August besuchten uns meine Eltern. Meine Großmutter erwartete von der gesamten Familie, sich zu diesem Anlass einzufinden. Ihr lag viel daran, den einzigen männlichen Erben der Familie zu feiern. Es gab ein ausgedehntes Festessen, an mehreren aufeinanderfolgenden Tagen, an denen sich mein Vater stets rasch betrank.

Niemand ist mehr Gewohnheitsmensch als ein Kind. Trotz der Wutausbrüche meines Vaters und der Angst vor den Kapitalisten, die eine verschwommene, jedoch ständige Gefahr darstellten, hatte ich das Gefühl, in einer Welt zu leben, die mir ihre Geheimnisse offenbart hatte.

In Paris kannte ich meine Lehrer, die verschiedenen Wege nach Hause, die Ecken, wo man Fußball spielen oder Rollschuh laufen konnte, die Bäckerei gegenüber, wo ich mir nachmittags eine Kleinigkeit kaufte. Und vor allem kannte ich die Zeitungsverkäuferin. Unter ihrer Theke schlummerte der von mir heiß ersehnte Schatz, die Schachtel mit den Spielzeugsoldaten. Sobald ich ihren Laden betrat, holte sie sie heraus, und ich durfte sie mir im Hinterzimmer ansehen. Jedes Mal, wenn Großmutter mir wieder einen Geldschein geschickt hatte, betrachtete ich eingehend jede einzelne Figur, bevor ich mich entschied.

In Salviac lernte ich schließlich, mit den Widrigkeiten des Landlebens umzugehen.

Nichts überraschte mich mehr, weder die stechenden Gerüche der Bauernhöfe und Felder noch die Tiere und Menschen, die zu treffen ich mich zuvor gescheut hatte. Ich wusste die Zeichen zu deuten, erkannte den nahenden Sturm, kannte die Fischstellen und alle Schlangensteine. Das Waldstück hinter dem Garten war von Deutschen der Division »Das Reich« bevölkert und von Geronimos Apachen, gegen sie alle kämpfte ich, ausgerüstet mit einer Knallpistole und Großvaters Kriegshelm.

Am Abend vor der großen Familienzusammenkunft nahm mich mein Vater beiseite und fasste mich an den Schultern.

»Nun bist du also erwachsen.«

Er hatte eine ausgeprägte Vorliebe für theatralische Inszenierungen. Durch den Alkohol war seine Aussprache etwas breiig. Er sagte, ich solle mich setzen, und erklärte mir, dass ich nun die wahre Familiengeschichte kennenlernen müsse, um mein Vorhaben, das ihm so wichtig war, in die Tat umsetzen zu können: eine Familienchronik zu verfassen. Die Version meiner Großmutter sei ein Kindermärchen gewesen. Er konnte ihr nicht verzeihen, dass sie seinen Vater, einen überzeugten Atheisten, kirchlich hatte bestatten lassen, aus Furcht vor der Meinung ihrer Kunden.

Er begann mit der Korrektur der von ihm vermuteten Irrtümer. Wir stammten nicht aus Koblenz, sondern aus Köln. Es verging keine Woche, in der in *L'Humanité* nicht darauf hingewiesen worden wäre, dass Giscard d'Estaing in Koblenz geboren worden war, der Stadt, in der sich während der Französischen Revolution der Adel versteckt gehalten hatte. Die Partei sah darin das Symbol der reaktionären Politik des Mannes, der bei den Wahlen 1974 für das Amt des Staatspräsidenten kandidierte. Niemand aus unserer Familie konnte dieselbe Geburtsstätte haben wie er. Außerdem verlieh mein Vater Peters Fahnenflucht eine politische Dimension. Der Hauptmann wurde zu einem preußischen Junker, einem konservativen Großgrundbesitzer, der meinen Urgroßvater, den bescheidenen Polsterer, hasste.

»Die Wahrheit ist der beste Verbündete des Marxisten«, sagte er.

Diese Berichtigungen waren erst der Anfang. Nun musste Esther dran glauben.

Deine Urgroßmutter wohnte auf einem Bauernhof in einem kleinen Dorf in Loiret. Sie traf einen jungen Mann und wurde schwanger. Der Mann aber weigerte sich, sie zu heiraten. Da sie vom ganzen Dorf verstoßen wurde, sah sie sich gezwungen, dieses nach der Geburt des Kindes zu verlassen. Das Kind ließ sie bei ihren Eltern und ging nach Paris. Um ihre Gesundheit war es schlecht bestellt, weshalb sie keine Arbeit fand und in Armut lebte. Damals kannte die kapitalistische Ausbeutung keinerlei Grenzen. Es gab weder Achtstundentage noch Arbeitslosengeld. Das war noch zu jener Zeit, als die Arbeiter sich zunächst in Gewerkschaften, später in Parteien organisierten und den Arbeitgebern die sozialen Errungenschaften abnötigten, die wir heute kennen. Der Mann, mit dem sie lebte, zwang sie zur Prostitution.

»Das wollte dir deine Großmutter verschweigen«, sagte mein Vater voller Schadenfreude.

Peter, der in dem Großmarkt Halles de Paris arbeitete, traf sie eines Abends in der Rue de Lappe. Sofort verliebte er sich in sie. Er überzeugte sie, dieses erniedrigende Gewerbe aufzugeben und mit ihm zusammenzuziehen. Aber ihr Zuhälter – hier unterbrach er sich, um mir die Bedeutung des Wortes zu erklären – wollte sie nicht verlieren. Also wartete Peter eines Abends vor dem Ausgang seines Hotels auf ihn. Er beschrieb mir die Schlägerei wie eine Szene aus dem Film *Goldhelm*, und das so plastisch, dass ich mir Esther mit den Zügen Simone Signorets vorstellte, samt Haarknoten à la Goulue und dem spöttischen Lächeln.

»Wir stammen also von einem Deserteur und einer Nutte ab«, fasste er unsere Familiengeschichte zusammen.

Dann schwieg er, um zu sehen, wie seine Enthüllungen auf mich wirkten.

Wahrscheinlich waren jene Vorfahren für ihn das, was für einen Aristokraten adelige Ahnen sind – der Mai 1968 hat den Außenseitern neue Ehren verschafft. Der Refrain eines Revolutionslieds, das er oft sang, lautete: »Das ist die Kanaille, und zu ihr gehöre ich!«

Nutte, Schlampe, Hure. Hurensohn. Ich erinnerte mich noch, wie der Mann beim Flugblattverteilen meine Mutter beschimpft hatte. Außerdem folgte auf dem Schulhof auf diese Beleidigungen oft genug eine Rauferei, sodass ich eine Vorstellung davon hatte, wie schlimm sie waren.

In meinen Augen wurde unsere Ehre jedoch vielmehr durch unsere deutsche Herkunft befleckt. Ich war im kommunistischen Résistance-Kult aufgewachsen. Entlang der Straßen, auf denen wir durch die Départements Corrèze, Dordogne und Lot nach Salviac fuhren, standen Gedenksteine mit den Namen der ermordeten Widerstandskämpfer. Durch meine Adern floss das Blut des Feindes.

Selbst wenn ich versucht hätte, es zu verbergen, unser Nachname verriet es unmissverständlich. Das war der Name des Bösen, der Brutalität, der SS. Ich versuchte, den germanischen Klang abzuschwächen – so wie die Leute aus Salviac ihn aussprachen, »Adérol«, hätte man ihn für ein Wort aus der Gegend halten können. Früh lernte ich das Misstrauen in den Blicken der Menschen kennen, wenn sie ihn hörten, vor allem die Älteren. Sie argwöhnten etwas, ließen mich den Namen wiederholen. Aber spätestens bei meinem Vornamen wussten sie Bescheid. Sie fragten mich, was meine Familie 1940 gemacht habe. Wenn ich einen Freund besuchte, nahm mich der Vater zunächst in ein kleines Kreuzverhör. Eine unbestimmte Abneigung mir gegenüber veranlasste ihn, mir von einem deportierten Vorfahren oder den Leistungen der Widerstandskämpfer aus seiner Gegend zu erzählen.

Unser Name war wie ein rotes Tuch. Wir gehörten zu den Boches, da war nichts zu beschönigen, es stand uns auf die Stirn geschrieben. Immer wieder musste mein Vater einen Nazi-Offizier oder Gestapo-Mann spielen. Irgendwann war er den ständigen Spott und das mehr oder weniger beabsichtigte Verschandeln unseres Namens leid und legte sich den Künstlernamen Decazes zu. Dieser brachte ihm dann auch einen schönen Artikel mit der Überschrift »Ein Schauspieler, der seine Wurzeln nicht vergisst« in *Le Midi Libre* ein, verfasst vom Lokalkorrespondenten in Decazeville. Außerdem behauptete mein Vater, dass »Ader« eine rheinische Variante von »Adler« sei und »hold« auf Deutsch etwas wie »stolz« bedeute.

In meinem Ohr klang das nach einem Indianerhäuptling.

Ab dem nächsten Tag lag ich mit meiner Großmutter im Streit. Ich warf ihr vor, mich angelogen und verraten zu haben. Ich machte mich über den Wahnsinn der Aderholds und unsere Gespräche über die Familiengeschichte lustig. »Mich legst du nicht noch einmal rein …«, rief ich.

Bei den Wangenkussprozessionen, an denen auch Großtanten und ältere Cousinen beteiligt waren, hatte ich Gelegenheit festzustellen, dass die Haut des Menschen ab einem gewissen Alter anders riecht. Es erinnert an den säuerlichen Geruch von altem Leder. Die starken Düfte, die sie verwendeten, um diesen zu überdecken, Veilchen, Jasmin, Bergamotte, veränderten sich auf der Haut.

Das war der Geruch von Salviac und meiner Großmutter.

Immer wieder, im Großen wie im Kleinen, begehen wir im Leben Verrat, und unsere Reue hält uns hinterher ganz schön auf Trab. Ich gab meine Großmutter auf, opferte sie, ohne jegliches Schuldgefühl, als wäre sie eine Abtrünnige, deren Standpunkt von der Parteilinie abwich.

Die Enttäuschung löscht die Liebe nicht aus, sie drängt sie in die verborgenen Winkel unserer Erinnerung, zusammen mit unbedeutenden Einzelheiten, Wörtern, Bildern, Empfindungen, die sie im gegebenen Augenblick wieder an die Oberfläche bringen werden. Als ich einige Jahre später endlich ein eigenes Zimmer bekam, schenkte mir meine Großmutter eines ihrer großen Landbetten. In diesem schlief ich allabendlich umhüllt vom kaum wahrnehmbaren Duft des Fluches ein.

Ich wollte nicht erwachsen werden.

Der flüchtige Stolz darüber, dass sich mir Geheimnisse offenbaren würden, konnte nicht die Traurigkeit über den Verlust meines kleinen Reiches aufwiegen. Die Welt der Erwachsenen war für mich so etwas wie die Revolution, ein Versprechen, das eines Tages wahr werden würde. Wie die kapitalistische Ausbeutung würde auch der Gehorsam gegenüber den Eltern eines Tages enden. Ich spürte jedoch auch, dass ich, einmal in diese neue Welt eingetaucht, keine Entschuldigung mehr haben würde. Auch mir würde es nicht erspart bleiben, zu kämpfen und Rechenschaft ablegen zu müssen.

Vor Kurzem habe ich die Kopie der Einbürgerungsunterlagen meines Urgroßvaters in einer Kiste gefunden. Ich hätte gar nicht gedacht, dass ich sie noch besitze. Ich hatte sie während meines Geschichtsstudiums im Nationalarchiv herausgesucht. Es wurde alles festgehalten, angefangen bei den jährlichen Einkünften bis hin zu seinen politischen Ansichten. Auf die Frage »Besteht der Eindruck, dass er jede Hoffnung auf eine Rückkehr aufgegeben hat?« stand in der nach links geneigten Schrift des Sachbearbeiters: »Ja, er hat in Deutschland keine Familie mehr.« Nur der Hinweis am Rand einer der Seiten, Peter sei aus der deutschen Armee desertiert, verleiht ihm ein etwas heroisches Profil. Was Esther betrifft, gibt es nichts, was auf ihre Vergangenheit als Prostituierte schließen ließe. Die Geburt eines Sohnes vor der Hochzeit wird erwähnt. Eine ledige Mutter. Höchstwahrscheinlich hat mein Vater als Kind die missbilligenden Bemerkungen der Erwachsenen in Bezug auf Esthers unmoralischen Lebenswandel wortwörtlich genommen.

Als ich ihm die Unterlagen zeigte, sagte er, das sei Blödsinn. Die Informationen, die dazu hätten führen können, dass man Peter die französische Staatsbürgerschaft verweigerte, habe er einfach verschwiegen. Mein Vater blieb dabei. Ein Deserteur und eine Hure.

»Da du nun erwachsen bist …«

Das hatte mein Vater beschlossen, so wie man den Ausnahmezustand verhängt. Es kostete ihn die größte Anstrengung, dabei zuzusehen, wie ich meine Zeit mit Spielen vergeudete. An jenem Weihnachten, das auf meinen letzten Sommer in Salviac folgte, endete meine Kindheit.

Mein Vater legte stets Wert darauf, dass wir ein Wörterbuch bekamen, einige bedeutende Werke der Weltliteratur, eine Schallplatte mit klassischer Musik und, noch schlimmer, Geschichtsbücher. Mathilde und ich träumten von Monopoly. Er war dagegen, genauso wie gegen Coca-Cola. Durch unser inständiges Bitten und weil Mutter ein gutes Wort für uns einlegte, willigte er ein, dass einer unserer Onkel oder eine der Tanten es uns schenkte.

Wir öffneten die Schachtel und waren begeistert, dass wir endlich das gleiche Spiel besaßen wie unsere Freunde. Ich schwenkte die Geldbündel, und mein Vater unterdrückte seine Verärgerung. Ich sah in den Scheinen sogleich den Schatz, der bei meinem nächsten Cowboyspiel gestohlen werden würde.

Erst am folgenden Morgen bedrängten wir unsere Eltern, mit uns zu spielen. Meine Mutter war nicht schwer zu überzeugen. Mein Vater hasste Gesellschaftsspiele, überhaupt jegliche Art gemeinschaftlicher Tätigkeit. Wenn er dazu gezwungen wurde, zündete er sich eine Zigarette nach der anderen an, verzog das Gesicht oder stellte auf abwesend, als wollte er uns unmissverständlich zu verstehen geben, was für ein geschmackloses Kitschbild wir abgaben, während wir vier rund um das Spielbrett herum versammelt saßen, Orangensaft tranken und uns mit Bonbons vollstopften.

Aber es war Weihnachten. Er traute sich nicht, es uns zu verwehren. Wir mussten ihn beide küssen, als Zeichen unserer Dankbarkeit. Zerstreut hielt er uns die Wange hin, und wir gaben unserer Freude nur umso lauter Ausdruck.

Ich spielte für mein Leben gern, gab mich dem Spiel vollkommen hin. Wenn ich gewann, war ich davon überzeugt, begnadet zu sein, und zwar in jedem nur erdenklichen Sinn. Wenn ich aber verlor, hatte ich das Gefühl, der Misserfolg stünde für meine allgemeine Unfähigkeit. In Gedanken erstellte ich eine Liste mit den aktuellen Enttäuschungen, in der Schule und außerhalb. Ich ließ jedes einzelne dieser Ärgernisse derart anschwellen, bis sie zusammen das Gesamtbild der nahenden Katastrophe ergaben. Manchmal war ich so überwältigt von der Ungerechtigkeit der sich ankündigenden Niederlage, dass ich die Karten hinschleuderte oder das Spielbrett umwarf. Wenn ich in einer Mannschaft mit meiner Schwester war, war es noch schlimmer. Sie interessierte sich nicht fürs Spiel und beging eine Reihe Fehler. Ich bekam scheußliche Wutanfälle. Meine Eltern beschworen mich, ruhig zu bleiben. Beim ersten Schnitzer, der ihr unterlief, explodierte ich.

Das Spiel begann. Bereits in der zweiten Runde sah es nicht gut für mich aus. Sogar Mathilde hatte mich überholt. Durch das tröstend gemeinte Lächeln meiner Mutter wuchs meine Verbitterung nur noch. Ich beschloss, mir nichts anmerken zu lassen und zu beweisen, dass ich größer geworden war. Ich blickte würdevoll in die Runde und kratzte mir unauffällig die Nagelhaut auf, um meinen Neid zu lindern.

Meine Aufmerksamkeit war völlig von der zu erwartenden Niederlage gefesselt. Ich bemerkte nicht, dass meine Eltern etwas im Schilde führten. Meine Mutter schüttelte missbilligend den Kopf, legte die Hand auf den Arm meines Vaters.

Ich zählte immer wieder mein weniges Geld, um mich von meinem Kummer abzulenken. Irgendwann fielen mir die Machenschaften meiner Eltern dann doch auf. So glaube ich zumindest. Wahrscheinlicher noch fiel mir das gewaltige Vermögen auf, das sich vor meinem Vater türmte und durch nichts zu erklären war.

Ich war an der Reihe. Ich würfelte. Einer der beiden Würfel fiel unter den Tisch. Als ich mich wieder hinsetzte, erhaschte mein Blick die Hand meines Vaters, wie sie Geld aus der Bank nahm. Etwas verlegen sprach ich ihn darauf an. Er lächelte, legte das Geld zurück und schlug vor, ich solle noch einmal würfeln. Auch in den späteren Runden ertappte ich ihn dabei, wie er, beinah schon offenkundig, Geldscheine auf seinen Stapel schob.

Er schummelte.

Nicht wie die lustigen Erwachsenen, die die Kinder mit leicht durchschaubaren Tricks unterhalten. Er schummelte vollkommen unverfroren, nutzte jede Ablenkung für sich. Ich konnte mir nicht vorstellen, dass er derart gegen die Grundsätze verstieß, die er uns stets einschärfte. Den Rest des Spiels verbrachte ich damit, nach einer anderen Erklärung zu suchen. Ich dachte, es handle sich um einen seiner Scherze, die uns den Spaß verderben sollten, damit wir keine Lust hätten, noch eine Runde zu spielen. Wenn ich ihn im Sommer manchmal bat, Strandtennis oder Boule mit mir zu spielen, endete es immer in einer Katastrophe. Ich war den Tränen nahe, er war glücklich über seine Späße.

Er blieb ernst und fuhr unbeirrt fort. Ich machte deutlich, dass ich es bemerkte. Er grinste mich hämisch an, drohte mir, mich zu bestrafen, wenn ich ihn weiterhin anschuldigte.

Normalerweise interessierte ihn das Spiel nicht, es war ihm egal, ob er gewann oder verlor. Dieses Mal zeigte er jedoch eine überschwängliche, ja grausame Freude, wenn wir auf eines seiner Felder traten oder er uns zwingen konnte, ihm eine unserer Straßen zu verkaufen.

Er gewann, viel mehr noch, er trampelte uns nieder, strahlte, jubelte vor Freude. Meine Mutter fragte ihn verzweifelt: Sag mal, wie alt bist du eigentlich? Breit grinsend verließ er das Wohnzimmer. In der Tür wandte er sich zu uns um, lachte boshaft und trug mir wie ein Fabeldichter die Moral dieser Erfahrung vor, eine Moral, die mir in meinem gesamten Leben dienen würde, wie er betonte. »Du hast gerade begriffen, was Kapitalismus wirklich bedeutet. Ich rate dir, es nicht zu vergessen.«

Ich räumte das Monopoly-Spiel in eine Schublade, von wo es nie wieder hervorgeholt werden sollte, und wenn es dazu kam, dass ich bei Freunden mitspielte, machte ich eine Frage der Ehre daraus, zu verlieren, vergaß, die Mieten zu kassieren oder Hotels zu kaufen, borgte Spielern in finanziellen Schwierigkeiten Geld und weigerte mich generell, die Ideologie des Spiels zu unterstützen.

Anfang der siebziger Jahre wirkte die Welt mit ihren bunten Splittern aus Morgendämmerungs- und Weltuntergangsbildern wie ein Kaleidoskop. Die Linksextremen riefen »Alles ist Politik!« und »Man wird nicht unschuldig geboren!«. Obwohl mein Vater sie hasste, dachte er das Gleiche. Für ihn galt alles und jedes als Vorwand, sich zu empören und die Missstände anzuprangern. Die Palästinenser waren aus Jordanien vertrieben worden. Nixon war wiedergewählt worden. Pinochet hatte Allende gestürzt. In Griechenland dauerte die Militärdiktatur an. Es gab klare Gewissheiten, so kräftig wie die damals aktuellen Modefarben. Unsere Kleidung war leuchtend rot, blau, grün. Unsere Feinde waren die Faschisten, die Nazis, die Kollaborateure. Bei uns zu Hause war alles grellorange, die Vorhänge, die Tagesdecke, die Spielzeugkiste, sogar die Hocker aus transparentem Kunststoff. Bei den Zellenversammlungen, umhüllt von Zigarettenrauch, diskutierten die Männer fieberhaft.

Mein Vater hatte es so eilig, dass ihm jedes Mittel recht

war, um mir eine Lektion zu erteilen, eine meist demütigende Lektion, da er davon überzeugt war, dass man nur Wunden nicht vergaß. Der Eintritt ins Erwachsenenalter war für mich die Zeit der Tränen. Sie hielten ihn auf oder beruhigten ihn zumindest kurzzeitig. Erst später verstand ich, weshalb ich ihnen damals stets freien Lauf ließ. Ohne Tränen gab es für ihn keine wahre Reue. Damals vergoss ich sie aufrichtig, in der Hoffnung, er würde mir verzeihen.

Was er von mir erwartete und was er aus mir machen wollte, war ein Rimbaud der Politik, der Philosophie, und vor allem sollte ich sein Zellenkamerad, sein Kneipenkumpel werden.

Sein Kommunismus war instinktiv, war fest in ihm verankert. Er war Kommunist, wie andere Juden, Algerienfranzosen oder Korsen sind. Mit Pathos und völliger Hingabe. Er befürchtete, der Ideologie nicht ganz gewachsen zu sein, und noch mehr fürchtete er die unkommunistischen Gefühle, die er in sich entdeckte und gegen die er vergeblich ankämpfte. Nüchtern war er ein unerschütterlicher Vertreter des Internationalismus. Sobald er jedoch etwas mehr getrunken hatte, kam sein uneingestandener Patriotismus zum Vorschein. Als Rechtfertigung zog er Argumente heran, die wissenschaftlich klingen sollten: Die geografische Lage und das Klima machten aus Frankreich ein ideales Land, in dem ein subtiles Gleichgewicht zwischen dem morbiden Wahnsinn der Deutschen, der Gewieftheit der Italiener und dem Stolz der Spanier herrsche. Die Engländer waren schon durch ihre Küche aus dem Rennen. Und die Amerikaner waren schlicht und einfach nur ein Aggregat von Personen, die den Verlockungen des Geldes unterlagen.

Genauso, wie er früher den *Larousse* studiert hatte, vertiefte er sich regelmäßig in die von der Partei herausgegebenen Schriften. Zum Geburtstag und zu Weihnachten schenkten wir ihm Werke von Marx und Lenin sowie ihren Jüngern. Er strich über die Einbände der Bücher, blätterte in ihnen, ganz so, als verhießen sie ein großes Vergnügen. Danach packte er sie in den Nachtschrank. Wenn er im Sommer am Strand auf seinem Handtuch lag, legte er stets unübersehbar eines dieser Bücher neben sich, damit die Menschen um uns herum nicht den kleinsten Zweifel bezüglich seiner Einstellung hegten.

Den Anspruch, sich mit der Theorie auseinanderzusetzen, wollte er auf mich übertragen. Für ein gutes Zeugnis belohnte er mich mit dem Werk eines kommunistischen Denkers. Ich wurde mit *Elementare Prinzipien der Philosophie* von Georges Politzer beschenkt, mit *Die Rolle der Gewalt in der Geschichte* von Friedrich Engels und mit den *Ausgewählten Schriften* von Rosa Luxemburg – alles Bücher mit den wenig einladenden orange-grauen Umschlägen der Reihe *Klassiker des Volkes* des Verlags Éditions sociales. Einmal in der Woche musste ich ihm ein Kapitel zusammenfassen.

Ich las jedoch viel lieber die Comics, die mir der Bruder meines Vaters heimlich schenkte, die Abenteuer von Blek le Roc, dem Löwenmenschen Zembla, dem Magier Mandrake oder Flash Gordon. Die kleinformatigen Hefte ließen sich gut in den Klassikern des Volkes verstecken.

Als sich der Tag des allwöchentlichen Kurzvortrags näherte, überflog ich die Passage, über die mich mein Vater ausfragen wollte. Offenbar war es mein Schicksal, keinen einzigen Satz davon behalten zu können. Einzeln waren alle Wörter verständlich, nur zusammen verloren sie jeglichen Sinn. Ich blieb hartnäckig, las immer wieder von vorn, um sie zu begreifen. Aber ich konnte einfach keine Verbindung zwischen den einzelnen Wörtern herstellen, und sobald ich von dem einen zum nächsten übergehen wollte, verschwand die Bedeutung des ersten. Mehrere Minuten lang strengte ich mich an, doch dann verschob ich das Ganze auf den nächsten Tag. Ich legte die Anzahl der Seiten fest, die ich noch lesen musste, um am Tag meines Vorsprechens vorbereitet zu sein. Diese Herausforderung versetzte mich in eine besondere Erregung. Ich war mir sicher, ich sei ihr gewachsen und könne daher auch beruhigt die Comics weiterlesen.

Mein Vater brauchte nur wenige Minuten, um dahinterzukommen, dass ich keine Ahnung hatte, was in dem Text stand. Auf die Idee, dass mir diese Werke unzugänglich waren, kam er nie. Er sah mich mit seinem Lino-Ventura-Blick an, in dem eine stumme Aufforderung lag, mich an den Tisch zu setzen. In einem geringschätzigen Ton gab er mir zu verstehen, dass er von mir und meinem mangelnden politischen Bewusstsein enttäuscht sei. Heftige Schuldgefühle überkamen mich, und ich versprach, bis zur nächsten Woche das ganze Buch zu lesen. Er bremste mich ein wenig in meiner Überschwänglichkeit und gab sich mit dem Versprechen zufrieden, dass ich ein weiteres Kapitel lesen würde. Sobald ich mit Politzer, Engels oder Rosa Luxemburg wieder allein war, verlor ich schon bei der ersten Zeile den Faden.

Paradoxerweise verschmolz in meinem Kopf die Welt der Comics lange mit dem kommunistischen Weltbild. Bevor sie den endgültigen Sieg davontrugen, bestanden die meisten Abenteuer der Helden darin, vergeblich gegen den Feind zu kämpfen. Ich war mir sicher, dass sie siegen würden, und hatte es daher auch nicht besonders eilig, zu erfahren, wie Blek die englischen Soldaten bekämpfen oder Zembla die Jäger bezwingen würde. War es denn nicht das, was mir mein Vater mithilfe der kommunistischen Denker beibringen wollte? In ihren Werken waren alle Niederlagen des Proletariats beschrieben, wobei niemals Zweifel aufkamen, dass am Ende die Stunde der Vergeltung kommen und sich die klassenlose Gesellschaft durchsetzen würde.

Außerdem betraute mich mein Vater mit der Mission, die von meinen Lehrern verbreiteten Fehler zu berichtigen und ihre Lügen aufzudecken, denn bewusst oder unbewusst waren sie Opfer der herrschenden Ideologie. In Mathematik musste ich so gut wie gar nicht kämpfen. Im Gegensatz dazu bot der Geschichtsunterricht im Überfluss Themen, über die man durchaus unterschiedlicher Auffassung sein konnte. Bei meinen Tagesberichten zu Beginn des Abendessens erzählte ich natürlich auch von der Schule. Weh dem Lehrer, der sich zu antikommunistischen Bemerkungen hatte hinreißen lassen! Mein Vater lieferte mir Argumente, die ich in der Schule vortragen sollte. Ich sollte, ich musste. Wie oft stand ich deshalb morgens mit Bauchschmerzen auf. Hin und her gerissen zwischen meiner Pflicht als Sohn und dem Wunsch, mit der Masse der Schüler zu verschmelzen, starrte ich beklommen auf die Wanduhr über der Tafel. Die kurze oder gar die große Pause näherten sich, und ich hatte noch kein Wort gesagt. Schließlich hob ich die Hand. Ich stellte eine Frage, deren Wortwahl und Inhalt den Erwachsenen im Hintergrund verrieten. Noch bevor der leicht aus der Fassung geratene Lehrer antworten konnte, trug ich meine Rede vor. Mein Vater hatte ein Gefühl dafür, Details auszuwählen – oder zu erfinden –, die niemand außer jenen kannte, die mit der Parteiliteratur vertraut waren. Wenn mich der überrumpelte Lehrer anfuhr, hatte er wenig später das Glück, von meinem Vater einen Besuch zu erhalten. Die laute Stimme und die beeindruckende

Schulterbreite taten ihr Übriges. Irgendwann war es so weit, dass die Lehrer sich davor fürchteten, mich in ihrer Klasse zu haben. Andere, die Klügeren, widerlegten das von mir Gesagte, indem sie Fakten vorbrachten, auf die ich nichts erwidern konnte. Beschämt ging ich heim, um mit neuen Argumenten ausgestattet zurückzukehren. Manchmal zog sich die Debatte über Tage hin. Während der Pause musste ich im Klassenraum bleiben. Durchs Fenster sah ich meine Freunde auf dem Hof spielen. Wenn die Lehrer Mitleid mit mir bekamen, bereiteten sie der Diskussion ein Ende und schickten mich zu den anderen. Meist waren sie jedoch darüber verärgert, dass ihre Kompetenz infrage gestellt worden war, und versteiften sich darauf, mir meinen Irrtum zu beweisen. Dann verstrich die Pause, noch bevor ich mich meinen Freunden hätte anschließen können. »Verbohrte Antikommunisten«, lautete das Fazit meines Vaters. Am Tag darauf zog ich wieder in die Schlacht.

Nie war er gänzlich von meinem Einsatz überzeugt. Also bekundete ich einen makellosen Eifer. Ich übernahm seine Wutanfälle, seinen düsteren Blick beim Radiohören. Vor dem Badezimmerspiegel übte ich seine genervte Mimik, stieß erboste Seufzer aus. Ich versuchte, auf der Toilette *L'Humanité* zu lesen. Ich ließ mir beim Überfliegen der Artikel Tränen kommen. Ich war davon überzeugt, dass die leichte Modifizierung meines Vornamens, der Austausch des anlautenden Konsonanten in seinen Ohren wie ein Zugeständnis klang, das mich vom schützenden Schatten des Autors von *Das Kapital* entfernte.

Nun war ich also selbst für mich verantwortlich. Für meine Taten, meine verborgensten Gedanken und meine Beziehungen.

Ein Schauspielerfreund meines Vaters hatte zwei Söhne,

die älter waren als ich. Stéphane, der Ältere, war in der elften Klasse. Wir trafen uns manchmal auf dem Schulhof. Unter dem neidvollen Blick meiner Freunde wechselten wir ein paar Worte. Er gehörte einer kleinen Gruppe von Anarchisten an, die eines Nachts in der Schule eingestiegen war und »Macht Liebe, nicht Krieg« und »Schlaft mit euren Lehrern« an die Tafeln und die Wände der Klassenräume geschrieben hatte. Er erzählte mir, dass er an dieser glanzvollen Tat teilgenommen hatte, und wurde daraufhin zu meinem persönlichen Helden. Zu Hause berichtete ich begeistert davon und war stolz darauf, dass er mich für den Samstagnachmittag zu sich eingeladen hatte, um mir Pink Floyd vorzuspielen und die Comics von Marcel Gotlib zu zeigen.

»Das sind doch alberne linksextreme Kindereien!«, sagte mein Vater. Er ließ noch einige spitze Bemerkungen über Stéphanes lange Haare und dessen Faulheit fallen, um dann ein endgültig vernichtendes Urteil über ihn auszusprechen: »Er ist ein Spießer.«

Einige Zeit bestand ich noch darauf, Stéphane sehen zu dürfen. Jedes Mal, wenn ich bei ihm war, ertappte ich mich jedoch dabei, wie ich mich in seinem Zimmer umsah, auf der Suche nach einem Detail, das meine Sympathie für ihn schmälern könnte. Auf seinem Bücherregal entdeckte ich ein anarchistisches Heft mit einer Karikatur von Georges Marchais auf dem Umschlag. Ein zur Hälfte gerauchter Joint am Rand seines Nachttisches und ein malvenfarbener Schal auf dem Bett, der nach Patschuli roch, verrieten seine Verbindung zu den Hippies, über die bei uns zu Hause geschimpft wurde. Diese Enttäuschung tat ihre Wirkung.

Ich stellte meine Besuche bei ihm ein. Es fühlte sich gut an, ihn aufzugeben, und noch mehr, ihn zu verraten. Einmal, als ich Selbstkritik übte, prangerte ich unter Tränen die Anzeichen des Kleinbürgertums an, die ich bei ihm beobachtet hatte. Es lag mir so viel daran, meinem Vater bedingungslose Treue zu beweisen, mich für seine Klarsicht erkenntlich zu zeigen, mit der er mich, den verblendeten Sünder, zu warnen versucht hatte, dass ich Stéphane beschuldigte, von seiner Mutter eine kleinere Summe Geld gestohlen zu haben. Mein Vater lächelte zufrieden, wie stets angesichts meiner Bekehrung.

Eines Abends, als der Freund und sein Sohn bei uns zu Abend aßen, deckte er den Diebstahl auf. Ich musste es bezeugen. Überführt zu werden machte mir kaum etwas aus, den bitteren Geschmack solcher Situationen kannte ich bereits. Nur wollte ich meinen Vater bei meinem Sturz nicht mitreißen. Meine Lüge stach ins Auge. Das starre Festhalten an meiner Behauptung, das Fehlen eines Zögerns oder einer Verunsicherung in meiner Stimme, mein entschlossener Gesichtsausdruck überzeugten sie schließlich. Sie sahen mich voller Mitleid an.

Wir trafen sie nie wieder. Gemeinsamen Freunden gegenüber versäumte mein Vater nie, den Diebstahl zu erwähnen. Er bedauerte die Blindheit der Mutter, wobei er mich komplizenhaft anlächelte.

Seine pädagogischen Ambitionen kannten keine Grenzen. Kein Bereich unseres Lebens blieb von ihnen verschont. Es gab eine kommunistische Ethik – mein Vater klaute in Supermärkten, aber nie bei kleinen Einzelhändlern –, kommunistischen Humor und kommunistische Freizeitbeschäftigungen. Und natürlich gab es auch eine kommunistische Sexualität.

Als er uns noch für Kinder hielt, machte er sich einen Spaß aus unserer Unwissenheit. Einer seiner Lieblingsscherze war, uns damit zu beauftragen, dass wir unserer

Mutter für unsere Ohren rätselhafte Nachrichten überbringen sollten. »Sag ihr, dass sie heute Abend verkasematuckelt wird.« Als wir die Antwort unserer Mutter hörten, verstanden wir, dass es sich wieder um eines dieser Erwachsenenspiele handelte. »Warne sie vor, dass sie bald ihre gerechte Strafe erhalten wird …« Und wenn wir uns nicht neugierig genug zeigten, fragte er nach, ob wir den Sinn der Nachricht verstanden hätten. Gleichgültig antworteten wir: Ihr werdet miteinander schlafen. Mutter sah uns verlegen an, und er lachte.

Zu Weihnachten schenkte er ihr Torseletts und Negligés aus durchscheinendem Stoff. Sie hob den Deckel der Schachtel hoch, entfernte das weiße Seidenpapier, in das die Wäsche verpackt war. Nie gab sie die Hoffnung auf, dass es sich um etwas anderes handelte, dass er ihr ausnahmsweise einmal eine Bluse oder einen Rock gekauft hatte, endlich etwas, das sie auch würde tragen können. Gemeinsam begutachteten wir die roten Rüschen, die aufreizende Spitze, die Unterkleider aus durchbrochenem Stoff. Was ist das?, fragten wir.

Nachdem ich und später meine Schwester von der Gnade berührt wurden, dass er plötzlich unseren Eintritt ins Erwachsenenalter anordnete, wollte er sich um unsere Aufklärung kümmern. Er hielt uns einen Vortrag darüber, wozu diese Wäsche diente, welche Wirkung sie erzielen sollte, und nötigte unsere Mutter, sie vor uns anzuprobieren. Wir sagten etwas Nettes zu ihr, als hätte es sich um ein Kleid oder ein Paar neue Schuhe gehandelt, und konnten nicht schnell genug wieder spielen gehen. Meine Mutter, herausgeputzt wie die Darstellerin in einem Erotikfilm, blickte uns traurig nach und sammelte das Seidenpapier ein. Er schüttelte nur enttäuscht den Kopf und widmete sich der

Klappentextlektüre des gerade aktuellen marxistischen Klassikers.

Er gab sich jedoch nicht geschlagen. Wieder einmal ging er in die Schule und schrieb mich in den Sexualkundeunterricht ein, der seit Mai 1968 angeboten wurde.

Seiner Ansicht nach sollte ein Kommunist, basierend auf einem Verständnis von Gleichberechtigung in Sachen Lust, seiner Partnerin gegenüber aufmerksam sein. Also blieb ich nach dem Unterricht in der Schule und hörte einer alten Dame zu, die uns erklärte, was ein Orgasmus ist. Ich zeichnete anatomische Bilder des männlichen Gliedes in mein Heft und schrieb von der Tafel Definitionen ab. »Homosexuelle haben keine Kinder, außer wenn sie bisexuell sind«, »Der Exhibitionist zeigt seinen Penis meist an Orten, wo man gezwungen ist, hinzusehen (oft im Fahrstuhl), aber er ist nicht gefährlich.« Mein Vater fragte mich abends ab, damit auch meine Schwester etwas lernte. Er erklärte uns, wie wichtig das Vorspiel sei und wo sich die sogenannten erogenen Zonen der Frauen und der Männer befanden. All das erschien uns eine ziemlich ernste Sache zu sein, eine weitere Bürde, die wir als Erwachsene würden tragen müssen.

Nachdem wir aufgeklärt worden waren, zogen uns unsere Eltern ins Vertrauen. Mein Vater schüttete sein Herz bei meiner Schwester aus, meine Mutter bei mir. Beide taten es unter dem Vorwand, sich von der Scheinheiligkeit zu verabschieden, mit der das Bürgertum das Thema Sex bis dahin behandelt habe. Die sexuelle Revolution war nicht das gewesen, was sie erwartet hatten, aber trotzdem eine Revolution. Sie wollten sich nicht rückständig verhalten, befürchteten, etwas falsch zu machen und uns zu hemmen. In ihren Stimmen, ihren Augen lag die kindliche Freude dessen, der seinen Freunden das Geheimnis der Eltern verrät.

Meine Mutter wartete stets, bis mein Vater ins Theater ging. Wenn sie mich im Flur hörte, rief sie mich zu sich ins Zimmer. Ich setzte mich an den Rand ihres Bettes, in dem sie lag, den Kopf auf dem Kissen, im Gesicht ein Ausdruck, den ich von ihr nicht kannte. Sie starrte an die Decke und wirkte so schüchtern, wie sie es wohl auch war, wenn sie ihren Freundinnen gegenüber das Thema anschnitt. Sie bediente sich komplizierter Umschreibungen, weshalb ich nichts verstand und so lange ein dummes Gesicht machte, bis sie einige grobe Ausdrücke fallen ließ. »Er mag es, wenn man ihm einen bläst.« Später, als ich in dem Alter war, dass ich mich bereits für Mädchen interessierte, freute sie sich, als würde sie mir die Hochgefühle schildern wollen, die mich erwarteten. »Es schreckt ihn nicht ab, wenn ich meine Tage habe.« Ich errötete. Nicht das, was sie erzählte, brachte mich so sehr in Verlegenheit, das konnte ich mir damals nicht einmal vorstellen. Aber ihre Worte machten aus ihr eine Mitschülerin. Eltern sollten mit ihren Kindern nicht über diese Dinge sprechen, sagte sie immer wieder. »Er lässt mich nicht einmal Luft holen.« Manchmal sagte sie es, um sich zu beschweren, meist aber gab sie sich dem Verrat mit dem belebenden Gefühl hin, hemmungslos alles auszusprechen. »Wenn er mich mit den anderen vergleicht, gibt er mir immer die beste Note.« Ich stellte keine Fragen, schwieg während der gesamten Zeit. Irgendwann tauchte sie aus ihrer Benommenheit auf, fasste sich. Ich musste ihr versprechen, kein Wort darüber zu verlieren, oder sie wechselte einfach das Thema, als hätte sie gar nichts gesagt. Das waren verwirrende Momente, über die ich schwieg, wie meine Schwester über die mit meinem Vater.

Erst Jahre später, als wir bereits erwachsen waren, sprachen wir zum ersten Mal darüber und stellten überrascht fest, dass der andere an ähnlich vertraulichen Gesprächen teilgehabt hatte.

Damals jedoch gebot uns unser Schamgefühl, darüber zu schweigen. Wir dachten, jemand müsse schließlich das Geheimnis wahren.

Georges bemühte sich lange, seinen Eltern den toten Bruder zu ersetzen.

Peter und seine Frau kamen nie darüber hinweg. Offiziell war der Soldat Pierre Aderhold nach einer Offensive auf der Hochebene von Craonne vermisst gemeldet worden. Sie hofften, die Deutschen hätten ihn gefangen genommen. Die letzten Gefangenen kehrten im Sommer 1919 heim. Immer, wenn sie im Laden die Schritte ihres Sohnes zu vernehmen glaubte, rannte Esther die Treppen hinunter, um zu sehen, wer gekommen war.

Selbst nachdem das Pariser Zivilgericht Tribunal de la Seine ihn im September 1921 für tot erklärt hatte, warteten sie noch auf ihn.

Esther starb im folgenden Jahr. Peter zog sich ins Schweigen zurück. Dieses brach er nur, um zu sagen, dass sein Sohn bei den Boches geblieben sei. Er bezahlt meine Schulden, sagte er. Von dem Tag an, als der Beamte mit der entsetzlichen Nachricht den Laden betreten hatte, verzichtete Peter auf seine Rituale. Er zog durch die Cafés, trank sogar oft allein zu Hause. Wenn er betrunken war, machte er sich Vorwürfe. Wenn er 1914 nicht die französische Staatsbürgerschaft beantragt hätte, wenn er ein Boche geblieben wäre, hätte man ihn in eines der Lager gebracht, die die französische Regierung für die deutschen und österreichischungarischen Einwohner des Landes während des Krieges eingerichtet hatte. Er hätte vier Jahre lang zusammen mit den anderen dahinvegetiert, dafür wäre Pierre noch am Leben.

Er hatte ihn geopfert. Und sein Traum, zu sehen, wie sein ältester Sohn eine neue, von jeder Boche-Vergangenheit befreite Familie gründen würde – Pierre, Felsen bedeutet dein Name, auf diesen sollst du bauen –, war mit ihm gestorben.

Manches Mal kündigte er morgens mit geröteten Augen an, er werde in den Zug steigen und seinen Sohn suchen. Dort drüben, sagte er und machte eine verächtliche Handbewegung. Mathilde, seine Tochter, zog schließlich aus und fand in der Nähe von Argenteuil eine Anstellung als Polsterin.

Georges hatte die Kindheit im Schatten seines Bruders verbracht. Mit elf Jahren wurde er als Lehrling in verschiedene kleine Maschinenbauunternehmen geschickt. Er verlor die Stellen jedoch immer wieder, da er lieber mit den Taugenichtsen des Viertels herumzog.

Nachdem Pierre verschollen war, wurde Georges ruhiger. Er begann im Familienbetrieb zu arbeiten, gab sich Mühe, seinem Vater zu helfen, so gut er nur konnte. Er hatte dessen Kraft und Hünenstatur geerbt. »Ich weiß, was du im Schilde führst.« Peter musterte ihn schweigend. Dann fällte er resigniert sein Urteil. »Du kannst machen, was du willst, du bist und bleibst ein Boche …« Pierre hatte die ausgesprochen französischen Züge seiner Mutter geerbt, harmonisch und schmal, wie Peter gerne betonte. Georges bot ihm an, die Herstellung von Federkernmatratzen zu erlernen. Peter verjagte ihn mit einem kräftigen Tritt in den Hintern.

Niedergeschlagen und überzeugt, dem ihm vorausgesagten katastrophalen Schicksal nicht zu entkommen, gab

Georges sich den Schwächen hin, die ihm sein Vater zuschrieb. Das war auch eine Art, ihm recht zu geben. Er begann zu trinken, hatte bald den Ruf eines Raufers. Bevor er ganz abglitt, trat er den Militärdienst an. Er wurde als Mechaniker zum 37. Regiment der Luftwaffe nach Casablanca geschickt und nahm am Rifkrieg teil. »Gegen die Araber kämpfen, das ist das Richtige für dich«, sagte Peter.

Sich selbst misstrauend, suchte Georges nach seiner Rückkehr eine Person, eine Arbeit oder eine Sache, an die er sich binden konnte.

Er fand eine Anstellung bei den Automobilwerken Hispano-Suiza und baute Karosserien nach Maß für amerikanische Milliardäre, für Maharadschas und Emire. Seine Hände schnitten das Metall zu und fügten es zusammen. Er musste sich nur einer Aufgabe widmen, sich dazu zwingen, wie früher sein Vater mit dem Drell und der Wolle, um zur Ruhe zu kommen und zu wissen, wo er hingehörte. Das Geheimnis der Ordnung offenbarte sich ihm.

Ein Kollege aus der Werkstatt bekehrte ihn zum Anarchismus. Mit einem Revolver in der Jacketttasche spazierte Georges durch die Straßen von Paris. Er wollte auf Menschen in Straßencafés schießen. Seiner Meinung nach leisteten es sich ausschließlich Angehörige der Bourgeoisie, so gemütlich ein Gläschen zu trinken. Auf der Suche nach einem Opfer ging er an den Tischen vorbei, die Hand in der Jacke verborgen.

Eines Abends, auf dem Heimweg nach einem Spaziergang, besuchte er seinen Vater und beichtete ihm seine Pläne, mit einer Wut, die er ihm gegenüber bisher nie zum Ausdruck gebracht hatte. Allerdings, berichtete er Peter, habe er vor Verlassen des Hauses das Magazin entladen. Die Reaktion seines Vaters brachte ihn aus der Fassung, da dieser sich kein bisschen über ihn aufregte, sondern lediglich sagte: »Kann es sein, dass du nicht nur zur Hälfte, sondern durch und durch ein Boche bist?«

Wenig später, bei einem Abend mit seinen Werkstattkollegen, traf Georges in einem Café in Pantin Gabrielle. Das Café gehörte den Eltern der jungen Frau. Georges' imposante Erscheinung machte sofort Eindruck auf sie. Sie setzte sich in den Kopf, ihn zu heiraten, und ermutigte ihn, ihr den Hof zu machen. Er stellte sie seinem Vater vor.

Gabrielle war nicht wirklich hübsch, sah sogar eher durchschnittlich aus. Sie neigte zu einer gewissen Korpulenz, was ihr schwarzes tailliertes Kleid noch hervorhob. Ihre spitze Nase und die zu einem Knoten hochgesteckten Haare ließen bereits die Härte, die unattraktiven Züge erahnen, die sie wenig später kennzeichneten, nachdem Mutterschaft und das Geschäft ihr Werk getan hatten.

In ihren Augen funkelte Ehrgeiz. Sie hatte Peter gleich beim ersten Treffen von dem Plan erzählt, ihr eigenes Geschäft zu eröffnen. Sie würde ihren zukünftigen Mann vor dem Weltschmerz beschützen.

Er vertraute ihr Georges an und starb bald darauf.

Peter hatte sich nicht getäuscht. Genauso wie seinem Vater gegenüber versuchte Georges seiner Frau ein braver Junge zu sein. Er dachte wahrscheinlich, er habe sich aus der Affäre gezogen. Im Jahr seiner Hochzeit baute er für den Nawab von Fatehpur Sikri ein Meisterstück. Der Duodezfürst wollte einen Phaeton mit Sechszylindermotor und Aluminiumkarosserie, der eine Geschwindigkeit von bis zu 170 Stundenkilometern erreichen sollte. Georges und seine Kollegen arbeiteten fast sechs Monate daran, Trittbretter aus Feingold, schmale Kotflügel, deren Form an das heilige

Tier des Königreichs, die Kobra, erinnern sollte, die Sitzbänke mit schönsten indischen Stoffen bezogen, Heftknöpfe aus Edelsteinen. Der Herrscher kam höchstpersönlich, um es entgegenzunehmen. Er ließ eine Flasche Don Pérignon am Kühlergrill zerschellen, stellte sich mit einem Champagnerkelch in der Hand in den Fond und verschwand in Gesellschaft seiner Geliebten, einer jungen Schauspielerin, deren Lachen und lange Beine die gesamte Werkstatt elektrisierten.

Georges und seine Kollegen feierten dieses Ereignis mit einem dreitägigen Dauerrausch. Als er dann kleinlaut nach Hause kam, rang ihm Gabrielle das Versprechen ab, die Fabrik zu verlassen. Sie wollte nicht, dass ihr Mann Arbeiter blieb.

Am 21. Mai 1927 überquerte Charles Lindbergh den Atlantik. Die Nachricht stand auf jeder Titelseite, und die Zeitungen prophezeiten den sicheren Aufschwung der Luftfahrt. Gabrielle raffte alle Ersparnisse zusammen, lieh sich bei ihren Eltern Geld und ließ gegenüber dem neuen Flughafen Le Bourget in Le Blanc-Mesnil ein Hotel erbauen. Es war ein riesiges, von internationalen Gästen besuchtes Gebäude mit allem modernen Komfort, Zentralheizung, gemütlichen Ecken in der Lounge, Garage. Sie erzählte allen, die Aderholds kämen aus den Niederlanden – ein Name, der an die Deutschen erinnerte, wäre dem Geschäft abträglich gewesen. Den durchreisenden Fliegern gegenüber fügte sie manchmal sogar noch hinzu, sie seien entfernt mit Erfinder Clément Ader verwandt.

Georges richtete sich im Untergeschoss ein kleines Atelier ein. Hierhin zog er sich zurück, um die von ungeschickten oder betrunkenen Gästen zerstörten Gegenstände zu reparieren, einen Stuhl oder eine Schublade. Seine Hände, durch das Führen des Melderegisters ein wenig eingerostet, fanden nun allmählich wieder zurück zu ihren Fähigkeiten. Sie strichen über das zugeschnittene Stück Holz, wischten den Holzstaub ab, so sanft, als würden sie über Gabrielles Hüften gleiten.

Am 12. Juli 1932 wurde ihr erstes Kind geboren. Gabrielle wollte ihn Alexandre nennen, er sollte Großes vollbringen. Es war eines der wenigen Male, bei denen Georges sich seiner Frau widersetzte. Pierre, sagte er bestimmt. Sein Ton überzeugte Gabrielle. Danach kapitulierte er und überließ es seinem Sohn, die familiären Hoffnungen einzulösen.

Die wirtschaftliche Krise der dreißiger Jahre zwang sie, das Hotel zu verkaufen. Wenig später eröffneten sie ein Café in Paris, im 9. Arrondissement, das Royal-Trudaine. Durst würden die Männer immer haben, sagte Gabrielle. Sie ließ es im Stil des Art déco einrichten, tiefe, mit rotem Leder bezogene Sitzbänke, Spiegel in Messingrahmen mit repetitivem Muster. Den Stars des unweit von dem Café auf dem Boulevard de Rochechouart gelegenen Zirkus Médrano bot sie freie Getränke an. Die Sitzbänke benannte sie nach dem Schauspieler, der dort gesessen hatte, »Maurice Chevalier« oder »Fernandel« …

Georges verbrachte die Tage hinterm Tresen. An die Kasse durfte er nicht, ebenso wenig durfte er mit den Lieferanten verhandeln. Gabrielle misstraute ihm, sie fürchtete sich vor dem gewissen Glanz in seinen Augen, den sie so gut kannte. In den Tagen vor der Katastrophe wurde er plötzlich melancholisch, beklagte sich über sein Schicksal, wobei er nicht einmal betrunken war. »Der Wahnsinn der Aderholds«, sagte Gabrielle.

Manchmal verschwand er und kam einige Stunden später zurück, am Steuer eines gerade gekauften Cabriolets oder

Torpedos. Er hielt vor dem Royal-Trudaine und betrat das Café wie ein Landesfürst. Entschieden wies er die Gäste hinaus, verordnete den beiden Kellnern eine Woche Urlaub und forderte seine Frau auf, die Koffer zu packen, während er das Lokal zuschloss. Gabrielle wagte nicht, sich ihm zu widersetzen. Dies war der Mann, den sie sich als Ehemann erträumt hatte. Sie zog ihr schönstes Kleid an und stieg in den Wagen, als wäre sie ein Filmstar. Pierre brachten sie zu Mathilde, Georges' Schwester, die in Boulogne-Billancourt, in der Nähe der Renault-Werke wohnte, und fuhren weiter an die Côte d'Azur. Dort stiegen sie für eine Woche, zehn oder vierzehn Tage in Luxushotels ab, je nachdem, was ihre Ersparnisse erlaubten, und spielten in den Casinos von Monte-Carlo, Nizza oder Menton. Er führte sie in Dreisternerestaurants, überhäufte sie mit Geschenken, spazierte mit ihr Arm in Arm die Croisette entlang. Finanziell ruiniert kehrten sie heim, verkauften das Auto, manchmal auch den Schmuck, eröffneten das Café wieder und arbeiteten noch härter. In einem Album bewahrte sie die Fotos, die Menükarten, die Eintrittskarten von diesen Abenteuern auf. Danach machte sie ihm monatelang Vorwürfe. Ihm blieb die Erinnerung an ihre Hingabe. Dem Luxus hatte sie nicht widerstehen können. In den Betten der großen Hotels verwandelte sie sich in willenloses Material, das er bearbeitete, formte, streichelte. Nach ihrer Rückkehr wurde sie wieder zu der enthaltsamen Ehefrau, die mit ihrer Lust ebenso geizte wie mit ihren Sous. Sie nahm ihm übel, dass er ihr Geheimnis aufgedeckt hatte, die Backfischfantasien, die ihr Herz höherschlagen ließen.

Der Kriegsbeginn 1939 setzte den Ausflügen an die Côte d'Azur ein Ende. Einige Monate bevor er aus der Armee entlassen worden wäre, wurde Georges eingezogen. Die Deutschen besetzten Paris. Gabrielle befürchtete, sie würden auf den Nachnamen ihres Mannes aufmerksam werden und herausfinden, dass Peter in Abwesenheit zum Tode verurteilt worden war. Sie trug Georges auf, sich in die Küche zurückzuziehen, sobald Soldaten das Café betraten.

Georges' politischer Widerstand beschränkte sich darauf, mit den Deutschen nicht anzustoßen. Manchmal spuckte er auf den Teller, bevor die Kellnerin ihn hinausbrachte. Sein Sohn Pierre war da schon leidenschaftlicher. Einmal trat er einem Offizier im Vorbeigehen gegen das Schienbein. Der Mann, ein Hauptmann mit schmalem Gesicht, ließ Georges zu sich kommen und wies ihn an, sich zu entschuldigen. Der Ton verschärfte sich. Der Deutsche war empört. Reglos und bleich stand Georges einfach da und ließ die Beleidigungen des Offiziers über sich ergehen. Er wollte ihn erschießen lassen. Die anderen Soldaten lachten schallend. Gabrielle spendierte allen eine Runde und schickte Georges in den Keller.

Um sich an dem Hauptmann zu rächen, malte er sich verschiedene Szenarien aus. Gabrielle ließ ihn schwören, auf das Leben von Pierre und Gérard, ihrem zweiten Sohn, dass er sich ruhig verhalten würde. Er fand sich damit ab, gönnte sich jedoch immer, wenn ein Soldat das Café verließ, ein kleines Vergnügen. Mit düsterer Miene folgte er ihm mit dem Blick, als wollte er ihm hinterhergehen und ihn in einer einsamen Gasse umbringen. Gabrielle spielte mit und sah ihn beunruhigt an. Der Soldat verschwand. Georges schimpfte halblaut vor sich hin und stieg in den Keller hinab.

Sie konnte er täuschen, seinen Sohn jedoch nicht. Über dem Café gab es eine Treppe hinauf zur Wohnung, auf deren Stufen Pierre sich oft versteckte. Von hier aus beobachtete er den Raum im Spiegel hinter der Theke. In der Nähe der Tür zwischen Café und Küche stand Georges und hielt die Kellnerin eng an sich gepresst. Seine Hände wanderten ihren Hintern hinauf.

Wenig später hörte Pierre ein Gespräch seiner Eltern mit an, in dem es um die Schwangerschaft der Kellnerin ging und die baldige Rückkehr ihres Ehemannes, der in deutscher Gefangenschaft gewesen war, durch eine Befreiungsaktion jedoch hatte entkommen können. Georges weinte, flehte seine Frau an, ihm zu verzeihen. Gabrielle wägte die Möglichkeiten ab, die Kellnerin entlassen, den betrogenen Ehemann mit Geld besänftigen … Innerhalb weniger Minuten fasste sie den Entschluss, das Café zu verkaufen und aus Paris zu fliehen. Sie beschloss, mit Pierre noch so lange zu bleiben, bis sich ein Käufer fand. Trotz der Dringlichkeit wollte sie das Café nicht verschleudern.

Georges hingegen schickte sie in die freie Zone, zu ihren Eltern nach Salviac. Nur wenige Züge fuhren in den Südwesten. Ganze Familien schlugen am Bahnhof ihr Lager auf, um Fahrkarten zu bekommen. Sie brachten Stühle, Decken und Proviant mit. Gabrielle stopfte sich ihre Handtasche unters Kleid. Sie ging an der Schlange vorbei und sagte: »Lassen Sie mich bitte vorbei, ich bin schwanger.« Als sie sich bis zum Schalter vorgekämpft hatte, versuchte sie den Fahrkartenverkäufer für sich zu gewinnen, indem sie Georges als Widerstandskämpfer ausgab, der sich so schnell wie möglich dem Maquis anschließen müsse.

Georges verließ Paris gegen Ende des Sommers 1942. »Ich vermisse Euch«, schrieb er.

Sobald er aus der Schule heimkam, half Pierre im Café aus. Abends, wenn sie die Tische aufräumte, ging er in die Wohnung im ersten Stock und wärmte das Essen auf. Der

Winter 1942 war einer der härtesten des Jahrhunderts. Sie teilten sich das Bett. »Mein armer Pierrot, nun bist du der Ofen Nummer zwei geworden, der den Ofen Nummer eins ersetzt und Mama wärmt.«

Pierre war gerade elf Jahre alt geworden. Von nun an war er kein Kind mehr.

Wir hörten nichts, aber ich kann mir die Szene ohne Weiteres vorstellen. Wir schliefen in unserem Zimmer. Die Abende, an denen unser Vater auf der Bühne stand, verbrachte Mutter damit, auf ihn zu warten. Sie sah fern oder las zerstreut einen Roman. Ab Mitternacht blickte sie immer öfter zum Fenster über der Eingangstür. Es war ein schmiedeeisernes Gitter, dessen Vierecke die einzelnen Scheiben umfassten. Wenn jemand im Treppenhaus das Licht anschaltete, wurden die orangefarbenen Vierecke gelb. Wenn er keinen Abstecher ins Café machte und nicht allzu spät heimkam, musste er ihr alles bis ins kleinste Detail erzählen, wie das Publikum reagiert hatte, überhaupt, wie die Aufführung gelaufen und was danach noch alles passiert war. Manches wollte sie gleich noch einmal hören. Sie liebte es, wenn er sich zu ihr ins Bett legte und sie ihn und die Erregung des Auftritts spürte, die ihn noch vollkommen erfüllte.

Die Zerstörung des Spiegels im Théâtre de Montparnasse war der Beginn einer der glücklichsten Perioden unseres Lebens. Die darauffolgenden Monate verbrachten sie in idyllischem Einverständnis, verbunden durch eine gewisse Verbitterung, wobei sie zwischen den Gefühlen schwankten, eine große Chance verspielt zu haben und Opfer der Umstände zu sein. Im Zusammenleben mit meinem Vater hielten die Ruhephasen jedoch nie lange an.

Oft zog er nach dem Theater noch durch die Bars und kam, lange nachdem sie eingeschlafen war, nach Hause. Ihr war es lieber, wenn er entschied, wonach ihm gerade war.

Je mehr die Zeiger der Uhr von der Nacht verschluckten, desto mehr wuchs ihre Gewissheit. Sie wusste es. Die Sorge stieg stufenweise in ihr auf. Es machte ihr Angst, wenn er zu spät kam. Ihre Freundinnen hatten Männer, die neben ihnen schliefen, und sie konnten sich sogar darüber beschweren, dass sie schnarchten. Am nächsten Morgen gingen die Männer zur Arbeit, und wenn sie nach Hause kamen, planten sie den gemeinsamen Urlaub. Mein Vater hingegen war irgendwo da draußen.

An diesem Abend kam er heim, noch bevor sie sich ausgezogen hatte. Seine Bewegungen waren langsam, zögernd, was verriet, dass er im Café einen Zwischenstopp eingelegt hatte. Sie tat so, als würde sie es nicht bemerken, so wie wir, als wir in das Alter kamen, in dem wir verstanden. Das kleinste Anzeichen von Verlegenheit unsererseits machte ihn wütend. Wir durften weder die Widersprüchlichkeit seiner Antworten bemerken noch die Unbeholfenheit seiner Bewegungen oder seine fahrigen Bemühungen, die Schachtel Streichhölzer aufzuheben, die er hatte fallen lassen – und gleichzeitig durfte sich kein Augenblick der Stille einstellen. Die paar dürftigen Tricks, mit denen wir versuchten, ihn über unser Schauspiel hinwegzutäuschen, waren offenbar unzureichend. Das zeigte sich darin, dass er uns Strafe androhte, wenn es uns nicht gelang, schnell genug zu verschwinden, und uns beschimpfte, woran er sich später jedoch nie erinnerte.

Was hatte sie an diesem Abend getan, um ihn derart in Rage zu versetzen? Es brauchte nicht viel. Man durfte ihm nicht in die Augen sehen, seinen Blick nicht einmal streifen.

Wir mussten ihn nur ansehen, schon griff er zur Flasche. Wir seien seine Richter, sagte er. Er ergriff ihren Arm, zerrte sie zur Eingangstür. Vielleicht zwang sie sich zu einem Lachen, zwang sich, so zu tun, als sei seine Brutalität Teil eines Spiels. Mit ziemlicher Wahrscheinlichkeit wird sie ihn angefleht haben, weniger Krach zu machen, um uns nicht zu wecken. Er öffnete die Eingangstür und stieß sie hinaus.

Einen Augenblick lang blieb sie wie erstarrt stehen. Das Strohgeflecht der Fußmatte stach ihr durch die Strumpfhose in die Sohle. Sie wartete, in der Hoffnung, dass er sich fassen, sich zumindest ein wenig beruhigen oder, nachdem er sich ausreichend über seinen Scherz amüsiert hatte, sie wieder in die Wohnung lassen würde.

Jedes Mal, wenn das Licht erlosch, fiel sie in die bodenlose Stille des Treppenhauses. In den Sekunden, in denen sie nach dem Schalter tastete, war sie wie gelähmt vom Gedanken, dass er sie draußen stehen ließ. Das Ohr gegen die Tür gepresst lauschte sie, hörte jedoch nichts als das rasende Rauschen ihres Blutes. Sie fand sich damit ab, klingeln zu müssen, und wie die meisten Frauen in ähnlicher Lage, drückte sie demütig den Knopf, nur kurz, aus Angst, die Nachbarn könnten etwas bemerken. Aus der Wohnung war nichts zu hören, keine Reaktion. Sie bat meinen Vater ohne Worte, flehte ihn an. Und wenn er sich stur stellte?, raunte die Dunkelheit gehässig. Jeder würde es erfahren. Von nun an wäre sie nicht mehr die Frau, die an manchen Tagen diskret eine Sonnenbrille trug, diese Maske der Ehefrauen, die jegliche Illusion verloren haben. Die anderen Bewohner des Hauses wüssten Bescheid. Sie müsste sich rechtfertigen und ihn verteidigen. Sie wusste schon im Voraus, was er sagen würde, »Das bin nicht ich«, »Ich liebe dich«, »Wieso hast du mich hintergangen?«. Sie drückte erneut den Klingelknopf, kurz, mehrmals hintereinander. Ihre Freundinnen würden sie in ihre mitleidvollen Blicke hüllen, wie man einen Schiffbrüchigen zum Aufwärmen in eine Decke wickelt. Sie würden es nicht verstehen. Die Kraft des Strudels. Sie hielt den Klingelknopf gedrückt. Er würde ihr öffnen. Nichts bliebe zurück, außer der Erinnerung an die Angst und ein wenig Verlegenheit, wenn sie im Treppenhaus einem der Nachbarn begegnete, die gewiss schon aus dem Schlaf gerissen worden waren. Danach war er immer so zärtlich. Keiner von all den braven Ehemännern wäre zu dieser Zärtlichkeit fähig, die einem den Verstand raubte. Sie hörte seine schweren Schritte jenseits der Tür. Sie würde gesenkten Blickes eintreten, damit er seine Meinung nicht änderte, würde ins Bett schlüpfen. Am nächsten Tag würden sie darüber reden. Sie kannte seine Ängste, seine Maßlosigkeit. Sie verstand ihn. Sie liebte ihn. Es würde weitere Krisen geben. Sie würde da sein. Das war keine Frage. Liebe mich, wie ich dich liebe.

Wenn es zum Schlimmsten kam, empfand sie eine schmerzvolle Freude. Die Enttäuschungen entfernten sie nicht von ihm, sondern nährten nur noch ihre Zuneigung. Untreue war Teil des Spiels. Für uns bedeutete seine Rückkehr von einer Theatertournee stets ein Fest, für unsere Mutter den Augenblick schmerzlicher Geständnisse. Er berichtete ihr von seinen, wie er es nannte, kleinen Abenteuern ohne Zukunft, mit dieser oder jener Schauspielerin, manchmal auch mit einer ihrer Freundinnen. Seine Ehrlichkeit sollte ausreichen, um die Absolution erteilt zu bekommen. Meiner Mutter warf er eine kleinbürgerliche Einstellung vor und überließ es ihr, sich zu trösten.

Sie lebte wie eine Figur aus den Romanen, die sie uns vorlas. Jede Krise trug dazu bei, die notwendige Spannung aufrechtzuerhalten, war ein Beweis ihrer gemeinsamen Geschichte und der Tatsache, dass sie fortbestehen würde und einem höheren Zweck diente. Meine Mutter hegte keine Zweifel. Sie war die Einzige, die meinen Vater vor seinen Dämonen retten und ihn zum Erfolg führen konnte – seine Muse und seine Leidenschaft.

Die Tür blieb geschlossen. Ungeduldig drückte sie erneut die Klingel. Diese gab keinen Ton von sich. Nur die leisen mechanischen Geräusche im Gehäuse waren zu vernehmen, das Knacken des Knopfes, der Widerstand der Feder. Er hatte die Klingel abgestellt. Sie trommelte gegen die Tür. Seine Schritte waren nicht mehr zu hören. Der kurze Moment in der Dunkelheit erschreckte sie, sie verspürte eine ihr unbekannte Angst, als hätte er mit dem Stromkreislauf auch die Verbindung zu ihr für immer getrennt. Auch im Drama kann man verbunden sein, und zwar ebenso körperlich und intim wie im Bett.

Sie hockte sich auf die Treppe, das Kinn auf dem Knie. Er würde in die Küche gehen, essen, was er im Kühlschrank fände, ein paar Zigaretten rauchen. Nicht an ihrer Liebe zweifeln. Die Müdigkeit würde ihn umwerfen wie ein Schlag in den Nacken. Er würde sich bis zum Zimmer schleppen, zwischendurch pinkeln gehen. Ob nüchtern oder betrunken, er blieb stets lange im Bad. Nur an seinen Humor denken. Nie zuvor hatte sie mit einem Mann so viel gelacht. Er würde an der Eingangstür vorbeikommen. Immer noch betrunken. Und dann seine Hingabe. Wenn er liebte, dann mit einer Intensität, als hinge in diesem Augenblick sein Leben davon ab. Er würde sich aufs Bett fallen lassen und augenblicklich einschlafen. Sie würde nicht abwarten können, bis er erwachte. Sie dachte daran, bei Bekannten aus der Zelle

Zuflucht zu suchen. Das Paar wohnte fünf Minuten entfernt. Sie stieg die gebohnerten Treppen hinunter, gab acht, nicht auszurutschen.

Die Straße war wie ausgestorben. Geh, kleine Mutter. Geh. Der Kampf beginnt erst jetzt. Wir sind lediglich die Schatten anderer Menschen. Sie lief auf Zehenspitzen, damit ihre Strumpfhose nicht zerriss. Sie würde sagen, Pierre hat mich vor die Tür gesetzt. Wenn die Frau ihr öffnete, wäre es einfacher.

Sie betrat das Gebäude, einen Neubau, stand im Eingangsbereich, von dem Glastüren mit Stahlgriffen abgingen und an dessen mit dem charakteristischen gräulichen Marmor verkleideten Wänden Reihen Briefkästen aus Eisen hingen. Das beinah lautlose Surren des Fahrstuhls schenkte ihr einen Augenblick Pause. Im Treppenhaus ging das Licht von selbst an. Sie wollte nicht von ihnen bedauert werden. Du wirst doch jetzt keinen Rückzieher mehr machen. Zurück auf die Straße, vor der Tür schlafen und darauf warten, dass er dir die Tür öffnet, als wärst du eine Bettlerin. Sie hob den Kopf, kämmte sich mit den Fingern durchs Haar und zupfte ihr Kleid zurecht. Die Geschichte muss weitergehen, deine Geschichte, unsere. Denk daran, die wahre Liebe ist hart, sie zerreißt einen.

In ihrem Ohr hallte Großmutters Stimme. »Das ist der Fluch« und »Die Frauen sind zum Leiden bestimmt«. Sie aber würde kämpfen.

Sie drückte einmal kräftig den Klingelknopf. Nach einigen Sekunden hörte sie zögerliche Schritte, die sich der Tür näherten. Sie klingelte erneut, ihr sanftes Lächeln auf den Lippen.

Meine Mutter trat also zum Kampf gegen meinen Vater an.

Dieses unterschwellig und nahezu ohne eine Waffenruhe geführte Gefecht dauerte die gesamten siebziger Jahre.

Nach dieser Nacht machte sie ihm keine Vorwürfe. Ihre Pläne waren langfristiger. Sie beschwerte sich lediglich ein bisschen, sonst wäre er misstrauisch geworden. In den folgenden Tagen legte sich jedoch ein dünner Schleier des Kummers über ihren Blick. Sie lächelte nicht, konnte ihre Traurigkeit nicht abwerfen. Mein Vater machte sich Sorgen. Er versuchte den Grund für dieses stille Leiden herauszubekommen. Er kam zu dem von ihr erwünschten Schluss. Er hatte sie verletzt.

Zuerst versuchte sie ihn zu überreden, dass sie eine Arbeit finden müsse. Die Schulden häuften sich. Mein Vater war dagegen. Er sah darin ein Zeichen von Misstrauen gegenüber seinem Talent. Er würde den Durchbruch schaffen, alles würde gut werden. Sie ließ die Rechnungen herumliegen. Er warf sie weg oder zerriss sie. Eines Abends kam er heim und grölte, sie würde ihm die Eier abschneiden. Für diese Streitereien bedurfte es stets gründlicher Vorbereitung. Mein Vater musste betrunken sein – betrunken wie ein bis oben hin gefüllter Krug, so betrunken, dass er nicht mehr aufrecht stehen konnte, sein Körper sich selbst überlassen war, der Blick erschreckend und verloren zugleich. Er beschimpfte sie, zerbrach das Geschirr. Mutter weinte. Er nahm sie in die Arme, willigte ein, dass sie sich eine Arbeit suchte.

Meine Schwester und ich lagen in unseren Betten, die Decke über den Kopf gezogen, und hörten die Schreie, das Zerbrechen der Teller, das Weinen. Am nächsten Tag sagten sie: »Dein Vater, deine Mutter hat mir wieder einmal die große Szene aus dem zweiten Akt vorgespielt.« Die »große Szene aus dem zweiten Akt« war für uns der Höhepunkt der Liebe. Später, als Erwachsener, konnte auch ich nicht der Versuchung widerstehen, sie nachzuspielen. Eines Heiligabends schwang ich, nachdem meine Frau und ich uns über ein Geschenk gestritten hatten, das ich von ihr bekommen hatte, das Bein über das Balkongitter und drohte hinunterzuspringen. Als wir einmal von einer Feier zurückkamen, bei der sie den gesamten Abend mit einem anderen Mann getanzt hatte, versetzte ich der Tür einen Kopfstoß und schlug mir dabei die Augenbraue auf.

Damals gab es für Hausfrauen, die etwas verdienen wollten, eine praktische Möglichkeit, eine Lösung zwischen Familienleben und Arbeitswelt: Sie wurden Tupperware-Verkäuferinnen. Jeden Donnerstag lud meine Mutter ihre Freundinnen und deren Freundinnen zu Verkaufsveranstaltungen bei einer Tasse Tee ein. Mein Vater, der sich ins andere Zimmer verkrochen hatte, folgte mit einem Ohr der Unterhaltung. Sobald es auch nur zur kleinsten Abschweifung vom Thema »Tupperdose« kam und sie über Schule, den Preis von Schuhen oder Zucker sprachen, tauchte er plötzlich auf und hielt ihnen einen Vortrag über politische Ökonomie. Irgendwann setzte sie durch, dass er an diesen Tagen von zu Hause fernblieb. Im Gegenzug musste sie versprechen, die von ihm begonnene Arbeit fortzusetzen und ihre Kundinnen wachzurütteln.

Bald wollte sie seine Karriereentscheidungen mitbestimmen. Kurz nach dem Watergate-Skandal Anfang 1973 hatte der Agent meines Vaters zwei Drehtage für eine Werbung an Land gezogen. Mein Vater sollte mit zwei Kindern auf dem Rücken auf allen vieren durchs Wohnzimmer traben, am Ende völlig erschöpft das Sofa erreichen, während eine Stimme aus dem Off seiner Frau vorschlug, das Speiseöl der Marke *Aurea* zu probieren, da dieses wesentlich bekömmlicher sei. Er lehnte ab. Er sei Schauspieler, kein Handelsvertreter. Als Kommunist könne er sich nicht in den Dienst des Kapitals stellen. Meine Mutter stimmte zu, machte ihn jedoch darauf aufmerksam, dass nicht jeder diese Skrupel hatte. Salvador Dalí verkünde auf jeder Häuserwand und sogar im Fernsehen seine Leidenschaft für *Lanvin*-Schokolade, räumte jedoch zugleich ein, dass er ein verdammter Anhänger Francos sei, den nur das Geld interessiere. Und ein großer Maler, fügte sie hinzu, halblaut, wie zu sich selbst. Das gab auch mein Vater widerwillig zu. Aus reiner Neugier fragte sie ihn noch nach der Höhe der ihm zugesicherten Gage und bemerkte, dass diese Summe ihnen erlauben würde, mit uns in den Sommerurlaub zu fahren. Am Abend kam mein Vater betrunken aus dem Café nach Hause, beschimpfte seine Frau, zerbrach Gläser und die Fayence-Schüssel, ein Geschenk meiner Großmutter.

Bald darauf kauften wir einen schönen marineblauen Renault 16. An dessen Steuer fuhr er uns im Sommer 1973 in die Bretagne, eine Freude, die das Gefühl, einen Kompromiss eingegangen zu sein, ein wenig abschwächte.

Einige Monate später, unmittelbar nachdem im Frühjahr 1974 Giscard d'Estaing zum Präsidenten gewählt worden war, bot man meinem Vater eine Rolle in einer Komödie im Théâtre du Palais-Royal an. Es war eine kleine, aber gut bezahlte Rolle. Mein Vater verachtete das Boulevardtheater, er hielt es für ein kleinbürgerliches Genre, das weder Georges Feydeau noch Eugène Labiche oder Georges Courteline hatten retten können. Er verabscheute den effekthascherischen Humor, die karikaturistischen Figuren, die furchtbar konventionelle Moral. Schauspieler, die sich darauf einließen, spielten eindimensional, ausgesprochen altmodisch.

Sie gab zu, dass das Stück dürftig und der Text einfach sei, aber gerade deshalb könne er es doch ruhig annehmen. Eine so schlechte Produktion würde keine drei Monate laufen, allerhöchstens sechs. Mit dem Geld könnten wir in eine größere Wohnung ziehen.

Mein Vater blieb bei seinem Entschluss. Das Boulevardtheater bedeutete eine noch viel gewichtigere Entscheidung als die Werbung, es kam dem Aufgeben, ja dem Verrat jeder schauspielerischen Ambition gleich. Meine Mutter beharrte nicht auf ihrem Standpunkt. Stattdessen litt sie demonstrativ an der Enge unserer Wohnung. Sie hängte die Wäsche in ihrem Zimmer auf – »hier trocknet sie besser als im Bad« –, das Bügelbrett räumte sie nach dem Bügeln nicht mehr weg, von nun an stand es immer im Flur – »ich brauche es ständig« –, ließ unser Spielzeug im Wohnzimmer herumliegen – »ich bin so erschöpft von den Kindern …«. Mein Vater befahl uns, ihr zu helfen. Sie änderte die Strategie. Sie nahm sich vor, die Wände in unserem Zimmer zu streichen. Dazu mussten unsere Möbel und unsere Sachen in den anderen Zimmern verteilt werden. In der gesamten Wohnung hing starker Farbgeruch in der Luft.

Als er betrunken und mit geballten Fäusten heimkam, sagte sie sich, dass der Augenblick seiner Kapitulation gekommen sei. Als Folge des Streits verschwanden eine Vase, der letzte Teller ihres Hochzeitsservices und mehrere Gläser.

In den heikelsten Fällen wiederholte sich die »große Szene aus dem zweiten Akt« an mehreren Abenden hintereinander. Am nächsten Tag zerbrach er das Küchenfenster. Sie zog ihm die Splitter aus der Hand, wobei ihm das Blut den Arm herunterrann, sich am Ellbogen sammelte und auf die Fliesen tropfte. Am übernächsten Tag zertrümmerte er die Tür mit nur einem Kopfschlag. Er umarmte sie mit verbundener Hand und offener Stirn. Meine Mutter streichelte ihm das Gesicht. In was für einen Zustand du dich gebracht hast … Sie tröstete ihn, indem sie ihn glauben ließ, er sei ein Held. Er tut es für seine Kinder, verteidigte sie ihn den gemeinsamen Freunden gegenüber. Also nahm er die Rolle des Monsieur Languedoc an, eines sehr männlich wirkenden Fleischers, der seinen Kundinnen, zwei Transvestiten, erklärt, wie man Kalbsschulter richtig zubereitet.

Wie unsere Mutter es uns versprochen hatte, zogen wir in eine große Wohnung, in der Avenue Trudaine Nummer 3. Das Gebäude stand neben dem Royal, dem Café, das meine Großeltern eröffnet hatten und das es immer noch gab. Wir blickten auf Montmartre und Sacré-Cœur. Meine Schwester und ich bekamen beide ein eigenes Zimmer.

Meine Mutter schien auf dem besten Weg zum Sieg zu sein. Nur in einem Punkt hatte sie sich geirrt. *Ein Käfig voller Narren*, in dem Monsieur Languedoc auftrat, wurde so erfolgreich, dass es die nächsten sieben Jahre nicht vom Spielplan genommen wurde.

Anfangs kam meinem Vater diese unerwartete Wende zu einem bequemeren Leben sogar ganz gelegen. Er verschnaufte wie ein Boxkämpfer vor der nächsten Runde.

Dank der Vermittlung eines Parteikameraden bekam meine Mutter im selben Jahr eine Stelle als Korrektorin bei dem Comicmagazin *Pif Gadget*.

Selbst im Bereich der Politik eröffneten sich Perspektiven, die Grund für mäßigen Optimismus gaben. Mitterrand hätte die Präsidentschaftswahlen 1974 beinahe gewonnen, die *Union de la gauche*, die Vereinigung der Linken, ließ auf einen Sieg bei den nächsten Wahlen hoffen. Wir vertrauten darauf, dass der Kleinmut der sozialistischen Kameraden mit der Hilfe des Scharfsinns eines Georges Marchais und mit dem Kampfgeist eines Georges Séguy überwunden werden könnte.

Derart ungerührt glitt mein Vater aus dem Bürgerkriegsklima Frankreichs während des Algerienkrieges in das Frankreich Claude Sautets: Dinner-Soireen inmitten von Bergen geleerter Flaschen und gefüllter Aschenbecher, überschwängliche Gespräche und an den Teufel verkaufte Seelen. Die von ihm so gefürchtete schleichende Verbürgerlichung kam auf leisen Sohlen. Nun konnte er Freunden in finanzieller Not Geld leihen, ihre Kinder einladen, mit uns in den Urlaub zu fahren, Feste veranstalten, alles wirksame Mittel, um das schlechte Gewissen zum Schweigen zu bringen.

Der entscheidende Telefonanruf, der, wie in einem schlechten Roman, sein Leben hätte ändern sollen, ließ noch lange auf sich warten.

»Sie haben es sich selbst zu verdanken, dass Sie in der Klemme stecken, Delong. Also sehen Sie zu, wie Sie da wieder herauskommen …«

Ich schrecke auf, frage mich, ob ich richtig gehört habe. Die französische Synchronstimme des Sheriffs ist die meines Vaters. Noch bevor ich es wirklich begriffen hätte, fährt er fort:

»Ein Revolver ist nicht dazu da, einen Menschen umzubringen …«

Ich wusste, dass er als Synchronsprecher für verschiedene amerikanische Filme gearbeitet hatte, aber von Western wusste ich nichts.

Jedes Mal, wenn der Mann mit dem Stern auftaucht, habe ich das Gefühl, er ermahnte mich, wie damals, als er mich in meinem Zimmer beim Spielen ertappte.

Seit einer Woche bin ich nicht mehr im Büro gewesen. Zu Catherine habe ich gesagt, ich würde mein Manuskript über Gérard de Nervals letzte Nacht beenden wollen.

Nachdem sie morgens zur Arbeit gegangen ist, setze ich mich an den Schreibtisch, kaue auf einem Bleistift herum und hoffe, dass sich eine gewisse Ordnung in meinen Gedanken einstellt. Die Angst überkommt mich, noch bevor ich überhaupt zu schreiben beginne. Ich bin nicht in der Lage, mich zu konzentrieren, der Strom der Erinnerungen löscht das Wort, das ich gerade aufschreiben wollte, aus meinem Kopf. Ich bleibe über das Blatt gebeugt sitzen, atme flach. Schließlich stehe ich auf. Wärme mir einen Kaffee auf. Ich warte, bis er im Topf zu sprudeln beginnt, gieße ihn in die Tasse und hoffe, dass es mich aus der Angst reißt, wenn ich mir die Zunge verbrenne. Der Vormittag vergeht mit einer Reihe abergläubischer Rituale, ich rauche eine Zigarette, spiele an meinem Rechner eine Partie Solitär, überprüfe, ob meine Stifte auch alle spitz genug sind. Ich habe von Catherine einen elektrischen Bleistiftspitzer geschenkt bekommen. Endlich schreibe ich einen Satz, radiere ihn weg, gehe wieder in die Küche, trinke noch einen Kaffee. So geht es bis zum Mittag. Während ich etwas esse, sehe ich mir im Internet einen Western an. Den Nachmittag verbringe ich wie betäubt vor dem Bildschirm.

Ich hatte geglaubt, mich nicht mehr an diese aus der Zeit gerissenen Momente erinnern zu können, die Söhne mit ihren Vätern erleben, doch jetzt fallen mir gleich mehrere ein. Ich schöpfe Hoffnung, dass es sich lediglich um eine Pause, um einen Wendepunkt handelt, an dem die bedrohliche Flut von Erinnerungen verebben oder sich zumindest verlangsamen wird.

Wenn er guter Laune war, kamen ihm Schuljungenstreiche in den Sinn. Wir hatten bis auf eine Ziffer die gleiche Telefonnummer wie eine Arztpraxis. Derjenige, der sich verwählt hatte, hatte das Pech, dass mein Vater das Missverständnis nicht aufklärte. Meine Schwester und ich rannten in sein Zimmer und wir kugelten uns vor Lachen, als wir hörten, wie er Louis Jouvet aus *Dr. Knock lässt bitten* nachspielte und dem Anrufer zu einem Einlauf riet. Bei diesen Scherzen machte er mich zu seinem Komplizen.. Einmal waren wir Heiligabend gemeinsam in einem Feinkostgeschäft, wo er sich als Ausländer ausgab, sich einen Akzent zulegte, alles kostete und sich mit mir in einer erfundenen Sprache unterhielt.

Auf dem Bildschirm versteckt sich der Sheriff mit zwei Spießgesellen auf einem Hügelvorsprung, der über den in die Stadt führenden Weg hinausragt. Hinter einem großen Felsen warten sie auf Larry Delong, einen Farmer, der mit seinem Karren voller Lebensmittelvorräte vorbeikommen soll. Letzterer, von Randolph Scott gespielt, besitzt frecherweise ein Stück Land, auf das sein Nachbar ein Auge geworfen hat, ein einflussreicher Großgrundbesitzer, für den der Mann mit dem Stern heimlich arbeitet. Die Szene, in der er den Komplizen seinen Plan erklärt, sehe ich mir immer wieder an, und doch bringen diese Wiederholungen die Stimmung jener Abende, an denen wir im Fernsehen gemeinsam einen Western anschauten, nicht zurück. Wir hatten beide eine Leidenschaft für dieses Genre, die durch unser schlechtes Gewissen nur noch stärker wurde. Vor Beginn des Films erging mein Vater sich in ein paar einleitenden Worten über die Ideologie, die er transportierte. Er erinnerte mich an die Blutbäder, mit denen die Eroberung des Wilden Westens durch die Pioniere einhergegangen war. Besonders streng prangerte er John Wayne für seine antikommunistische Stellungnahme an. Von Kopf bis Fuß im Cowboykostüm, einem Weihnachtsgeschenk meiner Eltern, hörte ich mir all das an, wie im Sommer die Predigten meiner Großmutter, bevor sie mich ins Schwimmbad gehen ließ. Der *Metro*-Löwe brüllte, die *Fox*-Trommel ertönte. Im selben Augenblick verabschiedete sich jedweder kritische Geist von uns. Wir fieberten mit bei den Kämpfen, klatschten Beifall bei den Schlägereien und pfiffen anerkennend bei jeder Heldentat von John Wayne.

Ich liebte die Indianerwestern. Erfüllt von Ungeduld und Angst, wartete ich auf die Szene mit dem Überraschungsangriff. Ein Farmer holte Wasser aus dem Brunnen. Der Hund bellte. Das war das Signal, das die Gefahr ankündigte. Ich drückte mich eng an meinen Vater. Die Kamera verweilte noch ein bisschen auf dem Scheunendach. Schatten tauchten auf. Meine Hand rutschte, in einer genauestens kalkulierten Bewegung, langsam zum Griff meines Revolvers. Plötzlich hörte man, wie etwas durch die Luft pfiff. Ein Pfeil bohrte sich mitten in das Herz des Farmers. Er ließ seinen Eimer los, das Wasser spritzte auf den Boden. Rothäute kamen brüllend auf die Farm gerannt. Ich zuckte leicht zusammen, was mein Vater bemerkte, der ebenfalls zusammengezuckt war. Ich zog meine Waffe. Fast im selben Augenblick schob er mir den Hut vor die Augen. Meine Mutter wollte nicht, dass ich Albträume bekam. Ich tobte, da ich dadurch gerade den Angriff verpasste. Aber eigentlich stellte ich mir die Bilder ganz gerne vor – die rot bemalten Gesichter, die Messer, mit denen die Soldaten skalpiert wurden – und noch mehr mochte ich das Gefühl, dass mein Vater mich beschützte, wie der Farmer seine Kinder, die er im Keller versteckt hatte.

Er bevorzugte die Cowboyfilme, in denen der Held seinem Schicksal nicht entrinnen konnte und am Ende dem Bösewicht in einem Zweikampf entgegentreten musste. Zu Beginn des Films entsagte er aus Liebe seinem Leben als Abenteurer. Er verstaute seinen Colt in einer Schublade, widmete sich voll und ganz der Aussaat des Weizens, dem Pflügen des Ackers. Wie diese Figur bemühte sich mit der wenigen Geduld, über die er verfügte, auch mein Vater, die Freuden des bürgerlichen Lebens auszukosten. Das Lächeln seiner Frau sagte ihm, dass er seine Sache gut machte.

Der Angriff aus dem Hinterhalt ist fehlgeschlagen. Larry Delong hat einen der drei Schützen abgeknallt, der ihm, kurz bevor er stirbt, verrät, dass der Sheriff dahintersteckt. Obwohl seine Verlobte ihn anfleht, die Gegend zu verlassen, beschließt Delong, in die Stadt zurückzukehren.

Ich bin mir sicher, dass sich mein Vater, genauso wie ich, gewünscht hätte, das Leben sei ein Western. Einmal war es das wirklich. Ich war gerade in die siebte Klasse des Lycée Jacques Decour gekommen, und eines Nachmittags bestellte mich der Schulleiter nach dem Unterricht zu sich. Ich wurde des Diebstahls beschuldigt. Mein Vater kam an, beugte sich zu mir. »Ich frage dich nur einmal …« Ich stritt es ab. Einige Minuten später verließ er das Büro des Schulleiters und nahm mich an der Hand. »Wir gehen nach Hause.« Es hätte mich nicht gewundert, wenn vor dem Eingang des Gymnasiums sein Pferd auf uns gewartet hätte.

Der Western nähert sich der Schlussszene. Der Farmer steigt vom Pferd, bindet es vor dem Saloon an. Am anderen Ende der großen Straße steht der Sheriff und erwartet ihn. Ich stelle mir vor, ich sei der Held und mein Vater und ich gingen aufeinander zu, die Hände an den Griffen unserer Colts.

Weder Delongs Sieg noch der neben einer Tränke auf dem Bauch ausgestreckte Körper des Mannes können das Bild des Augenblicks verscheuchen, bevor die beiden Cowboys ihre Waffe gezogen haben. Mein Vater und ich fixieren einander, es ist ein letzter Aufschub. Er mustert mich, sieht mir tief in die Augen, als wolle er feststellen, ob ich den Mut hätte, ihn zu betrügen, und mir stehen die Schuldgefühle ins Gesicht geschrieben, dass ich es nicht geschafft habe, den Lauf der Geschichte zu ändern.

Heimlich schrieb mein Vater Briefe an Roger Planchon, in denen er ihn um eine Rolle in einer seiner kommenden Inszenierungen bat.

Alltag, Familie, Besorgungen, all die Dinge, die das Schicksal aufhielten, waren wie Steinchen in seinem Schuh, sie machten ihn wütend. Sobald er nicht in Bewegung war, verlor er jegliches Selbstvertrauen.

Diese leeren Zeiten betrachtete Mutter als ernsthafte Bedrohung.

Sie vertraute mir ihre Sorgen an. Sobald mein Vater im Theater war, saßen wir zusammen in ihrem Zimmer. Die Geständnisse über ihr Liebesleben wurden ersetzt durch Vertrauliches über ihre Arbeit oder über das Benehmen ihres Mannes. Sie bat mich, die Tür zu schließen. Sie wollte nicht, dass meine Schwester es hörte. Sie sagte, über gewisse Dinge könne sie nicht mit ihren Freundinnen sprechen. Dein Vater hat keine Ahnung davon, wie es ist, als Angestellte zu arbeiten. Seine Lösung besteht darin, eine Gewerkschaft zu gründen oder zu streiken! Sie hielt inne, lächelte mir um Zustimmung heischend zu und fuhr fort. An manchen Abenden brach sie in Tränen aus und erzählte mir die Einzelheiten ihrer Streitereien. Sie ersparte mir kein Detail, auch nicht die gegenseitigen Beleidigungen, spielte mir die Szene mit dem pingeligen Groll der Beleidigten vor.

Ruhig hörte ich mir das alles an. Schüttelte den Kopf, lachte kurz auf oder verzog missbilligend den Mund, wenn sie von den Schikanen ihres Abteilungsleiters und den Schrullen meines Vaters erzählte. Ich durfte sie nicht unterbrechen. Bereits die kleinste Frage brach den Zauber. Als würde ihr plötzlich bewusst, wie alt ich war, schickte sie mich mit einem enttäuschten, demütigenden Blick ins Bett.

Sehr bald wollte sie dazu auch meine Meinung hören. Ich schöpfte meine Ratschläge aus der Welt der Western. Die knappen Dialoge, die entschlossenen Reaktionen der Helden brachten mich dazu, ihr zu radikalen Mitteln zu raten. Ich nahm mir ein Beispiel an John Wayne in *Rio Bravo* und raunte ihr zu, sie solle ihre Kollegin bedrohen. Das sei eine angemessene Rache, wenn diese wieder einmal gemein zu ihr gewesen sei. Außerdem ließ ich mich von der Methode inspirieren, die Burt Lancaster gegenüber Kirk Douglas in *Zwei rechnen ab* angewandt hatte, und schlug ihr vor, die Whiskyflaschen meines Vaters wegzuwerfen.

Im Grunde genommen spielte es keine besondere Rolle, was ich meiner Mutter riet. Es reichte ihr, dass sie ihr Herz ausschütten und sich von der Energie meiner Hilfsangebote mitreißen lassen konnte. Sie nannte mich ihren Jiminy Cricket.

Sie war der Meinung, es sei an der Zeit, um wieder Kontakt zu ihrer Familie aufzunehmen. Ihr Bruder und ihre Schwester waren gegen die Heirat gewesen, was ihr zu schaffen machte.

Einer meiner Onkel mütterlicherseits war Soldat, der andere Banker. Wenn mein Vater sie traf, betrank er sich, provozierte sie und wurde insgesamt ziemlich unangenehm. Nur mein Großvater François Berthelot kam uns manchmal besuchen. An seiner Liebe zu Frauen, seiner Art, sich über die Regeln des Anstands hinwegzusetzen, fand sein Schwiegersohn Gefallen.

In den Herbstferien und zu Ostern schickte uns Mutter für jeweils eine Woche zu ihrer Schwester. Ihr Mann, der Banker, war das genaue Gegenteil meines Vaters. Er war dürr, hatte ein knochiges, von einem Schnurrbart verschlossenes Gesicht und wurde von Magenleiden gequält, weshalb er ohne Appetit die Diätkost aß, die meine Tante für ihn zubereitete. Der süßliche Geruch seiner Pfeife war ganz anders als der teerige Duft der Gauloises meines Vaters. In allem vertrat er feste konservative, katholische Meinungen. Im Kinderzimmer hing ein aus der Kampagne zur Präsidentschaftswahl des Jahres 1974 stammendes, riesiges Plakat des Kandidaten Giscard d'Estaing. Immer wenn ich daran vorbeiging, schleuderte ich ihm eine Reihe Beschimpfungen entgegen, leise, damit meine Cousins es nicht hörten. Ich fühlte mich wie ein Apache inmitten von Cowboys – auf feindlichem Terrain und umso schuldiger, da ich meine Ferien gerne bei ihnen verbrachte.

Hier herrschte eine etwas altmodische Ordnung, wie ich sie von zu Hause nicht kannte. Nie wurde geschrien, weder bei den Spielen noch beim Essen. Die sanftmütige Harmonie dieser Welt wurde für mich besonders durch eine Sache symbolisiert. Meine Cousine Aude, die genauso alt war wie ich, nahm Klavierstunden. Jede Woche ging sie zu ihrem Lehrer. Ich begleitete sie. Es war Anfang November. Ich glaube, es schneite. Während ihrer Klavierstunde saß ich allein in einem Warteraum, in dem die Mütter den Fortschritten ihrer Sprösslinge lauschen konnten, ohne zu stören. Durch das Fenster sah ich das Licht der Straßenlaternen, das in regelmäßigen Abständen weiße Kreise auf die

Gehwege zeichnete. Ich lehnte mich gegen die Heizung und spürte die Hitze durch meine Kleidung. Die sanften Töne und die zarte Folge heiterer Arpeggios ließen mich an die Hütte denken, die ich mit meinen Freunden in Großmutters Scheune aus Holzbrettern gebaut hatte. Mit Feuereifer spielte Aude immer wieder die gleiche Passage. Ein Klavier habe ich immer in den Wohnungen derer stehen sehen, die keine Angst vor der Zukunft hatten.

In unserer bürgerlichen Fünfzimmerwohnung, unserem mehr oder weniger geregelten Leben, dem Erfolg von *Ein Käfig voller Narren* sah meine Mutter eine Chance auf Revanche, die sie sich nicht nehmen lassen wollte. Sie überzeugte ihre Schwester, zum Abendessen bei uns vorbeizukommen, wenn sie in Paris waren.

Aufgrund des feierlichen Anlasses beschloss meine Mutter, dass Mathilde und ich schon vor Ankunft der Gäste essen sollten. Je näher die Stunde rückte, desto mehr schimpfte mein Vater über meinen Onkel, und desto mehr wuchs die Besorgnis meiner Mutter, weshalb wir uns im Wohnzimmer versteckten, um sie auszuspionieren. Mit offenen Ohren lagen wir auf dem Sofa.

Sie bewunderten unsere neue Wohnung, lobten das Essen. Es gab eine kleine Auseinandersetzung über den Film *Emmanuelle*, der gerade in den Kinos lief. Meine Tante beklagte die Zurschaustellung von Sex auf der Leinwand. Mein Vater erwiderte, es gebe nichts Natürlicheres als die körperliche Liebe. Man sei jedoch nicht verpflichtet, alle Welt in sein Schlafzimmer einzuladen, sagte mein Onkel. Meine Mutter verpasste meinem Vater unterm Tisch einen leichten Fußtritt, und dieser verzichtete darauf, zu kontern.

Meine Tante lenkte das Gespräch auf *Ein Käfig voller Narren*. Sie wollte von ihm wissen, was hinter den Kulissen geschah, was für Menschen Jean Poiret und Michel Serrault seien. Mein Vater, der an solche Fragen gewöhnt war, leierte seine üblichen Antworten herunter. Er stichelte gegen die beiden Stars, war jedoch darauf bedacht, gleichzeitig seine Anerkennung zum Ausdruck zu bringen, und zeichnete so ein geschöntes Porträt von den beiden. Seit er sie kannte, spürte er seitens seines Schwagers und seiner Schwägerin zum ersten Mal ein wirkliches Interesse.

Er schlug vor, ihnen Karten zu besorgen. Die Vorstellungen waren mehr als zwei Monate im Voraus ausverkauft. Mein Vater sah, wie ein Lächeln über das Gesicht meines Onkels huschte. Er stellte sich vor, wie mein Onkel sich vor seinen Kollegen oder Kunden damit brüstete, spannte die Muskeln an, starrte mit diesem abwesenden Gesichtsausdruck, der stets ein Drama einleitete, auf sein Glas Rotwein. Meine Mutter war auf der Hut, bot den Gästen nicht einmal mehr einen Kaffee an, sondern bedeutete ihrer Schwester aufzubrechen. Es ist schon spät, stellte meine Tante fest.

»Kennt ihr dieses Brecht-Zitat …?« Bei dem Tonfall und dem Autorennamen hätte mein Onkel stutzig werden müssen, da mein Vater ihm jedoch in diesem Augenblick so sympathisch geworden war, sah er ihn fragend an. »Was ist schlimmer als der Einbruch in eine Bank …?« Die Miene meines Onkels verschloss sich wieder. Meine Mutter versuchte abzulenken und rief uns, damit wir uns verabschiedeten.

Mit der Unschuldsmiene von Kindern, die gerade etwas ausgefressen hatten, gingen wir zu ihnen. Zu unserer großen Überraschung bemerkten sie gar nicht, dass wir sie belauscht hatten.

»Die Gründung einer Bank!«

Mutters Gesicht wurde zu einer Grimasse, die ich nie zuvor bei ihr gesehen hatte. Ich weiß nicht, wer der beiden den anderen *mein Guter* nannte, auf jeden Fall antwortete der andere, er sei nicht sein Guter. Sie gaben uns nicht einmal einen Abschiedskuss, bevor sie gingen. »Kein Sinn für Humor«, sagte mein Vater.

Der entscheidende Anruf kam schließlich zu Beginn des Sommers 1974, kurz nachdem in Portugal die Nelkenrevolution gesiegt hatte.

Louis Malle wollte ihn für *Lacombe, Lucien*. Er bot ihm eine der beiden Hauptrollen an. Die Augen meines Vaters wurden zu zwei Schlitzen, wodurch sein ganzes Gesicht auf einmal rund wie ein Ball wirkte. Meine Schwester und ich waren uns darin einig, dass er, wenn er von einer plötzlichen Freude ergriffen wurde, an die Momente des amerikanischen Komikers Oliver Hardy erinnerte, in denen dieser den Verführer gab. Der Mann heißt Henri Aubert, war vor dem Zweiten Weltkrieg Radrennchampion und ist nun Kollaborateur, erklärte Louis Malle. Aubert kümmert sich um den jungen Lucien Lacombe, bringt ihn dazu, für die Gestapo zu arbeiten. Drei Monate Dreharbeiten in der Nähe von Figeac. Mein Vater blickte vor sich hin und wickelte dabei die Telefonschnur um den Finger wie Hardy seine Krawatte.

Er überredete den Leiter des Palais-Royal, sich für die Zeit der Dreharbeiten vertreten zu lassen, schenkte mir ein Rennrad, meiner Schwester eine Gitarre und fuhr ins Département Lot, wo sich das Filmteam traf. Wir begleiteten ihn zur Gare d'Austerlitz. Aus dem Fenster winkte er uns zu wie ein Star vor seiner Abreise nach Hollywood, schickte Luftküsse und wedelte mit dem Taschentuch, als würde er uns nie wiedersehen.

Gabrielle und Pierre folgten Georges Anfang 1944.

Sie hatte das Royal-Trudaine zwar für einen guten Preis verkauft, beabsichtigte deshalb aber noch lange nicht, ihren Mann nach seinem Abenteuer mit der Kellnerin so einfach davonkommen zu lassen. Die einzige Möglichkeit für Georges, seinen Fehler wiedergutzumachen, sah sie darin, dass er hart arbeitete und ihr gehorchte, und das gab sie ihm auch zu verstehen. Volle Unterstützung erhielt sie dabei von ihrer Mutter Mélina. Die Männer darf man nie aus den Augen lassen, sagte diese gern. Ihr Mann Édouard verschwand im Café, wann immer er nur konnte, und scheute auch nicht den Griff in die Haushaltskasse, um sich ein Gläschen zu gönnen.

Die Mahlzeiten verliefen immer gleich. Gabrielle schwieg oder kommentierte die Äußerungen ihres Mannes spöttisch. Hin und wieder warf sie ihrer Mutter einen Blick zu, als würde sie sagen wollen, das ist also der Mann, den ich geheiratet habe. Da sie sich weigerte, das Bett mit ihm zu teilen, schlief sie im Erdgeschoss. Ihre Zuneigungsbekundungen waren Pierre vorbehalten. Sie behandelte ihn wie ihren kleinen Ehemann und warf Georges dabei finstere Blicke zu, um ihn spüren zu lassen, was er verloren hatte.

Er betrank sich mit diskreter Hilfe seines Schwiegervaters, der ihm stets nachschenkte, sobald das Glas leer war, und ihm von den Neuigkeiten berichtete, die man sich im Café erzählte. Die Widerstandskämpfer hatten in der Kommandantur von Cahors einen Informanten. Von ihm bekamen sie die Namen der Franzosen, die für die Gestapo arbeiteten. Die Widerstandsgruppe FTP war im vergangenen Frühling nach Salviac gekommen, um mit dem Hufschmied abzurechnen. Er hatte einen Partisanen des Maquis denunziert. Die ganze Stadt musste an seinem im Rathaus aufgebahrten Leichnam vorbeiziehen.

Zum ersten Mal sah Pierre einen Toten. Er starrte ihn an, ohne Mitleid und ohne Angst, aber mit der Abscheu eines Kindes gegenüber dem Bösen. Er träumte davon, Widerstandskämpfer zu werden, bekundete lauthals seinen Hass gegen die Kartoffelkäfer, wie die Bauern der Gegend die Deutschen nannten. Seine Mutter konnte ihn ermahnen oder den Hintern versohlen, nichts brachte ihn dazu, den Mund zu halten. Die Kinder aus dem Dorf spielten Krieg. Aufgrund seines Namens war er gezwungen, die Rolle des Boche zu spielen.

An einem der ersten Junitage 1944 erzählte ihm einer seiner Freunde, sein Vater werde sich demnächst einer Partisanengruppe anschließen.

»Ich habe es deiner Mutter versprochen …«, erwiderte Georges, als Pierre ihn fragte, warum er es dem Vater des Freundes nicht gleichtue.

Gabrielle hatte Gérard auf dem Schoß, fütterte ihn und schien dem Gespräch der beiden nicht zu folgen.

Pierre zischte verächtlich. Sein Vater hatte seiner Mutter auch die Treue versprochen, was ihn nicht daran gehindert hatte, die Kellnerin zu küssen. Er hatte nie darüber gesprochen, was er damals im Café gesehen hatte. Er rächte sich dafür, indem er die Stille der Mahlzeiten durch seinen lautstarken Protest gegen die Boches störte. Dem Mann, der seine Mutter betrogen hatte, stand er genauso feindselig gegenüber wie dem, der feige auf die Niederlage der Deutschen wartete.

Während Édouard ihm erneut Wein einschenkte, versuchte Georges, seinen Sohn zu beschwichtigen. Er kenne einige Maquisards, sagte er. Einen Augenblick lang sah Pierre ihn neugierig an, dann lächelte er spöttisch. Georges tat so, als würde er es nicht bemerken. Als er die Woche zuvor auf dem Weg zum Grundstück seiner Schwiegereltern in der Nähe von Florimont gewesen sei, erzählte er, habe er vier Kämpfer der Widerstandsgruppe FTP getroffen. Nur ihr Anführer schien älter als dreißig gewesen zu sein. Sie hätten versucht, eine Kuh mitzunehmen, die auf dem angrenzenden Feld geweidet habe. Es seien Kerle aus der Stadt, aus Brive gewesen, und er habe ihnen geholfen.

Jemand klopfte gegen das Fenster, sie schraken auf. Ihr Nachbar drückte sein Gesicht gegen die Scheibe. Ein SS-Sonderkommando ist auf dem Weg hierher, sagte er. Sie kommen aus Gourdon. Er zog sein Taschentuch hervor, wischte sich den Schweiß von Stirn und Hals. Édouard bot ihm Wein an. Der Nachbar erzählte, dass die Deutschen dort um die zwanzig Gefangene erschossen hätten. Er hielt Édouard sein Glas hin, und der Nachbar leerte es erneut in einem Zug. Dann brach er auf. Er müsse die anderen Nachbarn warnen.

Pierre fragte, ob die Boches alle Männer des Dorfes festnehmen würden. Gabrielle beruhigte ihn. Mélina warf ihrem Schwiegersohn vor, dass er den Männern beim Kuhstehlen geholfen habe. Wenn die Deutschen das erfahren, können wir uns auf etwas gefasst machen. Gabrielle seufzte verzweifelt. Sie brachte ihren jüngeren Sohn ins Bett und schickte Pierre in sein Zimmer.

Georges griff nach einer weiteren Flasche Wein und suchte nach einer glücklichen Erinnerung. Wann hatte er die Kellnerin zum ersten Mal in den Armen gehalten? Wenn er weniger naiv gewesen wäre, hätte er sofort gesehen, dass sie diesen zufriedenen Blick hatte, als hätte sie ein großzügiges Trinkgeld bekommen, und wahrscheinlich damals schon überlegt hatte, welchen Nutzen sie aus der Situation ziehen könnte. Sie mussten ihr 100 000 Francs zahlen, damit sie verschwand. Ein Dummer findet sich immer, sagte Gabrielle.

Sogar hier in Salviac hielt man ihn und Édouard für blauäugig. Vor dem Krieg hatten die beiden auf dem Markt eine Kuh für das Doppelte des Preises gekauft, den sie wert gewesen war. Georges hatte eine schlaue Miene aufgesetzt, sich an die Nüstern des Tieres gebeugt, um seine Atmung zu prüfen, dann den Schwanz gehoben, sich für einen Moment in der Betrachtung des Hinterteils versenkt und schließlich zustimmend genickt. Danach zahlte er den Bauern eine Runde, die spöttisch grinsten. Schwiegersohn und Schwiegervater führten die Kuh heim, sangen aus voller Kehle, das Gezeter ihrer Frauen sollte sie jedoch rasch ernüchtern.

Georges war kein Bauer, auch kein Händler, sondern ein Arbeiter. Er war einer der Männer, die ihre Gefühle durch ihre Hände ausdrückten.

Gabrielle wurde wütend. Hörst du mir überhaupt zu?, schrie sie. Ihre Mutter bedeutete ihr, sich zu beruhigen. Die Kinder würden sie oben hören. Georges ließ beide Hände auf den Tisch knallen. Die Flasche kippte um, der Wein ergoss sich zwischen die Teller. Er erhob sich. Langsam und mit ernster Miene durchschritt er das Zimmer, Gabrielle ahnte nichts Gutes. Wo gehst du hin? Sie lief ihm hinterher.

Er ging zur Scheune, türmte mehrere Stühle mit kaputten Beinen und die alte Toilettentür auf einen Handkarren.

Alles, was er mit der Absicht aufgehoben hatte, es später einmal zu reparieren. Eine ausgediente Matratze mit Flecken, die die Leiden des Körpers verrieten, der Korpus einer Kommode ohne Schubladen. Und Bretter. Die Farbsplitter ließen erahnen, zu welchem Möbelstück sie einst gehört hatten. Aufrecht, aneinandergepresst standen sie in dem Handkarren, zum Teil voller Nägel, die wie unzählige Krallen aus ihnen ragten.

Er ging zum hinteren Ende des Gartens. Was führst du im Schilde? Er kniete sich vor den Brunnen, hob eine der Steinplatten an und holte das in einen Lappen gewickelte Jagdgewehr und einige Patronen hervor. Antwortest du mir vielleicht mal?

»Die Boches aufhalten«, sagte er, ohne sich dabei umzudrehen.

Gabrielle klammerte sich an seinen Arm. Er hob sie hoch, sanft, als würde er einen etwas schweren Schrank anheben, und spürte, wie sie zitterte. Wenn du das machst, ist es aus zwischen uns! Er brachte sie zur Haustür, setzte sie ab. Er hätte sich gerne bei ihr für den Schmerz entschuldigt, den er ihr zugefügt hatte. Ihr Gesicht war jedoch derart von Wut und Tränen verzerrt, dass er es nicht konnte. Er hätte mit ihr wie früher sprechen wollen, mit dieser beinah weiblichen Stimme, die er bekam, wenn er zärtlich war. Früher hatte sie das gerngehabt. Er hätte ihr Gesicht zwischen die Hände genommen. Hab keine Angst. Für Reue war es zu spät. Er ergriff den Karren, ging über den Hof. Es ist aus, hörst du, es ist aus!

Er ging an der Kirche vorbei, in der sie achtzehn Jahre zuvor geheiratet hatten, über den ausgestorbenen Platz mit dem Denkmal für die Gefallenen des Ersten Weltkriegs. Dann durch die dunklen Straßen, in denen nichts zu hören war als der Lärm der eisenbeschlagenen Wagenräder auf dem Pflaster. Hier und da bewegten sich die Vorhänge ein wenig, man blickte ihm hinterher.

Am Ortseingangsschild blieb er stehen, dort, wo die Straße eine leichte Biegung machte. Sein Schwiegervater holte ihn ein. »Ich komme mit.« Er sah ihn fragend an. Édouard war im Ersten Weltkrieg dabei gewesen. Die Deutschen würden die Barrikade schon von Weitem entdecken, sie müssten nicht einmal bis zum Dorf kommen. Georges schimpfte über das Pech, dass sich gerade hier die einzige ebene Stelle in der gesamten Gegend befand. Édouard sagte, sie müssten nur den Zugang zum Dorf versperren. Wenn sie sich stromabwärts hinter der Friedhofsmauer versteckten, könnten sie von dort aus das Feuer auf die heranrückende Kolonne eröffnen.

Als sie die Barrikade aufgebaut hatten, prüfte Édouard den Stand der Sonne. Es wird noch ein Weilchen dauern, bis sie da sind, sagte er. Er wollte etwas zum Durstlöschen holen.

Georges legte seine Waffe auf die Kante der Matratze, die ganz oben auf der Konstruktion lag. Er starrte zum Horizont. Die Stille, die die Luft erfüllte, beruhigte ihn. Ihm fehlten der Trubel der Pariser Straßen, die Menschenmengen, die die Passanten wie Wellen umspülten, und das Dröhnen der Automobile, die mit hohem Tempo über die Avenue Trudaine rasten. Er hatte eine Leidenschaft für Geschwindigkeit, für die fast hundert Stundenkilometer, mit denen sie über die Straßen fegten, für das schnelle Defilee der Bäume und Häuser. Ohne Benzin und Ersatzreifen waren die vier Kriegsjahre in Zeitlupe vergangen, das war die Rache der Bauern. Auch Flugzeuge faszinierten ihn. Damals, bei der Luftwaffe in Casablanca, hatte er die Tage damit verbracht, in den Motoren herumzukramen und sich am Geruch von heißem Öl zu berauschen. Er hatte den Piloten, zu dem er eingeteilt war, bei den Erkundungsflügen begleitet. Die Breguet 14 flog über die Vororte der weißen Stadt und die Ebene von Chaouia hinweg, erreichte in wenigen Minuten die Ausläufer des Rifgebirges, und es war, als ließe er all seine Vergangenheit hinter sich. Das Ziel war lediglich ein Zugeständnis, seine eigentliche Begeisterung galt der zurückgelegten Strecke und dem Kaleidoskop der Landschaften. Kaum aus der Maschine ausgestiegen, ging er in die erstbeste Bar, der Fremde, erfüllt von dem aufregenden Gefühl, das Leben neu beginnen zu können. Dann erblickte er im Spiegel hinter der Theke sein Gesicht, immer noch pausbäckig, trotz seines Alters und all der Schlägereien, und er kam wieder zu sich.

Der Wind trug den säuerlichen Geruch der Weizenfelder zu ihm. Die beiden Reihen Steineichen und die unkrautüberwucherten Gräben entlang der Straße liefen auf einen Fluchtpunkt zu, dreihundert Meter davon entfernt würde die deutsche Kolonne auftauchen.

Er umklammerte sein Gewehr. Es war das erste Mal, dass ihm die Stille und die Einsamkeit nichts ausmachten. Die bereits starke Hitze des Junianfangs hatte ihn ein bisschen ernüchtert, seinen Entschluss jedoch nicht ins Wanken gebracht.

»Du wirst diesen Blödsinn schön sein lassen!«

Seinen Helm aus dem Ersten Weltkrieg auf dem Kopf und die Umhängetasche voller Flaschen, stand Édouard zwischen Bürgermeister und Gemeinderat. Der Bürgermeister befahl ihm und Georges, die Barrikade abzubauen.

»Und du, Georges, geh nach Hause und schlaf deinen Rausch aus!«

Das Jagdgewehr zeigte bedrohlich in ihre Richtung. Georges schüttelte den Kopf.

»Haut ab!«

Der Bürgermeister beschwor ihn. Die Deutschen würden alle erschießen, das gesamte Dorf niederbrennen. Es knallte und die beiden Männer erstarrten in der Position, in der sie sich gerade befanden, die Arme ausgestreckt, mit der Absicht, Georges die Waffe wegzunehmen. Georges senkte den Lauf des Gewehrs in Bauchhöhe. Der nächste Schuss …

Der Gemeinderat trat den Rückzug an.

Schwiegersohn und Schwiegervater setzten sich. Sie öffneten die erste Flasche.

»Wenn du gehen möchtest …«

Édouard zuckte mit den Schultern. Er habe den vorherigen Krieg überlebt, also würde es ihm schon gelingen, auch diesen unversehrt durchzustehen. Und er fügte hinzu, dass er, auch wenn er die Waffen erneut gegen die Deutschen erhob, an sich nichts gegen sie auszusetzen habe.

Sein Helm, an dessen Schild ein kleines goldenes Abzeichen prangte, Ehre und Vaterland, stand in einem etwas lächerlichen Kontrast zu dem sonnengegerbten Gesicht, dem grauen Schnurrbart, der Auskunft über sein Alter gab, seinem mageren Körper und den breiten Trägern an den Drellhosen.

Im Februar 1915 wäre er in der Schlacht von Éparges beinah von einem Maschinengewehr dahingerafft worden. Die Ärzte vollbrachten ein Wunder. Dann nahm er an der Offensive auf dem Chemin des Dames teil. Dank eines Granatsplitters im Bauch konnte er darauf hoffen, nach Hause geschickt zu werden. In Kriegszeiten gibt es keinen schlimmeren Feind als den Arzt. Im Mai 1918 kam er zurück an die Aisne. Der Espenwald, in dem seine Kompanie stationiert war, wurde von einem betäubenden Geruch erfüllt. »Das riecht nach Kirschwasser«, rief der Hauptmann. Die Männer mussten sich übergeben. Eine klebrige Flüssigkeit lief ihnen aus den Augen, ihre Gesichter waren bedeckt von gelblichen Blasen. Die Luft brannte. Wenn man ihn später fragte, konnte er nicht sagen, wie er den Senfgasangriff überlebt hatte. Zurück blieben starke Lungenschmerzen und die pfeifende Atmung eines Asthmatikers.

Da er lispelte, brachte man ihm jedoch trotz der Verwundungen und all der Schlachten, an denen er teilgenommen hatte, nicht dieselbe Achtung entgegen wie anderen Kriegsveteranen. Das Lispeln hatte ihn sogar seinen Namen gekostet. Er war der Einzige unter den acht Geschwistern, der nicht Poujade hieß. Durch seine Aussprache irregeführt, hatte der Beamte bei der Eintragung ins Militärregister als Nachnamen Pouzade notiert. So wurde er zum Unterhaltungskünstler. Sein Publikum kugelte sich vor Lachen bei seinen Berichten über die Schlacht von »Zérparzes«.

Sie öffneten die zweite Flasche. Allmählich stand die Sonne etwas niedriger. Vom Feldweg, der zum Friedhof führte, kamen in geöffneter Ordnung vier bewaffnete Männer auf sie zu. Georges erkannte in ihnen die Partisanenkämpfer wieder, die er ein paar Tage zuvor getroffen hatte. Der Älteste hatte eine Packung Zigaretten in der Hemdtasche. Schweigend, mit feierlichen Handbewegungen, rauchten sie. Der Mann erzählte ihm, dass seine Truppe sich nach Domme zurückziehen würde. Er klopfte Georges auf die Schulter und machte sich mit seinen Männern auf den Weg. Sie waren schon fast wieder beim Friedhof angelangt, als der Mann zurückkam. Er gab Georges seine Maschinenpistole. Knall so viele wie möglich ab …

Das Dorf wirkte jetzt wie ausgestorben. Noch nie in seinem Leben war Georges so durstig gewesen.

An der Kreuzung tauchten Gabrielle, den jüngeren Sohn auf dem Arm, und ihre Mutter auf. Pierre, ein gut aussehender Junge, ging mit entschlossenen Schritten vor ihnen her, mit seinen zwölf Jahren so arrogant wie einer dieser Bengel, die ohne Vater aufwachsen.

Er bewunderte die Maschinenpistole, eine Sten Gun, und beobachtete begeistert, wie Georges, den Trageriemen über der Schulter, die linke Hand am Magazin und die rechte am Abzug hielt. Er sah aus wie die Partisanen, die ins Dorf gekommen waren, um den Verräter zu töten.

In Hemdsärmeln und seltsam ruhig hatte Georges einen Blick, den Pierre von ihm nicht kannte. Für gewöhnlich nahm er nichts ernst. Und wenn er zu viel getrunken hatte, murmelte er nur unverständliches Zeug vor sich hin.

Jetzt sah er aus wie ein Mann, der bereit ist, seine Pflicht zu tun. *Seine Pflicht tun*. Pierre liebte diesen Ausdruck, der die Helden in seinen Geschichtsbüchern begleitete. Vercingetorix bei Alesia, Jeanne d'Arc auf dem Scheiterhaufen, Joseph Bara im Aufstand der Vendée, der Obergefreite Jules-André Peugeot im Jahr 1914, alle hatten ihre Pflicht getan, und Georges würde ihrem Beispiel folgen. Pierre nahm sich vor, beim Spiel mit den Jungen aus dem Dorf das nächste Mal die Rolle des Partisanenführers für sich zu beanspruchen.

Überrascht, plötzlich den Stolz seines Sohnes zu spüren, senkte Georges den Blick. In Habachtstellung und mit erhobenem Kinn stand Pierre vor ihm stramm, ein Soldat, der auf seinen Befehl wartete. Durch seine Anwesenheit bekam alles, der Haufen Möbel, der die Straße versperrte, Édouard mit seinem schief sitzenden Helm und dem alten Jagdgewehr, Georges mit der Maschinenpistole, einen Anstrich von Heldentum.

Er umarmte seinen Sohn, als würde er seinen Vater umarmen.

Er würde Peter zurückgeben, was die Geschichte ihm genommen hatte. Gegen alle Erwartung und trotz der Enttäuschung, die Georges während seiner gesamten Kindheit im Gesicht seines Vaters hatte lesen können, hatte er es nun in einem kurzen Moment der Erregung geschafft, den Kampf wiederaufzunehmen, ja ihn zu gewinnen. Pierre, sein Pierre, würde das Schicksal erfüllen, das Peter sich für seinen ältesten Sohn gewünscht hatte. Er würde eine Familie gründen, bei null anfangen. Endlich wäre das Deutschtum überwunden. Gabrielle würde ihrem Sohn die notwendige Kraft dazu geben.

Er fuhr mit der Hand durch Gérards Haar. Gabrielle hatte die Würde einer künftigen Witwe. Er ergriff ihr Kinn, sie sahen einander in die Augen, und ihm war, als sähe er wieder diesen Glanz in ihren Augen, wie damals, während ihrer gemeinsamen Eskapaden. Er gab ihr einen letzten Kuss, während Mélina über den Starrsinn der Männer schimpfte.

Georges nahm wieder seinen Beobachtungsposten ein. Die Kolonne dürfte nicht mehr weit sein. Édouard stützte sich auf dem umgedrehten Stuhl am Fuße ihres kleinen Hügels ab, stand auf und holte eine Flasche Pflaumenschnaps aus der Tasche.

Der Alkohol breitete sich in Georges' Brust wie ein vom Feind gelegtes Feuer im Dorf aus. Seine Muskeln zitterten, was ihn für einen Moment aus dem Rausch riss. Er fragte sich, welche Bilder Pierre von ihm bewahren würde. Er stellte sich vor, wie Pierre seinen Kindern von den wenigen Erinnerungen erzählen würde, Szenen, in denen sich die Kraft des Vaters eindrucksvoll zeigte. Sein eigener Vater hatte die Kardiermaschine beinah mühelos auf dem Rücken durch die Werkstatt getragen. Georges hatte ihn damals genauso bewundernd angesehen wie fünfunddreißig Jahre später sein eigener Sohn ihn, als er aufgrund einer Wette einen Billardtisch hochgehoben hatte. Er erinnerte sich auch an die immer gleichen Scherze, was ihm nun, da er erwachsen war, für einen kurzen Moment das Gefühl gab, den Vater wieder riechen, ihn berühren, ihn umarmen zu können. *Nîmes es oder lass es!* Er nahm einen weiteren großen Schluck vom Pflaumenschnaps, um besser in die Erinnerung eintauchen zu können. *Ach, Tours in der Früh!* Er lachte. Peter hatte diese kümmerlichen Wortspiele erfunden, glücklich darüber, dass es ihm in einer Sprache gelang, die nicht die seine war. Georges war Pierre gegenüber ziemlich unbeholfen, und wenn er ihm einen Rat gab, sagte Gabrielle mit Gewissheit sofort das Gegenteil. Nur seine Hände hatten ihn nie im Stich gelassen. Nie hätten Worte die Augen seines Sohnes vor Bewunderung so zum Glänzen gebracht wie ein selbst gebautes Spielzeug.

Die Maschinenpistole rutschte ihm aus der Hand, schlug gegen die Stuhllehne. Er stieg von der Barrikade, hob sie auf und wollte hinter der Friedhofsmauer in Stellung gehen. Seine Gedanken waren wirr. Er hätte keinen Schnaps mehr trinken sollen. Er würde nicht zielen können, dafür hatte ihm der Schnaps seine Erinnerungen zurückgebracht.

Er dachte an seinen Vater. Nach dessen Tod hatte Georges in seinem Heft einen Zeitungsausschnitt gefunden, ausgetrocknet wie ein vierblättriges Kleeblatt zwischen zwei Seiten gepresst, eine alte Werbung der Bettenfirma Lafontaine, in der diese die Vorzüge der Federkernmatratze pries. Georges erinnerte sich noch zu gut an die wütende

Reaktion seines Vaters, als er vorgeschlagen hatte, sich mit dem neuen Herstellungsverfahren vertraut zu machen. In diesem Zeitungsausschnitt sah er einen für Peter typischen posthumen Zärtlichkeitsbeweis.

Er lächelte bei dem Gedanken, dass Peter seinen ältesten Sohn im Ersten Weltkrieg an die Boches verloren hatte und die beiden jüngeren Kinder im nächsten Krieg. Mathilde war bei den Bombardements der Renault-Werke in Billancourt umgekommen. Und er …

Meine Mutter eilte die Treppen hinunter, sie war spät dran. Das Büroleben war nichts für sie. »Ich habe mich siebenunddreißig Jahre lang dagegen gewehrt, als Angestellte zu arbeiten«, gab sie ihrem Abteilungsleiter als Entschuldigung. Rrring …!!! Sie hatte den Treppenabsatz erreicht und überlegte, zurückzugehen. Nicht unbedingt die Arbeitszeiten, die Kollegen oder die Hierarchie machten ihr zu schaffen, sondern vielmehr die Tatsache, Tag für Tag immer wieder das Gleiche zu tun. Diese Wiederholung kam einem Eingeständnis gleich. Rrring …!!! Sie verübelte meinem Vater, dass er sie in diese Rolle gezwungen hatte. Die Frau des Farmers, sparsam, wachsam, verblasst. Seit einer Weile trug sie nur noch gedeckte Farben, Kleider, die ihre Formen kaschierten. Sie verübelte ihm, dass er den Opfergeist in ihr geweckt hatte. Sie zuckte mit den Schultern. Was soll's! Sie entschied sich, doch zurückzugehen, suchte nach ihrem Schlüssel. Die anderen, im Bus, im Büro ahnten gar nichts davon, was ihr so durch den Kopf ging. Rrring …!!! Wo ist denn der Schlüssel? Der Blick eines Mannes, der auf der Straße an ihr vorbeilief, war wie ein Versprechen, das sie den ganzen Tag lang nicht mehr verließ. Rrring …!!! Eine schlechte Nachricht. Sie spürte den leichten Stich im Bauch, der das kommende Unheil ankündigte. Wer ist da?, fragte meine Schwester an der Tür. Mach auf! Ihre Liebe war anders. Anders. Vielleicht auch einfach nur ein Versehen. Rrring …!!! Ein versehentlicher Anruf. Sie lief ins Zimmer, warf ihre Sachen aufs Bett. Wer auch immer es war, der Anrufer gab nicht auf. Sie atmete tief ein und wieder aus. Ein Ferngespräch. Die Stimme klang nervös. Im Hintergrund hörte sie Lachen und Unterhaltungen. Entschuldigung, was haben Sie gesagt, wer hat Sie gebeten, anzurufen? Monsieur Malle …? Mathilde und ich versuchten an ihrer Mimik abzulesen, wer am anderen Ende der Leitung war. Was …? Gestern Abend, nach dem Dreh … Er war wahrscheinlich in einem Café oder einem Restaurant. Das Ende des Satzes wurde von einem tiefen Lachen übertönt. Sie bedeutete uns, uns fertig zu machen. Wir würden zu spät zur Schule kommen … ja … oh … ja … Wir versuchten anhand des Zitterns in ihrer Stimme herauszufinden, wie schlimm die Nachricht war. Sie fuchtelte mit der Hand in unsere Richtung. Wir rührten uns jedoch nicht vom Fleck. Nein, ich komme nicht aus der Gegend. Am Ortseingang von …? Livinhac-le-Haut … in der Nähe von Figeac … ja … hm … hm … Sie starrte auf einen Punkt zwischen den Porträts von Marx und Lenin. Sie hielt den Hörer mit beiden Händen. Oh … hm … hm, ja, ja, hm. Ich wollte ihr den Hörer wegnehmen. Sie klopfte mir auf die Finger, damit ich Ruhe gab. Wir hörten, wie die Gespräche im Hintergrund immer lebhafter wurden … Warten Sie, das schreibe ich mir auf … Ich brauche einen Stift!, rief sie uns zu. … Richten Sie Monsieur Malle bitte meinen Dank aus … Ja, ich höre. Sie notierte eine Telefonnummer und las sie dann vor, um sicherzugehen, dass sie sie richtig verstanden hatte. In Ordnung … Ja, ja. Das ist furchtbar, aber … Meine Schwester zupfte sie am Ärmel, um zu erfahren, was passiert war. Ich drückte ein paar Tränen heraus, um auf mich aufmerksam zu machen … Nicht vor Mittag … Danke … Auf Wiederhören … Ja, ich verstehe … Sonst meldet sich im Krankenhaus niemand …

Der Geruch seines verschwitzten Körpers voller Prellungen vermischte sich mit der Wärme der Sonnenstrahlen, die durch das offene Fenster fielen. Noch am selben Nachmittag waren wir mit dem Zug nach Figeac gefahren. Sein Gesicht war geschwollen, der nackte Oberkörper bandagiert und das Bein war schräg nach oben in eine Schlaufe gesteckt. Meine Schwester und ich gaben ihm schweigend einen Kuss und gingen dann auf den Gang hinaus. Warst du betrunken, als du dich ans Steuer gesetzt hast? Seine Antworten hörten wir nicht, nur die Stimme und die Schluchzer unserer Mutter. Pierre. Schwöre auf das Leben der Kinder, dass du die Wahrheit sagst. Hast du getrunken?

Kurz nach dem Fall von Saigon spielte er wieder in *Ein Käfig voller Narren*. Mutter sprach nicht von dem Unfall. Mein Vater hingegen kam in seinen Klagen immer wieder auf ihn zu sprechen. Er schrieb ihn dem Pech zu, von dem er verfolgt werde. Er warf seiner Frau vor, nicht mehr an ihn zu glauben. Nun war auch das Schicksal des letzten Fayence-Tellers besiegelt. Das ist mein Verhängnis, Madeleine!, brüllte er. Er warf ihr vor, durch ihre Zweifel das Unglück anzuziehen, brach dann in Tränen aus und umarmte sie.

In den Western forderte das Schicksal den Farmer gerne heraus. Die Cowboys zogen mit ihren Herden durch die Gegend, zerstörten die Ernte, rissen die Umzäunungen um. In der Stadt versetzten sie die friedlichen Bürger in Angst und Schrecken und töteten den Sheriff.

Meine Mutter machte sich Sorgen. Bei meinem Vater kamen die Katastrophen stets in Serie. Sie stritten mit gedämpfter Stimme in der Küche, im Schlafzimmer. Diese leisen Auseinandersetzungen waren noch unheimlicher für uns als das Geschrei. Beinah geräuschlos nahten sich große Entscheidungen.

Meine Mutter sprach am Abend in ihrem Zimmer mit mir darüber. Ich hörte ihr mit regloser Miene zu. Sie zeichnete das Bild eines Mannes, an dem eine geheime Krankheit nagte, schimpfte über ihre Schwiegermutter und die Aderholds. Generationen von Alkoholikern, sagte sie. Der Urgroßvater? Ein Säufer. Der Großvater? Eine Schnapsdrossel. Ich erschrak, nahm meinen Vater in Schutz. Er leidet an der gleichen Krankheit, sagte sie. Er wird uns alle zugrunde richten. Dagegen kann man nichts tun. Ich weinte mit ihr, versprach, niemals auch nur ein Glas Wein anzurühren.

Er ordnete eine dieser Familienratssitzungen im Wohnzimmer an, bei denen er so gern Regie führte. Wir müssen uns wieder fangen, sagte er. *Sich wieder fangen.* Diesen Ausdruck bekam ich während meiner Jugend unzählige Male zu hören. Du musst dich wieder fangen. Was hieß, man sollte aufhören, Unsinn zu veranstalten, und die Dinge wieder in die Hand nehmen. Wir werden uns alle wieder fangen. Während der nächsten Monate lebten wir in einer Atmosphäre spartanischer Anspannung.

Obwohl meine Mutter die bösen Dämonen meines Vaters gerne bekämpft hätte, kam sie nie in die Versuchung, seine politisch motivierten Zornesausbrüche dämpfen zu wollen. Im Gegenteil, sie war der Meinung, er solle seiner Wut freien Lauf lassen, da es ihm so leichter fiel, die von ihm eingegangenen beruflichen Kompromisse zu ertragen. Außerdem dachte sie sich, es schade unserer Erziehung nicht, wenn er ein bisschen über Brüderlichkeit und Gerechtigkeit herumbrüllte.

Die Politik bestimmte unser gesamtes Leben. Ich bin mir bewusst, wie seltsam das heute erscheinen muss. Es war jedoch nicht nur bei den Kommunisten so. Unter meinen Freunden gab es Gaullisten, Anarchisten, Trotzkisten, Nationalisten … Damals waren alle davon überzeugt, dass die Politik die Welt verändern würde. Sie hielt uns in Atem, machte uns Lust aufs Erwachsensein, bewahrte uns vor jeglichem Zynismus und jeglicher Bitterkeit. Auch wenn ich mich damit für eine schwärmerische Lebenshaltung begeistere, diese Bootsfahrt ohne Ruder ist mir auch heute noch allemal lieber als eine Erziehung ohne jegliche Schwankungen und Erschütterungen.

Seit jeder von uns über sein eigenes Zimmer verfügte, waren meine Schwester und ich den Befindlichkeiten unserer Eltern noch stärker ausgesetzt, womit wir beide auf unsere eigene Weise klarzukommen versuchten. Ich erwies mich als enthusiastischer Schüler, meine Schwester wehrte sich gegen jede Art von Politisierung. Wenn sie zur *Fête de l'Humanité* ging, dann wegen der Konzerte, und um ihn zu provozieren, interessierte sie sich für alles, was unser Vater anprangerte. Mit dreizehn schminkte sie sich schon, rauchte, was sie kaum zu verbergen suchte, und trug eine Lederjacke. Wenn ich ihr abends nach der Schule über den Weg lief, war sie oft in Gesellschaft von Jungen. Ich verriet sie und hatte dabei das angenehme Gefühl, auf Linie zu sein.

Mein Vater gab zu, bislang ein bisschen zu viel Zeit in Cafés verbracht zu haben, und versicherte uns, dass das in Zukunft nicht mehr vorkommen würde. Meine Schwester schwor, sich in der Schule mehr Mühe zu geben. Alle weinten, bis auf ihn. Ich verpflichtete mich, den Jungkommunisten beizutreten.

Von da an traf ich mich einmal im Monat mit ungefähr einem Dutzend junger Aktivisten aus dem 9. Arrondissement in einem prunkvollen Gebäude auf dem Boulevard de Rochechouart. Der Raum erinnerte an ein Klassenzimmer. An den Wänden hingen rote Fahnen aus verschiedenen Ländern. Ich saß hinten, in der Nähe der großen Fenster zum Hof.

Als der Ortsvorsitzende zu reden begann, hörte ich ihm aufmerksam zu. Er war einige Jahre älter als wir und von der Sorte Mensch, auf den die Partei gerne ihre Hoffnungen setzte. Er war durch und durch ernst, seine Stimme monoton, sein Blick ausdruckslos, und er sprach unendlich lange über das ideale Kräfteverhältnis in der Welt und die Unfehlbarkeit der Partei, wobei seine Darlegungen stets auf die gleichen vorhersehbaren und jeder Grundlage entbehrenden Schlussfolgerungen hinausliefen.

Nach einigen Minuten wurde ich auf das grelle Scheinwerferlicht im Studio eines Fotografen aufmerksam, das sich genau gegenüber, auf der anderen Seite des Hofes befand. Zunächst nahm ich nur das in rascher Folge aufleuchtende Blitzlicht wahr und die Anweisungen, die er seinem Fotomodell hin und wieder mit einem Wink gab. Sobald ich den Kopf ein wenig hob, hatte ich jedoch einen hervorragenden Blick auf die Fotomodelle. Mit durchgedrücktem Rücken, die Hüften nach hinten, die Brust nach vorn geschoben, rekelten sich die jungen Frauen in diversen Torseletts, Netzbodys, Negligés auf einem Ledersofa. Verführerisch hoben sie ihre Haare und schickten einen Kuss in Richtung Kamera.

Meine Aufmerksamkeit nahm ab. Immer wieder linste ich zum Fotostudio hinüber. Schon beim flüchtigen Anblick einer entblößten Frau errötete ich. Die monotone Rhetorik des Ortsvorsitzenden förderte das Abschweifen meines Blickes zum Hof. Ich genehmigte mir eine etwas eingehendere Betrachtung der Fotomodelle, studierte die Figur, die Wäsche. Sie sahen nicht aus wie die Prostituierten von der Place Pigalle. Wenn meine Klassenkameraden und ich jenen übertrieben geschminkten Frauen begegneten, die Kleider trugen, die ihre nicht besonders einladenden Körper – sie waren so alt wie unsere Mütter – sehen ließen, empfanden wir den Anblick als aufwühlend, aber keineswegs als erregend. Die Modelle des Fotografen hingegen strahlten eine sinnliche Unverdorbenheit aus.

Aus einem schlechtem Gewissen heraus nahm ich mir vor, eine erbauliche Autobiografie zu verfassen, der ich den feierlichen Titel *Manifest eines jungen Kommunisten* gab. Ich hatte vor, sie meinem Vater zum Geburtstag zu schenken.

»Wie ist es möglich, dass ein junger Mensch der gleichen Meinung ist wie seine Eltern, wenn doch die Jugend die Zeit des Umbruchs, der Anarchie ist? Zunächst einmal müssen wir versuchen, die Argumente unserer Eltern zu verstehen und zu analysieren, sie mit der Wirklichkeit abzugleichen und nicht einfach das zu glauben, was man uns im Fernsehen erzählt. Kurz, wir müssen Denken, Denken, mit einem großen D«, schrieb ich in der Einleitung.

Ich arbeitete eine Gliederung aus. Es gab vier Teile: Die Familie, Die Klasse, Die Zelle und Die Straße, wobei letzterer wiederum in zwei Unterkapitel gegliedert war, »Das Bistrot« und »Die Wahlkampagne«.

»Wenn es im Fernsehen um Chile, Spanien, den Iran und noch eine Reihe anderer Länder geht, macht man sich Sorgen um den Vater. Man sieht ihn schon an den Erschießungspfahl gefesselt vor sich.«

Bei uns sagte man niemals »ich«. Das Psychologisieren, die Beschäftigung mit dem Seelenleben galt als obszön, sie verriet einen Hang zu Egoismus. Mein Vater war der Meinung, der Niedergang der französischen kommunistischen Partei habe begonnen, als Georges Marchais anfing, in seinem eigenen Namen zu sprechen. Maurice Thorez, Jacques Duclos oder Waldeck Rochet hatten ihre Reden stets mit »Nach Ansicht der kommunistischen Partei …« eingeleitet. Ich fing meine Sätze mit »wir« an. Wut, Traurigkeit, Freude waren kollektive Angelegenheiten – keine unpersönlichen, im Vordergrund stand eher Brüderlichkeit. Hatte ich einen neuen Freund gefunden? »Er ist uns sympathisch.« War ich traurig über das Ende der Ferien? »Wir kommen ja wieder.« Hatte ich über einen Witz gelacht? »Wir fanden ihn lustig …«

Wenn ich am Abend meine Schularbeiten beendet hatte, schrieb ich an meinem Manifest.

»Wir haben den kapitalistischen Luxus gesehen, in dem Pompidou gelebt hat. In seinem Palast tragen die Diener Goldketten. Die Decke ist ebenfalls vergoldet und über dem Tisch hängen große Kristalllüster.«

Die Einleitung schrieb ich mit großer Begeisterung. Mit der Zeit nahm mein Schwung jedoch ab. Ich überarbeitete die Gliederung. Die Zahl der Unterkapitel nahm zu. Ich erstellte eine Tabelle mit den Empfindungen, auf die ich näher eingehen wollte, Wörtern – vor allem Adjektive –, die im Text vorkommen sollten.

Eine Anzeige in *L'Humanité* warb für einen Aufenthalt in Ostdeutschland.

Im August 1976 fuhr ich in ein Ferienlager für Ausländer in der Nähe von Leipzig. Die anderen Jugendlichen der Gruppe waren ebenfalls Kinder von Kommunisten. Für Politik interessierten sie sich nicht einmal ansatzweise, und meist konnten sie das Ende der Ausflüge kaum erwarten, um danach in die Kneipe zu gehen. Ich war der Einzige, der sich in einem Heft notierte, um wie viel Prozent höher die Anzahl der Kinderkrippen im Vergleich zu Westdeutschland lag, wie lächerlich niedrig die Kriminalitätsrate war und welchen Anteil des Lohns man für Miete ausgeben musste. Jede einzelne Information belegte ich mit Zahlen.

Ich meldete mich freiwillig, um im Rahmen einer internationalen Solidaritätsaktion beim Bau einer Leichtathletikbahn mitzuhelfen. Zweimal in der Woche wurden wir mit einem Bus zu einem von verfallenen Gebäuden umgebenen kleinen Stadion in einem Vorort von Leipzig gefahren. Unter der Aufsicht eines bereits morgens betrunkenen Vorarbeiters zerkleinerte ich Schotter und karrte gemeinsam mit Schülern aus Angola und Vietnam Erde. Er schikanierte die Schwarzen, bedeutete mir, mich auszuruhen, während die anderen sich plagten. Vor den Tribünen hing ein Transparent mit den Silhouetten einer Schar von Menschen aus aller Herren Länder, die sich im Namen des proletarischen Internationalismus an den Händen hielten.

»Unser langer Weg zum vollkommenen Verständnis der Politik und der Analyse einer Situation ist nicht ohne Tücken.« »Wir gestehen unsere Fehler ein.« Ich musste mich nur über mein Blatt beugen, und schon war alles vergessen.

Jeden zweiten Tag veranstalteten die Jugendlichen der FDJ zu unseren Ehren einen Tanzabend. Jemand hielt eine Rede, im Anschluss sangen aus der keuchenden Lautsprecheranlage die Beach Boys. Andrea, fast schon eine Frau, forderte mich zum Engtanz auf. Sie sprach weder Französisch noch Englisch, mein Deutsch war eher dürftig. Einer meiner Kameraden, der neidisch auf meine Eroberung war, bot sich an, für uns zu dolmetschen. So kam es, dass wir zu dritt auf einer Bank im anliegenden Park saßen. Ich gab Andrea zu verstehen, wie beeindruckt ich von den Erfolgen ihres Staates sei, und beglückwünschte sie zu ihrem Beitritt in die FDJ. Mein Kamerad zischte mir zu, ich solle aufhören, über Politik zu reden. Andrea bedankte sich für die Komplimente, die ihr mein Dolmetscher über ihre Haare und ihr Lächeln gemacht hatte. Da er genauso schüchtern war wie ich, nutzte er die Gelegenheit, Andreas Figur in meinem Namen immer detaillierter zu preisen. Sie nahm meine Hand, mein Kamerad ergriff ihre andere. Wir erröteten, und obwohl sie mich offen ansah und ihre Schulter sich an meine schmiegte, wussten wir nicht so genau, wie wir den nächsten Schritt vollziehen sollten. Deutsch hatte ich zuvor nur in Kriegsfilmen gehört. Sie fragte mich nach dem Leben in Paris. Mein Dolmetscher hatte Schwierigkeiten, meine Antwort zu übersetzen. Ich holte ein kleines zweisprachiges Wörterbuch hervor. Sie möchte, dass du es ihr schenkst, übersetzte mein Kamerad. Noch bevor ich hätte antworten können, gab sie mir einen Kuss. Er verlangte ebenfalls einen Kuss, den sie ihm lachend gab. Sie wollte französisches Geld sehen. Wir schenkten ihr ein paar Münzen. Sie gab uns noch einen Kuss, und wir vereinbarten, dass wir uns am nächsten Tag wieder treffen würden. Dieses Spielchen ging über mehrere Tage. Andrea verabschiedete sich stets mit neuen Errungenschaften, Kleingeld, einem Buch, einem Stift. Wir durften ihr einen Kuss auf die Wange geben, ihre Hand nehmen, doch sobald wir Anstalten machten, weiterzugehen, drohte sie uns, zu verschwinden. Eines Abends wurden wir von unserem Betreuer überrascht. Er warnte uns. Manche Mädchen – das Wort sprach er in einem verächtlichen Ton aus, als handle es sich um Prostituierte – flirteten mit Ausländern, um ihnen Gegenstände zu entlocken, die sie anschließend auf dem Schwarzmarkt verkauften. Andrea stritt es nicht einmal ab.

Ich wollte das Misstrauen meines Vaters zerstreuen, ihn überzeugen, dass ich es ernst meinte. »Mein Vater und meine Mutter zwingen uns nicht zum Lernen. Uns treibt die Lust an, Neues zu entdecken, etwas über die Welt zu erfahren. Viele Kinder bekommen eine Ohrfeige, wenn sie schlechte Noten nach Hause bringen. Bei uns hat man die Möglichkeit, sich zu rechtfertigen, es wird über die Gründe für diese Note gesprochen, und dann werden die notwendigen Maßnahmen ergriffen. Wir machen eher von unserem Verstand Gebrauch, als uns zu schlagen.«

Ich bekam kurze, intensive Albträume. Sie liefen stets nach dem gleichen Muster ab. Ich wurde von Indianern überfallen. Ich schreckte auf, legte mich nach einer Weile wieder hin, in der Hoffnung, sie verjagt zu haben, sobald ich jedoch einschlief, tauchten sie erneut auf. Manchmal ließ ich mich durch die Umgebung täuschen, ich war in einem Haus, welches an das meiner Großmutter erinnerte, oder auf dem Schulhof. Doch dann bekam ich eine bedrückende Vorahnung. Und schon waren die Indianer wieder da.

Mehr noch als Andreas Verrat enttäuschte mich die Entdeckung der staatlichen Geschäfte, in denen man nur mit Devisen zahlen konnte. Eines Nachmittags kaufte ich mit den Francs, die ich noch hatte, in einem dieser Läden Süßigkeiten, einige Flaschen Coca-Cola und Schokoladentafeln, und verteilte sie unter den Deutschen, die in dem Ferienlager arbeiteten. Innerhalb weniger Minuten standen ungefähr ein Dutzend Menschen um mich herum. Ein Polizist kam und schickte sie fort. Er begleitete mich zu meinem Zimmer. Vor der Tür bedeutete er mir, ihm einige Bonbons zu geben. Am nächsten Tag hielt mir unser Betreuer vor allen anderen eine Moralpredigt, in der er meine antisozialistischen Machenschaften anprangerte, die dazu dienten, das Volk den Verlockungen der Konsumgesellschaft auszusetzen. Ehrlich gesagt war ich nach dieser öffentlichen Anprangerung erleichtert. Ich hatte das mir von zu Hause so vertraute Gefühl, ungerecht behandelt worden zu sein – ich kam mir wie der einzige wahre Kommunist der Gruppe vor. Da ich daran gewöhnt war, einer Minderheit anzugehören, einer zwar zukunftsträchtigen, aber Minderheit, und ich mir daher stets etwas anders und ausgeschlossen vorkam, verspürte ich während meines gesamten Aufenthaltes ein vages Unbehagen, in einem Land zu sein, in dem unsere Ansichten gesiegt hatten, wo Regierung, Armee und Polizei auf unserer Seite standen.

Meine Enttäuschung schrieb ich der DDR-Bevölkerung, dem humorlosen Wesen der Boches zu. Ich fuhr nicht mit unversehrtem Glauben, aber mit unversehrter Lust zu glauben und ohne Kleidung nach Hause. Meine Mutter war entsetzt, als sie meinen Koffer auspackte. Ich hatte meine Jeans, meine Polohemden, meine Schuhe mit meinen deutschen Kameraden getauscht. Einer der Gegenstände, die ich mitbrachte, war eine riesige DDR-Fahne, die meine Zimmerwand bedeckte.

Wenn mein Vater mit seinen Gästen über Politik sprach, rief er mich zu sich. »Mein Sohn, der in der DDR gewesen ist …« Als Lobpreisung des Regimes gab ich ihnen in schüchternem Ton ein paar Zahlen und Fakten an. Je eingehender ich die Erfolge des Sozialismus darstellte, desto größeren Stolz glaubte ich in seinem Blick zu erkennen. »Die Revolution lässt nicht mehr lange auf sich warten«, sagte er.

Ich war dreizehn Jahre alt. Warum nur nisten sich die Träume der Väter in die Zukunft der Söhne ein?

Ich bin in einer Hütte, nackt. Neben mir, ebenfalls nackt, liegt Tom Sawyer. Zumindest erinnert er an Tom. Oder vielmehr sage ich mir, es sei Tom. Im Wald wimmelt es von Rothäuten, das weiß ich, obwohl dieses Wort nie fällt. Es sind einfach nur die Roten, wie Tom sie nennt. Die Roten verfolgen uns. Die Roten wollen unseren Tod. Ihr Häuptling mustert uns durchs Fenster. Ich sehe nur seine schwarze Pupille, die den gesamten Fensterrahmen ausfüllt. Ich erkenne diesen Blick. Es ist Nixon. Ich rufe: Mörder! Seine Hand zerschlägt das Fenster, tastet zwischen den Bettlaken. Ich rutsche ans Kopfende der Matratze. Schreie um Hilfe. Aus meiner Kehle kommt kein einziger Ton. Er ergreift Tom. Tom trägt zwar ein Kleid, aber ich weiß, dass er es ist. Er zeigt den Indianern mein Versteck. Die Decke hebt sich. Der Häuptling, ein Messer in der Hand, steht über mir, starrt mich an.

Mit letzter Anstrengung beendete ich das erste Kapitel meines Manifests. »Dass man Kommunist wird, hat natürlich auch ein wenig mit dem Umfeld zu tun, in dem man lebt. Das ist bei jedem Kind so. Ein Junge, dessen Eltern …« Ich legte meinen Stift zur Seite. Das Heft packte ich zu dem, in das ich die Erinnerungen meiner Großmutter notiert hatte.

Das muss der Fluch sein, dachte ich.

Die von Hauptmann Otto Kahn angeführte Kolonne, bestehend aus drei Radpanzern, zwei Leichtpanzern, ungefähr zwanzig Lastwagen mit insgesamt zweihundertfünfzig Mann, fuhr in schnellem Tempo.

Sie war am frühen Nachmittag in Gourdon aufgebrochen und hatte, dem Hinweis eines Polizisten folgend, einen Umweg über Dégagnac gemacht. Dort wollten die Deutschen einen der Partisanenführer des Départements Lot überraschen. Die Information erwies sich jedoch als falsch. Mit dem Zusammentrommeln und der Befragung der Einwohner verlor man viel Zeit. Hauptmann Otto Kahn zögerte den Aufbruch hinaus, da die Nacht die Manöver der Partisanen begünstigte und sie bis Frayssinet-le-Gélat noch an die dreißig Kilometer auf hügeligen und kurvenreichen Landstraßen zurückzulegen hatten. Er nahm über Funk Kontakt zu Standortkommandant Dickmann auf, der ihm jedoch befahl, den Einsatz nicht abzubrechen. Gegen achtzehn Uhr verließen sie das Dorf und kamen eine Stunde später in Salviac an.

Um die verlorene Zeit aufzuholen, drosselten sie das Tempo nicht einmal am Dorfeingang, dort, wo sich die Straße mit der nach Gourdon kreuzte, auf der sie auch hätten kommen sollen, wenn sie nicht den Umweg über Dégagnac gefahren wären.

Keiner der zweihundertfünfzig Deutschen kam in dem Moment auf die Idee, zur anderen Straße hinüberzublicken. Hätten sie es getan, sie hätten zweihundert Meter weiter eine Ansammlung von Gegenständen entdeckt, die die Straße versperrte, sowie zwei Männer, von denen der eine am Fuße der Barrikade saß, der andere auf den Haufen gestützt vor sich hin döste, mit schlaffem Körper und offenem Mund, unbedeckt der Kopf des einen, ein ins Gesicht gerutschter Helm beim anderen und am Boden eine Flinte und eine Maschinenpistole.

Von der Kreuzung aus, durch die die Kolonne eilte, hätte man sie für zwei Männer halten können, die im Kampf für Frankreich gefallen waren.

Als Anwar as-Sadat und Menachem Begin in Camp David den Friedensvertrag zwischen Ägypten und Israel unterzeichneten, kam ich ins Gymnasium, wodurch sich in meinem Leben einiges änderte.

Ich verliebte mich in Caroline.

Bis dahin waren die Jungen stets in der einen Ecke des Schulhofes versammelt gewesen, die drei Mädchen unserer Klasse in der anderen. Unsere einzige Verbindung zu ihnen hatte darin bestanden, sie zu ärgern, woraufhin sie spitze Schreie ausstießen, oder ihnen mehr oder weniger schlimme Beleidigungen an den Kopf zu werfen.

Gegen Ende des ersten Trimesters nahmen sich mehrere Jungen ein Herz und sprachen sie an. In diesen Gesprächen legten wir einen neuen, ernsthaften und zurückhaltenden Ton an den Tag und fuhren diejenigen an, die die Mädchen weiterhin schubsten und beleidigten.

Meine Freunde träumten von Carolines schweren, runden Brüsten. Wenn sie im Sportunterricht rannte, konnten sie die Augen nicht von ihnen nehmen. Ich hatte mich in die Geste vernarrt, mit der sie sich das Haar hinters Ohr kämmte. Schon immer hatte ich eine Schwäche für Details, eine Handbewegung, eine Veränderung der Stimme, ein vom Ausschnitt preisgegebenes Stück nackte Haut.

Unsere Gespräche drehten sich vor allem um Musik. Die

gerade angesagten Bands kannte ich nicht. Die Einwände meines Vaters gegenüber allem, was mit der angelsächsischen Kultur zu tun hatte, verdammten mich zu einer Randexistenz. Ich bat meine Schwester um Auskunft. Sie kannte alle Songs, die sie bei ihren Freundinnen hörte. Ich hatte sie in Verdacht, dass sie sie auch auf dem Plattenspieler unserer Eltern auflegte, sobald sie allein zu Hause war. Den Nachhilfeunterricht bezahlte ich, indem ich ihr versprach, über ihre Freunde zu schweigen. Wir schlossen uns in ihrem Zimmer ein und warteten, bis unser Vater sich ins Café aufmachte. Mathilde hatte irgendwo einen alten Plattenschlucker aufgetrieben. So leise wie möglich hörten wir die Doors, Queen, die Beatles und Diskomusik. Beim kleinsten Geräusch zuckten wir zusammen, aus Angst, unser Vater könnte plötzlich in der Tür stehen.

Meine Klassenkameraden zitierten die Texte ihrer Lieblingssongs, als trügen sie den Sinn des Lebens, und zogen zugleich über die anderen Sänger her. Sie forderten mich auf, mich ihrer Sache anzuschließen. Ich war ein Meister der Diskretion. Nur selten widersprach ich jemandem, wenn überhaupt, dann höchstens meinem Geschichtslehrer. Meine Schüchternheit überwand ich lediglich, sobald das Gespräch politisch wurde. Ich löste mich aus meiner Erstarrung, wollte um jeden Preis überzeugen, als hinge mein Leben davon ab. Meine Zuhörer überhäufte ich mit bedeutungsvollen Anekdoten zu Ehren der Ostblockländer. Im vorkommunistischen Ungarn habe es zwei Millionen Bettler gegeben. Die Eltern hätten ihre Kinder in Tonkrügen aufwachsen lassen, was zu irreversiblen Deformationen geführt habe, damit sie mehr Almosen bekämen. Als Castro nach Kuba gekommen sei, habe er drei Millionen Spielautomaten ins Meer werfen lassen.

Überrascht von meinem scharfen Ton und verletzt vom Sarkasmus, mit dem ich auf ihre Argumente reagierte, versuchten sie mir die Stirn zu bieten. Ich zog Zahlen aus dem Ärmel, erfand Fakten, so wie mein Vater, dem ich regelmäßig von diesen leicht errungenen Triumphen berichtete. Meine ungewohnte Bissigkeit war den anderen so unangenehm, dass sie mir eine zeitweilige Quarantäne einbrachte. Stalinist. Dieses Wort haftete mir während meiner gesamten Jugend an.

Der Sozialismus wurde allmählich zu einer modischen Pose. Eine Alternative zu linksextremen Exzessen und noch viel mehr zum Dogmatismus der Kommunisten. Bis dahin waren wir Teil der politischen Landschaft gewesen. Durch unsere deutschen Wurzeln hatte ich mich als Kind viel mehr stigmatisiert gefühlt als durch unsere Parteizugehörigkeit. Fast unmerklich bedachten mich nun die in der Zufriedenheit der Ära Giscard d'Estaing badenden Klassenbesten und jene Mitschüler, deren korrekt linke Haltung ihnen eine gewisse Lässigkeit verlieh, mit dem gleichen geringschätzigen Lächeln. Ab einem bestimmten Zeitpunkt hielt man uns für ebenso borniert wie Georges Marchais, den damaligen Chef der Kommunistischen Partei. Ich mochte diese Isolation. Durch ihre mitleidigen Blicke geriet ich in eine Position, die zwar nicht so außergewöhnlich war, als wäre ich ein Punk oder Rasta gewesen, aber ausreichend, um mir eine besondere Identität zu verschaffen. Eine, auf die ich sogar stolz war. Die Feindseligkeit der anderen bewies, dass wir im Recht waren.

Als ich ins Gymnasium kam, freundete ich mich mit Lionel an. Ich hatte ihn ausgesucht, weil er einen unkomplizierten Charakter hatte, ungezwungen war und sich mit jedem verstand. Ich hielt mich in seinem schützenden Schatten.

Er gehörte zu der kleinen Gruppe, die sich auf dem Schulhof mit den Mädchen traf. Ich stellte mich immer hinter ihn, blickte ihm über die Schulter. Caroline sah mich an wie eine Landschaft durch ein Fenster.

Während des Unterrichts nahm ich niemals die Augen von ihr. Ich malte mir komplizierte Szenarien aus. Ich kletterte aufs Schuldach und breitete ein riesiges Transparent mit einem Bild von ihr aus. Mitten im Unterricht sprang ich auf das Lehrerpult und rezitierte unter den erstaunten Blicken meiner Mitschüler und des Lehrers ein Gedicht. In meiner Vorstellung entfalteten sich immer außergewöhnlichere Liebesszenarien. Ich nahm sie jemand anderem weg, so wie mein Urgroßvater Esther ihrem Zuhälter entrissen hatte, ich riskierte mein Leben für sie, folgte ihr bis ans Ende der Welt. Durch eine Reihe unglaublicher Wendungen zögerte ich die Szene des Liebesgeständnisses hinaus, und sobald mir die möglichen Geschehnisse ausgingen, ich keine Idee mehr hatte, wie ich die Enthüllung meiner Leidenschaft aufschieben könnte, stürzte ich mich sofort in eine neue Geschichte. Meine Jungmädchenfantasien erschreckten mich, und wenn ich mich meinen Träumereien hingab, überkamen mich quälende Schuldgefühle, die jedoch im selben Augenblick wieder verschwanden, in dem Caroline vor meinem geistigen Auge erschien.

Insgeheim liebte ich sie sehr.

Eines Tages schleuderte mein Vater beim Abendessen das Radio gegen die Wand. Raymond Barre hatte gerade die Schließung mehrerer Stahlwerke in Lothringen angekündigt. Die Stimme des Nachrichtensprechers erstarb in einem Gurgeln. Mein Vater trat noch auf die Teile des kaputten Geräts am Boden ein. Meine Schwester flüchtete in den Flur. Zwischen meinen Eltern brach ein heftiger

Streit aus. Der Teller meines Vaters zerbrach hinter mir. Er ergriff gerade sein Glas, als sein Blick auf mich fiel. Auch meine Mutter sah mich an. Ich schaute auf meinen Teller und aß unbeeindruckt weiter. Ich war dabei, Caroline aus dem Feuer zu retten, das in der Schule ausgebrochen war. Sie stand im Fenster von einem der Klassenräume, und ich hangelte mich die Dachrinne entlang, um zu ihr zu gelangen. Augenblicklich vergaßen meine Eltern die Stahlwerke in Lothringen und begannen sich Sorgen zu machen. Ich gab mich meinen Tagträumen vollkommen hin. Sie wiegten mich in den Schlaf, und zwar zu jeder erdenklichen Tageszeit. Meine Eltern schleppten mich zum Arzt, der mir Vitamine und Muntermacher verschrieb, was jedoch nichts bewirkte.

Liebe hatte für mich schon immer etwas mit Flucht zu tun. Mein Vater merkte, woher der Wind wehte. Er wollte wissen, ob ich in jemanden verliebt sei. Ich hütete mich davor, mich ihm anzuvertrauen. Er hätte befürchtet, ich könnte jegliches politische Bewusstsein verlieren, und hätte deshalb versucht, meine Liebe zu bekämpfen. Er überschüttete mich mit Ratschlägen, als wären wir Armee-Kameraden. »Du kannst sie ja vögeln, aber danach solltest du weiterziehen.« Je mehr ich seine Missbilligung wie eine Gewitterwolke heranziehen sah, desto größer wurde meine Leidenschaft. »Sobald er seinen ersten Liebeskummer hat, wird er irgendeinen Blödsinn anstellen …«, sagte er.

Meine ersten Liebesqualen verdanke ich meinem Französischlehrer und seinem Bewertungssystem. Zu Beginn jedes Trimesters mussten wir uns in seinem Unterricht entsprechend unseren Noten umsetzen. Die Plätze wurden nach Leistung verteilt, die Klassenbesten besetzten die ersten Reihen, die schlechtesten Schüler saßen in der letzten.

Als er uns nach den Weihnachtsferien unsere Arbeiten zurückgab, saß ich plötzlich neben Caroline.

Ich weiß noch, wie sie mich mit einem Lächeln willkommen hieß. Es war das erste Mal, dass sie sich an mich wandte. Ihr Lächeln hatte zwei Erscheinungen. Es konnte breit und ungehemmt sein, was ich bezaubernd fand. Sie war mit ganzem Herzen dabei, zumindest war es in meiner Wahrnehmung so. Sie konnte aber auch sehr diskret, ja beinah verlegen lächeln. Dann wirkten ihre Lippen wie zwei kleine, nebeneinander platzierte Spitzhüte. Das habe ich eingehend beobachtet. Dieses Lächeln erwies sich als fast genauso entwaffnend wie das erste, ich ahnte dahinter eine Schwäche, die mir in meiner Vorstellung die Rolle des Beschützers eröffnete. Sie schenkte mir immer nur dieses Lächeln, ganz so, als könnte es zwischen uns nichts als Verlegenheit geben. Indem ich darauf stets mit dem für Jungen in der Pubertät so charakteristischen Räuspern antwortete, das für ein bisschen mehr Selbstsicherheit sorgen soll, machte ich es nicht besser.

Im Unterricht berührte mein Ellbogen manchmal ihren Arm, ihr Bein das meine, was mich mit einem Schlag aus meinen Träumereien riss. Oder sie lehnte sich zu mir herüber und flüsterte mir ins Ohr, ob ich ihr einen Stift oder ein Blatt geben könne. Ihre Bitte verwandelte sich für mich sofort in eine Liebesbotschaft, in ein geheimes Band zwischen uns, was mich völlig verwirrte. Jedes Mal, wenn ich ihren Kopf nah an meinem spürte, vernahm ich ein Summen, hörte nicht mehr, was sie zu mir sagte, und versuchte lediglich, den Sinn ihrer Worte aus ihren Gesten zu erraten. Sie lachte über meine Unbeholfenheit, und ich wünschte mir, ich könnte das alles ungeschehen machen.

Ein neuer Gedanke tauchte in mir auf, der bis dahin nur

in meinen Träumen vorgekommen war: Ich dachte daran, ihr meine Gefühle zu gestehen.

Die nächsten drei Monate verbrachte ich in panischer Angst, es könnte sich eine geeignete Gelegenheit ergeben, bei der ich mich nicht mehr würde davor drücken können. Ich wollte ihr weder meine Gefühle offenbaren noch mir eingestehen, dass ich dazu nicht imstande war. Beides hätte ein Ende meiner Tagträume bedeutet. Pech oder ungünstige Umstände mussten mir im Weg stehen, damit ich mir weiterhin in Ruhe verschiedene Szenarien ausmalen konnte.

Das Ende des Trimesters nahte, und ich hatte keinen einzigen Versuch unternommen. Ich verpatzte meine Abschlussarbeit in Französisch, landete im hinteren Teil des Klassenraumes – was mir den Spott der anderen einbrachte, mich jedoch aufatmen ließ.

Vor dem Gebäude des Gymnasiums lungern vereinzelt ein paar Schüler herum. Der Eingang wird von dem weißlichen Licht einer Straßenlaterne beleuchtet. Die Hausmeisterin weist mir durchs Fenster ihrer Loge die Richtung zum Büro der Direktorin.

Sie hat mich am späten Nachmittag angerufen. Simon wird beschuldigt, gemeinsam mit seinen Freunden die Wand des Schulhofs besprüht zu haben.

Ich gehe durch leere Räume, die nach alten Möbeln und feuchtem Papier riechen. Der moralisierende Tonfall der Direktorin beschwört die dramatische Atmosphäre herauf, die ich aus meiner Kindheit so gut kenne, ich verspüre den gleichen Schrecken, die gleiche Aufregung.

Ich entdecke Simon, der auf einem Stuhl zusammengekauert allein in einem Klassenraum sitzt und kaum merklich zittert.

Der Anblick lähmt mich. Ich sehe mich selbst, wie ich vor fünfunddreißig Jahren vor der Tür des Schulleiters saß und auf meinen Vater wartete. Mit jeder Sekunde näherte sich seine Ankunft. Angst überkam mich, ein heimtückischer Stau, der von meinen Beinen ausging, mein Geschlecht schrumpfen ließ, mir den Bauch einfror und bis zu meinem Herzen hinaufstieg, dessen Schlag kalt in meiner Brust hallte.

Simon erstarrt, als ich den Raum betrete. »Ich werde dich nur einmal fragen«, sage ich zu ihm, was mich selbst überrascht. Er nickt. Sieht mich mit riesigen Augen an.

»Ich wollte, dass etwas passiert«, sagt er. Ich habe große Mühe, meine Tränen zurückzuhalten.

In einem unangekündigten Mathetest sah ich meine Chance, endlich Carolines Herz zu erobern. Wir waren uns sicher, dass er für die meisten katastrophal ausfallen würde. Selbst die üblichen Spitzenschüler, die sonst nach jeder Arbeit ein unbekümmertes Gesicht machten, wirkten bedrückt. Lionel befürchtete sogar, diese Arbeit könnte verheerende Auswirkungen auf seinen Durchschnitt haben. Caroline war noch niedergeschlagener als die anderen. Unsere Gespräche über Musik wichen der bangen Erwartung unserer Noten. An ihrer Stimme hörten wir, dass sie den Tränen nahe war, und bedauerten, nicht allein mit ihr zu sein, um sie zu trösten. Diese Stimme überzeugte mich schließlich, zu handeln.

Ich hatte alles geplant. Ich rannte zum Pult. Die Arbeiten befanden sich in der Aktentasche unseres Mathematiklehrers. Ich steckte sie unter meinen Pullover und in der Kantine warf ich sie in den Mülleimer.

Die Direktorin bedeutet uns wortlos, dass wir uns setzen sollen, und vertieft sich in Simons Schulakte, dann sieht sie uns einen nach dem anderen an. Diese ostentative Demonstration ihrer Autorität ärgert mich, es ist, als verschwämmen Vater und Sohn für sie zu einer Person, der sie ihre Missbilligung zu verstehen gibt. Ich kann mich nicht konzentrieren, ihr Sermon erreicht mich lediglich als gedämpftes Grollen.

Vor der nächsten Stunde kam der Schulleiter zu uns. Die

anderen tuschelten überrascht, und mir lief ein Schauer des Stolzes über den Nacken. Er teilte uns mit, dass etwas Schwerwiegendes vorgefallen sei. Unsere Arbeiten und sogar die einer anderen Klasse seien gestohlen worden. In der Eile hatte ich alle Arbeiten eingesteckt, ohne die der Elftklässler zu bemerken. Diejenigen, die um mich herumsaßen, lächelten verstohlen, genau, wie ich es gehofft hatte. Caroline kaute auf ihrem Stift. Ich stellte mir vor, wie ich sie nach dem Unterricht ansprechen würde. Das habe ich für dich getan!, würde ich zu ihr sagen. Der Gedanke ließ mich erröten.

Uns wurde eine kollektive Sechs angedroht, für den Fall, dass sich der Täter nicht meldete. Ich sah, wie Caroline die Schultern hob und einen tiefen Seufzer ausstieß. Liebste, hab keine Angst, dachte ich. Ohne ein Wort zu sagen, erhob ich mich.

Die Direktorin klärt uns über die Höhe des entstandenen Schadens auf, dramatisiert die Lage, behauptet, wenn sie den Vorfall in Simons Akte eintrage, werde er ihn während seiner gesamten Schullaufbahn verfolgen. Sie tut überrascht, ein so netter, ruhiger Schüler, was hast du dir dabei nur gedacht? Ich senke den Kopf.

Ich folgte dem Schulleiter mit dem gleichen Gesichtsausdruck, den Guy Môquet an dem Tag seiner Festnahme gehabt haben muss. Auf meinem Weg zwischen den Reihen nach vorn bemühte ich mich, Carolines Blick zu erhaschen. Vergebens suchte ich in ihrem Gesicht nach Anzeichen von Bewunderung.

Die Direktorin verspricht, die Sanktionen aufzuheben, wenn er die Namen seiner Mittäter verrät. Ich sage kein Wort. Ich beobachte die äußeren Veränderungen an Simon – die Atmung beschleunigt sich, die Lippen werden schmaler, frech hebt er das Kinn ein wenig – und erkenne darin ein wohlbekanntes Gefühl. Es erschreckt mich zu sehen, dass ich das, was ich gerne im Keim erstickt hätte, in Spuren unbewusst an ihn weitergegeben habe. Er schweigt.

Sobald es nicht um Politik ging, war mein Vater für tadellosen Respekt gegenüber den Lehrern. Er verglich mich mit den Faschisten, die ihren Gegnern Rizinusöl verabreichten. Am nächsten Schultag musste ich mich vor allen entschuldigen. Obwohl ich mit grauem Gesicht vor dem Lehrer stand und mit schwacher Stimmer sprach, fuhr er unbeirrt fort, ohne mich eines Blickes zu würdigen. Als ich mich zu unserer kleinen Gruppe auf dem Schulhof gesellte, war Carolines Blick ebenso abwesend. Das Gefühl, das ich bei ihr mir gegenüber zu entdecken wähnte, war am ehesten als leichtes Misstrauen zu deuten, als hielte sie mich für jemanden, der zu schlimmeren Verrücktheiten fähig sei.

Schweigend verlassen wir die Schule. Ich möchte Simon in die Arme nehmen. Stattdessen rege ich mich über ihn auf. Zunächst hört er mir noch, ohne mit der Wimper zu zucken, zu, er ist überrascht über meine heftige Reaktion.

Ich schnauze ihn an, ohne auch nur einmal Luft zu holen. Den gesamten Heimweg über. Schon währenddessen bereue ich es, möchte ihn trösten. Was er getan hat, ist so unmotiviert, es bringt mich zur Verzweiflung. Wenn es doch wenigstens eine Forderung gewesen wäre oder ein Slogan. Zu meiner Zeit!, ich gebe auf. Zu meiner Zeit … Ich bin so betroffen, dass es mir für einen Augenblick die Sprache verschlägt. Wir haben das System verantwortlich gemacht, die Autorität, die Lehrer. Ich vergleiche ihn mit den Idioten, die ihre Namen auf Denkmäler sprühen. Er antwortet mir, zunächst leise, dann mit zunehmend kraftvoller Stimme, dass ihm die Politik völlig schnuppe sei und er keine Forderungen habe. Er empfindet meine Vorwürfe als derart ungerecht, dass er in eine kindliche Intonation zurückfällt.

Wut überkommt mich.

Catherine hört, wie wir uns anschreien, kommt zur Tür geeilt und versucht mich zu beruhigen. Simon schließt sich in seinem Zimmer ein, sie folgt ihm.

Für einen Moment bleibe ich allein in der Küche. Die ersten Schlucke Whisky dämpfen meine Erregung. Ich gieße mir ein zweites Glas ein.

Catherine setzt sich schweigend neben mich. Sie sieht mich mit zärtlich vorwurfsvollem Blick an und legt ihre Hand auf mein Bein, mir kommen die Tränen.

Sie macht sich Sorgen.

»Was ist los?«

»Ich …«

Ich habe den Eindruck, als würden alle, unsere Freunde, Pauline, Simon, Catherine, Rechenschaft von mir verlangen, als hätte ich bisher ein Doppelleben geführt, ein Geheimnis gehütet, von dem ich fürchtete, es könnte auf meinen Kindern lasten. Ich kriege keinen mehr hoch und habe seit Monaten keine einzige Zeile geschrieben. Ich habe versucht, das Thema zu wechseln, habe damit begonnen, mich mit der Idee vertraut zu machen, einen Roman über meine Familie zu schreiben.

Catherine umarmt mich, wiegt mich.

»Ist er sehr sauer?«, frage ich.

»Hör auf, dich zu quälen«, flüstert sie mir ins Ohr.

Wie so oft wirkt ihre Stimme auch diesmal wie ein reinigender Regen auf mich.

»Du hast ihn nicht einmal gefragt, was er geschrieben hat …«

Ich blicke sie fragend an.

»Sein Graffito! Es war der Vorname eines Mädchens.«

Der Vorname eines Mädchens!

In diesem Graffito ahne ich das gleiche starke Gefühl von Verheißung, das mich damals ergriff, sobald Carolines Blick den meinen traf.

Egal, was wir sagen oder tun, die Phantome der Vergangenheit tragen wir in uns und sehen mit naiver Verwunderung zu, ja fühlen uns wie betrogen, wenn wir sie bei unseren Kindern wiederauftauchen sehen.

Meine Eltern waren davon überzeugt, ein Mangel an Leidenschaft stehe in direkter Verbindung zu einem Mangel an innerer Größe, weshalb die Kultivierung starker Gefühle zu meiner Erziehung gehörte. Ich konnte mich nicht damit zufriedengeben, Caroline bei unseren kleinen Zusammenkünften auf dem Schulhof auf mich aufmerksam zu machen oder ihr vorzuschlagen, sie nach Hause zu begleiten.

In der Liebe sollte man die Fantasie aus dem Spiel lassen, die Mädchen mögen keine Träumer … jähe Wut erfasst mich. Die Stimme meines Vaters flüstert mir zu, »vögeln muss man sie …«.

Ich würde ihm so gern meine Meinung sagen.

Kurz vor dem Ende des letzten Trimesters erzählte uns Caroline, dass sie wegziehen würde. Wenige Wochen noch, und sie würde das Gymnasium verlassen. Die Nachricht überschattete die vom Tod Marschall Titos.

Ich vertraute mich Mathilde an. Ich war mir sicher, dass ihr Erfahrungsschatz in diesem Bereich weitaus größer war als meiner. Ich musste ihr Vater gegenüber Alibis liefern oder ihr bei den Geschichtshausaufgaben helfen, dafür brachte sie mir bei, wie man küsste, erklärte mir, was Mädchen mochten und was man nicht zu ihnen sagen sollte. Da ich so schüchtern war, riet sie mir, Caroline einen Liebesbrief zu schreiben und ihn in ihren Rucksack zu stecken.

Dem Verfassen dieses Briefes widmete ich mehrere Abende. Da ich mit dem Ergebnis bis zum Schluss nicht zufrieden war, griff ich auf Verlaines Gedicht *Green* zurück, das ich in unserem Französischbuch fand: »Sehen Sie diese Blätter, Früchte, Blumenspenden / Und sehen Sie mein Herz, es schlägt für Sie allein. / Zerreißen Sie's nicht mit Ihren weißen Händen: / Möge die schlichte Gabe Ihnen teuer sein.« Der Brief schlummerte wochenlang in meinem Rucksack und war schließlich voller Flecken.

Meine Schwester ließ jedoch nicht locker, also entschied ich irgendwann, endlich zu handeln. Ich schrieb den Brief noch einmal sorgfältig ab und schloss mit »Ich liebe Sie«. Sie zu duzen hätte meinem Empfinden nach einen zu politischen Beiklang gehabt, weshalb ich mich für die Sie-Form entschied, die zudem, wie es mir schien, der Leidenschaft zwischen Erwachsenen entsprach. Ich steckte ihr den Brief in die Schultasche. Ich stellte mir vor, wie sie am Schultor Ausschau nach mir hielt, wie sie eine Antwort in meinen Sachen versteckte, die ich dann in der nächsten Pause ungeduldig las, oder wie sie mir vorschlug, uns nach der Schule zu treffen, damit wir in Ruhe unter vier Augen sprechen konnten. Im Französischunterricht behandelten wir gerade Stendhals *Rot und Schwarz*, und inspiriert von dessen Protagonisten schwor ich mir, mich umzubringen, sollte ich eine negative Antwort erhalten. In der Klasse schweifte ihr Blick an mir vorbei. Sie wartete nicht vor der Schule auf mich. Auch in meiner Schultasche fand ich keine einzige Zeile von ihr. Weder am nächsten noch an einem der folgenden Tage erhielt ich irgendein Zeichen. Das Schuljahr endete, ohne dass sie mich einer Antwort würdig erachtet hätte. Ich fragte mich während des gesamten Sommers, ob ich so hätte handeln sollen wie Julien Sorel oder ob ich diese Beleidigung wenigstens durch ein Zeichen der Verachtung hätte erwidern sollen.

Die Wirklichkeit übersteigt oft unsere Vorstellungskraft, ebenso wie der Bach in Salviac die kleinen Staudämme, die ich mit meinen Freunden gebaut hatte. Manchmal ging ich nach der Schule mit einem der beiden anderen Mädchen aus meiner Klasse heim. Sie wohnte in meiner Nachbarschaft. Wir blieben einen Augenblick vor unserem Haus stehen. Sie lachte mehr, als ich es in der Schule von ihr kannte, gab mir hin und wieder einen Klaps auf den Arm und teilte mir manchmal Vertrauliches mit. Einige Wochen nach Beginn des neuen Schuljahres gab ich mir einen Ruck und fragte sie in einem möglichst beiläufigen Ton, ob sie etwas von Caroline gehört hätte. Kannst du ein Geheimnis für dich behalten? Ich schwor, dass ich es könne. In einem Atemzug zitierte sie meinen gesamten Liebesbrief. Rate mal, was das ist. Sie ließ mir keine Zeit zum Antworten. Das hat Caroline vor den Sommerferien von einem Jungen bekommen. Ich senkte den Blick. Wenn ich doch nur so einen Brief bekommen hätte … Caroline hat er auch sehr gefallen. Wie romantisch das ist! Aber der Brief war nicht unterschrieben. Ich sah sie fassungslos an. Ein anonymer Liebesbrief! In der ganzen Aufregung hatte ich vergessen, ihn zu unterschreiben. Ich biss mir die Lippen beinah blutig. Und hat Caroline nicht versucht herauszubekommen, wer dahintersteckt? Klar hat sie das, aber, nun ja … Kannst du dir vorstellen, wie du jemanden fragst: Hast du mir das geschickt? Ich zuckte zusammen. Sie schwieg für einen Moment. Hör zu. Aber du musst wirklich für dich behalten, was ich dir jetzt erzähle. Versprochen. Sonst wird Caroline echt sauer auf mich. Sie trat an mich heran, ergriff meinen Arm. Sie hat ihn gefunden, es ist ein Typ aus der Zwölften. Sie hat noch nicht einmal die erste Zeile aufgesagt, da fuhr er fort und rezitierte ihr das gesamte Gedicht … Jetzt sind sie schon seit vier Monaten zusammen. Aber du weißt von nichts … Sie sagte noch einmal die Zeilen von Verlaine auf. Mit sanfter Stimme, kaum hörbar. Zum Abschluss fügte sie noch »Ich liebe Sie« hinzu und blickte mir dabei direkt in die Augen. Ich errötete, sah weg. So etwas hättest du nicht gemacht, stimmt's?, sagte sie mit Bedauern. Von dir hätte sie bestimmt ein Flugblatt bekommen.

Die Deutschen verließen die Gegend in der letzten Augustwoche 1944.

Nach der Episode mit der Barrikade kam Gabrielle zu dem Schluss, es sei an der Zeit weiterzuziehen. Sie fuhren mit dem Zug nach Decazeville. Gleich nach ihrer Ankunft setzten sie sich auf die Terrasse eines Cafés. Dieser verlorene Ort inmitten der Kalkplateaus des Aveyron erinnerte aufgrund der Berghalden und Hochöfen auf erstaunliche Weise an die Städte des Nordens. Am Klondike hatte das Gold die Menschen in einen Rausch versetzt, hier war es die Kohle. Um Punkt zwölf Uhr mittags ertönte eine Sirene. Ihr Heulen vermischte sich mit dem anschwellenden Klappern von Holzsohlen entlang der Rue Gambetta. Eine Flut von Bergleuten, die Frühschicht, war auf dem Weg nach Hause. Nach dem Bürgerkrieg gegen Franco hätten hier viele Spanier Zuflucht gesucht, erzählte der Kellner. Die Gemeinde zähle inzwischen über zwölftausend Einwohner und es gebe keine einzige Fischhandlung. Gabrielle beschloss, eine solche zu eröffnen.

Eine Flucht dauert nur einen Moment, ihre Folgen zu verkraften ein ganzes Leben. Sobald seine Frau ihm den Rücken zugekehrt hatte, verschwand Georges in einem Café am anderen Ende des Platzes. In der restlichen Zeit nahm er Fische aus. Sein großer Körper wirkte wie ein unbewohntes Haus.

Im Norden der Stadt gab es ein Viertel, das man *La Californie* nannte. Viele der Einwohner waren in die Vereinigten Staaten gegangen, um dort ihr Glück zu versuchen. Manche von ihnen kehrten zurück. Sie kamen mit amerikanischen Wagen, Cabrios, die kaum durch die schmalen Gassen passten, und drückten kräftig auf die Hupen. Georges ließ es sich nicht nehmen, die Wagen sofort zu begutachten. Er bewunderte die riesigen Stoßstangen, die elegante Formgebung der Kühlergrills, die sinnliche Wölbung der Motorhauben und Kofferraumdeckel, erfreute sich als Fachmann an der Arbeit seiner Kollegen aus Detroit oder Cleveland.

Pierre hatte ihm nicht verziehen. Sein Vater, wie er im Bett liegt, zusammenhanglos vor sich hin brabbelt. Einzig dieses Bild von ihm blieb nach der Barrikade in seinem Gedächtnis. Gabrielle hatte die Maschinenpistole am Ende des Gartens versteckt. Pierre stellte sich vor, wie er sie klaute. Er hätte sich an eine Straße gestellt, so lange gewartet, bis ein deutscher Lastwagen vorbeigekommen wäre, und hätte das Feuer eröffnet. Die Verachtung für seinen Vater verschwand auch später nie ganz.

Der junge Pierre war ein Schaumschläger, wie man ihn im Südwesten Frankreichs häufig antrifft. Er hatte kurze, nach hinten gekämmte Haare, war dünn, trug hochgeschnittene, taillierte Hosen à la Gene Kelly und Hemden, deren Ärmel er bis über die Ellbogen hochkrempelte. Er trank um des Rausches willen, spielte Rugby um des Kampfes willen und trat als Amateurschauspieler auf. Eine Zigarette zwischen den Lippen, den Arm lässig am heruntergekurbelten Fenster, fuhr er samstags mit dem Wagen seines Vaters in die Nachtklubs der Umgebung und stellte sich dabei gerne vor, er sei ein richtiger Schauspieler.

Auch Decazeville blieb nicht von dem für Bergbaugegenden so charakteristischen Wandel verschont, der meist Geisterstädte hinterlässt. Zu Beginn der fünfziger Jahre wurden die ersten Schächte geschlossen, was heftige Streiks zur Folge hatte. Auf den Schulhöfen, den Rugbyfeldern, in den Tanzlokalen prügelten sich die Söhne der streikenden Kumpel mit den Söhnen der Streikbrecher. Nie zuvor waren die jungen Menschen so jung gewesen. Sie kompensierten die von kriegsmüder Besorgtheit geprägte Haltung der Erwachsenen. Außerdem gab es noch die Söhne der spanischen Kommunisten und Anarchisten. So leidenschaftlich, wie es nur Kinder können, die den Groll der Eltern verinnerlicht haben, machten sie sich gegenseitig für die Niederlage verantwortlich.

Georges war kein Bergmann und kein Republikaner, auch war er kein Widerstandskämpfer oder Mitläufer gewesen. Er hatte keinen Hass weiterzugeben. Pierre bediente sich des Hasses der anderen. Er schloss sich den Roten an. Sie waren besser organisiert als die anderen Gruppierungen und prügelten sich gern. Während der Streiks stieg er unter Tage und rezitierte im Schein der Kupferlampen Gedichte von Paul Éluard.

Im Frühling 1955 fuhr er kurz vor Aubin mit dem Wagen über den Seitenstreifen und landete im Straßengraben. »Geh nach Paris«, riet ihm Georges. Gabrielle weinte, stellte ihm ein Paket zusammen, in das sie unter anderem ein Vierpfundbrot legte, und begleitete ihn zum Bahnhof – über sein Fortgehen im Grunde erleichtert.

Als Pierre in der Hauptstadt ankam, tat er sich mit zwei anderen Männern vom Land zusammen. Jean-Marie Binoche widmete sich der Pantomime, dessen revolutionäres Potenzial er gerade für sich entdeckt hatte. Und Raymond Vidal, der aus Ariège stammte, sagte bei jeder Gelegenheit

Gedichte auf. Sie zeigten Pierre das Café Old Navy, einen Künstlertreffpunkt auf dem Boulevard Saint-Germain. Es waren an die zwanzig Künstler, Schauspieler, einige Maler und Fotografen, die sich regelmäßig hier trafen, mit dem Ziel, eine Revolution zu entfachen, die Kunst umzuwälzen. Sie teilten alles, Frauen, Alkohol und das bisschen Geld, das sie besaßen.

Der Schriftsteller Arthur Adamov, der zwanzig Jahre älter war als die anderen, hatte im Old Navy das Sagen. Er verkehrte mit Antonin Artaud und war in den heruntergekommensten Bordellen Europas gewesen. Man spielte seine Stücke. All das genoss er, war jedoch gleichzeitig bemüht, seine ruhige Ausstrahlung zu bewahren, um dem Erfolg leichter zu entkommen. Das Eigentümliche an seinen Äußerungen wurde durch den russischen Akzent verstärkt. Die jungen Männer träumten davon, Adamov auf seinen nächtlichen Ausflügen zu den Prostituierten zu begleiten. Boris Vian nannte diese kleine Gruppe *Les Angoissés, Die Unruhigen*.

Die außerordentliche Ungeduld, von der sie nach dem Krieg ergriffen worden waren, war nicht verschwunden. Sie waren die Kinder des grenzenlosen Grolls. Mit dem Algerienkrieg war ihre Stunde gekommen.

Die Leute aus dem Old Navy erlebten ihn in einem Zustand von nahezu hysterischer Erregung. Sie bereiteten sich auf einen Bürgerkrieg vor und nahmen an allen Demonstrationen teil. Pierre allen voran. Am meisten mochte er die, die von der Polizeipräfektur verboten wurden. Er prügelte sich mit ein paar Polizisten und verbrachte dann die Nacht auf der Wache. Die Fäuste waren sein Sprachrohr. Hinter seinen politischen Überzeugungen steckte eine derart heftige Wut, dass Adamov sofort Gefallen an ihm fand. In

Pierres Empörung erkannte er seine eigenen Hoffnungen für diese Welt der Waisen und seine eigene messianische Erwartung – die Geschichte würde die Karten neu mischen, die Söhne würden Rache üben. Adamov machte Pierre mit Brechts Werk und der Arbeit der Surrealisten vertraut. Er zeigte ihm Rimbaud, Nerval, Lautréamont und Jacques Vaché.

Es gehörte zu Pierres Aufgaben, ihn bei Demonstrationen zu schützen. Adamov, der stets befürchtete, an den Rand der Geschichte zu geraten, wie ein von der Ebbe zurückgelassener Kieselstein – seine Familie hatte im Kaukasus Ölfelder besessen und war vor den Bolschewiken geflohen –, begann leicht zu zittern, sobald sie in der Nähe des Versammlungsortes waren. Die Polizei griff ihn an, Pierre befreite ihn durch ein paar Schläge mit einem Engländer und entkam mit ihm im Gewimmel der angrenzenden Gassen. Nachdem er ihn in einem Café in Sicherheit gebracht hatte, rannte er zurück, um auf die Polizisten zu treffen, die sie verfolgten. Er entriss ihnen die Mützen und verteilte sie später wie Trophäen an Freunde.

Am Abend nach den großen Protesten eilte Pierre in die Rue Le Peletier 44, um den Sitz der Partei gegen eventuelle Angriffe der Faschisten zu verteidigen. In Gesellschaft von Arbeitern aus den Vororten hielt er bis in die Morgenstunden Wache, trank einen Kaffee nach dem anderen, rauchte und wartete auf den hypothetischen Sturm.

Gabrielle schickte ihm besorgte Briefe. Er antwortete ihr, wobei sie beide wussten, dass es nicht stimmte, was er schrieb. Georges war zu Beginn des Algerienkriegs gestorben.

Im Herbst 1961 rief die algerische Nationale Befreiungsfront FLN zu einer Demonstration in Paris auf. Als Pierre im Old Navy eintraf, wurde er sofort von der für solche Abende typischen Atmosphäre erfasst. Nordafrikaner jeden Alters strömten aus der Metro. Die Männer trugen beige Mäntel, unter den Kragen waren dunkle Schals zu sehen. Die Frauen trugen Kopftücher und hielten ihre Sprösslinge an der Hand. An der Kreuzung der Boulevards Saint-Michel und Saint-Germain antworteten die Sirenen von Polizeiwagen auf die Rufe der Demonstranten.

Im Strom der Menschen kam irgendwann eine zunächst vage, dann immer drängendere Rückwärtsbewegung in Gang, was schließlich Panik auslöste.

Nach und nach trafen alle Mitglieder der Gruppe im Old Navy ein. In heller Aufregung und ohne sich zu setzen, berichteten sie, was sie unterwegs gesehen hatten. An der Place Saint-Michel griffen die Bereitschaftspolizisten die Demonstranten an, indem sie die Fensterscheiben des Busbahnhofs mit gusseisernen Bistrottischen einschlugen. Sie pferchten Dutzende von Algeriern in Polizeibusse, schlugen auf diejenigen ein, die ihnen zu helfen versuchten. Binoche hatte leere Busse die Rue des Écoles entlangfahren sehen, auf denen statt des Fahrtziels »Sonderfahrt, keine Fahrgäste« zu lesen war. Die Polizei bereitete eine große Razzia vor. Im Laufe des Abends wurden die Nachrichten immer besorgniserregender. Vom Pont de Neuilly sollen Demonstranten in die Seine geworfen worden sein. Man sprach von zweihundert Toten, darunter Dutzenden von Ertrunkenen.

Raymond Vidal kam mit einem Algerier, dessen Haare über und über mit Blut verschmiert waren. Sie gingen in den hinteren Raum und reinigten die Wunde. Adamov bot ihm eine Zigarette an. Sie beschlossen die Gründung eines Komitees und tauften es nach den beiden Straßen, die den Boulevard kreuzten und zwischen denen das Café lag. Mit dieser schlichten Namensgebung wollten sie sich von den anderen intellektuellen Organisationen abheben, die sich hochtrabende Namen verliehen hatten und damit einem kleinbürgerlichen Idealismus verhaftet blieben. Adamov wurde zum Ehrenvorsitzenden gewählt. Dem Komitee wollte der Algerier nicht beitreten, auch seinen Namen wollte er nicht dazu geben. Lasst uns eine franko-algerische Demonstration organisieren, um die gaullistischen Machthaber herauszufordern! Binoche stieg auf den Tisch. Adamov versprach, sich darum zu kümmern, dass sie Sartres Unterstützung erhielten. Sie wollten sofort etwas unternehmen. »Eine Protestaktion der Franzosen aus Frankreich!« Sie entschieden sich für eine Parole, die das Massaker anprangern sollte. Sie wollten ihre Botschaft an eine Wand in der Nähe der Polizeipräfektur malen. Adamov wurde der geistige Vater des Textes. »Hier werden Algerier ertränkt.« Binoche kannte einen Farbenhändler. Für die Dose schwarze Farbe und den Pinsel legten sie zusammen.

Adamov wollte dem Kommando angehören, das den Satz an die Wand schreiben würde. Er liebte es, auf dem Polizeirevier zu landen, damit andere Künstler dann empört seine Freilassung fordern konnten – und er spürte, dass er geliebt wurde. Pierre, Vidal und Binoche begleiteten ihn.

In gewissem Abstand voneinander liefen sie die Rue de Seine entlang. Ganz vorn, auf dem gegenüberliegenden Gehsteig, ging Binoche und hielt Ausschau, ob von den Quais her niemand Verdächtiges auf sie zukam. Ihm folgten Adamov und Pierre mit der Farbe. Vidal gab acht, dass niemand von hinten kam. Die Straße war sehr eng, es passte kaum ein Auto hindurch, weshalb sie befürchteten, man könnte sie leicht umzingeln.

»Ich glaube, es ist Dienstag«, sagte Vidal.

»Aber welches Datum?«, fragte Pierre nervös.

»Der 16. …, nein, der 17. …«

Er nickte. Dieses Datum wollte er sich für immer einprägen.

Sie liefen an der Rue Visconti und der Rue des Beaux-Arts vorbei.

»In letzter Zeit denke ich oft, dass die Dinge ruhig beim Namen genannt werden dürfen, im Theater und im Leben …!«, rief Adamov.

Die elektrisierende Atmosphäre der Gefahr ließ seine Stimme wie aus der Ferne erklingen, als existiere sie losgelöst von ihm.

Ihm fiel ein, dass sich im Old Navy eine junge Frau nach Pierre erkundigt hatte. »Mawra!« Adamov hatte sie sofort erkannt. Zwei Jahre zuvor hatte sie die Rolle der Mawra in der von ihm bearbeiteten und von Roger Planchon inszenierten Fassung von Gogols *Die toten Seelen* gespielt. Überrascht sah sie ihn an. Während der Proben hatte er sich in den Garderoben der Schauspielerinnen herumgetrieben und ihnen anzügliche Angebote zugeflüstert. »Pierre ist unterwegs, er muss etwas erledigen …«, sagte jemand rasch. Sie verließ das Café ohne ein Wort des Abschieds. Pierre konnte sich nicht an diese Mawra erinnern.

Adamov hielt seine Hand mit der Zigarette hoch.

»Gauloises!«, sagte er mehrmals nacheinander.

»Ihr könnt euch nicht vorstellen, wie viel Kraft es mich gekostet hat, nicht mehr über längliche Stängel in einem rechteckigen Paket zu sprechen …«

Pierre wollte wissen, ob er sich noch an etwas anderes erinnerte. Sie hat von einer Verabredung und von einem Vorsprechen gesprochen, sagte Vidal. Pierre fiel der Anruf ein, den er am Vorabend erhalten hatte. Eine angenehme

Stimme. Sie hatte ihm erzählt, dass jede junge Schauspielerin aus dem Cours Dullin eine der großen weiblichen Repertoirerollen spielen will, Agnès, Julia oder Silvia. Für sie sei das jedoch nichts. Sie habe sich für Stella aus Tennessee Williams' *Endstation Sehnsucht* entschieden. Sie brauche jemanden, mit dem sie die Rolle proben könne. Er hatte ihren Namen vergessen. Eine Freundin habe ihr geraten, ihn anzurufen. Sie zeigte sich ziemlich hartnäckig. Im Café de Flore, morgen um achtzehn Uhr.

Durch Adamovs Beschreibung erschien sie ihm nun noch geheimnisvoller. Diese unbekannte Frau zog ihn an. Das einzugestehen hätte er jedoch als Schwäche empfunden. Mawra. Rot, ja, rot war dieser Name. Und blau wie Blumen. Er bat Adamov, ihm noch einmal von der Begegnung im Old Navy zu erzählen.

Sie hatte das Café kaum betreten, war im Eingang stehen geblieben, Haare und Regenmantel triefnass vom Regen. Sie sah sich um, betrachtete die Gäste, einen nach dem anderen, mit dem Blick einer erschöpften Frau, die auf der Suche nach ihrem Mann ist. Pierre spürte ein kurzes Stechen in der Brust. Er konnte nicht einschätzen, ob Adamov das alles erfand oder ob es sich um einen dieser Momente intuitiver Wahrnehmung gehandelt hatte, die er von ihm kannte.

Sie erreichten die Kreuzung Rue Mazarine. Pierre fragte immer weiter. Ist sie hübsch?

»Sie gehört zu den Frauen, die sich, wenn sie ihre Vorsicht abgelegt und ihre Prinzipien beiseitegeräumt haben, als leidenschaftliche Liebhaberinnen entpuppen«, erwiderte Adamov.

In dem Mantel mit den flatternden Schößen sah er aus wie ein Magier, der gleich eine Zauberformel aussprechen würde.

»Die erotische Kraft der bürgerlichen Frauen …«, sagte er.

Pierre hörte, ohne mit der Wimper zu zucken, zu.

»Sie sind bereit, jeden Betrug zu verzeihen, wenn wir ihnen die Hoffnung lassen, dass sie uns retten können. Es gibt kein größeres Vergnügen, als sie zu enttäuschen.«

Ihr Lachen stieg zwischen den Häusern empor. Binoche bemerkte, dass Pierre doch nicht einmal ihren Namen wisse. Vidal kannte jemanden aus dem Cours Dullin, Rouault. Bei ihm könne er sich erkundigen.

»Meist trifft man ihn im Café Les Deux Magots an. Ein großer Kerl mit roten Haaren.«

»Wisst ihr, warum ich nie einen Roman geschrieben habe?«, fragte Adamov. »Es ist nahezu unmöglich, Prosa fließen zu lassen.«

Er bekam einen Hustenanfall, konnte nicht weiterreden. Es nieselte wieder. Adamov zündete sich mit theatralischer Geste eine Zigarette an und zog daran. Einen Augenblick lang verdeckten Rauchschwaden sein Gesicht.

»Wie Blut. Das dickflüssige Blut der Prosa.«

Sie erreichten die Rue Bonaparte. Etwas weiter unten, auf der rechten Seite, erblickten sie den Quai de Conti, dort wollten sie den Satz an die Wand malen. Dahinter tanzte silbern das Licht auf der Seine. Erneut verspürte Pierre dieses Stechen und ärgerte sich über sich selbst, dass er sich derart von einer Stimme angezogen fühlte, der Stimme einer Frau, die er noch nie zuvor gesehen hatte. Doch genau von diesem Gedanken ging eine verführerische Kraft aus. Er stellte sich eine junge Frau mit scheuem Blick vor, die von den Polizisten durch die Stadt geschleppt wurde. Eine Szene in Schwarz-Weiß, wie aus einem Eisenstein-Film.

Ein Streifenwagen jagte über den Quai.

»Versteckt euch!«, rief er.

Der Wagen fuhr weiter in Richtung Rue des Saints-Pères, ohne das Tempo auch nur ansatzweise zu drosseln.

Pierre spürte in sich eine Erregung aufkommen, die er nur allzu gut kannte. Es war nur der Auftakt, ein leichtes Beben vor dem Ausbruch. Dieser war nah und würde ihn mit Leib und Seele fortreißen. Doch es gab nur eine Möglichkeit, Mawra wiederzufinden: die kommende Nacht.

Ich erinnere mich noch genau, es war an einem Abend zu Beginn der elften Klasse.

Ich schloss mich in meinem Zimmer ein, setzte mich an den Schreibtisch, öffnete ein Heft und nahm einen Stift in die Hand. Schon kam mir der erste Satz in den Sinn. »Die Kugel traf John mitten ins Herz. Er starb augenblicklich, ohne zu leiden.« Ich hatte keine Ahnung, wie es weitergehen würde. Es gab da irgendetwas in mir, das mich führte.

Unmerklich hatte ich begonnen zu lügen. Meine Noten, mein Stundenplan, meine Freizeit, nichts entkam meinem Drang zum Fabulieren. Ich log, genauso wie meine Schwester, ohne Grund, es war wie ein Reflex. Unser wirkliches Leben spielte sich inkognito ab. Sobald ich die Wahrheit sagte, war ich verunsichert, als legte ich mein gesamtes Privatleben bloß.

Ich hob den Kopf, war auf der Lauer, um mein Heft rechtzeitig unter einem der Schulbücher zu verstecken. Der Duft des Verbotenen hing in der Luft. Die Freude daran war derart groß, dass ich fortfuhr.

Die Lüge hat mich zum Schriftsteller gemacht.

Ich verhielt mich wie ein folgsamer Jugendlicher, ganz und gar vernünftig – kein Alkohol, keine Raufereien, schlimmer noch, ich lehnte jede Art von Ausschweifung ab. Mein Vater riss mich mit langen Predigten über den Geist der Rebellion aus meinen Träumereien. Er schleppte mich ins Kino, zu Luis Buñuels *Das goldene Zeitalter*. Beim Abendessen sagte ich ihm, dass mich der Film gelangweilt habe. Er geriet außer sich vor Wut. »Was bist du bloß für ein Spießer!« Ich konnte mein Lächeln wohl nicht ganz verbergen. Der Salzstreuer flog durchs Zimmer, zerbarst an der Tür.

Ich flüchtete mich in die Apathie. Nur eine kleine Pause, wenige Augenblicke, in denen ich durchatmete. Eine schlechte Note reichte, und ich musste mir tagelang Predigten anhören, schwören, es würde nie wieder vorkommen. Ich würde mich verbessern. Der gnadenlose Betrüger, der ich eigentlich war, lebte unter der Fuchtel meiner zukünftig brillanten und gewissenhaften Persönlichkeit. Meine Zukunft sollte die Antwort auf alle Vorwürfe sein. Wenn mir eine Klassenarbeit misslang, verschwieg ich das Ergebnis und hoffte, es mit der nächsten auszubügeln. Das Trimesterzeugnis bekam ich, ohne dass das Pech mich verlassen hätte.

Die kleine Schreibtischlampe warf einen verschwörerischen Lichtkreis auf mein Blatt. Ich saß in unbequemer Haltung. Da Mutter die Stiftspuren auf meinem Schreibtisch leid gewesen war, hatte sie eine Vinylfolie auf die Platte geklebt, deren Berührung ich als außerordentlich unangenehm empfand, weshalb ich beim Schreiben die linke Hand über dem Blatt hielt. Die rechte lag als eine Art Schutz auf meinem Geschlecht. Die Worte strömten unaufhörlich auf mich zu, mit einer Geschwindigkeit, in der ich sie kaum zu Papier bringen konnte. Ich nahm mir nicht einmal die Zeit, die Sätze noch einmal durchzulesen, jede noch so kurze Unterbrechung hätte den Zauber zerstört.

In meinem Zimmer herrschte eine Stille, wie sie nur die Nacht hervorzubringen vermag. Eine Herzschlagstille, die etwas Unvorhergesehenes, den Anfang eines Abenteuers verhieß. Lange konnte ich nur in dieser nächtlichen Atmosphäre der Verschwörung schreiben.

Es waren immer Liebesgeschichten. Das Schreiben trat in mein Leben, als ich begann, mich für Mädchen zu interessieren. Ich verlieh mir ein tadelloses Aussehen, war groß und schlank, hatte, wie die meisten Westernhelden, braune Haare, eine gebrochene Nase, was meine Erscheinung verführerischer machte, und keine Pickel. Ich trat selbstsicher auf, überwand meine Schüchternheit, um das Mädchen zu verführen, schließlich sollte der Traum auch realistisch bleiben.

Ich entdeckte die erotische Macht der Wörter. Später, als ich älter war, bereitete mir ein gelungener Satz, eine flüssige Passage ein geradezu orgasmisches Hochgefühl. Lange war ich während des körperlichen Akts in Gedanken damit befasst, wie ich ihn später als Szene beschreiben würde. Ich streichelte, drang ein und gab mich hin, wobei sich jede Bewegung in meinem Kopf in einen Satz verwandelte, den ich niederschreiben wollte. Die Freude darüber, die richtige Perspektive oder den perfekten Ausdruck gefunden zu haben, verzehnfachte meine Lust.

Scham überkommt mich. Es ist noch schlimmer, als über Selbstbefriedigung zu berichten – bei der mich mein Vater manchmal ertappte, da er die Angewohnheit hatte, ohne Ankündigung in mein Zimmer zu kommen. Er schüttelte bedächtig den Kopf, fragte mich, ob ich nichts Besseres zu tun hätte. Bei der nächsten Mahlzeit erzählte er meiner Mutter und meiner Schwester davon. Ich errötete, aber eigentlich befürchtete ich, er könnte mich meines anderen Vergehens, des Schreibens überführen.

Der Grund dafür war mir lange ein Rätsel. Als Kind hatte ich nur die Gegenwart gekannt, in ihr, nur in ihr lebte ich, eine Aufgabe, ein Spiel, ein Samstag. An dem Tag, als mein Vater meinen Eintritt ins Erwachsenenalter verkündete, verschwand die Gegenwart. Es gab nur noch die Vergangenheit, über die ich Rechenschaft abzulegen hatte – und die Zukunft, von der man mir versprach, sie würde glänzend werden. Dank des Kommunismus hatten wir unser gegenwärtiges Leben verlassen, er erfüllte uns mit Reue, Versprechen, stopfte uns voll mit Niederlagen und Vorstellungen von einem Morgen.

Lieben und Schreiben waren für mich die Auflehnung der Gegenwart. Sein Herz an eine Frau zu verlieren bedeutete, der Gegenwart ihre Unaufschiebbarkeit zuzugestehen. Mit meinen Geschichten entkräftete ich die Geschichte. Schreiben, lieben, das war alles eins, den Faden zerreißen, den Fluch bannen. Alles war mir recht, um dem mir vorhergesagten Schicksal zu entkommen.

Meine Helden hatten amerikanische Vornamen. John stand vor Petrus an der Himmelspforte, und als dieser Johns bewegtes Leben betrachtete, verdammte er ihn in die Hölle. John schaffte es, ihn umzustimmen. Nun sollte er auf die Erde zurückkehren, mit der Aufgabe, den Mord an einer jungen Frau zu verhindern. Sollte es ihm gelingen, würde Gott ihn unter den Auserwählten empfangen. Schließlich verliebte John sich in die junge Frau, zur Erfüllung seiner Liebe konnte es jedoch erst nach dem Tod der Angebeteten kommen …

Ich las damals nie oder fast nie ein Buch. Ich hatte kein Muster, das ich hätte nachahmen können, auch besaß ich keine literarischen Ambitionen. Der Stil, die Wörter spielten kaum eine Rolle. Ich schrieb. Ich war woanders. Jeden Abend geschah das gleiche Wunder: Ich beugte mich über ein Blatt Papier, und sofort wurde ein Protagonist zum Leben erweckt, oder vielmehr getötet, sein Schiff geriet in einen gewaltigen Sturm, ein Feuer verschlang die gesamte Farm, die Indianer dezimierten die Karawane der Planwagen. Ich musste eine Fortsetzung finden, damit die Geschichte weiterging. Der Zufall war die Revanche an meinem Vater für seine jahrelangen marxistischen Vorführungen. Meine Geschichten waren voller überraschender Wendungen, unvorhersehbarer Momente.

Ich verfasste zwei oder drei Romane pro Woche, alles unvollendete Werke. Ich schrieb sie in meine Schulhefte, riss später die Blätter heraus und vernichtete sie. Sobald mein Vater das Zimmer betrat, blätterte ich rasch um und zeigte ihm eine Mathematikaufgabe, einen Text für Geschichte. Die ersten Zeilen lernte ich auswendig, um seine Fragen beantworten zu können.

Mein schlechtes Gewissen hinderte mich nicht daran, fortzufahren, im Gegenteil, es nährte meine Freude, diese Freude mit dem bitteren Beigeschmack, die ich so gierig suchte. Das Vergnügen des Schreibens war eng mit dieser Scham verbunden. Wenn ich vor aller Augen geschrieben hätte, ungeniert, ganz so, als handle es sich um irgendeine gewöhnliche Tätigkeit, hätte ich sicherlich bald aufgehört. Dem Geheimnis, mit dem ich das Schreiben instinktiv umgab, entwuchs meine Berufung und festigte es. Die besten Momente beim Schreiben hatte ich stets, wenn ich vom Gefühl des Verrats gequält wurde. Die schuldbewusste Erregung, die daraus hervorgeht, kenne ich bis heute. Vor einigen Jahren sagte ich eine Demonstration am 1. Mai einfach ab, obwohl ich versprochen hatte teilzunehmen, was mir einen der schönsten Schreibnachmittage bescherte. Ich hörte, wie die Masse in der Ferne vorbeizog, wie sie die Parolen skandierte. Das schlechte Gewissen trieb mich voran, die Worte kamen von selbst.

Jack gehörte zu einer Bande, die Tankstellen ausraubte. Bei einem Überfall wurde er tödlich verletzt, aber Faye, die Tochter des Tankwarts, verliebte sich in ihn. Sie reiste nach Amerika, um bei den Indianern nach einem Gegenmittel zu suchen, das ihm das Leben zurückgab.

Ich versteckte mich hinter einem Regal der Schulbibliothek und beobachtete eine Mitschülerin, die etwas weiter weg saß. Sie kam zum Lernen oft hierher. Ich habe ihren Namen vergessen. Seit Caroline gab es keinen Tag in meinem Leben, an dem ich nicht verliebt gewesen wäre. Sobald mir ein Mädchen über den Weg lief, ging meine Fantasie mit mir durch. Ich sah sie kaum an, es reichte, wenn ich ein Detail an ihr entdeckte, mit dem ich meiner Erzählung eine neue Färbung geben konnte. Sie reduzierte sich in meinen Augen auf einen Ausdruck, die Farbe ihres Schals, die Form ihres Gesichts. Ich liebte blind. Meine aktuelle Außerwählte hatte eine Angewohnheit, die mich sehr berührte. Beim Nachdenken legte sie sich den lackierten Zeigefinger auf die Lippen. Ich nahm irgendein Buch vom Regal. Wenn ein Schüler oder ein Lehrer vorbeikam, las ich zerstreut ein paar Zeilen. Ich stieß auf einen Satz von Claude Simon über Käfer mit stark sklerotisierten, goldbraunen Elytren. Ich weiß nicht, warum gerade dieser Satz mich derart aufwühlte, doch vergaß ich darüber sogar das Mädchen. Ich nahm mir ein Wörterbuch, setzte mich an den nächsten freien Tisch und suchte die Bedeutung der mir unbekannten Wörter heraus. Die Entdeckung, dass alles um mich herum einen Namen trug, das kleinste Staubkorn, die Form der Glühbirne an der Decke, der Gesichtsausdruck der Bibliothekarin, die mich gerade ansah, war für mich wie eine Offenbarung. Die kommunistische Rhetorik, wie ich sie aus *L'Humanité* kannte, ließ die Wörter erstarren, ganz gleich, ob sie in einer politischen Analyse oder in der Rezension eines Films vorkamen. Sie stellte sie in ihren Dienst, wo sie zu blutlosen Kämpfern ohne Konturen wurden und von der Botschaft der stets gleichen Forderungen und Kritiken verschluckt wurden. Ich füllte einige Hefte mit Definitionen von Wörtern, beseelt von dem Gedanken, mir den Bruchteil der Wirklichkeit anzueignen, den sie abdeckten. Ab und zu baute ich in meine Sätze ein seltenes Adjektiv oder ein aus der Mode gekommenes Verb ein. Ich verlieh ihnen Leben, so wie meinen Vorfahren, deren Geschichte ich hätte aufschreiben sollen.

Lieben und Schreiben waren meine Fluchtversuche. Jeden Abend schrieb ich fieberhaft, als befände ich mich in einem dieser Filme, in denen der Held, die Mörder auf den Fersen, von Dach zu Dach springt. Mein Stift war mein Schwert, es gab keinen Leerlauf und keine Atempause. Zücken, zustechen, töten. Die Worte rasten voran.

Mein Vater war beunruhigt. Meine Apathie hielt er für das Zeichen einer Pubertätskrise, die wiederum leicht zum Übertritt zu der von ihm am meisten gefürchteten Ideologie führen konnte: dem Linksextremismus und der damit einhergehenden grundlegenden Infragestellung der Väter. In der Überzeugung, dass es mich auf andere Gedanken bringen würde, nahm er mich im Sommer zu einem Theaterfestival in der Provence mit, wo er an der Seite von Jean Le Poulain spielen würde. Die anderen Schauspieler lachten über meine Schüchternheit. Sie beglückwünschten meinen Vater zum wohlgeratenen Nachwuchs und glaubten, ich wolle nur aus Bescheidenheit nicht spielen. Sobald ich mit einem von ihnen ins Gespräch kam, wurde ich erneut gefragt, da alle davon überzeugt waren, dass ich es im Grunde gar nicht erwarten könne, auf der Bühne zu stehen. Sie wunderten sich, dass ich nicht zu den Proben ging und nicht an dem bedrückenden Wandertheaterleben teilnehmen wollte, in dem es zuging wie früher bei Hof: ein Herrscher, umgeben von seinen Vasallen. Bei den Mahlzeiten nahmen die Schauspieler nach einem unausgesprochenen, aber klaren Regeln folgenden Ritual am großen Tisch Platz. Dem Hauptdarsteller gebührte der Ehrenplatz, die anderen verteilten sich, wobei diejenigen mit den bedeutenderen Rollen in seiner Nähe saßen und die Statisten am Tischende, zusammen mit den Technikern. Mein Vater setzte sich aus Prinzip zu ihnen.

Jean Le Poulain redete, gern und viel. Seine Tischgenossen lachten ergeben, wandten sich ihm zu, sobald er den Mund aufmachte. Sein Blick traf mich wie der eines Prinzen den armen Bauern. Er flüsterte seinem Nachbarn etwas ins Ohr, der es rasch weitersagte. Ich beobachtete, wie das Getuschel sich fortsetzte. Als die Nachricht schließlich das Ende der Tafel erreichte, wandte mein Vater sich an mich: »In der ersten Szene fehlt ein Statist. Le Poulain fragt, ob du einspringen willst.« Ohne auch nur zu überlegen, lehnte ich ab. Er sah mich an, lächelte wahrscheinlich und gab meine Antwort weiter. Nun spielte sich die gleiche Szene noch einmal ab, diesmal in die Gegenrichtung. Manche reagierten mit Verachtung, andere waren dafür zu unterwürfig, aber alle, die meine Antwort vernahmen, sahen mich zunächst ungläubig an, zögerten, sie zu übermitteln. Le Poulain kaute an einer Hähnchenkeule, hielt seinem Nachbarn das Ohr hin und erstarrte. Seine Hand blieb einen Augenblick lang unbeweglich in der Luft. Dann musterte er mich aufmerksam, als sei ich ein zu entschlüsselndes Rätsel.

Nie wieder nahm mein Vater mich mit auf Tournee.

Ich zwang mich, realistische Erzählungen zu schreiben. James war durch den Fall des Weizenpreises ruiniert worden. Die Geschichte erwies sich als störrisch, ich bekam sie nicht in den Griff. James beschloss, sich zu erhängen. Als seine Füße gerade den Kontakt zum Boden verloren, klingelte das Telefon. Jemand hatte sich verwählt. Verführt von der Stimme der jungen Frau auf dem Anrufbeantworter und in der Hoffnung, die Liebe könnte ihm das Leben zurückbringen, begab die Seele von James sich auf die Suche nach ihr. Ich gab nicht auf. Ich beschloss, vom langsamen Niedergang Salviacs zu berichten, vom kapitalismusbedingten Verschwinden des bäuerlichen Lebens. Das erste Kapitel entsprach meinem Vorhaben. Ein junger Mann fuhr mit dem Fahrrad den Hang zum Dorf hinunter. Er entdeckte ein weiteres Geschäft, das hatte schließen müssen. Die immer kürzeren Sätze vermittelten die steigende Geschwindigkeit des Rades. Ab dem zweiten Kapitel geriet die Geschichte jedoch außer Kontrolle. Der Gemeinderat beschloss, das Dorf nach Brasilien umzusiedeln. Sie zerlegten die Häuser Stein für Stein, luden alles auf ein Schiff. Ein Gewitter zog auf und sie landeten auf einer ausschließlich von Frauen bewohnten Insel. Ich verbrachte Wochen damit, mir Liebesgeschichten zwischen den jungen Männern aus Salviac und den Amazonen auszudenken. Mein schlechtes Gewissen flüsterte mir lauter glückliche Wendungen ein.

Das Schreiben verzehrte mich.

Pierre zertrat seine Zigarette. Das Schicksal machte sich einen Spaß daraus, die Begegnung mit Mawra zu verhindern. Dass es weder im Café de Flore noch im Old Navy geklappt hatte, war ein Zeichen, war der romantische Beigeschmack eines wiederkehrenden Bedauerns, das allmählich zu einer dem Leben noch ausstehenden Schuld anschwoll. Er ließ sich jedoch nicht von den widrigen Umständen entmutigten, im Gegenteil, sie stachelten ihn an, dem Zufall zu trotzen.

Er musste einen Entschluss fassen. War nicht das Entscheidende, dass er selbst wusste, wozu er fähig war? Die Partei konnte auf ihn zählen. Seine Präsenz und der Eifer, mit dem er sich für sie einsetzte, hatte nichts gemein mit dem armseligen Barrikadenbau seines betrunkenen Vaters.

Pierre rannte los.

»Ich komme zurück«, rief er Vidal zu, der ihm hinterherblickte, als er in die Rue Bonaparte einbog.

Binoche, Pinsel und Farbeimer in der Hand, winkte mit ausholenden Armbewegungen.

»Pierre, lassen Sie uns etwa hängen?«

Dieser Satz Adamovs war das Letzte, was er hörte. Die Silhouette des Dramatikers verschwand unter der Straßenlaterne, es wurde wieder still.

An diesem Abend herrschte, wie immer, wenn es Unruhen gab, eine gedämpfte Atmosphäre, als hätte es geschneit.

Seine Bewegungen waren geschmeidig und leicht. Der Regen rann ihm übers Gesicht. Er wurde etwas langsamer, passte seine Atmung den Schritten an, zweimal kurz ausatmen, einmal lang einatmen. Die Gehwege waren ausgestorben.

Er lief über die Rue de l'Abbaye, in der keine Autos standen und die Fensterläden der Häuser geschlossen waren. Als er zum Boulevard Saint-Germain kam, entdeckte er im Rinnstein herrenlose Mäntel, das war das Einzige, was auf die gewaltsame Festnahme von Demonstranten schließen ließ. Vorm Kino standen die Menschen Schlange, um sich *Der endlose Horizont* mit Robert Mitchum anzusehen.

Er stieß die Tür des Café Les Deux Magots auf und erkannte Rouault sofort an den roten Haaren. Er saß in dem den Stammgästen vorbehaltenen hinteren Teil des Raumes und las aus einem Buch vor. Neben ihm saß eine junge Frau und hörte mit geschlossenen Augen zu. »Kennst du Mawra?« Rouault, so barsch aus seiner Lektüre gerissen, sah ihn misstrauisch an. »Mawra?«, fragte er. Pierre nickte. »An eine Frau, die den Namen einer Figur aus *Die toten Seelen* trägt, würde ich mich erinnern«, erwiderte Rouault. Pierre dachte an das Telefonat mit der jungen Frau. »Sie möchte eine Szene aus *Endstation* …« »Keine Ahnung«, sagte Rouault. Pierre ergriff seinen Jackenkragen. Die Frau schrie auf. Rouault wurde bleich. Er dachte nach. »Also …« Pierre schüttelte ihn. »Vielleicht meinst du Madeleine«, sagte er. Pierre hob fragend die Augenbrauen, eine Aufforderung, fortzufahren. »Es kann sich eigentlich nur um sie handeln. Madeleine Berthelot. Ich glaube, sie hat mal in einer Gogol-Adaption gespielt …« »Genau, den Namen hat sie genannt«, sagte Pierre. Er ließ Rouault los. Wo könne er sie finden? Rouault erwiderte, er sei kein Telefonbuch. Pierres Muskeln spannten sich an. Plötzlich war die schüchterne Stimme der Frau neben Rouault zu hören. »Ich kenne eine Freundin von ihr …« »Ich bin ganz Ohr.« »Monique Sivens. Sie wohnt …«, sie holte ein kleines Heft aus der Tasche, »in der Rue Mignon 5.« Pierre dankte ihr mit einem Handkuss. »Aber jetzt kannst du da nicht hingehen. Der Boulevard ist gesperrt«, wandte Rouault ein. Pierre grinste, und bereits an der Tür, drehte er sich noch einmal zu ihm um. »Du kannst aufhören zu lesen, sie ist längst reif …«

Bereitschaftspolizei und Hilfstruppen fuhren in Kolonnen den Boulevard entlang, die Polizisten mit Gewehrgranaten bewaffnet. Hinter ihnen brüllte ein Polizeibeamter. »Die Algerier! Nur die Algerier!« Hier und da blockierten Busse die Durchfahrt. Pierre wollte versuchen, von hinten zur Rue Mignon zu gelangen. Er bog vom Boulevard ab, folgte der Rue de Buci. Menschen kamen angerannt, gejagt von den Einsatztruppen. Pierre versteckte sich in einer Toreinfahrt. Die Algerier und ihre Verfolger liefen an ihm vorbei, ohne ihn zu bemerken. Die hohen Fassaden in der schmalen Rue Saint-André des Arts bildeten eine Art Canyon, der sich in der Rue de l'Éperon noch verengte. Die Straßenlaternen in der Nacht, wie kleine Feuer am Waldrand, die angespannte Stille, in der jedes Geräusch nach Gefahr klang, verstärkten seine Aufregung. Rue Serpente. An deren Ende war schon die Kreuzung mit der Rue Danton zu sehen. Polizisten mit Gummiknüppeln umzingelten in dichten Reihen eine große Gruppe von Algeriern. An der Ecke des Boulevards warteten Busse mit laufendem Motor. Der Tag zähmt den Menschen, die Nacht befreit ihn. Die frühen Morgenstunden gehörten den Fabriken, den unzähligen Ausgebeuteten. Es regnete Schläge auf die Köpfe, Gewehrschäfte prallten gegen Rippen, ein Körper taumelte und ließ sich wieder hochziehen. Von der Geschäftigkeit des Tages und dem nervösen Strom aus Autos und Passanten befreit, glich Paris einem schönen, etwas müden Mädchen. Es herrschte eine unheimliche Stille, Blut rann über die Gesichter, befleckte die beigefarbenen Mäntel. Der Polizist sah ihn feindselig an und bedeutete ihm, zu verschwinden. Pierre lief fort, ohne sich noch einmal umzudrehen.

Monique Sivens empfing ihn kühl. Er erinnerte sich nicht daran, wo sie sich schon einmal begegnet waren. Sie sei es gewesen, die Madeleine geraten habe, sich wegen des Vorsprechens an ihn zu wenden. Sie hätten länger als eine Stunde im Café de Flore auf ihn gewartet. Hätten den Zug von Demonstranten gesehen und auf den Gehwegen die Schaulustigen und die Leute aus dem Viertel, die dicht gedrängt an den Häuserwänden standen, um sich von den Demonstranten fernzuhalten. Pierre winkte ungeduldig ab. Dann seien mit einem Schlag alle Menschen vom Boulevard verschwunden, fuhr Monique fort. Ein Kellner habe die Szene von der Terrasse des Cafés aus kommentiert. »Jetzt kriegen die Kanaken die Abreibung, die sie verdienen …« Madeleine habe ins Old Navy gehen wollen. Monique hoffte, ihr sei nichts zugestoßen, dafür würde sie nämlich ihn verantwortlich machen. Pierre senkte den Kopf, unterdrückte seinen Ärger über diesen Satz, fragte, ob sie eine Ahnung habe, wohin Madeleine danach gegangen sei. Sie könne ihm doch vielleicht ihre Adresse geben. Monique weigerte sich. Pierres Muskeln spannten sich an. Das entging ihr nicht. Sie versprach ihm, Madeleine Bescheid zu geben, dass er sie besuchen wolle. Er wurde wütend. Es ginge nicht um den nächsten Tag, er müsse sie noch am heutigen Abend sehen. Das sei wichtig, ja lebenswichtig. »Du hättest nur zu der Verabredung kommen müssen«, antwortete Monique. Er richtete sich auf. Es sei nicht möglich gewesen. Er setzte sich auf die Treppenstufen, nahm den Kopf zwischen die Hände. »Was willst du eigentlich von ihr?« »Sie sehen. Mit ihr sprechen. Das ist eine Frage von Leben und Tod.« »Du kennst sie doch gar nicht. Du hast sie nie gesehen …« Pierre zuckte mit den Schultern. »Wir sprechen hier nicht von einem Autokauf …« Monique schwieg, und er wusste, dass er sie mit dieser Bemerkung eingewickelt hatte. »Rue Saint-Séverin 17.« Er sprang auf, rief ihr Danke! entgegen und rannte die Treppe hinunter.

Die Place Saint-André des Arts war menschenleer. Auf den Gehwegen lagen Schuhe, Armbanduhren, die Straße war von Glasscherben bedeckt, hier und da sah man vereinzelt Stühle. Wie gewaltsam die Zusammenstöße gewesen waren, war deutlich zu erkennen. Er würde sich unter ihr Fenster stellen und ihren Namen rufen, »Mawra!«, wie Brando in *Endstation Sehnsucht*, so lange, bis sie ihn hereinließ. Sie würden sich küssen, ohne ein Wort zu sagen. Lange. An der Ecke Boulevard Saint-Michel hielt ein Polizeiwagen. Ein Polizist rief ihm etwas hinterher. Pierre wandte sich um. Der Wagen kam auf ihn zu. Er machte sich davon, rannte in die kurze Rue Francisque-Gay. Unmittelbar hinter sich hörte er, wie einer der Polizisten keuchte. Er wurde etwas langsamer, drehte sich um und verpasste ihm einen Tritt in den Unterleib, sodass der Mann stürzte und wie ein Sack zu Boden ging. Pierre setzte seinen Weg zur Rue Saint-Séverin fort. Er würde ihr Gesicht streicheln, sie betrachten. Einige Polizisten kamen dem Kollegen zu Hilfe, andere nahmen die Verfolgung auf. Er würde zärtlich sein, sehr zärtlich, um dem Gefühl, das sein Herz so schnell schlagen ließ, nicht zu erliegen. Pfiffe. Er wollte sie im Labyrinth der kleinen Straßen abhängen. Seine Finger würden über Madeleines Nacken, über ihre Schultern gleiten. Seine Lippen würden über ihre Stirn, ihre Nase, ihre Wangen wandern. Im Viertel wimmelte es von Bullen. Auf sie hatte er schon immer gewartet. Sie war es, die große Liebe, das wusste er. Lange würde es ihm nicht mehr gelingen, zu entkommen. Er musste ein Versteck finden. Es war sein großer Abend.

In der Ferne entdeckte er eine Frau, die in einer Toreinfahrt verschwand. Er nahm all seine Kraft zusammen, preschte vor und betrat das Haus im selben Augenblick wie sie. »Mademoiselle, ich bitte Sie, gewähren Sie einem Opfer der gaullistischen Unterdrückung Zuflucht …« Madeleine, die gerade von einer Freundin gekommen war, zuckte zusammen. Sie wandte sich um und schenkte ihm ihr schönstes Lächeln.

Am unteren Rand des Desktops blinkt das kleine blaue Symbol. Die Verbindung zu Pauline wird hergestellt.

Ihr Gesicht nimmt den gesamten Bildschirm ein. Sie starrt mich an, immer noch genauso überrascht wie ich, dass wir uns trotz der Tausenden von Kilometern, die zwischen uns liegen, sehen können.

Hinter ihr erkenne ich eine möblierte Einzimmerwohnung, makellos weiße Wände und offene Einbauschränke, alles in verzerrter Perspektive, als wollte die Einrichtung nach hinten abstürzen.

Die ersten Worte kommen langsam, ein paar belanglose Bemerkungen über die Zeitverschiebung, das Wetter in Montreal, ihre Abende, ihre Freunde. Jedes Mal überkommt uns diese Befangenheit, ich fühle mich, als stünde ich an einem Fahrkartenschalter und müsste in die kleine Öffnung in der Scheibe sprechen.

Catherine lehnt sich über meine Schulter und fragt besorgt, ob es Pauline gut gehe. Ich höre ihnen zu. Sie ist seit nunmehr anderthalb Jahren fort.

Ich habe sie damals zum Flughafen nach Roissy gebracht. Wir sind sehr früh am Morgen in den Zug der RER gestiegen, gemeinsam mit all den Putzkräften und Lagerarbeitern. Wir schwiegen, jeder in sich gekehrt, als würden wir über unser gesamtes Leben nachdenken.

Wir verabschiedeten uns in der großen Halle, zwischen all den Wachleuten, den Menschen, die ihre Gepäckwagen schoben, dem Personal der Fluggesellschaften, dem Trennungen gegenüber gleichgültigen Flughafenvolk. Der Geruch von Putzmitteln, vermischt mit dem billiger Croissants, verleiht diesem Ort eine trostlose Atmosphäre. Nur Bahnhöfe kennen die Poesie des Abschieds.

Catherine geht ins Bett, Pauline und ich bleiben zu zweit.

Sie fragt mich, woran ich gerade arbeite. An diesem und jenem, sage ich.

In den letzten Tagen haben sich die Symptome verschlimmert. Egal, was ich tue, stets kommt es mir so vor, als hätte ich es schon einmal erlebt. Ein Schleier legt sich über die Gegenwart, und noch im selben Augenblick, in dem etwas geschieht, überkommt mich das unbestimmte Gefühl von Verlust.

»Und Simon?«

Er spricht seit drei Wochen nicht mehr mit mir. Obwohl ich mich bei ihm entschuldigt habe, sieht er mich verschlossen, feindselig an. Zuletzt habe ich ihm einen Kuss gegeben, den er nicht erwiderte.

Ich war nicht sonderlich erfreut darüber, dass er ein Schulgebäude beschädigt hat, sage ich. Paulines sanfter Blick macht mir klar, wie absurd mein Streit mit meinem Sohn ist. Ich gebe nicht nach, erkläre, dass jeder von uns für den Erhalt von Kollektivgütern zuständig sei.

Sie beschimpft mich liebevoll.

»Du Kommunist!«, sagt sie und lächelt breit.

Ich reagiere nicht.

»Eigentlich bist du ein Bolschewik …«

»Was weißt du schon vom Kommunismus«, antworte ich etwas spitz.

Sie verzieht das Gesicht. Sie versucht zu erraten, ob die Bemerkung ernst gemeint war.

»Das, was ich in der Schule darüber gelernt habe«, antwortet sie.

Ich frage sie ab, wie damals, vor der Abiturprüfung.

»Der Kommunismus ist eines der drei großen totalitären Systeme des 20. Jahrhunderts.«

Ich verspüre den wohlbekannten Stich in der Brust.

Ich wollte der Erste sein, dem es gelang, den Familientraum vom Neubeginn umzusetzen. Ich musste an Großmutter denken und an den Fluch. Ich war mir sicher, ihn brechen zu können.

Dabei hatte Catherine mich gewarnt, du solltest dir das nicht auf deine Fahnen schreiben. Pauline wurde an dem Tag geboren, an dem die chinesische Armee auf dem Tian'anmen die Demokratiebewegung niederschlug. Simon kam sechs Jahre später auf die Welt, kurz nachdem die zapatistische Armee die Hoffnung einer Revolution in Chiapas begraben hatte.

»Der Faschismus war das geringste Übel …«, fährt Pauline fort, wie eine Schülerin, die den Geschichtsstoff aufsagt.

Meinen Kindern gegenüber verhielt ich mich stets, als säßen wir gemeinsam in der Geisterbahn. Ich wollte sie nicht indoktrinieren. Bei den Fernsehnachrichten blieb ich still. Die unspektakulären Mahlzeiten, das Fehlen von Geschrei empfand ich als bedrückend, war jedoch der Meinung, es sei gut für sie. Ich erzählte ihnen ausschließlich Geschichten mit einem glücklichen Ende. Simon erstellte jeden Morgen eine Liste der schönen Ereignisse, die der Tag für ihn bereithielt, was ich als Zeichen meines Sieges deutete. An die Stelle von Tom und Robinson traten Disney-Helden, damit sich meine Kinder nicht vom Leben der anderen ausgeschlossen fühlten. Es freute mich, wenn sie sich Markensachen wünschten, und ich schenkte sie ihnen gerne. Ich stellte mir meinen Vater vor, wie er sich darüber lustig gemacht hätte. »Was für ein Sieg! Die Multis mästen …«

»Der Nationalsozialismus ist ein noch erfolgreicheres totalitäres System …«

Die Verbindung ist nicht stabil. Manchmal friert das Bild für einen Moment ein oder die Stimme ist kurz weg, dann wieder da, aber lächerlich verzerrt.

Wenn sie eine schlechte Note nach Hause brachten, war ich noch zerknirschter als sie. Catherine bat mich, ihnen ins Gewissen zu reden. Sie mussten nur ansetzen, sich zu verteidigen, mich reuevoll ansehen, versprechen, sich zu bessern, schon war ich wie gelähmt. Ich murmelte zaghaft einige ermutigende Worte, entschuldigte mich, sie angefahren zu haben. Catherine übernahm die Aufgabe und warf mir vor, mich nicht für die schulischen Pflichten der Kinder zu interessieren.

Wenn ich meinen Vater besuchte, brachte ich mich auf dem Weg zu ihm in Fahrt. Bei ihm angekommen, übertrumpfte ich ihn mit meinen Wutausbrüchen. Er hakte nach, da er sich Sorgen machte, ich könnte mich dem Reformismus oder Anarchismus verschreiben. Ich warf ihm im Gegenzug vor, ein Bolschewist zu sein. Rot, ja, rot bin ich.

Ich, der Sohn, tobte in Gesellschaft meines Vaters, ich, der Vater, war in Gegenwart meiner Kinder still. Die Familiengeschichte verschwieg ich ihnen. Ich erzählte ihnen von den Wortspielen des Urgroßvaters, die ich in meiner Kindheit so oft von meinem Vater gehört hatte. *Ach, Tours in der Früh!, Nîmes es oder lass es!, Cannes ich Ihnen behilflich sein?* Sie lachten. Dabei fielen mir auch Einzelheiten ein, unbedeutende Details: Der Regen, der das Scheunendach hinunterlief; wie es sich anfühlte, am Strand mit dem Handtuch den Sand zwischen den Zehen zu entfernen; wie Großmutter die Kaninchen tötete. Durch das Aufzählen all dieser Puzzleteile, die für meine gesamte Kindheit stehen sollten, wirkte ich wie ein Spion, der seiner neuen Identität durch die Angabe von Orten und Zeiten Glaubwürdigkeit zu verschaffen sucht.

»Der Kommunismus dauerte sechzig Jahre lang … von … fast hundert Millionen …« Es gibt keinen kleinen oder großen Verrat, es gibt nur Enttäuschungen. »Er stellt den …« Ich dachte, um dem Erbe zu entkommen, reiche es bereits, die Fehler der Vorfahren nicht zu wiederholen. Ich erhalte eine Meldung, dass das Programm versuche, die Verbindung wiederherzustellen. »Was hast du gesagt?« »Der Kommunismus ist …« Ihre Stimme ist kurz weg, »ich kann dich nicht hören«, dann wieder da. »… schlimmer als der Nationalsozialismus, weil …«

In der Küche ist es ganz still. Ich sitze über mein Notebook gebeugt. Mir wird klar, dass ich meine Kinder zu Waisen gemacht habe.

»Dein Großvater war Kommunist!«

Ich sage es lauter als beabsichtigt.

»Und ich auch«, füge ich mit gequälter Stimme hinzu.

Paulines Bild taucht für einen Moment auf, erstarrt jedoch gleich wieder. Auf meinem Bildschirm sehe ich ihren entsetzten Gesichtsausdruck.

Ist man schuldig, wenn man sich gewünscht hat, an Gedächtnisschwund zu leiden?

Manche Lieder machen uns glauben, Teil eines Romans zu sein. Auf meine Eltern hatte ein Chanson von Serge Reggiani genau diese Wirkung.

Wir war'n ne ganze Schar
Diskutierten hörbar
Ich prügelte mich an der Bar.
Und du nahmst mich mit.

Um unsere Familiengeschichte zu erzählen, bräuchte ich eigentlich nicht mehr als die Lieder von Serge Reggiani und die von Jean Ferrat.

Ferrats Stimme war ohne Hintergedanken, voller Vertrauen wie die des Arbeiters in Erwartung der Revolution. Wenn sie erklang, schmolzen die Frauen aus dem Volk dahin, sie versprach ihnen eine Welt voller bescheidener Freuden. Reggianis Stimme erzählte hingegen von unerfüllten Träumen, von verbrauchten Leben.

In den Tagen nach der »großen Szene aus dem zweiten Akt« zog einer von beiden die Platte aus der Hülle und legte sie auf. Sie weinten still.

Ich trinke …
Auf den Kampf, den du geführt hast,
um mich vom Fest weit weg zu bringen.

Sie hielten einander an der Hand, was manchmal in einen langsamen Tanz überging. Sie vergaßen, dass wir da waren, wiegten sich in ihrer Geschichte, verloren sich in ihr, blickten sich verliebt und erschöpft an.

Heute Abend trinke ich auf deine Niederlage.

Wenn in einem Western die Banditen den Farmer provozierten, ballte er die Faust. Er deutete an, dass er zuschlagen könnte, sammelte sich jedoch sogleich, hob seinen Hut vom Boden auf und stieg unter dem Gelächter der Banditen auf seinen Wagen. Sein Sohn hielt ihn für einen Feigling. Seine Frau schenkte ihm ein trauriges Lächeln.

Meine Mutter versuchte ihn zu trösten, vergebens. Er zweifelte an seinem Talent, an seinem Schicksal, an seinen Entscheidungen, an ihrer Liebe, an der Zuneigung seiner Kinder.

Margaret Thatcher kam an die Macht. Die Sowjets griffen in Afghanistan ein. Die Sandinisten stürzten Somoza in der Nicaraguanischen Revolution. Diese Zeit war geprägt von einem Gefühl des Durcheinanders, Fortschritte und Niederlagen wechselten einander ab. Meinem Vater kamen allmählich Zweifel, ob er die Revolution noch erleben würde. Dann fasste er sich wieder, sagte, die kommende Generation würde sie ganz gewiss erleben, vermachte sie sozusagen meiner Schwester und mir.

Die sieben Jahre der Regierung unter Giscard d'Estaing flossen dahin wie schmutziges Wasser durch den Ablauf der Badewanne. Wir kämpften gegen ihn und seine Kleinkariertheit, die uns zu ersticken drohte. Die schlaffe Atmosphäre dieser Jahre steigerte unsere Wut nur noch. Wir hatten keine Zeit zu verlieren. Unsere Kämpfe, unsere Niederlagen hießen Longwy, Manufrance, Boussac … Wir haben nie einen Arbeiter gesehen, kannten sie ausschließlich durch die Artikel in *L'Humanité*.

Währenddessen liefen die Aufführungen von *Ein Käfig voller Narren* unerbittlich weiter. Es kam die fünfhundertste, die siebenhundertfünfzigste, die tausendste Vorstellung … Sie zehrten meinen Vater auf. Nur das rigorose Festhalten an seinen Ritualen ermöglichte es ihm, diese endlose Folge immer gleicher Abende zu überstehen. Sein gesamtes Leben lang kamen zu den alten Gewohnheiten stets neue hinzu. Er sah sich selbst gerne als Bohemien, jedoch war sein Bohemienleben ebenfalls nur eine Gewohnheit, und zwar eine besonders zwanghafte.

Er stand nie vor halb zwölf auf. Dann trank er einen Kaffee, setzte sich in den Sessel neben dem Telefon. Er las die *Humanité* durch, von der ersten bis zur letzten Seite.

Seine Nachmittage verbrachte er im Royal-Trudaine. Manchmal ging ich mit meinen Freunden nach der Schule bei ihm vorbei. Er flipperte gern. Wir waren von seinem Geschick beeindruckt und glücklich, wenn er uns, bevor er ging, ein paar bereits bezahlte Runden überließ. Meine Freunde beneideten mich.

Sosehr er die Cafés liebte, so sehr hasste ich sie. Er herrschte über einen kleinen Hofstaat von Stammgästen. Im Café setzte er mit Beharrlichkeit seine Vision vom Kommunismus in die Praxis um. Hier traf er die Angestellten einer großen Elektrofirma, die ihren Sitz in derselben Straße hatte, die kleinen Halunken vom Boulevard de Rochechouart, seine engen Freunde, die wir begrüßen mussten: Robic, den man so nannte, weil er aus der Bretagne stammte und eine Leidenschaft fürs Radrennen hatte, lebte hauptsächlich von Rotwein; Jeannot, Anhänger der Rugbymannschaft Aviron Bayonnais, der Gitanes rauchte, aber Mitglied der konservativen Partei RPR war. Er und mein Vater stritten häufig, versöhnten sich jedoch stets innerhalb weniger

Tage, dank ihrer gemeinsamen Liebe zum Rugby und zum Pastis Ricard. Dann gab es da noch Janine, eine Versicherungssekretärin, die eine Schwäche für Kirschlikör und meinen Vater hatte.

Er mochte die Gesellschaft dieser Menschen und hätte es gern gesehen, dass ich ihn ab und zu begleitete. Ich stellte mir vor, wie ich dasaß und Säufergesichter mit roten Knollennasen sich über mich beugten. Ihre Umarmungen rochen säuerlich, nach üblem Gesöff. »Männer«, begann mein Vater und machte eine Kunstpause, als würden sich hinter diesem Wort Wollust, Niedertracht und Scheitern verbergen. Er erklärte mir das Leben, das sich für ihn in ein paar derben Worten zusammenfassen ließ: Eier, Kohle, nochmals Eier, die einen lassen sich ficken und sind noch dankbar, und dann gibt es noch die anderen.

Mir wird schon schlecht, wenn ich nur zusehe, wie sie durch meine Erinnerung ziehen. All diese netten Opfer. Vor ein paar Tagen trieb mich der Erinnerungsstrom so weit, dass ich, in der Hoffnung, auf eine bekannte Welt zu treffen, die der Vergangenheit eine gewisse Tiefe verleihen könnte, zu einer Zellenversammlung in meinem Viertel ging. Es gab die gleichen Gestalten wie damals, den Zellenanführer mit der leblosen Stimme, der die Parteilinie übermitteln sollte, den alten Aktivisten, der sich eine neue Russische Revolution wünschte, den jungen Kerl mit dem harten Blick, den die Genossen umhegten, da er der lebende Beweis war, dass auch die Jugend noch an die Sache glaubte, die Frau mit der schneidenden Stimme, die die Wut eines ganzen Volkes in sich trug. Die gleiche ernste und nichtssagende Rhetorik. Die gleiche deprimierende Sicht der Dinge, die dazu verleitet, fortwährend zu klagen und eine Welt voller Unglück zu zeichnen; der Arme ist Opfer der Gesellschaft, der

Araber oder der Schwarze Opfer von Rassismus, der Arbeiter Opfer der Wirtschaftskrise. Ich zitterte am ganzen Leib und verließ die Versammlung vorzeitig. War es das, was du wolltest? Sag, war es das? Rot ist das Tuch, das wir entrollen, klebt doch des Volkes Blut daran. Das ist die Kanaille, und zu ihr gehöre ich! Und wir, die armen Weber, tragen dann Kleider wie jeder. Verdammt, verdammt, verdammt.

Was uns betraf, war er zunehmend auf der Lauer. Wir hörten, wie er Mutter hinter geschlossener Küchentür warnte: »Sobald sie achtzehn sind, werden sie dir auf dem Kopf herumtanzen!«

Wir sahen immer sofort, in welchem Stadium des Rausches er sich gerade befand. Bei leichter Trunkenheit hielt er uns einen lexikografischen Vortrag. Eigentlich beschränkte sich dieser auf die Untersuchung eines einzigen Wortes. *Rouge*. Er war der Meinung, dafür gäbe es in keiner anderen Sprache eine Entsprechung. *Rouge*, sagte er in einem beinah schon lasziven Ton, mit der Betonung auf dem *ou*. Die eigentliche geistige Größe des Französischen zeige sich im Hinzufügen der letzten Silbe, der das Wort seinen Fluss verdanke, was wiederum eindeutig an fließendes Blut erinnere. Und schon waren wir beim Ausgangspunkt einer langen Lobeshymne auf Frankreich angekommen, das Land, das auch die Sowjets und sogar Marx mochten, der ja, trotz seiner Genialität, ein Deutscher gewesen sei.

In fortgeschrittenem Stadium trug er uns Monologe aus verschiedenen Stücken vor. Hierbei bediente er sich seines gesamten Repertoires: Racines *Phädra* oder *Britannicus*, Corneilles *Der Cid*, *Der Bürger als Edelmann* und *George Dandin* von Molière. Letzteres lag ihm besonders am Herzen. Dieses Stück erzählt vom Aufstieg des Bürgertums, erklärte er. Er zitierte Shakespeare auf Englisch, oder eigentlich eher einen von ihm selbst ausgedachten Satz, von dem er behauptete, er stamme aus *Richard III*: »My Lord, my poor Lord, there's nothing new under the sky.« Zum Schluss kam Rimbauds *Das trunkene Schiff*, das wir allein schon deshalb nicht ausstehen konnten, weil es ihm so viel bedeutete. Ich sollte mir an Rimbaud ein Beispiel nehmen. In deinem Alter hat er schon *Eine Zeit in der Hölle* geschrieben.

Im letzten Stadium seines Rausches spülte er Geschirr. Zu betrunken, um noch zu sprechen, krempelte er stumm die Hemdsärmel hoch, wobei er penibel darauf achtete, dass beide Seiten gleich lang waren. Das Wasser floss in dünnem Strahl über seine mechanischen Bewegungen. Dem Schnellkochtopf widmete er besondere Aufmerksamkeit. Mit ihm konnte er sich stundenlang aufhalten. Zum Schluss reinigte er systematisch die Spüle. Seine Lippen waren leicht geöffnet, er fuhr sich fortwährend mit der Zunge darüber, wobei er ein kaum vernehmbares Geräusch von sich gab. Meine Schwester und ich schlossen uns in unseren Zimmern ein, was jedoch nicht immer half. Nachdem er sich lang und gründlich die Hände getrocknet hatte, kam er schweren, wankenden Schrittes zu uns, suchte Streit, beschimpfte uns wüst. Er verfolgte mich bis auf die Toilette, wo ich mich manchmal für mehrere Stunden einschloss und las.

Meine Mutter, die Glückliche, bekam ihre eigene Vorstellung. Er setzte sich in den Kopf, ihr »wissenschaftlich« zu beweisen, dass er nicht betrunken sei. Ausführlich beschrieb er ihr den Verlauf des Abends und fügte hinzu, sie müsse doch einsehen, zum Trinken habe er weder Zeit noch Gelegenheit gehabt. »Wissenschaftlich«, rief er erregt, mit starker Betonung. Ich hörte, wie seine Fäuste dumpf gegen die Wand prallten. Meine Mutter lehnte mit dem Kissen hinter dem Rücken an der Wand, und er schlug wie ein Messerwerfer dicht neben ihren Kopf. An manchem Morgen saß sie, ein Opfer der Wissenschaft, mit Sonnenbrille am Frühstückstisch.

1979 verbrachten wir die Osterferien mit Mutter in Arcachon. Sie hatte ein kleines einstöckiges Haus am Meeresufer gemietet. Mein Vater rief uns jeden Abend gegen halb sieben an, wenn er aus dem Café zurückgekommen, aber noch nicht ins Palais-Royal aufgebrochen war.

Während ich mit ihm sprach, betrachtete ich stets das Meeresbild über dem Telefon. Es war eine Ansicht der Bucht von Arcachon. Im Zentrum sah man ein kleines, im Sand gestrandetes Boot, aus dem von mehreren Leuten Fässer ausgeladen wurden. Davor stand ein Karren mit einem braunen Pferd. Im Vordergrund links war auf einer Anhöhe eine Person zu sehen, die die Szene beobachtete.

Die Stimme meines Vaters klang bedrückt oder vielleicht eher traurig. Meine Mutter hatte Bedenken gehabt, ihn allein zu lassen. Nun versuchte sie aus den Antworten seine Stimmung herauszuhören.

Ich erzählte ihm, wie mein Tag verlaufen war. In diesem Meeresbild herrschte eine unterschwellige Spannung. Der einsame Mann trug einen Dreispitz, der sein Gesicht verdeckte. Ebenso wenig waren die Züge der Menschen zu erkennen, die am Strand eifrig die Fässer ausluden. Ich stellte mir vor, wie ein englisches Schiff an der Meeresöffnung vor Anker ging. Der Kapitän hatte das Boot mit der Ladung – den Fässern voller Waffen – vorausgeschickt. Ich betrachtete eingehend das vom Maler auf die rechte Seite gesetzte dichte Gestrüpp, die Eichen und Kiefern, und entdeckte an der freien Stelle zwischen zwei Pinselstrichen und den

Erhöhungen, deren Grün etwas heller war, französische Soldaten.

Er unterbrach mich. Es sei etwas Schlimmes passiert. Den Abend zuvor sei er nach dem Theater im Café in der Rue d'Orsel gewesen. Er möge den Besitzer. Er treffe dort interessante Leute … Weißt du, nachts ist alles anders …

Er sei mit drei Algeriern ins Gespräch gekommen, die einen netten Eindruck gemacht hätten. Er habe sie auf ein Glas zu uns nach Hause eingeladen. Wären es Weiße gewesen, hätte ich sie nicht gefragt. Homosexuelle, Schwarze und vor allem Araber waren ihm, und somit auch uns, grundsätzlich immer sympathisch. Und wenn einer von ihnen sich diesem Bilderbogen der Unterdrückten mal als nicht würdig erwies – da fällt mir zum Beispiel ein Palästinenser ein, der seine Frau misshandelte –, machte mein Vater die Geschichte und die politische Lage für dessen Verhalten verantwortlich. Verbote riefen in ihm den verborgenen Wunsch hervor, gegen sie zu verstoßen. Diese Leute mussten sich stets eine Reihe unanständiger oder ausländerfeindlicher Scherze von ihm anhören, als würde er aus Angst, einen Fehler zu begehen, lieber gleich mit beiden Beinen ins Fettnäpfchen springen. Er imitierte die Gestik und Sprechweise von Verrückten, bot einem maghrebinischen Freund seine Tochter im Tausch gegen dreißig Kamele an.

Da war irgendetwas in meinem Whisky. Ich war hinausgegangen, um Eiswürfel zu holen, fuhr er fort. Sie haben alles mitgenommen. Sogar die Zehn-Franc-Silbermünzen, die du von deiner Großmutter bekommen hast. Er versprach, sie mir zu ersetzen. Einen Moment lang tröstete mich die Idee, die Schmuggler auf dem Gemälde seien Algerier. Du wirst es deiner Mutter schon erklären können. Er sei spät dran, würde sich am nächsten Tag wieder melden. Er nannte mich Sohn. Dass einem ein Unglück widerfahren war, war noch lange kein Grund, die eigenen Prinzipien über Bord zu werfen.

»Sie nehmen Ihr Stück, schneiden es in vier gleich große Teile.«

Wie schon so oft teilte uns mein Vater mit, wir müssten uns fangen.

Er erwischte uns im Flur oder lauerte uns in der Küche auf, für eine Zurechtweisung zwischen Tür und Angel. Wenn er einmal richtig in Fahrt gekommen war, konnte ihn nichts mehr bremsen, höchstens seine eigene Erschöpfung.

Zwei Wege stünden uns offen. Er begann mit dem glanzvolleren, wodurch eine kleine Pause entstand. Er zählte all unsere herausragenden Eigenschaften auf, zeichnete ein derart schmeichelhaftes Bild von uns, dass wir uns manchmal dabei ertappten, diesem wenigstens ein bisschen ähneln zu wollen. Das war der Vorspann zur Beschreibung des anderen, ruhmlosen Weges, den einzuschlagen wir uns offenbar entschieden hatten. Bevor er zu seinem Resümee ansetzte, zündete er sich eine Zigarette an. Wenn wir unsere Haltung nicht änderten, könne er uns prophezeien, was die Zukunft für uns bereithalte. Meine Schwester werde höchstwahrscheinlich Shampooneuse. Die Kunden würden sie grob behandeln. Die Männer versuchten, ihr an den Hintern zu fassen. Sie bekäme eine mürrische Chefin, die sie ständig über den Tisch zöge. Und ich würde als Clochard enden. Das sagte er uns so oft, dass meine Schwester und ich uns die Spitznamen Clochard und Shampooneuse gaben.

Er bedeutete uns, den Raum zu verlassen. Das war der heikelste Teil des Ganzen. Wir mussten ihm um den Hals fallen, woraufhin er, als Zeichen seiner Güte, unter Umständen unseren Kuss erwiderte. Ich hatte gelernt, meinen Gesichtsausdruck zu kontrollieren, reuevoll zu Boden zu blicken, mit dem betrübten Lächeln des Schuldigen, der die Notwendigkeit seiner Strafe einsah und doch auf Erlass hoffte. Wenn wir es nicht schafften, ihn zu überzeugen, zog sich die Szene noch mehr in die Länge. In den folgenden Tagen schenkte er uns keine Beachtung. Sobald sich einer von uns beiden bemerkbar machte, verschloss sich seine Miene, wurde feindselig. Man hätte meinen können, das sei eine Übung aus dem Schauspielunterricht. Ohne ersichtlichen Grund, es sei denn, aus Überdruss an diesem kleinen Spiel, beschloss er irgendwann, uns zu verzeihen.

Diese Flut von Erinnerungen erschöpft mich. Ich kann nicht mehr schlafen. Ich könnte die ganze Welt mit diesen Bildern bedecken, so viele sind es. Mir ist ganz schwindelig, als hätte ich mich auf einen Wettlauf mit dem Kind eingelassen, das ich einst war.

»Sie machen eine Mehlschwitze mit wenig Öl und nicht allzu viel Mehl.«

Ich hatte ihn nicht gehört.

Sonst richtete ich es stets so ein, dass ich mit dem Schreiben aufhörte, noch bevor er aus dem Theater nach Hause kam. Ich war völlig in meiner Geschichte versunken. Joe und Ava waren ineinander verliebt. Er war von einem Auto überfahren worden und gestorben, und nun musste es ihr gelingen, die Zeit zurückzudrehen, um den Unfall zu verhindern.

Er stieß meine Zimmertür auf und bedeutete mir, ihm ins Wohnzimmer zu folgen.

In der Luft hing der Geruch eines ungewöhnlichen Dramas. Nicht der flüchtige, der sich als Folge von Dummheiten oder schlechten Noten entwickelte, sondern der elektrisierende Duft von Tragödien.

Wie es um das Projekt der Niederschrift unserer Familiengeschichte stehe. Ich senkte den Kopf. Er warf mir Gleichgültigkeit gegenüber meinen Angehörigen und Egoismus vor.

Ich wusste, das war nur die Einleitung. Ich zog den Kopf ein, sah ihn ehrfurchtsvoll an. Die Deckenlampe war ausgeschaltet. Der Sessel, in dem er saß, wurde von einer anderen, tiefer hängenden Lampe beleuchtet, der Rest des Zimmers lag im Dunkeln.

Er hatte meine kleinen Romane gefunden.

Ich hatte es geahnt, vielleicht sogar gehofft. Meine Schwester hatte ihn einmal dabei ertappt, wie er ihre Sachen durchstöberte, seitdem verdächtigten wir ihn, dass er in unseren Schubladen herumwühlte, wenn wir außer Haus waren. Ich stellte mir vor, dass er, der so sehr befürchtete, ich würde als ambitionsloser Angestellter enden, ein kleines bisschen stolz auf mich wäre.

»Möchtest du Schriftsteller werden?«

Im Halbdunkel neben dem Sessel lief er auf und ab. Er blieb stehen, trat ins Licht. »Ist das wirklich dein Wunsch?« Dann verschwand er wieder im Schatten, machte einige Schritte. »Sag ehrlich, ist es für dich eine unabdingbare Notwendigkeit?« Zwischen den Sätzen nahm er jeweils einen kräftigen Schluck Whisky. Er warf mir vor, nie ein Buch in die Hand zu nehmen, keine Ahnung von den Klassikern zu haben. Er schimpfte über meine Rechtschreibfehler und über die unrealistischen Handlungsverläufe. Große Literatur setze sich mit der Wirklichkeit auseinander. Meine Protagonisten hätten keinen Beruf, gehörten keiner Klasse an.

Er tauchte auf, verschwand wieder. Das Unerträglichste an dem Ganzen sei der unbeschwerte Ton, in dem ich schrieb. Ich war verletzt, lächelte dennoch. »Die Wörter sollten dich verlassen, als müsstest du sie aus dir herausreißen.« Mit ausdrucksloser Stimme betete er mir die Namen verfemter Künstler herunter, als handle es sich um Fürsten, auf deren Treue er, ihr ergebener Diener, stets vertrauen könne. Bei Gérard de Nerval legte er einen kleinen Exkurs über dessen Wahnsinn ein, darüber, wie er in den Straßen von Paris umherirrte, über den Abend, an dem er Selbstmord beging. »Die wahre Schöpfung, die einzige, die wahre, nicht das Hinschludern einer Mickymaus-Geschichte, wie du es machst, entwächst dem Leid.« Er drehte mir den Rücken zu, sah zum Fenster hinaus, als lägen dort draußen die weiten Ebenen von Helsingør. Mir kamen die Tränen. Ich verstand einfach nicht, was ich falsch gemacht hatte. Aus der Aggression, die mein Vater mit Mühe und Not unterdrückte, schloss ich, dass es sich um etwas Schwerwiegendes handeln musste. »Glaubst du etwa, Nerval fiel das Schreiben leicht? Die Kunst fordert dein ganzes Leben, ja sie fordert dich über dein Leben hinaus. Man darf sich weder Ruhm noch Reichtum erhoffen, das machen nur Schaumschläger.« Er spielte die Rolle des Vaters, der gerade erkannte, dass sein Sohn ihn betrogen hatte. Der von der Lampe beleuchtete leere Sessel, unter dem seine Flaschen standen, regte meine Fantasie an. Ich hatte es auf seinen Thron abgesehen, ihm mit meiner Unbekümmertheit meuchlings einen Dolchstoß verpasst. Wenn du die Angst vorm leeren Blatt nicht kennst, hat dein Schreiben so viel Wert wie ein Telefonbuch. Weinen sollst du! Los, weine alle deine Tränen, weg mit diesem Lächeln! Er trank einen Schluck. Er brüllte, wütend, klagend. Ich hätte nichts verstanden. Er ließ sich auf den Sessel fallen, warf die Beine über die Armlehne. »Man muss den Preis zahlen, du solltest also hoffen, etwas zustande zu bringen, das die Mühe wert ist. Nein, nicht hoffen. Du solltest dich schnellstmöglich an die Arbeit machen.«

Ich versuchte, ihm alles zu erklären, sprach über die Freude, die mir das Schreiben bereite, und die Aufregung, wenn mir die Sätze in den Sinn kamen. Er erhob sich, fiel beinahe hin. Seine Hals- und Kiefermuskeln waren fest angespannt. Ich bemerkte Reste der Theaterschminke an seinen Wangen. »Indem man etwas erschafft, kompensiert man diese ganze Scheiße nicht, sondern klagt über sie, brüllt seinen Schmerz in die Welt hinaus.«

Ich warf alle Hefte weg. Immer wieder musste ich an meinen Großvater mütterlicherseits denken. Wenn ich ihn in Lisieux besuchte, saßen wir gemeinsam in einem Straßencafé, er ließ mich Cidre trinken und wir unterhielten uns von Mann zu Mann. Er klopfte mir auf die Schulter, als sei ich sein alter Kamerad. Sobald er betrunken war, vertraute er mir ein Geheimnis an, stets das gleiche, das Geheimnis seines Lebens. Jeden Morgen sei er bereit, seinem Leben ein Ende zu bereiten. Dann geschehe jedoch immer das gleiche Wunder, nur in verschiedenen Formen. Immer gäbe es etwas, das ihn seine Entscheidung um einen Tag verschieben lasse: Mal sei es die Silhouette einer Frau auf der Straße, die ihn so bezaubere, dass er ihr eine Weile folge, mal ein gutes Essen im Restaurant, ein Glas Wein oder ein Buch, das er noch beenden wolle.

Ich suchte nach derartigen Freuden, die meine Lebenslust erhielten. Die Aussicht auf einen Western im Fernsehen, ein Rugbymatch am kommenden Samstag gaben mir noch einige Tage Aufschub. Aber die Philosophie meines Großvaters konnte mich nicht länger besänftigen, vielleicht, weil sie so einfach und bescheiden war. In der Familie Aderhold hatten sich Beschlüsse, die sich nicht durch menschliche Größe auszeichneten oder einem Alltagsheroismus entsprangen, noch nie gegenüber der Anziehungskraft des Dramas durchsetzen können.

Ich nahm eine Großpackung Aspirin aus der Hausapotheke, schüttete den Inhalt von drei Röllchen in eine Trinkflasche und füllte diese mit Wasser auf. Ich schrieb einen Brief an meine Eltern, in dem ich mich dafür entschuldigte, dem Leben nicht gewachsen zu sein, und einen anderen an Mathilde, in dem ich ihr meine DDR-Fahne vermachte, dann trank ich die Flasche aus. Ich war tot.

Überrascht, mich noch im Diesseits zu befinden, erwachte ich am nächsten Morgen. Ich ging in die Küche und war überzeugt, all das sei nur ein Traum und meine Mutter und meine Schwester seien nichts als Produkte meiner Einbildung. Am Abend füllte ich die Flasche erneut mit Wasser und löste noch mehr Tabletten darin auf. Ich schrieb weitere Briefe, an meine Freunde, Cousins und Cousinen. Der nächste Morgen verlief wieder ergebnislos, und ich musste mich in diesem benebelten Zustand zur Schule schleppen. Ich stellte mir mein Begräbnis in Salviac vor, sah mich selbst gegen die niedrige Friedhofsmauer gelehnt, wie ich der stillen Zeremonie beiwohnte. Ob mein Vater weinte oder nicht, konnte ich nie mit Sicherheit feststellen. Beim Aufstehen nahm ich mir jedes Mal fest vor, an diesem letzten Tag meines Lebens etwas Denkwürdiges zu tun, zum Beispiel den Lehrern entgegenzuschleudern, wie furchtbar uninteressant und belanglos ihr Unterricht sei. Eine Stunde nach der anderen verging, ohne dass ich meine Schüchternheit überwunden hätte, und ich trat noch verzweifelter den Heimweg an. Beim Abendessen lächelte ich meine Eltern abwesend an und unterhielt mich, als sei ich schon gar nicht mehr unter ihnen. Ich wies meinen Vater zurecht und erinnerte ihn daran, wie wichtig es sei, dass wir uns liebten. Sie dachten, ich hätte Haschisch geraucht. Sie durchwühlten meine Sachen, fanden jedoch nichts. Ich war so erschöpft, dass mich die Schimpftiraden meines Vaters nur als dumpfes Echo erreichten. Drei Abende hintereinander wiederholte ich den Versuch. Jedem, den ich kannte, schrieb ich einen Brief. Mein Wecker klingelte, und ich stand auf, von Tag zu Tag mehr gerädert. Ich dachte, ich sei im Paradies. Meine Strafe bestand darin, immer wieder meinen Selbstmord zu erleben, bis ich endlich begriff, was geschah. Das Aspirin hatte sich im Wasser aufgelöst, am Boden der Flasche abgesetzt und dort eine Masse gebildet. Die Konzentration war einfach zu schwach gewesen, um gefährlich zu sein.

Ich erinnere mich an die Enttäuschung, dass ich es nicht einmal schaffte, meinem Leben ein Ende zu bereiten. Wochenlang verspottete ich mich selbst für den armseligen Gemütszustand, der mich zu dieser Niederlage geführt hatte – was für ein Kleinbürger du doch bist, sagte ich mir. Die Selbstverachtung von damals steigt in mir auf, ich muss mich ein bisschen ausruhen.

»Sie nehmen Ihr Stück … Sie … Sie schneiden es … in vier gleich große Teile …«

Eine Familienratssitzung folgte der nächsten. Manchmal hatten wir zwischendurch gar keine Zeit, uns wieder zu fangen.

Für alles wurden wir zurechtgewiesen, wenn wir unsere Sachen nicht ordentlich weggeräumt hatten, wenn wir im falschen Moment lächelten. Nachdem die Partei bei den Wahlen Rückschläge erlitt, die polnische Solidarność gegründet worden oder das IRA-Mitglied Bobby Sands gestorben war, waren wir es ihm wert, einen ordentlichen Zoff vom Zaun zu brechen.

Mutter konnte den Abend nicht mehr abwarten, um ihr Herz auszuschütten. Sobald mein Vater gegangen war, rief sie mich zu sich ins Zimmer, selbst Mathildes Anwesenheit störte sie nicht mehr. Sie sagte, er sei wahnsinnig und verantwortungslos, verfluchte seine Intelligenz und seine Virilität. Alles kochte in ihr hoch, sie verlor jede Selbstbeherrschung. Sie erzählte alte Geschichten und solche, die wir noch nicht kannten. Sie machte ihm bittere Vorwürfe. Wenn er nicht trinken würde, würde Roger Planchon ihn nehmen. Der Alkohol, das ist der Fluch, der auf ihm lastet, rief sie. Ein kaputter Alkoholiker ist er, der große verfemte Künstler. Sie, die sonst nie auch nur ein vulgäres Wort in den Mund nahm, gab nun einen Schwall von Obszönitäten von sich. Ein schwacher kleiner Damm gegen das, womit mein Vater uns täglich überschüttete. Sie schimpfte immer öfter, immer heftiger über ihn. Mathilde und ich hörten schweigend zu, blickten betreten zu Boden.

»Ich fette die Mehlschwitze immer ein, bevor …«

Die Häufigkeit der massiven Streitereien zwischen ihnen nahmen zu. Sie waren wie zwei Signaluhren für eine bevorstehende Explosion.

»Äh, nein … Ich meine, ich fette die Pfanne ein, füge dann Mehl hinzu … Und schiebe dieses verdammte Schulterstück in den Ofen … Und dir werde ich die Pfanne auch noch einfetten, das kann ich dir sagen …!«

Meine Schwester und ich warteten auf den großen Flächenbrand, der den endgültigen Sieg des einen von beiden besiegeln sollte.

»… Mein Königreich für eine Rolle, für eine wirkliche Rolle! Brecht! Shakespeare! Genau, kipp etwas Öl in die Pfanne, du Idiot … Das wird schon von selbst rutschen … Ihr Schwuchteln! Soll das etwa Theater sein? Eine gewaltige Scheiße ist das.«

Eines frühen Morgens ging der Farmer ins Zimmer, zog die Schublade heraus, in der er seinen Colt aufbewahrte. Er drehte die Trommel und steckte sich den Revolver in den Gürtel. Seine Frau stand still, mit geröteten Augen in der Türschwelle. Er küsste sie, stieg aufs Pferd und verschwand am Horizont.

Das Telefon klingelte gegen drei Uhr in der Nacht. Obwohl wir aus dem Schlaf gerissen wurden und noch ganz benebelt waren, wussten wir sofort Bescheid. Und zwar mit einer Klarheit, die uns heftig gegen die Brust schlug und kaum mehr atmen ließ. »… Ihr Mann hatte in der Bar Le Gérando eine Auseinandersetzung mit einer anderen Person …« Teilnahmslos beschrieb der Polizist den Vorfall in allen Einzelheiten. »… ich zitiere die Zeugen: ›Wenn du die Kameltreiber so sehr liebst, dann lass dich doch von ihnen ficken‹ …« Mutter reagierte nicht auf den umständlichen Bericht des Polizisten. Ihr kam es vor, als spräche er von einem Ereignis, das gar nicht oder irgendwo in weiter Ferne stattgefunden hatte. »… die Person hatte eine Stichwaffe der Kategorie 6 bei sich, ein sogenanntes Springmesser …« Durch die Sachlichkeit des Berichts wurde die Szene zu einer mechanischen Aneinanderreihung verschiedener Ereignisse und ihrer Folgen, bar jeder Realität, man sah weder das gelbliche Licht im Café vor sich noch die Säufer in ihrer schmutzigen Kleidung, mit den dreckigen Gesichtern, ihre abgestandenen Unterhaltungen, und auch meinen Vater sah man nicht, ihn, der Streit suchte wie andere eine Frau …

»Er hat Ihrem Mann mehrere Stiche zugefügt, an den Händen, im Bauch, im Gesicht …«

»Wir beanspruchen von den Nachgeborenen nicht Dank für unsere Siege, sondern das Eingedenken unserer Niederlagen. Das ist Trost: der Trost, den es ja einzig für die geben kann, welche keine Hoffnung auf Trost mehr haben.«

Walter Benjamin

Frauen in weißen Blusen schwirren um mich herum. Sie notieren meinen Namen, mein Geburtsdatum.

Ich spüre, wie die laue Krankenhausluft in meine Lungen strömt. Ohne mich eines Blickes zu würdigen, diskutieren zwei Ärzte über meine Patientenakte. Einer von beiden kommt auf mich zu und setzt sich zu mir an die Bettkante.

»Wie alt sind Sie?«

»Fast fünfzig.«

»Haben Sie Kinder?«

»Ja, zwei, eine Tochter, Pauline, sie ist zweiundzwanzig, und einen Sohn, Simon, er ist sechzehn.«

Er horcht mich ab.

»Welche Beschwerden haben Sie?«

Er ist das Patientengejammer gewohnt, sieht mich ruhig an.

»Ich sehe Gesichter vor mir, ganz klar, sie kommen mir bekannt vor«, sage ich. »Aber ich schaffe es nicht, ihnen einen Namen zuzuordnen. Falls er mir dann doch einfällt, habe ich solche Angst, ihn wieder zu vergessen, dass ich fortwährend an ihn denken muss. Ich lebe in ständiger Unruhe. Die Anwesenheit dieser Gesichter ist so real, dass es mir vorkommt, als könnte ich in den Lauf ihrer Geschichten eingreifen, ja diese sogar beeinflussen.«

Er nickt.

»Es ist schlimm, ich habe das Gefühl, die Verantwortung für alles zu tragen, als könnte ich durch eine Geste, einen Satz bewirken, dass sich alles noch einmal abspielt, sich zum Besseren wendet. Mir fallen Situationen ein, die ich bis heute bereue. Noch bevor ich dahinterkomme, was ich hätte tun müssen, taucht jedoch eine andere Erinnerung auf, eine neue zu begleichende Rechnung.

Vergeblich versuche ich, diese Flut aufzuhalten. Am Abend weiß ich nie, wie alt ich sein werde, wenn ich am nächsten Morgen aufwache.«

Der Arzt lächelt.

»Sie leiden an hyperthymestischen Anfällen«, sagt er.

»Was höchstwahrscheinlich auf eine Veränderung des eidetischen Gedächtnisses zurückzuführen ist«, fügt er an seinen Kollegen gewandt hinzu.

»Meine Erinnerung ist ein einziges Chaos.«

»Es ist meine Schuld. Ich habe nichts aufgehoben.«

Ich erzähle ihm, wie ich das Haus meines Vaters ausgeräumt habe.

»Der Fluch«, bemerke ich ironisch.

Er holt ein Heft hervor, macht sich einige Notizen. Sein Name steht auf dem Namensschildchen, »Prof. Pommera«. Ich soll ihm von der Krise erzählen, die mich hierhergeführt hat.

»Eine Erinnerung … Es war, als wir Vater verlassen haben …«

Durch ein leichtes Nicken ermutigt er mich, fortzufahren.

»Ich war gerade achtzehn geworden. Es war ein paar Monate nach Mitterrands Wahl zum Präsidenten.«

Ich erzähle ihm, dass die beiden Ereignisse in meinem Kopf ineinanderfließen, wohl, weil sie beide einen entscheidenden Moment in meinem Leben markierten, oder, noch wahrscheinlicher, weil beide ohne mein Hinzutun stattgefunden haben.

Am Sonntag, den 10. Mai 1981, um 20 Uhr, erschien das Gesicht des sozialistischen Kandidaten auf dem Bildschirm des zweiten Fernsehkanals Zeile für Zeile, so wie wenig später auf denen des ersten französischen Onlinedienstes *Minitel* oder der ersten Computerspiele.

Mein Vater kam aus der Toilette gerannt, kniete sich mit offenem Hosenstall vors Gerät und brach in Tränen aus: »Auf diesen Augenblick warte ich seit dreiundzwanzig Jahren …«

Er wollte zur Place de la Bastille, um den Sieg zu feiern.

Meine Schwester und ich gingen zusammen die Treppe hinunter. In der dritten Etage tauchte in einer Tür der Kopf der Hauseigentümerin auf. »Wir machen eine Revolution«, rief ich gedankenlos. »Macht sie wenigstens leise!«, schimpfte sie.

»Und wie kam es zu der Trennung?«, fragt der Arzt.

»Mein Vater war der Ansicht, Glück bedeute den Tod. Wir liefen keine Gefahr zu sterben. Er hatte uns einige Monate zuvor bei einer Familienratssitzung seinen Ausstieg aus *Ein Käfig voller Narren* mitgeteilt. Er sagte, für uns würde ein neues Leben beginnen.

Nun gab es wieder Zeiten, in denen er keine Arbeit hatte und Stunden vorm Telefon verbrachte. Durch den Beruf waren seine Nerven zum Zerreißen gespannt. Für meine Mutter grenzte es an ein Wunder, dass überhaupt wieder Anfragen kamen. Über die linke Gesichtshälfte verlief eine Schnittwunde, vom Wangenknochen bis zum Kiefer. Vergeblich bemühte er sich, ihr die Seite zu zeigen, diese Wunde war zwischen ihnen, ein stiller Vorwurf.

Meine Mutter hatte die Partie verloren. ›Wir werden mit der Transsibirischen Eisenbahn fahren, ich werde dir den Ural zeigen und die Sonne überm sibirischen Tiefland.‹ Er versprach ihr große Reisen, doch um sie dorthin zu bringen, reichten allein seine Worte. Der Zauber verflog rasch, was blieb, waren endlose Streitereien.

Die ersten politischen Enttäuschungen ließen nicht lange auf sich warten. Bei den Parlamentswahlen verlor die Partei die Hälfte der Sitze. Vier Kommunisten wurden unbedeutenden Ministerien zugeordnet.«

Für einen Augenblick halte ich in meiner Erzählung inne, beobachte Professor Pommeras überraschtes Gesicht.

»Alles hing bei uns von der aktuellen politischen Lage ab«, sage ich. »Antoine Vitez trat aus der Partei aus, um die Leitung eines Theaters zu übernehmen. Lieber würde ich sterben, sagte mein Vater.«

Ich weiß nicht mehr genau, wann es begann. Wahrscheinlich gegen Ende der siebziger Jahre. Es spielte sich langsam ab, am Anfang nahmen wir es kaum wahr, bis es irgendwann offensichtlich wurde. Wir lebten nicht mehr in der Zukunft – unser gesamter Ehrgeiz richtete sich von nun an auf die Vergangenheit. Wir hatten den Faden der Geschichte verloren. Mein Vater war sich nicht mal mehr sicher, ob wir die Revolution noch erleben würden. Aber eure Kinder ganz bestimmt, sagte er. Damals wussten wir es noch nicht, aber am 10. Mai 1981 feierten wir auf der regenüberströmten Place de la Bastille unsere Niederlage. Das kleine Frankreich der Kommunisten, mit der vom *Front populaire* geerbten Mythologie und der Erinnerung an die zahlreichen Kämpfe hatte Mitterrand mit letzter Anstrengung die Räuberleiter gehalten und ihm zum Erfolg verholfen. Wir lösten uns auf wie eine Atemwolke an einem kalten Wintertag.

Professor Pommera ermutigt mich, fortzufahren.

»An einem Abend im Oktober 1981 gab Mutter unseren inständigen Bitten nach. Sie beschloss zu gehen. Für die Flucht vereinbarten wir einen Abend, an dem er auf der Bühne stehen würde. Damals spielte er in *Die zwölf Geschworenen*. Beim Abendessen sprach keiner von uns ein Wort. Meine Schwester und ich befürchteten, Mutter würde im letzten Augenblick einen Rückzieher machen. Unser

Vater bemerkte sofort, dass irgendetwas nicht stimmte. Dafür hatte er einen sechsten Sinn. Er sah mich an, als hätte er es schon immer gewusst …«

Ich senke die Stimme.

»… ich meine, dass ich eines Tages abtrünnig werden würde … Den Gedanken des Fluches lehnte er im Namen des Marxismus grundsätzlich ab, aber er glaubte an das Schicksalhafte im Leben der Aderholds. Egal, was die Väter machten, die Söhne wandten sich von ihnen ab, das war bisher in jeder Generation so gewesen. Es war vorherbestimmt, und es gab kein Entrinnen. Er hatte es schon gewusst, als er mich auf der Entbindungsstation in Decazeville zum ersten Mal gesehen hatte. Ich glaube, schon damals sah er mich an und fragte sich, wann es so weit sein würde.«

Ich atme tief ein. Pommera reicht mir ein Glas Wasser.

»Während des gesamten Abendessens starrte er uns abwechselnd an. Unser Schweigen überraschte ihn. Ich weiß noch, wie er beim Aufstehen hämisch lachte. Er war sich sicher, Mutter dadurch schwächen zu können. Um uns wollte er sich später kümmern. Er brach ins Theater auf.

Wir hatten besprochen, dass einer von uns bleiben musste, bis Mutter eine Wohnung fand. Wir befürchteten, er würde die Schlösser austauschen, damit wir unsere Sachen nicht holen konnten. Ich erklärte mich bereit.

Die Hoffnung, ich würde eines Tages ein marxistischer Intellektueller werden, hatte er bereits aufgegeben. Seitdem ermutigte er mich, zu schreiben. Er empfahl mir die Lektüre veristischer Texte, in denen die Schonungslosigkeit der Ausbeutung dargestellt sei, und gab mir eine Liste von Autoren, die ich lesen sollte. Ich saß an meinem Schreibtisch und kritzelte geometrische Zeichnungen aufs Blatt.

Ich glaube, im Grunde wollte ich ihm meine Treue beweisen. Manchmal, wenn er abends aus dem Theater kam, saßen wir zusammen im Wohnzimmer. Er brachte mir bei, zu trinken wie ein Cowboy. Nach dem zweiten Glas war ich völlig blau.

Männer finden im Rausch zueinander, hat meine Großmutter immer gesagt. Er erzählte mir von seinen Eroberungen im Leben, wobei er seine geschlossene Faust vor dem Hosenstall auf und ab bewegte … Er sprach von seinem Vater. Ich sollte ihm gut zuhören. Am Ende verzeiht man, man verzeiht immer. Er warf sich vor, ihn zu sehr gehasst zu haben, was vor allem die Schuld seiner Mutter sei.«

Ich breche ab, wundere mich, dass ich Pommera all das fast ohne Hemmungen erzähle. Er hat das schöne Gesicht eines Mannes, der in Frieden mit sich lebt.

»Meine Schwester und meine Mutter gingen ins Hotel. Ich wartete darauf, dass er nach Hause kam. Ich lag auf meinem Bett, im Dunkeln, und stellte mir meine Beerdigung auf dem kleinen Friedhof von Salviac vor. Die Stille in der Wohnung machte mir genauso viel Angst wie das geringste Geräusch aus dem Treppenhaus. Als ich hörte, wie sich der Schlüssel im Schloss drehte, zuckte ich zusammen.«

Ich muss eine Pause machen, atme schwer. Pommera beobachtet mich, lässt jedoch keine Reaktion erkennen.

»Wir verbringen unser gesamtes Leben mit dem hartnäckigen Versuch, Erinnerungen abzurunden«, sagt er, um mich zu beruhigen.

Erstaunt über die Bemerkung sehe ich ihn an.

»Mein Vater blieb lange auf der Toilette. Mein Herz raste. Ich versteckte mich unter der Decke. Ich hörte seine schweren Schritte im Flur. Den Lichtschalter im Schlafzimmer. Danach war es eine Weile still. Beim Anblick des leeren Bettes muss er ziemlich überrascht gewesen sein. Er hätte nie gedacht, dass seine Frau ihn verlassen würde. Er suchte sie in der ganzen Wohnung, platzte in mein Zimmer. Ich hatte den Kopf zur Wand gedreht. Er schaltete das Licht ein, das mich blendete. ›Wo ist sie?‹ Er beugte sich über mich. Sein Gewicht erdrückte mich. Durch ein Kopfschütteln bedeutete ich ihm, dass ich es nicht wisse. Er zerrte mich aus dem Bett, hob mich am Pyjamakragen hoch. Meine Füße berührten den Boden nicht mehr. Ich schloss die Augen, war mir sicher, dass er mir einen Kopfstoß verpassen würde, wie all den Kerlen, die er zusammengeschlagen hatte. ›Warum hast du mich verraten?‹«

Durch das Fenster meines Krankenzimmers blicke ich in das tiefe Grau von Paris. Ich kenne keine andere Stadt, in der sich diese Farbe in solcher Vielfalt zeigt. Das beinah weiße Grau an kalten Tagen, an denen man sich fragt, ob man überhaupt einen Fuß vor die Tür setzen soll, das Perlgrau des Nieselregens, das uns mit sanfter Nostalgie erfüllt, dann das beinah schon nachtblaue Grau nach einem Gewitter, das den Gehwegen einen dunklen, schönen Glanz verleiht. Das luftige Grau eines Nachmittags, an dem man am Arm einer Frau durch die Straßen spaziert, und das fröhliche Grau während der Weihnachtseinkäufe.

Durch die Zinkschornsteine, die Aluminiumkästen der Klimaanlagen, das Gewirr von Blechplatten und -rohren entsteht ein Bild, als hätte man auf den Dächern Notunterkünfte eingerichtet. Bei den wenigen Malen, bei denen wir uns in ein elegantes Viertel wagten oder einen besonders prunkvollen Ort besuchten, war uns unwohl zumute, wir konnten kaum glauben, was wir sahen. Mein Blick wird von einer Stelle angezogen, an der die Farbe abblättert oder an der man mit ein bisschen Beton ein Loch zugespachtelt hat, als könnte nur so etwas einem Ort Leben verleihen.

Die Albträume meiner Kindheit sind zurückgekehrt. Aus Angst vor ihnen bleibe ich wach. Sobald ich die Augen schließe, werde ich von zwei Händen gepackt. Ich drehe mich um, schlage zu, obwohl ich meinen Gegner nicht sehe. Er zückt ein Messer. Ich schrecke auf aus dem Traum.

Ich drehe mich zur Wand. Dann fällt mir ein, dass ich, wenn ich so liege, nicht sehen kann, wenn jemand das Zimmer betritt. Einen Augenblick lang zögere ich, versuche mich zu überzeugen, wie absurd diese Angst ist, doch schließlich drehe ich mich um und erblicke Catherine im Sessel. Sie ist leise hereingekommen, hat mich nicht wecken wollen.

Ich lüge sie an. Mir geht es besser. Sie ist besorgt. Mir geht es besser.

Pauline werde vorbeikommen. Sie wisse bereits Bescheid. Und Simon? Sie lächelt. Lass ihm ein bisschen Zeit …

»Welcher Tag ist heute?«

»Der 12.«, antwortet sie.

Ich erzähle vom Besuch meiner Mutter und meiner Schwester. Wir haben darüber gesprochen, wie wir Vater verlassen haben. Wenn wir alle drei zusammen sind, ist das unser Hauptgesprächsthema. Als könnten wir es immer noch nicht fassen, dass wir damals unseren Plan verwirklicht haben.

Catherine schüttelt den Kopf, seufzt missbilligend.

Hinter halb geschlossenen Lidern sehe ich sie an. Die müde Schönheit ihrer Züge tut mir gut.

Ich würde so gern den Schmerz verschwinden lassen, den ich in ihrem Mundwinkel, in den Falten um ihre Augen erkenne. Sie beruhigen.

Frauen gegenüber konnte ich noch nie gelassen sein. Lieben war für mich wie ein Buch, das man in einem Zug lesen musste.

Catherine war die Erste, der ich keine Gedichte schrieb. Um mein Studium zu finanzieren, habe ich in Teilzeit beim

Verlag Larousse gearbeitet. »Mein Sohn, der bei *Petit Larousse* arbeitet …«, sagte mein Vater, wie ehemals »mein Sohn, der in der DDR gewesen ist«. Sie arbeitete als Lektorin in derselben Abteilung wie ich, ihr Schreibtisch stand gegenüber von meinem. Ich beobachtete sie aus der Deckung meines Bildschirms. Sie trug viel kunstvoll gearbeiteten Schmuck, imposante Ringe, Anhänger in verschlungenen Formen, goldene Ohrringe in Venusform, in Form eines Schmetterlings oder einer Blume. Sie hatte stets verschiedene in jedem Ohr, was mich mehr verwirrte, als ich hätte sagen können. Ihr Gesicht, ihr Hals, ihre Hände waren von einer so leichten und sinnlichen Anmut, dass sie geradewegs dazu einluden, sich in sie zu verlieben. Sie anzusprechen traute ich mich nur in der Kantine. Wir aßen in einer größeren Gruppe zu Mittag. Wir sprachen von einem Film, der gerade in die Kinos gekommen war, und ich schlug ihr vor, ihn gemeinsam anzusehen. Ich hatte mir allerdings eine falsche Uhrzeit gemerkt, also lud ich sie als Wiedergutmachung auf ein Glas Wein ein. Wir unterhielten uns lange. Sie schlug vor, zu ihr zu gehen. Ich blieb bis zum nächsten Morgen, verwirrt darüber, dass es den Augenblick, auf den ich gewartet hatte, den, in dem ich ihr meine Gefühle gestehen und dabei mein Leben aufs Spiel setzen würde, nicht gegeben hatte.

Nie zuvor habe ich eine Frau so oft geküsst.

In der Metro, auf der Straße, vor der Haustür, wenn ich sie nach Hause begleitete, im Supermarkt, wo ich ihr beim Tragen der Einkäufe half. Sie konnte kein Wort sagen, ohne dass ich meine Lippen auf ihre gepresst hätte. Meine Zunge erkundete jeden Winkel ihres Mundes. Lass mich doch Luft holen, sagte sie.

Diese Küsse retteten mir das Leben wie einem Mann auf

der Flucht der Güterwaggon, in den er sich verkriecht. Die Liebe beschleunigt Geschichte.

Catherine glaubte nicht an Versprechen und Schwüre. Das empfand ich als Niederlage. Sie lachte über meine Begeisterung, nahm meine Liebeserklärungen nicht ernst. Du bist die Frau meines Lebens, sagte ich nach Ablauf eines Monats zu ihr. Lass die Dummheiten, antwortete sie. Ich spielte ihr die große Szene aus dem zweiten Akt vor. Sie sah sie sich schweigend an, ließ mich dann einfach stehen und ging zu Bett. Ich konnte es nicht fassen. Ich war unendlich wütend, grübelte die ganze Nacht darüber nach. Am nächsten Morgen lächelte sie mich an, als sei nichts geschehen. Du wirst mich doch nicht alle fünf Minuten fragen. Sie hatte mir einmal zugeflüstert, dass sie mich liebte – es gab nichts hinzuzufügen, nichts zu bereuen. Mit ihr lernte ich die Gelassenheit kennen. Ich hörte damit auf, ihr ständig zu sagen, dass sie die Frau meines Lebens sei – und so ist sie es schließlich geworden.

Großmutter war überzeugt, ein Mann habe nur zweimal im Leben die Möglichkeit, sich wie ein Held zu fühlen: wenn er in den Krieg zieht und wenn er eine Frau um ihre Hand bittet. Ich heiratete Catherine im Sommer 1988.

Am späten Nachmittag des 9. November 1989, einem Donnerstag, gab Günter Schabowski, ein führendes Mitglied der kommunistischen Partei der DDR, bekannt, dass es ab sofort erlaubt sei, ins westliche Ausland zu reisen. Daraufhin versammelten sich mehrere Zehntausend Ostberliner an den Grenzübergängen der Berliner Mauer.

Mein Vater rief mich am nächsten Tag an. Kurz nachdem die Massenausreise der DDR-Bürger begonnen hatte, war ihm schwindelig geworden. Er war am Morgen zum Arzt gegangen, der ihn ins Krankenhaus Beaujon nach Clichy zu einer gründlicheren Untersuchung schickte.

Hans Modrow, der neue Regierungschef, der den gebrechlichen Erich Honecker abgelöst hatte, sah in den folgenden Tagen dem Zerfall seines Landes ohnmächtig zu. Helmut Kohl legte einen Plan zur Wiedervereinigung der beiden Länder vor. Im Fernsehen sah man, wie sich die Menschen an die Mauer drängten, um ein Stück zu ergattern. Ich besuchte meinen Vater am Abend nach der Arbeit im Krankenhaus. Schweigend sahen wir uns auf dem Fernseher in seinem Zimmer die Nachrichten an.

Ungefähr Mitte November wurde das kommunistische Regime in der Tschechoslowakei durch die Samtene Revolution gestürzt. Václav Havel begrüßte die Menschenmenge von einem Balkon überm Wenzelsplatz.

Mein Vater lag reglos und völlig benommen im Bett, von wo aus er die Ereignisse verfolgte. Sein Gesundheitszustand verschlechterte sich. Er wurde immer schwächer, stand nicht mehr auf.

Auch Bulgarien brach zusammen, und als die Tschechoslowaken sich befreiten, trat auch der bulgarische Staatschef Todor Schiwkow zurück.

Mein Vater nahm zusehends ab, er verschwand in seiner Pyjamajacke. Die schlaffe Haut zeichnete ihm konzentrische Kreise auf den Bauch. Wegen der Schauspielerei litt er unter Schlafstörungen. Er schlief nie vor vier Uhr morgens ein, starrte stundenlang an die Zimmerdecke, bewegte sich nicht und schaltete auch kein Licht ein, um seinen Zimmergenossen nicht zu wecken.

Viele Ärzte interessierten sich für seinen Fall. Sie stellten ihm eine Reihe Fragen. Ob er kürzlich eine Auslandsreise unternommen habe. Ob er risikoreiche sexuelle Kontakte gehabt habe. Irgendein besonderes Ereignis, egal welcher Art, das Aufschluss geben könnte? Sie ließen nicht locker, aus wirklichem Interesse, aber wohl auch aus Verlegenheit, weil sie nicht weiterwussten, was dazu führte, dass mein Vater sich schließlich doch an ein Ereignis erinnerte. Es war im August 1968 gewesen, er lag nach seinem Autounfall im Krankenhaus La Salpêtrière, als sein Zustand sich plötzlich verschlechterte. Die Temperatur stieg innerhalb weniger Stunden auf über vierzig Grad an. Als er von der Invasion Prags durch russische Panzer und der Niederschlagung des Prager Frühlings gehört hatte, begann sein Herz zu rasen und er atmete schwer und keuchend. Ihm wurde schwindelig, er bekam Fieber. Die Anekdote rief bei den Stationsärzten Heiterkeit hervor.

Über eine Sache erlangten sie schließlich Einigkeit: Aus

einem ungeklärten Grund war das Innenohr meines Vaters zerstört. Das führte zu Gleichgewichtsstörungen und, was noch schlimmer war, zu einem Sturz, sobald es an dem Ort, an dem er sich befand, dunkel wurde.

Er würde nie wieder auf der Bühne stehen können. Eine etwa dreißigjährige Psychologin mit knochigen, harten Gesichtszügen sollte es ihm beibringen. Sie schlug ihm vor, einen Termin mit ihr zu vereinbaren, damit sie über die Möglichkeiten einer Umschulung sprachen. Er hörte ihr zu, sagte aber kein Wort. Sie wiederholte ihren Vorschlag. Auch diesmal reagierte er nicht.

Mein Vater gab sich seiner Krankheit vollkommen hin. Die Medizin wurde seine neue Partei. Ihrer Linie folgte er genauso blind wie zuvor der der anderen. Von den Ärzten verlangte er nur, dass sie sein Leben füllten, ihn mit so vielen Anweisungen versahen, dass keine Leerzeiten entstanden. Er brach jeden Kontakt zu den Schauspielerfreunden ab, setzte nie wieder einen Fuß ins Theater und schaffte seinen Anrufbeantworter ab.

Zu Weihnachten wurde das Ehepaar Ceauşescu, das seit fünfundzwanzig Jahren in Rumänien geherrscht hatte, festgenommen und hingerichtet. Meinem Vater ging es von einem Tag auf den anderen wieder schlechter.

Ich weiß nicht, warum, aber ich glaubte, sein Leid lindern zu können, indem ich ihm meine bedingungslose Treue bezeugte. Ich beschloss, seinem Beispiel zu folgen und der Partei in einem Moment beizutreten, in dem schon alles verloren zu sein schien – so wie er 1956 nach der Niederschlagung des Ungarn-Aufstands durch die Russen. Als wir Kinder waren, erzählte er uns die Geschichte eines Mannes aus dem alten Ägypten, der seinen Sohn umgebracht hatte, damit er seinen Vater nicht verlor. Manchmal tauchte er in meinen Albträumen mit einem Messer in der Hand auf. Ich war auf die traurigen Blicke der Menschen in meinem Umfeld gefasst, auf das leicht verächtliche Mitleid gegenüber dem armen Kerl, der sich an einer dem Untergang geweihten Idee festklammert. Ich war bereit, mich kläglicher Argumente wie »Das hat doch nichts mit Kommunismus zu tun« oder »Gewiss wurden Fehler begangen …« zu bedienen und das Offensichtliche mit dem krankhaften Starrsinn der Besiegten zu leugnen. Ich wollte, dass er es wusste. Ich war der Sohn, auf den er gehofft hatte.

Auf dem Weg zu ihm ging ich immer wieder meine kleine Ansprache durch. »Das ist die Stunde, in der man Einsatz zeigen muss …« Dabei stellte ich mir vor, wie ich an seinem Bett stehe und ihm meinen Entschluss begründe. »Die Niederlage nicht einfach hinnehmen …« Er hörte mir mit diesem ernsten und besorgten Gesicht zu, das er hatte, wenn er nicht wusste, worauf ich hinauswollte. »Weiterkämpfen …« Ich nahm eine etwas theatralische Haltung ein, eine, die zu der Entscheidung passte, die unser beider Leben ändern sollte.

Ich betrat sein Zimmer. Ich war zu aufgewühlt, um sprechen zu können, so als wollte ich einer Frau meine Gefühle offenbaren. Das Fernsehen übertönte unsere Stimmen. Mir gelang es nicht, seinen vom Bildschirm gefesselten Blick auf mich zu lenken. Ich drückte auf die Fernbedienung. Als der Fernseher verstummte, schreckte er auf. In ein paar flüchtigen Worten teilte ich ihm meine Entscheidung mit. Ich machte mir Vorwürfe, dass ich es nicht geschafft hatte, den Moment etwas denkwürdiger zu gestalten. Er sah mich mit trübem Blick an. Ich wollte schon zu einer Wiederholung ansetzen, als er mich bat, den Fernseher wieder einzuschalten.

Während sein Zustand sich weiter verschlechterte, nahm auch seine Verwirrung zu. Allmählich verlor er sein Gedächtnis. Zuerst vergaß er die Vornamen, dann die Nachnamen. Der Arzt sprach bereits von Demenz. Diese griff offenbar vor allem die mit dem kommunistischen Engagement im Zusammenhang stehenden Erinnerungen an. Die Wut, die Kämpfe, die Revolution, all das, wofür er sich so leidenschaftlich eingesetzt hatte, rot, ja, rot bin ich, löste sich innerhalb weniger Monate in Luft auf.

Er wusste den Namen des französischen Präsidenten nicht mehr. Die Ausgaben der *Humanité* stapelten sich ungeöffnet auf seinem Tisch. Wenn wir ihm davon erzählten, wunderte er sich über die früheren Wutanfälle während der Fernsehnachrichten oder über die Prügeleien mit den Gaullisten. Manchmal hatte er kurze klare Momente. Er fragte mich nach der Partei und ihren Wahlergebnissen, vergaß jedoch sowohl Frage als auch Antwort sogleich wieder.

Gegen meinen Willen machte die Demenz mich wütend. Ich konnte darin nichts anderes erkennen als einen letzten Winkelzug seinerseits, um der Niederlage auszuweichen. Und um mir meine einzige Chance zu nehmen. Niemals würde ich ein guter Sohn sein. Das Vergessen, das Verleugnen waren der Beweis dafür, dass alles, woraus meine Kindheit bestanden hatte, die Indoktrinierung, der Glaube an die absolute Wahrheit der Sache, die ich zu verteidigen hatte, die Zurechtweisungen bei der geringsten Abweichung vom vorgegebenen Weg und meine ständigen Schuldgefühle, nicht Kommunist genug zu sein, verblassen, ja verschwinden konnte, ohne dass das Leben stehen bleiben oder eine andere Richtung einschlagen würde. Für mich war es Fahnenflucht.

Die Fahnenflucht meines Vaters.

Draußen scheint die Sonne, die Menschen stehen auf, gehen zu Bett, die Welt ist voller Übergänge. Über allem liegt eine Anspannung, die Passanten gleichen in Käfige gesperrten Eichhörnchen. Hier hocken die Stunden zusammengekauert an meinem Bett.

Ich warte auf meine Kinder. Pauline kommt in zwei Wochen, wenn das Semester in Montreal zu Ende ist. Sie hat mir versprochen, Simon mitzubringen. Catherine hat gesagt, er habe nicht geantwortet, als sie ihn fragte.

»Sie erscheinen mir heute so nachdenklich …«

Pommeras Bemerkung lässt mich auffahren. Ich habe nicht gehört, wie er hereingekommen ist.

Ich werde es ihnen sagen. Man muss das Ganze sehen, die geometrischen Figuren erkennen, die durch die Lichtreflexe auf den Glasstückchen im Spiegel des Kaleidoskops entstehen. Und die unmerkliche Bewegung eines dieser kleinen Stückchen wahrnehmen, die alles durcheinanderbringen. Wenn sie hier sind, werde ich es ihnen sagen.

»Ich versuche mich davon zu überzeugen, dass die einzig wichtigen Dinge, die uns überleben, die für uns typischen Ausdrücke, unbedeutenden Bewegungen, unsere Haltung sind, all das, was wir tun, ohne uns dessen bewusst zu sein, ganz so, als sei das der Duft, die Essenz unseres Daseins.«

Als Simon klein war, schälte ich ihm nach dem Essen immer einen Apfel. Das Ritual vollzogen wir schweigend. Als Erstes viertelte ich ihn. Ich entnahm die Kerne, indem ich mit dem Messer einen präzisen Viertelkreis herausschnitt, dann entfernte ich mit einer langsamen, aber bestimmten Bewegung die Schale. Er wartete genauso voller Vorfreude wie ich als Kind, als ich meinen Vater dabei beobachtete, wie er zum Nachtisch eine Birne aufschnitt. Er spießte ein Stück auf die Spitze seines Messers und reichte es mir. In diesen Momenten spürte ich, dass er mir nahestand.

»Simon habe ich oft gesagt, dass es irgendwann seine einzige Erinnerung an mich sein wird. Das fand er lustig.«

Plötzlich kommt mir Pommeras Blick beinah freundschaftlich vor.

Ich hätte mich nie getraut, ihm zu gestehen, dass das Schälen dieses Apfels das Einzige war, was mir das beruhigende Gefühl gab, in die Fußstapfen meines Vaters zu treten, das von einer ungebrochenen Kontinuität zeugte, der sich, wie ich hoffte, auch Simon anschließen würde.

Der Regionalzug brachte uns zu einem Bahnhof, der von Berck noch ungefähr zwanzig Kilometer entfernt war.

Vater war zur Kur dorthin geschickt worden. Ich überzeugte Catherine davon, wie gut unserer Tochter ein Tag am Meer tun würde. Den letzten Teil der Strecke legten wir mit dem Bus zurück. Wir stiegen am Kurkrankenhaus aus, einem riesigen, zu Zeiten der Kaiserin Eugénie errichteten Gebäudekomplex mit einem Schieferwalmdach. Man könnte das Gebäude leicht mit einer Kaserne verwechseln. Die Ziegelfassade ist auf allen Seiten und in jedem Stockwerk in Rechtecke mit jeweils einem weiß gerahmten Fenster unterteilt. Der Meereswind hat den Absichten der Menschen ein Schnippchen geschlagen und hie und da die Frontgiebel angegriffen.

Meine Frau weigerte sich mitzukommen. Sie ging mit Pauline an den Strand. Wir vereinbarten, uns um Punkt achtzehn Uhr an der Bushaltestelle zu treffen. Wir wollten unseren Zug nicht verpassen.

Er lag in theatralischer Pose auf seinem Bett, das sich in einem großen Mehrbettzimmer befand, das Geschlecht gerade so bedeckt. Am Bauch und an den Hüften hatte er riesige blaue und orangefarbene Flecken. Der Kranke war seine letzte Rolle.

Der Schlafsaal erinnerte mich an die Cafés, die er besuchte. Die gleichen verbrauchten Gesichter, die gleichen ruinierten Körper. Obwohl sein Gedächtnis so nachgelassen hatte, beeindruckte er die anderen Patienten durch seine Bildung. Sie kamen zu ihm, wenn es einen Streit zu schlichten gab oder wenn er ihnen ihre Befunde erklären sollte. Neckend und respektvoll zugleich nannten sie ihn Monsieur Pierre. Er stellte sie mir vor, zu jedem von ihnen gab es eine Anekdote oder eine tragische Geschichte, er blätterte für mich das große Buch der Ausgebeuteten auf. Keinen einzigen Augenblick waren wir unter vier Augen.

Gegen Mittag gingen wir zur Strandpromenade. Er wollte sich nicht in den Rollstuhl setzen, machte es sich stattdessen auf einer Fahrtrage bequem. Als wir an einer Schießbude vorbeikamen, wurden wir von Schützen mit Luftgewehren und um sie herumlungernden Kindern gemustert. Er begrüßte sie mit weinerlicher Stimme. Das Laken hatte er sich bis zum Kinn hinaufgezogen, die Füße sahen am unteren Ende hervor. Ich zog ihn mit aller Kraft, die Anstrengung trieb mir den Schweiß auf die Stirn. Wenn ich an ein Hindernis stieß, schrie er kurz auf.

Das Ufer lag in fahlem Licht. Die Sonnenstrahlen konnten nicht durch den grauen Schleier des ansonsten wolkenlosen Himmels dringen. An jeder Brasserie entlang der Promenade hielten wir an. Ich half ihm, sich aufzusetzen. Er fragte die Gäste auf den Terrassen, wie das Essen sei. Wir gingen weiter. Er bat die Spaziergänger höflich, uns vorbeizulassen, lächelte matt. Ich legte mich mächtig ins Zeug, die Blicke der Passanten machten mich verlegen. Am anderen Ende landeten wir schließlich in einer Pinte. Zur Überraschung der Gäste sprang er beinah von der Fahrtrage und setzte sich an einen Tisch unter einem Sonnenschirm. Er begann ein Gespräch mit den Leuten am Nachbartisch, erzählte von seiner Krankheit. Ich versteckte mich hinter der Karte mit dem Tagesmenü. Er verlangte nach einer zweiten Portion Pommes und verschlang eine Waffel mit reichlich Schokoladensoße und Sahne, er bestellte zwei Whisky und kurz darauf zwei weitere. An diesem Teil der Esplanade reihten sich drei- und vierstöckige Villen aneinander. Die Fassaden waren übersät mit Öffnungen verschiedenster Art, großen Glasfenstern mit Metalljalousien, Mezzaninfenstern, schmalen Dachfenstern, kleinen Klappfenstern, als hätten die Bewohner dieser Häuser keine Gelegenheit auslassen wollen, das Meer zu sehen. Der Kellner ließ die Flasche auf dem Tisch stehen. Ich beobachtete den Küstenstreifen vor der Promenade. In den Dünen wuchs trockenes Gras. Die einst wohl leuchtenden Farben der Umkleidekabinen waren verblasst. Auf Karussellpferden, von denen die Lackierung abgeblättert war, drehten Kinder ihre Kreise. Das Krankenhaus drückte der Landschaft ihren Stempel auf. Über der gesamten Stadt hingen die übel riechenden Ausdünstungen der Schlafsäle und Laubengänge. Die mit Krankheit einhergehende Nachlässigkeit zeigte sich nicht nur bei der Schar derer, die die Promenade entlanghinkten, sondern auch bei den rasch erbauten, ja schludrig dahingeworfenen Häusern, die nur dazu dienten, ihren Bewohnern Zugang zur frischen Luft zu verschaffen, das gesamte Ufer entlang sah man diese aufgeknöpften Fassaden, die die nackten Bäuche der Gebäude zur Schau stellten.

Ich ließ mich treiben und trank mit. Trink, mein Sohn, trink. Je mehr mein Blick sich trübte, desto sanfter wurde seine Stimme. Die schönsten Besäufnisse meines Lebens verbinde ich mit Vater und seiner Wohnung in der Avenue Trudaine. Trink, die Nacht wird lang, sagte er. Vater und Sohn gab es nicht mehr, der Whisky spülte alles fort. Wir waren eins, keine Rivalität stand zwischen uns und auch keine Frau, die unsere Ruhe gestört hätte. Trink, trink wie ein Mann, bis zur Bewusstlosigkeit. Er ließ mich sturzbetrunken heimgehen. Einmal brach ich auf einem Bahnsteig an der Gare Saint-Lazare zusammen und bekam von einer jungen Frau einen Keks, sie dachte offenbar, ich hätte seit Tagen nichts gegessen.

Damals hoffte ich auf irgendeine Unregelmäßigkeit oder gar ein Leid, das in mein Leben treten und mir Talent verleihen würde. Ich durchforstete meine Biografie auf der Suche nach einem Drama, einem Fall von Inzest, einem Bruder, der vor mir gestorben war und dessen Namen ich bekommen hatte, einem schizophrenen Verwandten. Ich war zu Tode betrübt über die Banalität meiner Geschichte. Lange zu leben ist nicht das Entscheidende, sagte ich mir. Ich hatte einen Autounfall nach dem anderen. Beim letzten wäre ich um ein Haar gestorben. Ich war ins Département Lot gefahren. Mathilde hatte mir ihren Wagen geliehen. Ich kannte die Strecke, wusste, dass sie alles andere als gerade war. Ich beschleunigte, bemerkte eine Kurve zu spät und landete auf dem Kies des Seitenstreifens. Das Auto überschlug sich mehrere Male. Der Aufprall schleuderte mich hinaus. Ich landete im Feld, hatte einige Prellungen, war aber noch am Leben. Meine Ausschweifungen schienen nie mit denen meines Vaters standhalten zu können, die von einer düstereren Aura umgeben waren, während meine nur eine gewissenhafte Nachahmung darstellten.

Wir öffneten eine zweite Flasche.

Trink, mein Gott, trink. Nach den Unfällen tröstete mein Vater mich, manchmal lieh er mir Geld, damit ich die Kosten begleichen konnte. Trink, verdammt noch mal! Ich trank und machte mir keine Sorgen mehr. Es kümmerte mich nicht, dass ich weder ein Rimbaud noch ein Nerval war.

Seine neuen Freunde aus dem Krankenhaus in Berck gesellten sich ebenso zu uns wie Patienten anderer Stationen. Der Lärm, den wir veranstalteten, zog auch Passanten an. Mein Vater lud sie ein, sich zu uns zu gesellen, und bald saß ein Dutzend Leute um unseren Tisch. Er hatte die Gabe wie kein anderer, die Zahnlosen und armen Schlucker dieser Welt um sich zu scharen.

Er bestand darauf, zum Strand zu gehen. Einige zogen die Fahrtrage in den Sand, andere halfen ihm die Treppen hinunter. Er stützte sich mit seinem gesamten Gewicht auf sie. Er hörte ihnen zu, wie ein jovialer Bandenchef sich die Sprüche der um ihn versammelten Hallodris anhört, ab und zu machte er sich über sie lustig. In ihrer Mittelmäßigkeit bekräftigt, verloren sie jede Hemmung. Er schaffte es stets, das Schlimmste aus den Menschen herauszuholen. Mich nötigte er, mich neben ihn auf die Trage zu setzen. Die Flasche Whisky hatte er mitgebracht, einen unserer Kompagnons schickte er los, belgisches Bier und ein paar Snacks zu holen.

Gehen wir!, rief mein Vater. Drei Männer schoben uns in Richtung Meer. Der Sand hatte die gleiche feuchte, hellgelbe Farbe von rohen Kartoffeln wie der in den Pariser Parks. Vollkommen betrunken starrte ich stumpf zum Horizont. Eine ungesunde Brise trieb Wolken über den Himmel, die wie dahingespuckt aussahen.

Am Wasser blieben wir stehen. Ich glaubte zu erkennen, dass er sich unwohl fühlte, oder zumindest versuchte ich mir einzureden, dass er sich für die Zugehörigkeit zu diesem Klub selbst verachtete. Diese Welt der einsamen Zotenreißer, der kein Romantisieren mehr Glanz zu verleihen mochte.

Er warf mir vor, wie meine Mutter zu sein, die die Rabelais'sche Ausgelassenheit des Volkes nie zu würdigen gewusst habe. Du, der Schriftsteller sein will, musst doch die menschliche Seele kennen. Das ließ er mich vor seinem benebelten Publikum wissen. Um mich zu entlasten, prostete ich ihm zu. Die klagenden Schreie der Möwen bohrten sich mir in die Ohren. Das Meer hatte die Farbe von unerschlossenem Land. Nichts war mehr von Bedeutung.

Er erzählte die große Geschichte seines Scheiterns, wobei seine Stimme eine weibliche Färbung bekam. Die Hauptverantwortliche für all sein Leid war meine Mutter, er warf ihr die Liebe vor, die er ihr entgegengebracht habe, schmückte sich mit ihr, als sei sie eine Entschuldigung. Sich selbst warf er vor, ihretwegen all das verraten zu haben, was ihm wirklich etwas bedeutet hatte, und er grölte, ich solle ja nicht den gleichen Fehler begehen. Er sah mich flehend an, legte dann plötzlich den Kopf auf meine Schulter, forderte mich auf, ihn zu umarmen.

Unsere Kapitulation musste stets von epischer Tragweite sein. Das war das Entscheidende. Im großen Stil verlieren. Den Eindruck vermitteln, als sei dieses armselige Besäufnis kein geringeres Erlebnis als eine Reise mit der Transsibirischen Eisenbahn. Gegen den Fall war nichts einzuwenden, solange man fiel wie ein Fürst.

Der Horizont hatte inzwischen eine tröstlich sanfte Färbung angenommen. Mein Vater erlebte das Scheitern geradezu körperlich. Er mochte dessen Geschmack, das Herbe dieses Geschmacks und die Heftigkeit des Zusammenbruchs. Im Augenblick des Geschehens, aber auch noch Wochen danach, wenn er sich das demütigende Ereignis in Erinnerung rief, elektrisierte es ihn, verursachte eine starke erotische Erregung, die er wie ein Opiumsüchtiger immer wieder brauchte.

»Wacht auf, Verdammte dieser Erde …« Ein Bruchstück seiner Erinnerung war zurückgekehrt, er sang die *Internationale* aus voller Kehle. Plötzlich tauchte Catherine auf. Sie legte meinen Vater auf die Trage und brachte ihn zurück ins Krankenhaus. Wir rannten zur Bushaltestelle. Ich konnte mich kaum auf den Beinen halten. Die Realität rächte sich mit der Engherzigkeit betrogener Ehefrauen. Meine Tochter musterte mich erschrocken. Ich weinte wie ein Kind in den Armen meiner Frau.

Süßlich bitterer Pflaumengeruch hängt in der Luft des Krankenhauszimmers. Früher, in Großmutters Wohnzimmer, schwirrten Wespen um die Kompottschüsseln herum. An den kleinen herausgebissenen Stellen wurde das gelbe, saftige Fruchtfleisch unter der Schale sichtbar. Ich habe keine Kontrolle mehr über meinen Körper, er ist wie ein sich überschlagender Wagen, in dem ich geschüttelt, geschubst werde. Ich höre Catherine schreien.

Die Tür meines Zimmers öffnet sich. Eine dunkelhäutige Krankenschwester eilt herein. Ich möchte ihr sagen, sie solle nichts tun, aber meine Kehle ist wie zugeschnürt. Meine Muskeln ziehen sich im Rhythmus eines Schluckaufs zusammen. Sie sind hart, furchtbar hart. Ich kann mich nicht mehr bewegen. Mein Herz hämmert, hämmert wie verrückt. Es ist unvorstellbar beklemmend, so eingesperrt zu sein.

Pommera beugt sich über meinen Körper. Ich mustere ihn. Für einen Moment senkt er den Blick. Hinter ihm erkenne ich das dreckige Weiß der Wände, die grünen und roten Stöpsel der nebeneinander aufgestellten Maschinen und die auf Haken aufgerollten Gummirohre. Jenseits der Fenster ziehen in schnellem Tempo dicke Wolken vorbei. Vielleicht kündigen sie Schnee an. Ich sehne mich so sehr nach Kälte, in meinem Zimmer herrscht eine bedrückende Hitze, die mich in einem Zustand ständiger Mattheit hält.

Pommera drückt mir die Hand.

Man wird geboren und dann stirbt man.

»Ihre Symptome zeigen eine verblüffende Ähnlichkeit mit denen eines Syndroms, das Ende der fünfziger Jahre von Professor Targowla beschrieben wurde.«

Er sitzt am Fußende meines Bettes. Durch die Decke spüre ich, wie sein Körper sich gegen mein Bein drückt. Ich beneide ihn darum, wie er mit jeder seiner Bewegungen den Abstand zur Welt zu wahren versteht.

Ich warte auf meine Kinder, sage ich zu ihm. Ich hoffe, Simon kommt.

»Vor allem aus dem Krieg zurückgekehrte Soldaten litten darunter … Im Wesentlichen geht es darum, dass traumatische Erinnerungen Jahre später zurückkehren und eine Reihe von Beschwerden beim Patienten verursachen.«

Ich lache auf.

»Sie würden meine Kindheit also mit einer Kriegsszene vergleichen?«

»Es geht um den Mechanismus. Die Symptome sind ähnlich. Häufige Albträume, Zittern, Krämpfe, Angstzustände unterschiedlichster Art, Anwandlung von Paranoia, eine übersteigerte und leidenschaftliche Konzentration auf Fakten …«

Ich frage ihn, ob er mich wirklich so sieht.

Er lächelt verlegen.

»Das sind nur klinische Befunde, kein Urteil«, sagt er.

Ich akzeptiere die Erklärung, zwinkere ihm zu.

Er gibt mir zwei Tabletten. Ich respektiere seinen Glauben an diese kleinen quietschfarbenen Pillen. Wir wissen, dass wir beide unsere jeweiligen Rollen spielen, er die des aufmerksamen Arztes, der darum ringt, das richtige Heilmittel zu finden, und ich die des bis zum letzten Augenblick würdevollen Patienten.

Er klopft mir auf die Schulter und beugt sich zu meinem Ohr.

»Ich komme später noch einmal vorbei«, sagt er.

Wie einst auf die Revolution warte ich auf meine Kinder.

Ich sehe meinen Großvater mütterlicherseits vor mir. In den letzten Tagen musste ich öfter an ihn denken. Bestimmt, weil mir nicht mehr viel Zeit bleibt. Er ist der Einzige, dessen Erinnerung ich pflege. Ich weiß nicht, weshalb, aber immer, wenn ich in einer Kirche bin, zünde ich eine Kerze für ihn an. Manchmal mache ich sogar einen Umweg, um an einer Kapelle vorbeizukommen, und ich weigere mich, mich vor Pauline und Simon dafür zu rechtfertigen.

Schon immer kam es mir so vor, als bestünden zwischen der Niederlage 1940 und dem Zusammenbruch des Ostblocks gewisse Parallelen: In beiden Fällen ging eine ganze Welt unter, und bei Großvater suchte ich nach einem Grund zur Hoffnung. Er kam damals zurück, als wäre alles an ihm abgeprallt.

Lange dachte ich, das hinge mit einem Mangel an Überzeugung und Engagement zusammen. Dabei war es etwas ganz anderes, was ich verstand, als ich nach seinem Tod sein Kriegstagebuch las.

Die ersten Monate glichen einem Ausflug. Oberleutnant François Berthelot streifte mit seinem Pferd namens Sprotte durch belgische und niederländische Landschaften, besuchte Schlösser und große flämische Bauernhöfe, flirtete als Ziviler in Uniform mit einer Bäckerin aus Brügge und einer Wäscherin aus Bouchotte.

Am Tag nach der Kapitulation Belgiens, dem 28. Mai 1940, brach alles mit einem ohrenbetäubenden Lärm zusammen. Die Stukas nahmen sein Regiment unter Beschuss. Die Schützengräben waren blutgetränkt. Ein Bombensplitter zerriss Sprottes Maul, das Tier verendete. Mein Großvater verlor seinen Zug, ließ sein Gewehr zurück und war tagelang zu Fuß nach Dünkirchen unterwegs. Er versteckte sich auf einem alten englischen Schiff, und als man ihn entdeckte, warf man ihn ins Meer. Ein deutscher Soldat schlug ihn, nahm ihm die Uhr weg.

Er hielt die Tatsachen fest, aus seinen Zeilen hört man keine Klage, kein Selbstmitleid heraus. Die letzten Seiten, auf denen es darum geht, wie er nach Deutschland in ein Offizierslager gebracht wurde, zeichnen das Porträt eines Mannes am Ende seiner Kräfte, den man aus einem Zug in den anderen verlädt und in verschiedenen Lagern abstellt – aber nicht das Bild eines geschlagenen Mannes.

Er versuchte, der Zerstörung seiner Welt die Alltagsgesten seines früheren Lebens entgegenzusetzen, eine Bemühung, die gerade in ihrer Aussichtslosigkeit von innerer Größe zeugte. Die Niederlage von Dünkirchen war wie ein Sturm, der vernichtend über die Felder fegt, die Granaten, die ihn beinah töteten, wie Hagelkörner, die die Maisblätter zerreißen. Und er war der Bauer, der sich, als er sah, dass es dieses Jahr keine Ernte geben würde, einfach auf die nächste Saat vorbereitete.

Ich betrachte den Himmel, und mir wird ganz warm ums Herz, als wäre einer dieser gleichgültigen Sterne mein Großvater, der zu mir hinunterblickt. Wir verbringen unser Leben auf der Flucht. Seiner eigenen gab er den Anschein von Müßiggang, verpackte sie in eine intensive Lebenslust, die ihm ermöglichte, sich an jeder Begegnung und jedem Zufall zu erfreuen. Das würde ich meinen Kindern gerne vererben.

Die Nacht ist ein schwarzes Viereck im Fenster. Beim Gedanken an die kommenden Stunden versteift sich mein Körper. Ich falle in einen kurzen Halbschlaf. Die Erinnerungen fließen in meine Träume ein, meine Träume bringen mich zu den Erinnerungen, all die Bilder sind kleine Steinchen, die über die Oberfläche meines Geistes springen. Die Roten kündigen sich an, sie sind die Vorhut der nächsten Krise.

Ich schrecke auf. Pommera schließt die Tür so behutsam, dass ich gar nicht höre, wie sie ins Schloss fällt. Er öffnet den Kittel. Unter dem Stoff lugt der Hals einer Whiskyflasche hervor. Er entschuldigt sich, dass er nur Plastikbecher habe mitbringen können.

Seit wir beide wissen, woran wir uns zu halten haben, spricht er nicht mehr davon, welche Wirkung er sich von meiner Behandlung erhofft. Er verbringt eine Weile bei mir, verzichtet auf den sachlichen Ton. Manchmal vertraut er mir eine Erinnerung an oder sitzt einfach nur im Sessel neben meinem Bett. Ich frage ihn, ob er sich allen Patienten gegenüber so verhält. Er antwortet mit einem matten Lächeln. Ich belasse es dabei. Ich glaube, auch er mag diese Atmosphäre, als näherten wir uns dem Ende eines Filmes. Als er heute Morgen bei mir vorbeigekommen ist, habe ich ihm gesagt, dass ich gerne noch ein letztes Glas trinken würde, wie ein von einem tödlichen Schuss getroffener Cowboy.

»Der Wievielte ist heute?«

»Der 19.«, sagt er.

Wir trinken schweigend, wobei wir kein Hehl aus unserer Lust machen, uns dem Rausch zu überlassen.

Er legt den Zeigefinger auf die Lippen, lauscht. Auf dem Gang vor der Tür sind Schritte zu hören.

»Die Abendrunde …«

Wir lachen. Er fragt mich, wer an diesem Abend die diensthabende Schwester sei. Die Älteste, die mit dem Gesichtsausdruck einer sowjetischen Bürokratin. Christine? Ich habe keine Ahnung, wie sie heißt. Sie hat kurze Haare, traurige Augen, schmale Lippen und lächelt nie.

»Ich möchte mir lieber nicht vorstellen, was für ein Gesicht sie macht, wenn sie uns hier findet«, sagt er.

Der Alkohol macht ihn älter. Bei den tieferen Falten ist die Haut etwas schlaff. Gesichter verraten oft erst nach ein paar Gläsern die Wahrheit über sich. Sein Blick ist nicht mehr so eindringlich, dafür wärmer. Um seinen Mund spielt der Schatten eines Lächelns.

Er spricht über andere Krankenschwestern wie ein Kenner über sein Gebiet und versucht mich zu überzeugen, dass im Leben eines Mannes nichts anderes von Bedeutung sei. Noch nie sei er in Versuchung geraten zu schreiben, aber eine Abhandlung über Frauen würde er schon gern verfassen. Er hoffe sich dem widmen zu können, wenn er zu alt sei, um sie zu verführen. Alle faszinierten ihn. Alle!, wiederholt er. Sogar Christine? Sogar sie, antwortet er ostentativ. Ich halte mir die Decke vor den Mund, um das Lachen zu ersticken.

Dann spricht er von Myrtha. (»Wer?«, »Die schwarze Krankenschwester.«) In seinen Mundwinkeln erscheinen zwei Fältchen, etwas, was ich bisher noch nie bei ihm gesehen habe. Diese neue konspirative Stimmung zwischen uns rührt mich.

»Wenn Männer über Frauen reden, sind sie entweder Freunde oder werden es bald sein.«

»Oder bald nicht mehr sein.«

Seine Stimme ist plötzlich tief, fast nur noch ein Murmeln, dann folgt ein langes Schweigen, bis ich ihn nach seiner Geschichte frage. Das reißt ihn aus seinen Gedanken. Er sieht mich an, zögert. Er macht es sich in seinem Sessel bequem.

»Ich hatte einen Freund, er war für mich beinah wie ein Bruder. Wir waren zusammen auf dem Gymnasium. Dann haben wir gemeinsam Medizin studiert. Er wurde Chirurg, ich Neurologe.«

Ich versuche, ihn mir als Studenten und ohne die Fältchen vorzustellen. Damals hatte er noch nicht diese ruhige Ungezwungenheit. Er war ein wenig zu selbstsicher, man könnte sogar sagen, harsch in seiner Art.

»Das Leben oder unser beruflicher Werdegang hätten uns trennen können. Aber die Jahre vergingen, ohne das unsere Freundschaft darunter gelitten hätte. Wir standen uns so nah, unser Geschmack und unsere Gefühle waren so ähnlich, dass wir uns in dieselbe Frau verliebten.«

Ich lächle, glaube zu wissen, wie die Geschichte weitergeht. Beide versuchen, sie zu verführen. Sie machen es heimlich, um die Freundschaft nicht aufs Spiel zu setzen.

»Der eine wird ihr Ehemann, der andere ihr Geliebter, ohne dass der Freund davon wüsste.«

Er beobachtet meine Reaktion.

Ich wage nicht nachzufragen. Sein trauriges Lächeln lässt mich jedoch schließen, dass er der betrogene Ehemann ist. Sicher bemerkte er, dass sein Freund sich von seiner Frau angezogen fühlte. Das schmeichelte ihm, wie immer, wenn man ihn um etwas beneidete, was ihm gehörte. Dass seine Frau der Versuchung nachgeben würde, konnte er sich jedoch nicht vorstellen.

»Da die Frau wusste, wie wichtig diese Freundschaft den beiden Männern war, die ihr so viel bedeuteten, schaffte sie es, das Verhältnis jahrelang geheim zu halten …«

Ich unterbreche ihn. Nicht so schnell. Nicht so schnell. Das ist eine Meisterleistung – wie sei das denn möglich gewesen? Ahnte der Ehemann tatsächlich nichts?

»Sie vermieden es, sich an einem Ort zu treffen, der sie an den Mann erinnert hätte. Sie kaufte sich sogar Kleider, die den heimlichen Rendezvous vorbehalten waren. Und sie trug eine andere Frisur. Ihm gab sie sich mit offenen Haaren hin. War ihr Mann dabei, trug sie sie zu einem Knoten gebunden, was die ovale Form ihres Gesichtes betonte, und sie benutzte kein Parfum, schminkte sich kaum.«

Ich habe mich geirrt. Er ist der Liebhaber. Ich stelle ihn mir in einem Hotelzimmer vor. Er wartet auf seine Geliebte. Alles, was mit ihm geschieht, verdankt er seinem Willen. Männer wie er behandeln das Leben, als sei es nichts als eine Anhäufung von einzelnen Begebenheiten, die alle ihren Wünschen entspringen.

»Wie gesagt, das Verhältnis lief über mehrere Jahre. Einoder zweimal pro Woche trafen sich die beiden Freunde abends in einem Café. Sie hatten kein Geheimnis voreinander, zumindest dachte der Ehemann so. Der Liebhaber verschwieg seinem Freund weiterhin die Wahrheit, da er der Meinung war, sie hätten sich nicht in dieselbe Frau verliebt, wenn sie sich nicht so nahegestanden und zwischen ihnen nicht eine solche Übereinstimmung geherrscht hätte.«

Seine Worte lösen in mir eine wohlbekannte Erregung

aus, es ist die Anziehungskraft der Geschichte. Die Worte und ihr Rhythmus lassen den Keim einer Erzählung entstehen. Ich sehe Szenen, Gesichter, Pommera und seinen Freund bei einem Glas Wein, sie reden über Unverfängliches, vielleicht schwingt zwischen ihnen sogar eine gewisse Müdigkeit, ihre Lage und ihr Traum gleichen einem über die Stuhllehne neben ihnen geworfenen Mantel.

»Eines Abends ermutigt der Ehemann seinen Freund zu heiraten. Um ihn nicht stutzig zu machen, hatte der Liebhaber immer wieder irgendwelche Abenteuer erfunden. Der Ehemann sprach in höchsten Tönen über das Leben mit seiner Frau, wobei er ihm so manche intime Einzelheit anvertraute. Der Liebhaber lernte eine völlig andere Frau kennen als die, die er jede Woche im Hotel traf. Sie änderte also nicht nur ihr Aussehen. Offensichtlich hatte sie unterschiedliche Persönlichkeiten, Vorlieben und selbst ihre Lust war eine andere, je nachdem, mit wem von den beiden sie zusammen war.«

Die Bilder, die in mir aufsteigen, passen nicht mehr zu der bisherigen, von bürgerlichem Wohlstand geprägten Fassade des großen Arztes, sie lösen das Schicksal auf, das ich mir für ihn zusammengeschustert hatte.

»Der Liebhaber wurde plötzlich von heftiger Eifersucht ergriffen. Er fühlte sich von seiner Geliebten betrogen. Das Gespräch der Männer wurde hitziger, der Ton schärfer. Verstimmt verabschiedeten sie sich voneinander.«

Allmählich entsteht Leben in ihm, Fleisch wächst um die Knochen. Ich sehe ihn in den Armen dieser Frau. Er trinkt ein Glas Alkohol. In kleinen Schlucken. Er geht im Bois de Vincennes joggen, jede Woche zehn bis fünfzehn Kilometer, gibt vor, sich nicht um seine Geschwindigkeit zu kümmern, vergisst jedoch nie, die Stoppuhr einzuschalten. Im Auto hört er Schubert. Nein, eher eine Rockband. Dire Straits oder U2. Zu jedem Treffen mit der Geliebten kommt er ein paar Minuten zu früh. Für sie bemüht er sich um Ablenkung vom etwas niederträchtigen Aspekt des Ehebruchs. Er wird zu einem Romanhelden, einem einzigartigen Wesen, dessen Dasein ebenso vielschichtig wie unbestimmt ist.

Blind vor Wut beschließt der Liebhaber sich ungeachtet der Konsequenzen zu rächen. Er lädt seinen Freund in ein vornehmes Restaurant ein, um ihre Versöhnung zu besiegeln. Die beiden Männer umarmen sich, und der Ehemann sagt, dass er sich sehr auf das gemeinsame Essen freue. Da entdeckt er, dass der Tisch für drei gedeckt ist. Erwartest du noch jemanden?, fragt er. Im selben Moment betritt die Frau den Raum. Der Liebhaber hat sie eingeladen, ohne ihr zu verraten, dass ihr Mann dabei sein würde. Sie erblickt ihren Liebhaber und neben ihm ihren Mann. Unbewusst streicht sie sich übers Haar. Sie steht bereits zwischen den Tischen und wägt ihre Chancen ab, zu verschwinden, bevor die beiden sie bemerken. Mit unbewegter Miene dreht sie sich um und geht Richtung Ausgang. Leider erblickt ihr Mann sie, noch bevor sie den Raum verlassen hat.«

Ich sehe ihn fragend an. Waren Sie der Liebhaber?

Er zuckt mit den Schultern.

»Spielt das denn eine Rolle? Ich habe die Frau, die ich liebte, und meinen besten Freund verloren.«

»Ohne Fiktion können wir nicht leben.«

Nun haben Pommeras Züge wieder die gewohnte Gelassenheit. Seine Stimme klingt warm und voll wie immer, wodurch mir plötzlich bewusst wird, dass wir uns ja in einem Krankenhauszimmer befinden.

»Sie ist ein essenzieller Bestandteil unseres Lebens. Ich nenne Ihnen ein Beispiel. Die Person, mit der Sie eine Verabredung haben, kommt zu spät. Sofort malen Sie sich unterschiedlichste Szenarien aus. Oder Sie sitzen im Bus und die Frau Ihnen gegenüber blickt Sie etwas länger an … Sofort stellen Sie sich den Beginn eine Romanze vor …«

Ich erhebe mein Glas auf das Gesagte.

»Das Interessanteste an dem Ganzen ist die Funktionsweise unserer Erinnerung. Aus den Erinnerungen entsteht das, was ich unseren persönlichen Roman nenne. Jeder von uns verfasst im Kopf seinen eigenen. Um die Welt zu begreifen und sich selbst zu erschaffen. Leute mit Fantasie, wie Sie, machen ein Epos daraus. Rationalere Menschen bevorzugen minimalistischere Versionen. Und die Kranken produzieren einen *nouveau roman* …«

Er lacht über seinen Scherz.

»Wir schreiben unser gesamtes Leben daran, wobei wir uns dessen meist gar nicht bewusst sind. Wir füllen die Leerstellen aus, erfinden Passagen, die uns zum Verständnis fehlen. Manchmal ist die Verschiebung zur Wirklichkeit zu groß. Diese Funktionsstörung ist es, die für die Psyche des Patienten gefährlich wird.«

Er streicht sich übers Hosenbein, wirft mir einen flüchtigen Blick zu.

»Wir sind nicht die einzigen Autoren unseres persönlichen Romans. Ganze Kapitel, ja sogar die Handlung haben wir von unseren Eltern. Wir weben unsere Erinnerungen in den geerbten Rahmen. Dieser Rahmen ist es auch, der uns in einigen Situationen unbewusst auf eine Weise reagieren lässt, die wir eigentlich ablehnen, was wir als Fluch empfinden, dem wir nicht entkommen können.«

Bei der Erwähnung des Fluchs schrecke ich auf. Ich blicke ihn düster an.

»Nicht die Zukunft hat uns verraten, sondern die Vergangenheit.«

Pommera nimmt die Unterlippe zwischen Zeigefinger und Daumen, reibt sie kurz.

»Sie haben mir nie richtig erzählt, wie es mit dem Erinnerungsstrom angefangen hat …«

»Vor ein paar Jahren ist mein Vater in Großmutters Haus gezogen. Er war ständig betrunken. Die Möbel, der Boden, alles war von einer unglaublichen Staubschicht bedeckt. Von seinem Sofa im Erdgeschoss zum Bett im oberen Stockwerk führte lediglich eine schmale Schneise. Er heizte nicht mehr, zog mehrere Pullover übereinander. Wenn ich ihn in Salviac besuchte, wechselten wir die Straßenseite, um nicht den Händlern zu begegnen, bei denen er in der Kreide stand. Bevor ich nach Paris zurückfuhr, bat er mich auf dem Bahnsteig noch, ihm etwas Geld zu leihen, zwanzig oder dreißig Euro. Rot, ja, rot bin ich! Und: Ihr könnt mich mal!

Mathilde und ich waren irgendwann gezwungen, ihn in ein Seniorenheim zu geben. Ich hatte Angst, ihn zu besuchen. Zwischen uns herrschte eine Stille, die genauso gewaltig war wie einst seine Wutausbrüche. Seine Mimik hatte sich nicht verändert, nur gehörte sie jetzt zu einem anderen, alternden, schmächtigen Körper. Er hatte Mühe aufzustehen, stützte sich mit den Armen ab, doch sie zitterten – als Kind konnte ich jede seiner Gefühlsregungen an den Muskelzuckungen unter seinen Hemdsärmeln erraten. Es war verwirrend, diesen Körper, vor dem ich mein gesamtes Leben lang Angst gehabt hatte, dem Verfall ausgeliefert zu sehen. In seinen Augen blitzte manchmal für einen kurzen Moment der von früher wohlbekannte Blick auf. Etwas ärgerte ihn, der Zornesfunke, dieser Vorbote des Kopfstoßes, leuchtete auf und erlosch sogleich wieder. Sein Leben, seine Wut haben sich in die Arbeit des Kiefers und des Magens zurückgezogen, kauen, schlucken, ausscheiden, wie eine von den sie steuernden Menschen verlassene Maschine. Er vegetierte dahin wie ein inmitten des Ozeans der Demenz in eine Flaute geratenes kleines Boot, verbannt in einen toten Winkel der Geschichte.

Vor einem Jahr haben die Krankenschwestern ihn in seinem Sessel gefunden, der Fernseher lief wie immer mit aufgedrehter Lautstärke. Die Fernbedienung hielt er fest in der Hand.«

Tränen ersticken meine Stimme, ich kann nicht weitersprechen.

Kurz vor seinem Tod habe ich die Stelle im Verlag Larousse gekündigt und meinen eigenen Verlag gegründet. Als ich ihm davon erzählte, sah er mich mit dem gleichen kühlen Blick an wie früher, wenn meine Stimme verriet, dass ich eine schlechte Note bekommen hatte. Du bist also

Chef geworden?, fragte er und machte sich über die Pralinenschachtel her, die ich ihm mitgebracht hatte.

Pommeras Schultern bewegen sich kaum merklich, er unterdrückt ein Lachen.

Ich erblicke Christines Kopf in der Tür. Sie hat die Flasche nicht bemerkt oder tut zumindest so.

»Es ist spät, ich lasse sie schlafen«, sagt Pommera, nun wieder im Tonfall des Arztes.

Bevor er geht, schenkt er mir noch ein letztes Glas ein.

Ich trinke meinen Whisky in kleinen Schlucken.

Mein Vater hat nie *Othello* gespielt, die Revolution hat nicht stattgefunden.

Langsam überkommt mich Angst, die Angst, dem Leben nicht gewachsen zu sein.

Meine Mutter lebt allein in einer kleinen Wohnung in Quimper, neben der Kathedrale. Jeden Samstag macht sie sich zurecht, wofür sie sich viel Zeit nimmt, geht auf den Markt und kauft am Käsestand einen Saint-Marcellin oder einen Crottin. Der Verkäufer sagt ihr jedes Mal in liebenswürdigem Ton, wie glänzend sie an diesem Tag aussehe oder wie gut ihr die neue Frisur stehe. Breit lächelnd geht sie heim und schenkt den Käse der Hausmeisterin oder einer Nachbarin.

Meine Schwester hat wieder geheiratet. Wie die beiden vorherigen ist auch ihr dritter Mann ein Algerier, ganz so, als könnte sie nicht davon ablassen, ihren Vater zu provozieren und den Algerienkrieg nachzuspielen. Das vorbehaltlose Wohlwollen, mit dem er ihren ersten beiden Ehemännern begegnet war, als handele es sich um einen historischen Moment, den er auf keinen Fall verpassen wollte, amüsierte sie.

Die Angst, mich nicht an alles zu erinnern.

Und noch viel mehr die Angst, die Erinnerungen immer wieder zu verfälschen.

Ich weiß nicht einmal, ob mein Sohn kommen wird.

Ich werde es ihnen sagen.

Zukunftstheorien sind vor meinem Fenster vorbeigezogen, sie haben die Welt nicht verändert, ich habe sie nicht verändert. Die Bergleute sind fort, mit ihnen die Aktivisten, die Bolschewiken, die Kommunarden. Eine Gruppe von Brüdern, eine Handvoll glücklicher Menschen.

Ohne Umschweife werde ich ihnen sagen, wie schmerzvoll Geschichte sein kann.

Ich bin vor Morgengrauen aufgestanden. Die Stille im Krankenhaus, ähnlich wie auf dem Land, verleiht dem Augenblick eine Feierlichkeit, die ich in jeder Bewegung spüre. Mein Spiegelbild belächelt meine Bemühungen, die körperlichen Anzeichen der Krankheit zu verbergen. Ich habe mich rasiert, die Haare gewaschen, den oberen Knopf meiner Pyjamajacke zugeknöpft. Ich möchte meinen Kindern den Anblick des Körpers im Verfall ersparen.

Ich stehe am Fenster. Allmählich wird es Tag. Die Menschen eilen vor Kälte gebeugt durch den Garten. Krankenschwestern und Pflegehelfer, kurz vor Beginn ihrer Schicht. In der kleinen verglasten Bude sitzt ein Mann mit hochgeschlagenem Kragen und Halbfingerhandschuhen, nickt den Vorbeieilenden grüßend zu. Wie von ihren Beinen geführt, als müssten sie dem überhaupt keine Aufmerksamkeit mehr schenken, laufen sie die Wege entlang. Manche von ihnen bleiben am Fuß der Eingangstreppe oder bei einem der vielen runden Blumenbeete des Parks stehen. Sie holen eine Schachtel Zigaretten aus der Manteltasche, rauchen eine, wobei sie von einem Bein aufs andere treten, um weniger zu frieren. Ich beneide sie. Ich stelle sie mir im Umkleideraum vor. Sie ziehen ihre Kittel über, zählen die Tage bis zum nächsten Urlaub oder Zahltag, den Kopf voll mit Aufgaben, die auf sie warten. Ich konnte mich nie der Wiederholung anpassen. Je näher ich dem Büro kam, in dem ich gerade arbeitete, bei Larousse oder woanders, desto langsamer wurden meine Schritte, mein Körper weigerte sich. Jedes Mal musste ich mir gut zureden, ja mich zwingen, das Gebäude zu betreten, und doch denke ich heute daran zurück wie ein Erwachsener an die Weihnachten seiner Kindheit.

Pauline hat gesagt, sie kommen gegen elf Uhr. Auf einmal habe ich es gar nicht mehr eilig. Das Warten ist wie Balsam für meine Seele, dem ich mich gerne überlasse.

Myrtha ist überhaupt nicht erfreut, mich am Fenster stehen zu sehen, sie schickt mich sofort zurück ins Bett. Ich folge ihrer Anweisung ohne den geringsten Protest. Heute sei der 21. Dezember 2012. Das Ende der Welt sei für zwölf Uhr zwölf angekündigt. Sie macht sich darüber lustig, ihre Stimme verrät allerdings eine leichte Besorgnis. Das sei dummes Gerede, sagt sie, dennoch gebe es ja diese Geschichte mit dem Maya-Kalender, und jemand aus der Gewerkschaft habe ihr erzählt, dass der Planet Venus unseren Himmel durchquere.

Sie steht dicht neben meinem Bett und spielt mit dem Bruststück ihres Stethoskops, das aus ihrer Tasche hängt.

Ihr Nagellack ist genauso grellrosa wie ihr Lidschatten. Ich möchte mir diese Bilder ins Gedächtnis brennen. Die Mayas haben zweitausend Jahre vor Christus in Mexiko gelebt. Ich bemühe mich um einen professoralen Ton. Das Schmerzlichste an dem Ganzen wäre nicht das Sterben, sondern das Verschwinden all der Erinnerungen, der letzten Bruchstücke, die mir von den anderen bleiben. Ich deute auf die Pillen auf meinem Nachttisch. Wenn es für uns alle heute ohnehin aus ist, brauche ich sie auch nicht mehr zu schlucken.

Sie lacht.

Sobald sie das Zimmer verlassen hat, kehre ich zurück zu meinem Beobachtungsposten. Der Garten, die Gebäude liegen in gedämpftem, mattweißem Licht. Die ersten Patienten tauchen in Begleitung ihrer Familienmitglieder auf.

Auch Pommera rät mir, mich wieder hinzulegen. Er kommt zu mir, stützt sich mit dem Ellbogen am Fensterbrett ab. Unsere Schultern berühren sich. Er freut sich für mich, dass meine Kinder kommen, und macht Scherze über den Weltuntergang. Er sagt, nun bereue er doch, nicht sein Glück bei Myrtha versucht zu haben.

»Es ist nicht das erste Mal, dass man sich der Wissenschaft bedient, um das Ende der Welt anzukündigen.«

Er wirft mir einen schalkhaften Blick zu. Andere haben sie herangezogen, um den Zusammenbruch des Kapitalismus vorherzusagen …

Ich betrachte den Himmel, erzähle ihm das Ende von Michail Bulgakows Roman *Die weiße Garde*. Ein Bolschewik steht vor einem Gebäude in Kiew Wache. Er ist der Einzige in der Dunkelheit, er blickt zum Himmel. Die Sterne über ihm, denen die Geschäftigkeit der Menschen gleichgültig ist, machen sich über seine Revolution lustig. Mein Vater träumte davon, in einem Sputnik ins Weltall geschossen zu werden und auf der Milchstraße zu sterben. Das Weltall hat schon immer eine starke Anziehung auf Revolutionäre ausgeübt. 1872 schrieb Louis-Auguste Blanqui, Mitglied der Pariser Kommune, *Die Ewigkeit durch die Sterne*. Und Anton Pannekoek, ein niederländischer Astronom, schloss sich nach dem Studium der Galaxie dem Kommunismus an.

Pommera wirft ein, dass Bulgakow Arzt gewesen sei.

Es gibt einen Physiker, Alexander Vilenkin, der behauptet, es gebe keinerlei Grund für die Annahme, dass unser Universum das einzige sei. Er geht vielmehr von der Existenz einer Unendlichkeit aus, in der sich unsere Doppelgänger bewegten. Jedem Ereignis können verschiedene andere folgen, die sich jeweils in einer unserer Parallelwelten ereigneten. Seiner Meinung nach gebe es mehrere Regionen in unserem Kosmos, in denen Elvis noch lebe.

Pommera verzieht den Mund. Er mustert mich, sucht nach Hinweisen, ob ich das ernst meine.

»Welten, in denen Elvis lebt? Wieso gibt es dann keine Planeten, auf denen der Kommunismus nicht zusammengebrochen ist?«

»Sie ahnen gar nicht, wie recht Sie haben. Ein Kollege Vilenkins sagt, wir seien gerade dabei, uns vom engstirnigen und kleinbürgerlichen Bild des Universums zu verabschieden.«

»Klassenkampf auf kosmischem Niveau«, spottet Pommera.

»Stellen wir uns für einen Augenblick ein Universum vor, besser noch einen Planeten, der unserem aufs Haar gleicht, auf dem der Kommunismus das Spiel nicht verloren hat, auf dem die Mauer nicht wegen seines Scheiterns, sondern wegen seines Triumphes gefallen ist!«

Er schmunzelt.

»Sie und Ihr ungerührtes Lächeln der Sterne. Man muss ans Universum glauben. Der Kosmos wird den Kapitalismus überwinden.«

Pommera sagt, es gebe jedoch eine Möglichkeit, die ich nicht in Betracht gezogen hätte. Die des Planeten, auf dem ich und meine Familie zu niederträchtigen Kapitalisten geworden seien und eine multinationale Firma leiteten.

»… in der Sie als Konzernchef leben, der die Arbeiter ausbeutet …«

Das ist unmöglich, erwidere ich. Das kommt in keinem Winkel des Universums vor.

Die Prinzipien des Kommunismus, dessen Philosophie und Überzeugungen mögen mir abhandengekommen sein, sage ich, aber ich glaube schon, dass mir eines geblieben ist: die besondere Achtung des anderen, ja die Sorge um ihn. Wir waren stets außerordentlich höflich, was so weit ging, dass wir mehrere Stockwerke zu einem Nachbarn hinaufstiegen, nur um ihn zu grüßen, wenn wir es bei unserer Begegnung im Treppenhaus versäumt hatten, oder zurückgingen, um jemandem die Tür aufzuhalten. Oft habe ich das Gefühl, meine Erziehung bestehe aus dieser Handvoll Regeln, sei höflich, hilfsbereit, achte auf die anderen. Vielleicht bedeutete Kommunist sein vor allem das. Die Tür aufhalten, helfen. Ein gewisser gemeinschaftlicher Anstand, eine einfache Würde. Vater stürzte sich stets mit gieriger Freude auf etwas verloren wirkende Touristen, alte Damen, die zögerten, die Straße zu überqueren, oder Bettler, die ihm die Hand hinhielten. Er hätte es als obszön empfunden, sich in einer Schlange vorzudrängeln. Stattdessen lehrte er uns, anderen den Vortritt zu lassen, da er von der Wichtigkeit überzeugt war, mit gutem Beispiel voranzugehen. Während einer *Fête de l'Humanité* drohte er einem Kerl einmal Prügel an, nur weil dieser sich an einem Stand einfach nach vorn geschlängelt hatte.

Pommera legt mir die Hand auf die Schulter. Wenn bis dahin nicht der Himmel über uns zusammengebrochen sei, käme er am Abend noch einmal vorbei.

Wir sind ohne Zweifel die erste Generation von Besiegten, die nicht nur ihre Hoffnungen schwinden sah, sondern die Zerstörung all dessen miterleben musste, woran sie geglaubt hatte. Nach 1793, 1848 oder 1871 hat man das entsetzliche Ausmaß der Katastrophe miterlebt, aber es gab stets eine Flamme, eine kleine Flamme, die weiterbrannte. Wir haben nichts mehr, woran wir uns festhalten können. Am Ende sind es eben doch immer die Gerichtsvollzieher, die den Sieg davontragen.

Ich werde es ihnen sagen.

Die Vergangenheit ist wie eine Göttin des Olymps, grausam und erbarmungslos. Wir waren so selbstgefällig, sie herauszufordern, wofür sie sich gründlich an uns rächte. Mein Vater sprach unentwegt von ihr, sie wurde dessen überdrüssig und machte ihn dement, und ich, der ich vergessen wollte, ertrinke allmählich in der Flut meiner Erinnerungen.

Plötzlich erblicke ich Pauline. Neben ihr erkenne ich sofort Simons spindeldürre Gestalt. Mich überkommt eine solche Freude, dass ich mir plötzlich vorstellen kann, doch noch eine Zukunft zu haben. Ich betrachte ihn. Der zarte Bartflaum verleiht ihm die melancholische Aura eines Teenagers, der es eilig hat, erwachsen zu werden.

Sie kommen durch den Garten, nähern sich dem Gebäude. Ihr Atem verwandelt sich in Nebelhauch, hinter dem ihre Gesichter für einen Augenblick verschwinden. Sie freuen sich darüber, halten beim Ausatmen die gespreizte Hand vor den Mund. Sie bleiben an einer Bank stehen. Pauline zündet sich eine Zigarette an.

Ihr Haar ist kürzer, ihr Gesicht schmaler. Jedes Mal, wenn sie nach Hause zurückkehrt, erkenne ich sie kaum. Dabei geht es gar nicht so sehr um das Aussehen, sondern um die alltäglichen Gesten, die sich ändern, sobald man nicht mehr zusammenlebt. Vergeblich halten wir Ausschau nach den vertrauten Regungen, glauben, sie seien noch irgendwo da und würden nach kurzem Beisammensein aus ihrem Versteck hervorkommen. Immer, wenn wir sie vom Flughafen abholen, im Zug der RER nach Paris sitzen und ich ihr zuhöre, schwelge ich in irgendeiner Erinnerung. Sie war vielleicht fünf oder sechs Jahre alt. Wir hatten zusammen im Meer gebadet und spazierten danach am Strand entlang. Immer wieder zogen dunkle Wolken über den Himmel. Weit und breit war kein einziger Mensch zu sehen. In ein Handtuch gewickelt ging sie mit gesenktem Kopf, konzentrierte sich auf ihre Füße und die Meeresspuren im Sand. Wir sprachen nicht, lauschten dem gleichmäßigen Rauschen der Wellen. Ihre Hand suchte nach meiner, glitt in sie hinein, als wäre sie ein Handschuh. Lange gingen wir so. Gerne würde ich heute noch ihre sandigen Finger in meiner Hand spüren. Ganz leicht drückten sie gegen meine Handfläche und flüsterten mir so den Rhythmus ihres Lebens zu, aber auch ihre Angst, verlassen zu werden.

Simon hat kaum etwas an, nur eine leichte Jacke. Die innere Wärme des Jugendlichen heizt seinen Körper, er friert nie. Als er geboren wurde, hatten meine Frau und ich uns verschiedene Namen überlegt. Wir beschlossen, sie ihm ins

Ohr zu flüstern, und malten uns aus, wie er bei einem der Namen eine Reaktion zeigen würde.

Sie lachen, necken einander, toben fast wie Kinder herum. Ich kann meinen Blick nicht von ihnen lassen. Es ist schön, sie zu beobachten, ohne dass sie sich beobachtet fühlen. Als sie Kinder waren, betrachtete ich sie im Schlaf, in der Hoffnung, ihr wahres Gesicht zu erhaschen, das sich sonst hinter den von unseren Blicken hervorgerufenen Zügen versteckte.

Sie verstellen sich kein bisschen, sind voller Leben, darüber würde ich gern schreiben. Ich erkenne Pommeras Gestalt, er ist auf dem Weg zu einem anderen Gebäude. Er bleibt für einen Moment stehen, betrachtet Pauline und Simon und geht weiter.

Ich habe unter der Unmöglichkeit gelitten, die Erwartungen meines Vaters zu erfüllen, und meine Kinder haben unter meiner Weigerung gelitten, überhaupt irgendetwas von ihnen zu erwarten. Ich habe immer noch den Drang, mich zu rechtfertigen, ich muss gegen meine Schuldgefühle ankämpfen. Nie konnte ich dem Gerichtssaal entfliehen, wobei jeder Freund, jede Person, die ich liebte, in meinem Leben stets die Rolle des Angeklagten und des Staatsanwalts zugleich spielte.

Ich werde ihnen sagen, dass der Fluch einzig und allein dem Wahn entspringt, immer wieder Tabula rasa zu machen. Die Geschichte besteht ausschließlich aus Menschen ohne Erinnerung.

Simon lacht, den Kopf leicht in den Nacken gelegt, seine Schultern bewegen sich auf und ab. Pauline presst die Lippen aufeinander, um nicht auch loszuprusten. Sie ergreift seinen Arm, er sieht ihr fest in die Augen, stolz, dass er inzwischen größer ist als sie. Ihr Lachen hat etwas so Kindliches, ich bin ganz ergriffen. Ich habe mir diesen Moment so oft vorgestellt, dass mir die Worte jetzt überlaufen. Meine Kinder schwimmen in ruhigen Gewässern durch ihre Welt. Sie werden ihrem inneren Kompass folgen, sich auf ihre Art verändern. Ich werde keine Hoffnungen hegen, auch werde ich die gegerbte Haut der Träume ablegen.

Ich werde es ihnen sagen. Ich hasse Alkoholiker, alle Trinker samt ihrer aufgeschwemmten Gefühlsduselei, ihren besoffenen Zärtlichkeitsanfällen, ihrer endlosen Feigheit. Schonungslos, ungerührt werde ich es sagen. Lügner sind sie.

Ich werde ihnen sagen, dass ich sie liebe, ich werde es ihnen nüchtern sagen.

Sie werden den fernen Gesichtsausdruck der Lebenden haben, die einem Sterbendem zuhören. Mir schwirrt so vieles durch den Kopf. Ich werde auf den Zufall vertrauen, der unseren Hoffnungen eine neue Richtung weist, einen neuen Zauber verleiht. Sie werden mich anlächeln, mir einen Kuss geben, vielleicht sogar vor mir weinen, Tränen, die einem echten Gefühl ohne Vorgeschichte entspringen. Der Gedanke, nicht zu wissen, was von mir in ihnen weiterleben wird, hat eine genauso beruhigende Wirkung auf mich wie die Vorstellung von den mit unseren Doppelgängern bevölkerten Paralleluniversen.

Pauline zertritt den Zigarettenstummel. Sie blicken hinauf in meine Richtung. Ich winke ihnen zu, weiß aber nicht, ob sie mich sehen. Sie gehen zum Eingang.

Ich werde ihnen ohne Umschweife sagen, wie schmerzhaft Geschichte ist.

Und dann wird der vernichtende Gesang der Erinnerungen endlich verklingen.

DANK

»Keiner von uns hat das Glück, über ein ihm eigenes Leben zu verfügen«, schreibt Victor Hugo in *Les Contemplations*. Ich glaube, für das Entstehen eines Romans gilt das Gleiche. Begegnungen, Diskussionen, Gespräche, bei denen auch der Zufall stets seine Hand im Spiel hat, nehmen dabei eine wesentliche Rolle ein. Mein Dank gilt an dieser Stelle Maryline und Franck und ihrem Gespür für die Eleganz des Lebens; Muriel, der begeisterten Leserin, und Sylvain, dem Mann, den ich um seine sanfte Kraft beneide; Lannick und Lucie für ihre großzügige Gastfreundlichkeit; Caroline für ihre Freundschaft, ihre Hilfsbereitschaft und ihre unentbehrliche Unterstützung beim Abschluss dieses Buches; meinem Freund Vincent, dessen Ruhe und Strenge mich davor bewahrt haben, mich in dem Text zu verlieren; und natürlich Mike, wieder und für immer, das Leben eines Künstlers ist kein Fluch.

GLOSSAR

Bar-Tabac hießen in Frankreich die Bistrots, die gleichzeitig das staatlich konzessionierte Recht zum Verkauf von Tabakwaren besaßen. Sie waren vor allem in Kleinstädten und Dörfern an jedem Tag der Woche von morgens bis spät am Abend geöffnet und bildeten so einen zentralen Ort für sozialen Austausch.

Bibliothèque rose / Bibliothèque verte: Beide Kinderbuchreihen wurden vom Verlag Hachette gegründet, die »Rosa Bibliothek« im Jahr 1856, die »Grüne Bibliothek« im Jahr 1923. Beide erscheinen bis heute und sind für Leser im Alter von sechs bis zwölf Jahren empfohlen. In der »Rosa Bibliothek« erschienen zunächst illustrierte Märchen, in der »Grünen Bibliothek« vor allem Kinder- und Jugendbuchklassiker. Heute umfasst das Programm beider Reihen vor allem beliebte Fernsehserien und Filme als Buch.

Boche ist eine abwertende französische Bezeichnung für Deutscher, die vor allem im Ersten und Zweiten Weltkrieg verwendet wurde, aber bis heute gebräuchlich ist.

Boussac: 1981 hat das Unternehmen Boussac Saint-Frères, Kernstück des Textilimperiums der Brüder Willot, Konkurs angemeldet. Als Folge verloren 3000 Menschen ihre Arbeit.

Cours Dullin: Bei dem nach dem berühmten Theaterregisseur Charles Dullin benannten Cours Dullin handelte es sich um vom Théâtre National Populaire (TNP) organisierten Schauspielunterricht. Dieser wurde von bekannten Schauspielern des TNP wie Gérard Philipe oder Georges Wilson erteilt. Die Studenten wirkten in den Stücken des TNP oft als Statisten mit, was für manche von ihnen den Beginn ihrer Laufbahn als Schauspieler bedeutete.

Emmanuelle: Französischer Erotikfilm aus dem Jahr 1974, erster der sieben Emmanuelle-Filme. Sowohl in Frankreich als auch international ein großer kommerzieller Erfolg.

Fête de l'Humanité: Seit 1930 jährlich am zweiten Septemberwochenende stattfindendes Pressefest der linken Zeitung *L'Humanité*.

Flan ist eine im Wasserbad gestockte Masse aus Eiern und Flüssigkeit. Der klassische Flan wird aus Milch, Eiern und Zucker zubereitet, ist also süß.

Front populaire: Französisch für Volksfront. Der Begriff bezeichnet die Regierung der vereinigten linken französischen Parteien, die zur Zeit der Dritten Republik 1936 an die Macht kam.

FTP: Abkürzung für *Francs-tireurs et partisans*, auf Deutsch »Freischärler und Partisanen«, waren eine französische Widerstandsorganisation im Zweiten Weltkrieg. Die FTP wurden von der Kommunistischen Partei Frankreichs gegründet.

Goldhelm: (Originaltitel: *Casque d'or*) ist ein französischer Film aus dem Jahr 1951 mit Simone Signoret und Serge Reggiani.

Jiminy Cricket ist Pinocchios Gewissen in dem Disney-Zeichentrickfilm aus dem Jahr 1940.

Les Deux Magots ist ein berühmtes Pariser Café am Boulevard Saint-Germain. Ab 1885, vor allem in den zwanziger, dreißiger und fünfziger Jahren immer wieder beliebter Treffpunkt von Intellektuellen und Künstlern.

Longwy: Ein lang andauernder, letztlich vergeblicher Arbeitskampf in den siebziger und achtziger Jahren gegen die Schließung eines großen Hüttenwerks in Longwy (Nordfrankreich, nahe der belgischen Grenze).

Manufrance: Ein 1885 in Saint-Étienne gegründetes Unternehmen, das vor allem Jagdgewehre und Fahrräder verkaufte. Hundert Jahre später, im Jahr 1986, schließt das Unternehmen.

Maquis: Eine Widerstandsorganisation im Zweiten Weltkrieg. Die Angehörigen nannten sich *Maquisards*.

Massaker an der Metrostation Charonne: Am 8. Februar 1962 kam es bei einer Demonstration gegen den Algerienkrieg in der Metrostation Charonne in Paris zu einem Zwischenfall, bei dem durch Polizeigewalt neun Menschen ums Leben kamen.

Massaker von Paris: Am 17. Oktober 1961 – während des Algerienkrieges (1954–1962) – fand in Paris eine nicht genehmigte, aber friedliche Demonstration Zehntausender Algerier statt. Die Polizei ging brutal gegen diese vor, es kam zu einem Blutbad, bei dem mindestens zweihundert Menschen getötet wurden. Sie wurden erschossen, erschlagen und zum Teil in der Seine ertränkt. Dieses Massaker wurde in den französischen Medien damals nahezu flächendeckend totgeschwiegen und erst Jahrzehnte später wurde es zum Gegenstand öffentlicher Auseinandersetzung. Am 17. Oktober 2012, also einundfünfzig Jahre später, wurde es vom französischen Staatspräsidenten François Hollande anerkannt und verurteilt.

Minitel war ein etwa dreißig Jahre lang ausschließlich in Frankreich angebotener und genutzter Onlinedienst. Eingeführt wurde das System im Jahr 1982.

Nationale Befreiungsfront (auf Französisch: Front de Libération Nationale – FLN) war eine Befreiungsbewegung, die im Jahr 1954 von Ahmed Ben Bella in Kairo gegründet wurde, mit dem Ziel, Algeriens Unabhängigkeit von Frankreich zu erreichen. Aus ihr entwickelte sich nach der Unabhängigkeit die bis heute bestehende sozialistisch ausgerichtete gleichnamige Partei.

Nouveau roman: Eine in Frankreich entstandene experimentelle Literaturform der fünfziger bis siebziger Jahre, die sich von der klassischen Erzählform abwendet.

Paris-Brest ist eine französische Süßspeise. Sie besteht aus einem waagerecht aufgeschnittenen Ring aus Brandmasse, der mit einer Haselnusskrokant-Buttercreme gefüllt und mit Mandelblättchen und Puderzucker bestreut ist.

Petit Larousse: *Le Petit Larousse illustré*, von den Franzosen nur *Le Petit Larousse* genannt, ist die seit 1905 erscheinende illustrierte Enzyklopädie der französischen Sprache. Sie ist die kompaktere, handlichere Version des ebenfalls vom Verlag Éditions Larousse herausgegebenen *Le Grand Larousse illustré*.

RER: Die Réseau Express Régional (RER) ist ein der deutschen S-Bahn vergleichbares Expressbahnsystem für Paris und die Pariser Vororte.

RPR: Die Rassemblement pour la République (RPR) (wörtlich: Zusammenschluss für die Republik) war eine französische politische Partei. Die RPR gehörte der politischen Rechten an, ihre Ausrichtung kann als gaullistisch und konservativ beschrieben werden.

TNP: Das *Théâtre National Populaire* (TNP) wurde 1920 in Paris gegründet und befindet sich seit 1972 in Villeurbanne (in der Nähe von Lyon). Ziel des TNP war und ist es, ein anspruchsvolles, gleichzeitig jedem zugängliches Programm anzubieten.

Zachor: Der Begriff kommt aus dem Hebräischen und bedeutet »Erinnere dich!«. Es ist eine Aufforderung, Vergangenes nicht zu vergessen, denn alles Vergangene kann uns, wenn wir uns seiner erinnern, als Stütze und Mahnung dienen.

PERSONEN

Adamov, Arthur (1908–1970) war Übersetzer, Schriftsteller und Dramatiker. Er gilt als einer der wichtigsten Autoren des Absurden Theaters.

Ader, Clément (1841–1925) war ein Luftfahrtpionier und Erfinder.

Cartouche (1693–1721) war ein Räuber, Mörder und Bandenchef.

Courteline, Georges (1858–1929) war Romancier und Dramatiker.

Barre, Raymond (1924–2007) war Politiker und Wirtschaftswissenschaftler. Von 1976 bis 1981 war er Premierminister unter Staatspräsident Valéry Giscard d'Estaing.

Doré, Gustave (1832–1883) war ein Maler, Grafiker und Illustrator.

Duclos, Jacques (1896–1975) war ein kommunistischer Politiker.

Éluard, Paul (1895–1952) war ein Lyriker; er war Mitglied der Kommunistischen Partei Frankreichs und Widerstandskämpfer während der deutschen Besatzung.

Feydeau, Georges (1862–1921) war einer der bedeutendsten Dramatiker des Vaudeville, eines Pariser Theatergenres mit Gesang und Instrumentalbegleitung.

Ferrat, Jean (1930–2010) war Sänger und Komponist. Er unterstützte die Kommunistische Partei Frankreichs, war jedoch kein Mitglied. Er schrieb vor allem politische Lieder und Liebeslieder.

Geronimo (1829–1909) war der Kriegshäuptling und Medizinmann eines Gruppen-Verbandes von Bedonkohe-Apachen.

Gotlib, Marcel (1934–2016) war ein französischer Comiczeichner.

Hardy, Oliver (1892–1957) war ein US-amerikanischer Komiker, Filmschauspieler und Stummfilmregisseur, der vor allem als Teil des legendären Komikerduos Laurel und Hardy (Dick und Doof) weltberühmt wurde.

Jouvet, Louis (1887–1951) war Schauspieler, Regisseur, Intendant und Schauspiellehrer. Seine erste bedeutende Rolle erhielt er 1933 in dem Film *Knock*.

La Goulue (1866–1929), eigentlich Louise Weber, war eine Cancan-Tänzerin und Dompteuse.

Labiche, Eugène (1815–1888) war ein bedeutender Komödiendichter.

Lamoureux, Robert (1920–2011) war Schauspieler, Regisseur, Drehbuchautor und Chansonnier. Er schrieb das Drehbuch für den Film *Wo bitte ist die 7. Kompanie geblieben?* und führte auch Regie.

Lautréamont war das Pseudonym des Dichters *Isidore Lucien Ducasse* (1846–1870), der durch sein einziges Werk *Die Gesänge des Maldoror (Chants de Maldoror)* bekannt wurde.

Le Poulain, Jean (1924–1988) war Schauspieler und Theaterregisseur.

Malle, Louis (1932–1995) war Drehbuchautor und Filmregisseur.

Mandrin, Louis (1725–1755) war ein Räuberhauptmann und Schmuggler im Frankreich des Ancien Régime. Sein Leben wurde zum Stoff für zahlreiche Bearbeitungen in Literatur, Oper und Film.

Manouchian, Missak (1906–1944) war ein armenischer Lyriker, Journalist und Kämpfer der Résistance, Leiter der Immigrantengruppe der FTP (siehe Glossar), der FTP-MOI (*Francs-tireurs et partisans – main d'œuvre immigrée*). Er wurde zusammen mit zweiundzwanzig anderen Freiheitskämpfern am 21. Februar 1944 von einem deutschen Erschießungskommando bei Paris hingerichtet.

Marchais, Georges (1920–1997) war Politiker und Gewerkschafter. Von 1972 bis 1994 war er Generalsekretär der Kommunistischen Partei Frankreichs.

Môquet, Guy (1924–1941) war ein Opfer deutscher Repression während der deutschen Besatzung Frankreichs im Zweiten Weltkrieg.

Mnouchkine, Ariane (geb. 1939) ist Theater- und Filmregisseurin, Theaterleiterin und Autorin. 1964 gründete sie das alternative Théâtre du Soleil, das seit 1970 seine Hauptspielstätte in einer alten Munitionsfabrik im Pariser Bois de Vincennes hat.

de Nerval, Gérard (1808–1855), eigentlich Gérard Labrunie, war ein Schriftsteller.

Nizan, Paul (1905–1940) war Schriftsteller und Mitglied der Kommunistischen Partei Frankreichs.

Peugeot, Jules-André (1893–1914) war der erste französische Soldat, der im Ersten Weltkrieg getötet wurde. Er fiel am 2. August 1914, also einen Tag bevor Deutschland Frankreich offiziell den Krieg erklärte.

Philipe, Gérard (1922–1959) war ein sehr populärer Filmschauspieler.

Planchon, Roger (1931–2009) war Theaterregisseur, Schauspieler, Filmemacher und Bühnenautor.

Poiret, Jean (1926–1992) war Schauspieler und der Autor sowie Regisseur des Theaterstücks *Ein Käfig voller Narren*.

Reggiani, Serge (1922–2004) war ein französischer Chansonnier und Schauspieler.

Robic, Jean (1921–1980) war Radrennfahrer und war 1947 mit einem Gesamtsieg der erste Tour-de-France-Sieger nach dem Zweiten Weltkrieg.

Rochet, Waldeck (1905–1983) war ein französischer Politiker. Von 1964 bis 1972 war er Generalsekretär der Kommunistischen Partei Frankreichs.

Sands, Bobby (1954–1981) war ein Mitglied der IRA und Abgeordneter im britischen Unterhaus für Fermanagh und South Tyrone. Er starb an den Folgen seines Hungerstreiks im Krankenhaus des Gefängnisses Maze.

Sautet, Claude (1924–2000) war Drehbuchautor und Filmregisseur. Er drehte unter anderem den Film *Vincent, Paul, François und die anderen* (1974) mit Michel Piccoli, Serge Reggiani, Yves Montand und Gérard Depardieu.

Scott, Randolph (1898–1987) war ein US-amerikanischer Filmschauspieler. Bei dem Film, von dem in diesem Roman die Rede ist, handelt es sich um *Dieser Mann weiß zuviel* (Riding Shotgun) aus dem Jahr 1954.

Séguy, Georges (1927–2016) war Politiker, Widerstandskämpfer und Gewerkschafter. Von 1967 bis 1982 war er Generalsekretär der *Confédération générale du travail* (CGT), eines französischen Gewerkschaftsbundes, der bis zum Niedergang des Kommunismus der Kommunistischen Partei Frankreichs nahestand.

Serrault, Michel (1928–2007) war Schauspieler und eines der jüngsten Mitglieder der Comédie-Française (eines der fünf französischen Nationaltheater). Hier lernte er auch Jean Poiret kennen. Er spielte nicht nur in dem Stück *Ein Käfig voller Narren* die Rolle des Albin Mougeotte, sondern auch in der Verfilmung aus dem Jahr 1978. Mit dieser Rolle gelang ihm der Durchbruch als weithin bekannter Filmschauspieler.

Simon, Claude (1913–2005) war Schriftsteller und wurde 1985 mit dem Nobelpreis für Literatur ausgzeichnet.

Soledad Brothers: Am 13. Januar 1970 wurden die im Gefängnis Soledad inhaftierten Afroamerikaner George Jackson, Fleeta Drumgo und John Clutchette angeklagt, einen Wärter ermordet zu haben. Sie wurden als die Soledad Brothers bekannt.

Thorez, Maurice (1900–1964) war von 1930 bis 1964 Generalsekretär der Kommunistischen Partei Frankreichs und von 1946 bis 1947 Vizepremierminister seines Landes.

Vaché, Jacques (1895–1919) war ein Freund von André Breton, dem Begründer des Surrealismus. Er verfasste mehrere surrealistische Briefe an seine Freunde, die Breton nach Vachés Tod unter dem Titel *Lettres de Guerre* (Kriegsbriefe) veröffentlichte.

Ventura, Lino (1919–1987) war ein italienisch-französischer Filmschauspieler.

Vilar, Jean (1912–1971) war Schauspieler, Theaterregisseur und Theaterintendant. 1947 gründete er das Theaterfestival von Avignon, das bereits unter seiner Leitung internationales Ansehen erlangte. Von 1951 bis 1961 war er Leiter des Théâtre National Populaire.

Vitez, Antoine (1930–1990) war Schauspieler und Regisseur. Bis 1979 aktiver Kommunist, trat er jedoch nach der sowjetischen Intervention in Afghanistan aus der Partei aus.

Wayne, John (1907–1979) war ein US-amerikanischer Filmschauspieler, Produzent und Regisseur. Er trat im Laufe seiner Karriere immer wieder in Western auf und prägte entscheidend das Bild dieses Genres. Wegen seiner politischen Ansichten stand er oft in der Kritik, vor allem zur Zeit des Vietnamkriegs. Um diesen zu unterstützen, drehte er als Regisseur und Hauptdarsteller den Propagandafilm *Die grünen Teufel* (1968).

ANMERKUNGEN ZUR ÜBERSETZUNG DER LIEDTEXTE UND GEDICHTE

S. 96/97: Die Zeile »Meine Brüder in der Not, erzählt Mutter, was mir droht, sehen wird sie mich nimmer, verblasst der Hoffnung Schimmer …« (im Original: Compagnons de misère, allez dire à ma mère qu'elle ne m'reverra plus, j'suis un enfant perdu …) stammt aus dem Volkslied *La complainte de Mandrin*. Übersetzung Timea Tankó.

S. 97: Die Zeile »Statt jemals wieder ein Mädchen zu küssen, wirst du in Craonne dran glauben müssen« (im Original: C'est à Craonne, sur le plateau, qu'on doit laisser sa peau) stammt aus dem *Chanson de Craonne*, einem Protestlied aus dem Jahr 1917. Übersetzung Timea Tankó.

S. 98: Die Zeile »Ich sage, du sollst leben, leben und ein Kind bekommen …« (im Original: Et je te dis de vivre et d'avoir un enfant) stammt aus dem Gedicht *Strophes pour se souvenir* aus dem Werk *Roman inachevé* (1956) von Louis Aragon. Übersetzung Timea Tankó.

S. 104: Der Originaltext des Chansons *Sarah* von Serge Reggiani lautet: La femme qui est dans mon lit n'a plus vingt ans depuis longtemps. / Les seins si lourds de trop d'amour, ne portent pas le nom d'appas … Übersetzung Timea Tankó.

S. 135: Das Proust-Zitat stammt aus: *Auf der Suche nach der verlorenen Zeit. Die Welt der Guermantes,* Band 1. Suhrkamp Taschenbuch 1982, S. 223; aus dem Französischen von Eva Rechel-Mertens, revidiert von Luzius Keller.

S. 144: »Das ist die Kanaille, und zu ihr gehöre ich!« stammt aus *La Canaille* (1863), einem während der Pariser Kommune beliebten Lied. Übersetzung Timea Tankó.

S. 239: Das Zitat aus Paul Verlaines *Green* ist eine den Anforderungen dieser Textstelle angepasste Version der Übersetzung von Sigmar Löffler (aus: Paul Verlaine: *Poetische Werke. Französisch und deutsch.* Aus dem Französischen von Sigmar Löffler. Insel-Verlag, Leipzig 1977, S. 221).

S. 273: Die Zeilen stammen aus *La Chanson de Paul* von Serge Reggiani und lauten im Original: Y avait toute une équipe. On parlait politique. Je m'suis battu avec un type. Et tu m'as emmené. … Je bois … Au combat que tu as mené, pour m'emmener loin de la fête … Ce soir je bois à ta défaite. Übersetzung Timea Tankó.

S. 277: »Rot ist das Tuch, das wir entrollen, klebt doch des Volkes Blut daran«: Im Original lautet diese Zeile »Rouge du sang de l'ouvrier« und stammt aus dem Kampflied *Le Drapeau Rouge* (1877). Das hier angeführte Zitat stammt aus einem ursprünglich polnischen Kampflied mit dem gleichen Titel aus dem Jahr 1881. Nachdichtung von Rosa Luxemburg.

S. 277: »Und wir, die armen Weber, tragen dann Kleider wie jeder« stammt aus *Le Chant des Canuts* (1894), einem Lied über die Arbeiter der Seidenmanufaktur in Lyon, dessen Text von der französischen Übersetzung des Weberliedes von Heinrich Heine inspiriert war. Da dieses für die entsprechende Stelle im Roman nicht geeignet war, wurde es von Timea Tankó neu übersetzt.

S. 291: Das Zitat von Walter Benjamin stammt aus: Walter Benjamin, *Gesammelte Werke I*, 3, S. 1240; Suhrkamp Verlag, Frankfurt am Main 1977.

S. 340: Auguste Blanqui: *Die Ewigkeit durch die Sterne*. Aus dem Französischen von Daniel Zumbühl, bahoe books, Wien 2017.

S. 347 (Danksagung): Das Zitat von Victor Hugo stammt aus dem Gedichtzyklus *Les Contemplations* (1856). Übersetzung Timea Tankó.

Die Originalausgabe erschien 2010 unter dem Titel
Rouge bei Éditions Les Escales, Paris

MIX
Papier aus verantwortungsvollen Quellen
FSC® C014496

ISBN 978-3-7160-2760-8

Deutsche Erstausgabe
1. Auflage 2017

Gesetzt aus der Albertina
Satz: Greiner & Reichel, Köln
Druck und Bindung: GGP Media GmbH, Pößneck
Printed in Germany

www.arche-verlag.com
www.facebook.com/ArcheVerlag

»Ein Schmuckstück der Literatur.«

Hubert Winkels, 3Sat Kulturzeit

Daniel Anselme
Adieu Paris
Roman
Aus dem Französischen von
Julia Schoch
208 Seiten
Taschenbuch
10,00 € [D] / 10,30 € [A]
ISBN 978-7160-4005-8

Paris, Weihnachten 1956: Drei Soldaten kehren für ein paar Tage aus dem Algerienkrieg zurück. Wie Fremde in der eigenen Stadt schlagen sie sich in den Cafés an der Rive Gauche die Nächte um die Ohren, verzweifelt auf der Suche nach einer Möglichkeit, dem unausweichlichen Schicksal des Krieges zu entgehen.